W0399463

STEFAN GREBE

Die Übermacht

STEFAN GREBE

DIE ÜBER

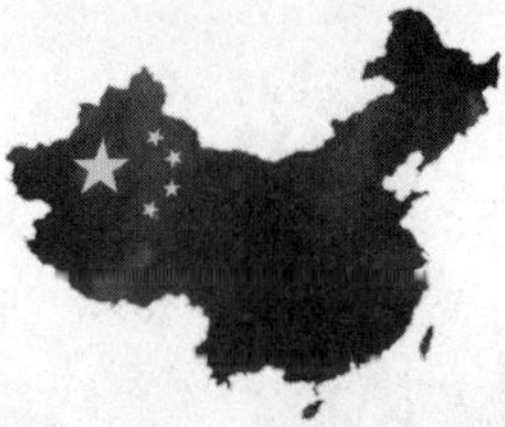

MACHT

THRILLER

Lübbe

NACHHALTIG PRODUZIERT

Die Bastei Lübbe AG verfolgt eine nachhaltige Buchproduktion. Wir verwenden Papiere aus nachhaltiger Forstwirtschaft und verzichten darauf, Bücher einzeln in Folie zu verpacken. Wir stellen unsere Bücher in Deutschland und Europa (EU) her und arbeiten mit den Druckereien kontinuierlich an einer positiven Ökobilanz.

FSC www.fsc.org MIX Papier | Fördert gute Waldnutzung FSC® C014496

Originalausgabe

Dieses Werk wurde vermittelt durch die
AVA international GmbH Autoren- und Verlagsagentur, München.
www.ava-international.de

Copyright © 2024 by
Bastei Lübbe AG, Schanzenstraße 6–20, 51063 Köln

Vervielfältigungen dieses Werkes für das Text- und Data-Mining bleiben vorbehalten.

Umschlaggestaltung: Johannes Wiebel | punchdesign, München
Einband-/Umschlagmotiv: © stock.adobe.com: yongheng19962008 | krizhanskaya | 3d_kot; © shutterstock.com: Clash_Gene
Satz: hanseatenSatz-bremen, Bremen
Gesetzt aus der Adobe Garamond Pro
Druck und Verarbeitung: GGP Media GmbH, Pößneck

Printed in Germany
ISBN 978-3-7577-0078-2

5 4 3 2 1

Sie finden uns im Internet unter luebbe.de
Bitte beachten Sie auch: lesejury.de

Für Valentina und Vincent

優越性

Montag, 1. Juni, 16:04, TV-Redaktion, Berlin

The biggest secret of the Chinese government.

Die handgeschriebenen Worte waren in das Papier eingekerbt wie frisch geritzte Narben.

The biggest secret of the Chinese government.

Nur dieser eine Satz. Kein Absender, nichts.

Die Notiz war längst zerknüllt im Papierkorb unter Mark Kopps Schreibtisch gelandet, als die nächste Kontaktaufnahme erfolgte. Per Mail, auf Deutsch. Ob er das Schreiben erhalten habe? Wer sind Sie?, lautete Kopps Antwort, nachdem er die Frage bejaht hatte.

Nach einigem Hin und Her gab die Person ihre Identität preis und schickte eine Kopie ihres Reisepasses: Jun Ji Bao, Mitglied der Chinesischen Akademie der Wissenschaften. Kopp staunte nicht schlecht, als er das Foto sah. Eine hübsche, zierliche, ziemlich jung aussehende Frau, die glatten schwarzen Haare streng am Kopf anliegend. Ob sie in seiner Sendung erscheinen könnte?, folgte die nächste Mail.

Warum?

Steht auf dem Zettel, kam prompt zurück.

Ein feines Kribbeln durchlief Kopp, vielleicht war das der Coup, auf den er sehnsüchtig wartete. Rasch trommelte er sein Redaktionsteam zusammen, schmiss unter kritischen bis missmutigen Blicken den Ablauf der heutigen Sendung um, lud die bisherigen Gäste aus und ließ den Nano-Computertomografen besorgen, den Jun Ji Bao in einer weiteren Mail zur Enthüllung des Geheimnisses gefordert hatte.

Auf dem Weg von der Garderobe in das Fernsehstudio grüßte Kopp im Vorbeigehen die Aufnahmeleiterin Rebecca Moltke und kassierte ein schwaches Lächeln sowie einige Worte, die er nicht verstand.

Beim Übertreten der Türschwelle des Fernsehstudios achtete er wie jeden Montag darauf, den grün gestrichenen Betonboden zuerst mit dem rechten Fuß zu betreten. In Gedanken schüttelte er jedes Mal über diesen albernen Aberglauben den Kopf, trotzdem konnte er sich nicht davon lösen. Als er den Blick vom Boden hob, hielt er erschrocken inne. Derart dominant hatte er sich das Gerät nicht vorgestellt: Die beige Röhre eines mobilen Nano-Computertomografen thronte im Studio wie ein futuristischer Sarg, daneben ein Raumteiler in schlichtem Weiß. Die gedämpft geführten Unterhaltungen des Studiopublikums wirkten wie das Summen eines Insektenschwarms. Kopp nahm auf seinem Moderationsstuhl Platz und ließ sich von Jenny, seiner blondgelockten Assistentin verkabeln. Sommersprossen bedeckten ihr Gesicht, als hätte jemand hellen Sand darauf verteilt.

Hoffentlich hielt seine Interviewpartnerin das, was sie versprochen hatte, dachte Kopp. Er mochte keine Überraschungen, schließlich sendete er live. Es war ein Risiko, sich auf die Frau einzulassen, so viel stand fest.

Kopp spürte, wie ihm ein Schweißtropfen auf die Stirn trat; er winkte Johanna, seine persönliche Make-up-Assistentin, zu sich. Was, wenn das alles nur irgendeine idiotische Mediensatire war? Um ihn bloßzustellen, seinen Wechsel ins Privatfernsehen ins Lächerliche zu ziehen?

Während Johanna sein breites Gesicht mit dem kantigen Kinn abpuderte, warf er einen Blick auf die große digitale Studiouhr mit ihren rot leuchtenden Ziffern und dem rückwärts laufenden Countdown.

Noch gut zwei Minuten.

Kopps rechtes Knie zuckte unruhig auf und ab. Wo blieb sie denn bloß? Die Aufnahmeleiterin gab ihm ein Zeichen, und die Studiobeleuchtung wurde hochgefahren. Automatisch wurde das Summen des Studiopublikums leiser.

Noch eine Minute.

Mit flinken Schritten betrat Jun Ji Bao in einem grauen Kostüm das Studio. Kopp hatte sie nur kurz in der Garderobe willkommen geheißen; die Ablaufbesprechung hatte er Rebecca überlassen. Sein Gast begrüßte ihn mit einem überraschend festen Händedruck.

Kopp warf einen raschen Blick auf die Uhr. 00:35.

»Ist sie schon verkabelt?«

»Ja, alles gut, entspann dich«, kam die Stimme des Regisseurs Thomas Raabe über das Mikrofon aus dem Regieraum.

00:13.

»Ruhe im Publikum, bitte«, rief Rebecca, und im Studio wurde es still.

Wie jede Woche hob Rebecca die Hand in die Höhe, schaute Kopp an und zählte die letzten fünf Sekunden mit den Fingern ihrer rechten Hand herunter. Bei null knipste Kopp sein Lächeln an wie einen Scheinwerfer und blickte in Kamera zwei.

»Guten Abend, meine Damen und Herren, willkommen bei einer neuen Folge von *Investigation*, der aufregendsten Talkshow im deutschen Fernsehen. Mein heutiger Gast stand ursprünglich nicht auf der Gästeliste, aber sie hat etwas Sensationelles zu enthüllen. Würden Sie sich bitte kurz vorstellen.«

»Mein Name ist Jun Ji Bao«, sagte Jun mit ernstem Gesicht und sah Kopp direkt in die Augen. »Ich bin Mitglied der Chinesischen Akademie der Wissenschaften, und ich beantrage hiermit politisches Asyl in Deutschland.«

Verdammt, das war nicht abgesprochen.

Das Studiopublikum konnte sich ein Raunen gefolgt von

einem Flüstern nicht verkneifen. Aus den Augenwinkeln nahm Kopp wahr, wie Rebecca den Finger auf die Lippen legte.

»Wieso das?«, fragte Kopp und versuchte sich seine Überrumpelung nicht anmerken zu lassen. Er spürte Feuchtigkeit unter seinen Achseln.

»Weil ich nach dieser Sendung der Staatsfeind Nummer eins in China sein werde.«

In den Augen der Frau entdeckte Kopp das unruhige Flackern eines gehetzten Tieres, das in der Falle saß. Sein professionelles Lächeln verwandelte sich in ein echtes; das fing ja wirklich gut an. »Können Sie das bitter näher erläutern?«

»Wissen Sie, was der chinesische Traum ist?«, antwortete sie mit einer Gegenfrage.

»Ja, natürlich«, entgegnete Kopp schnell; die Zeit hatte nur für eine oberflächliche Vorbereitung gereicht, aber *das* wusste er. »Der Präsident Ihres Landes spricht immer wieder davon. Der chinesische Traum ist die Wiedererlangung alter Größe und Stärke.«

Jun Ji Bao betrachtete ihn mit einer Mischung aus Mitleid und Spott, wie einen dummen Parteikader, der artig Sätze aufsagte, an die sowieso niemand glaubte.

»Das ist die Version, die China die Welt glauben machen will. Ich werde Ihnen heute zeigen, was der wahre chinesische Traum ist.«

Sie stand abrupt auf und riss sich vorne die Bluse aus der Hose.

Scheiße, davon hatte sie nichts gesagt.

»Setzen Sie sich bitte wieder hin«, sagte Kopp ohne große Überzeugungskraft.

»Hier drin«, rief Jun Ji Bao, während sie mit der einen Hand die Bluse hochhielt und sich mit dem Zeigefinger der anderen Hand auf den Bauch klopfte. »Hier drin steckt das größte Geheimnis der chinesischen Regierung.«

優越性

Montag, 1. Juni, 21:34, Keller, Berlin

Angestrengt lauschte er auf jedes Geräusch. Geräusche bedeuteten Essen. Oder Schmerzen. Höllische Schmerzen. Wenn sie ihn holen kamen. Wobei er immer noch wusste, wer *sie* waren.

Er musste husten, und sein ganzer Körper tat weh. Seine Arme und Beine waren vermutlich überall grün und blau, wahrscheinlich an einigen Stellen sogar schwarz. Auf alle Körperteile hatten seine Folterer geschlagen. Das Schlimmste war, dass er die Schläge nicht kommen sah. Nie wusste er, wo ihn der nächste treffen würde. Der blickdichte Sack über seinem Kopf verhinderte es. Er hatte keine Ahnung, wie lange er ihn schon trug. Sein Zeitgefühl hatte sich aufgelöst wie ein Brühwürfel im Wasser, übrig geblieben war eine trübe Zeitbrühe. Zwei Tage? Oder drei? Jetzt fing dieser beschissene Sack wieder an, im Gesicht zu jucken. Mal kratzte es, mal juckte es. Mit den gefesselten Händen hinter dem Rücken konnte er nichts dagegen tun. Am Anfang hatte er noch versucht, durch Hilfeschreie auf sich aufmerksam zu machen. Sie hatten ihn gewähren lassen; nach einer Weile entdeckte er durch Tasten die dicke Polsterung der Wände. Seitdem lag er fast nur noch auf der Matratze auf dem Boden und versuchte, seine schmerzenden Muskeln möglichst wenig zu bewegen.

War da ein Geräusch? Er horchte, so gut er konnte. Und fing an zu zittern. Furcht rollte in seinem Kopf umher, schwer wie eine Eisenkugel. Essen oder Schmerzen?

Wenn sie ihm Essen brachten, wurde er gefüttert. Sie zogen

den Sack ein Stück hoch, flößten ihm Wasser ein und schoben ihm Löffel mit klebrigem Reis in den Mund. Zumindest würde er nicht verhungern, dachte er und lauschte weiter in die Dunkelheit hinein.

Es blieb ruhig.

Vorerst.

Bis zum nächsten Verhör.

Sie stellten ihm immer wieder die gleichen Fragen.

Wo ist Jun Ji Bao?

Ich weiß es nicht.

Ein Schlag.

Er hatte keine Ahnung, womit sie zuschlugen, aber es verursachte höllische Schmerzen. Jedes Mal schrie er gellend.

Was hat sie vor?

Ich weiß es nicht.

Der nächste Schlag. Der nächste Schrei.

Die Stimme seines Folterers kannte er nicht, nur der chinesische Akzent verriet etwas über ihn. Hatte Juan Wang ihn entführen lassen? Oder gar Tom Lee?

Er hätte sich nie mit ihnen einlassen dürfen. Das viele Geld hatte ihn geblendet.

Schließlich hatten sie das Schlaginstrument gewechselt. Der Schmerz war anders, ein Gewitter in seinen Nervenbahnen, er konnte nicht einmal mehr schreien, ihm blieb einfach die Luft weg. Nur noch ein Röcheln entrann seiner Kehle.

Irgendwann hatten sie ihn bewusstlos geprügelt. Und wieder in diesen Raum gesperrt.

Was würden sie noch mit ihm machen? Hielten sie ihn für einen harten Kerl? Bei dem man nur die Schmerzen erhöhen musste, damit er endlich redete?

Der letzte Gedanke öffnete sämtliche Poren. Die Panik flutete durch ihn hindurch wie ein Tsunami, sein Herzschlag schlug hohe Wellen.

Das Jucken der Kapuze an der Wange lenkte ihn ab, die Angst ließ nach. Er konnte wieder klarer denken und rekapitulierte zum x-ten Mal seine Entführung. Er hatte mal wieder vor der Wohnung seiner Freundin keinen Parkplatz gefunden und den Porsche um die Ecke geparkt. Normalerweise war ihm das egal, aber an jenem Abend schüttete es. Fluchend war er ausgestiegen und mit schnellen Schritten zu Helenas Wohnung gelaufen. Als er um die Ecke bog, hatte er hinter sich einen Wagen auf der regennassen Straße heranrauschen gehört, die Reifen hatten Gischt aufgewirbelt. Er versuchte angestrengt, sich an die Geräusche zu erinnern, aus ihnen klug zu werden. Er hatte sich nicht umgedreht, nicht nach dem Wagen geschaut. Das Fahrzeug hatte scharf gebremst. Eine der Schiebetüren des Transporters war geöffnet worden, und er hatte lautes Getrampel gehört, das von mindestens zwei Personen stammen musste. Schritte, die schnell näher kamen und in der Nässe pantschten. Kurz bevor er die Haustür erreicht hatte, war er von hinten gegriffen worden, und eine Hand hatte ein Tuch auf seinen Mund gedrückt. Dann war alles schwarz geworden.

Er ging alles noch einmal durch, nein, keine Worte. Sie hatten nicht geredet, auch nicht untereinander.

Mit der Kapuze über dem Kopf war er wieder aufgewacht. Kurz darauf hatte auch schon das Verhör begonnen. Was immer es auch war, was sie von ihm hören wollten, er wusste es nicht. Er hatte keine Ahnung, wo Jun Ji Bao war oder was sie plante.

Ein Geräusch schreckte ihn auf.

Essen oder Schmerzen?

Seine Nerven waren zum Zerreißen gespannt, er hörte das Geklimper des Schlüsselbundes, das Einführen des Schlüsselbarts in das Türschloss, schließlich das saugende Geräusch der Tür beim Öffnen des hermetisch abgeschlossenen Raums.

Essen oder Schmerzen?

優越性

Dienstag, 2. Juni, 01:27, Lagerhaus, Wuhan

Jeder Beat war wie ein Stromstoß in ihrem Blut; mit ihrem harten Technosound peitschte sie die Menge auf der Tanzfläche voran. Lichtblitze durchzuckten das abbruchreife Lagerhaus. Die tanzende Meute war für sie immer nur in Momentaufnahmen zu sehen, kleine Zeitsprünge wie schnell aufeinanderfolgende Fotografien.

Der Mann, der gerade auf ihr DJ-Podium geklettert war, brüllte ihr etwas ins Ohr, doch die Musik war zu laut, um ihn zu verstehen. Im Schein des Laptops, mit dem sie die Musik steuerte, betrachtete sie sein Gesicht. Er sah unverschämt gut aus, sein dichtes schwarzes Haar glänzte im Schein der Lampe auf dem DJ-Pult, die scharfe Nase war wie mit einem Lineal gezogen, sein intensiver Blick fragend und fordernd zugleich. Sie schätzte ihn auf Ende zwanzig. Straffe Muskeln spannten sein schwarzes T-Shirt.

Mit einem Lächeln akzeptierte sie seine Anwesenheit; eigentlich mochte sie es nicht, bei der Arbeit von Fremden gestört zu werden. In den Tiefen ihres Laptops suchte sie nach dem nächsten passenden Track und zauberte einen fließenden Übergang auf die Tanzfläche. Jetzt hatte sie ein paar Minuten Zeit.

Sie drehte sich zu ihm um. Er fixierte sie mit seinem Blick. Sie näherte sich seinem linken Ohr und sog seinen Geruch ein, er roch gut, sehr gut sogar.

»Ich bin Maria, und wie heißt du?«, brüllte sie ihm ins Ohr.

»Yang«, schrie er zurück. Oder war es Yong?

Sie schnappte sich vom DJ-Pult ihre leere Flasche *Snow*, hielt sie in seine Richtung und gab ihm per Handzeichen den Auftrag, für sie beide zwei neue Bier zu besorgen.

Mitten im nächsten Track kehrte er zurück. Die Musik verschluckte das Aneinanderstoßen der Flasche; beim Trinken schauten sie sich in die Augen. Er näherte sich gerade ihrem rechten Ohr, um etwas zu sagen, als Maria in den Augenwinkeln etwas wahrnahm: In die zuckenden Blitze mischten sich permanente Lichtpunkte. Wie große Glühwürmchen, sie bewegten sich hektisch hin und her. Schlagartig setzte die Musik aus. Das Stroboskop zuckte weiter.

»Hier ist die Polizei«, ertönte eine Stimme aus einem Megafon. »Die illegale Party ist beendet.«

Unter den strengen Ton des Megafons legte sich ein vielstimmiges Entsetzen; wie Kakerlaken im Licht stoben die Feiernden in alle Richtungen davon, doch die Möglichkeit zur Flucht war ihnen versperrt. Immer mehr Glühwürmchen strömten durch den Eingang.

Yang nahm Marias Hand. »Komm mit!«

Er zerrte sie vom Pult weg, doch sie riss sich los. Mit zwei schnellen Schritten war sie zurück am Laptop, zog den USB-Stick raus, schnappte sich ihren kleinen Rucksack und lief zurück zu Yang. Gemeinsam sprangen sie vom DJ-Pult. Nach wenigen Schritten erreichten sie das Ende der Halle. Yang zog Maria zu einer riesigen, rostigen Schiebetür, die einen Teil der Wand bedeckte. Mit aller Kraft schob er sie zur Seite, bis der Spalt groß genug war, um sich durchzuquetschen. Dahinter lag eine Halle, mehrere Stockwerke hoch. Fahles Mondlicht mühte sich durch trübe Scheiben. Yangs und Marias Laufschritte hallten durch das Gebäude. Mit dem Licht einer kleinen Taschenlampe bahnte Yang ihren Weg. Am anderen Ende erreichten sie eine Wand. Eine Türklinke schimmerte im Lampenschein. Vorsichtig öffnete Yang die Tür und schob den Kopf hindurch.

»Okay«, sagte er leise. »Draußen ist alles ruhig.«

Sie schlüpften durch den Türspalt und blickten in einen Hinterhof voller Bauschuttcontainer. Die Luft war mild, der Himmel wolkenverhangen, in einer Lücke zeigte sich der Mond als schmale Sichel. Eine Steinmauer samt Metalltor schirmte den Hof zur Straße ab. Das Tor stand offen, direkt davor warf eine kalt leuchtende Straßenlaterne ihr Licht auf den Asphalt. Sie rannten über den Hof und hielten sich im Schatten des Tores.

»Lass mich vorgehen«, flüsterte Maria.

Sie setzte sich den Rucksack auf, trat auf der Straße in den Lichtkegel und sah sich um. Rechts endete die Straße in einer Sackgasse, links tauchte nach hundert Metern eine Querstraße auf. Mit zusammengekniffenen Augen scannte Maria die Umgebung nach Überwachungskameras, konnte aber im Dunkeln keine ausmachen. Nach Aussage des Partybetreibers war die Gegend noch nicht von Kameras verseucht.

Sie winkte Yang zu sich und nahm seine Hand. Ihr Körper stand unter Hochspannung, ihr Puls pochte im Kopf. Die Mauern warfen das Geräusch ihrer Schritte zurück. Die Gebäude rechts und links der Sackgasse waren wie Kadaver. Das Mondlicht ließ überall Zeichen des Verfalls erkennen, hier eingeworfene Scheiben, dort fehlende Dachziegel und beim nächsten ein ausgebrannter Dachstuhl. Auf halbem Weg zur Querstraße tauchte plötzlich ein Polizeifahrzeug auf, wie ein schläfriges Krokodil schwamm es gemächlich in ihr Blickfeld.

Yang zog Maria in den Schatten einer Mauer.

Das Krokodil blieb stehen. Und riss auf einmal die Augen mit einem Suchscheinwerfer auf.

Kurz bevor der Lichtstrahl sie erfasste, stieß sich Maria von der Mauer ab und stürmte auf der anderen Straßenseite in einen schmalen Durchgang zwischen zwei Grundstücken.

»Halt! Stehen bleiben!«, ertönte eine Stimme blechern aus dem Lautsprecher des Polizeiwagens.

Das Zuschlagen der Fahrzeugtüren hörten sie schon nicht mehr, die Gebäude verschluckten es. Yang war dicht hinter Maria. Das Licht seiner Lampe tanzte vor ihr unruhig hin und her. Ihre Füße flogen über den Boden. Irgendwo bellte ein Hund. Yang überholte sie mit seiner Lampe. Hinter ihnen brüllten die Polizisten Befehle. Eine Abzweigung nach rechts tauchte im Lichtkegel auf, und sie stürmten um die Ecke. Gleich danach eine kleine Kreuzung. Weiter nach links. Plötzlich griff Yang ihre Hand und brachte sie ruckartig zum Stehen.

»Schnell, klettere darüber«, flüsterte er und wies mit der Taschenlampe auf eine Mauer neben ihnen. Sie endete einen halben Meter über ihren Köpfen. Das Getrampel der Polizeistiefel kam schnell näher. Yang formte mit seinen Händen eine Räuberleiter und hievte Maria auf die Mauer. Das Getrampel war bedrohlich nah, nur noch wenige Augenblicke entfernt. Maria sprang von der Mauer ins Dunkle. Ihr Herz raste. Sie knickte beim Aufkommen um und unterdrückte einen Schmerzensschrei. Dann sah sie, wie Yangs Hände sich an die Kante der Mauer krallten und er seinen Körper nach oben zog. Rasch leuchte er nach unten, entdeckte Maria am Fuße der Mauer und sprang. Sofort schaltete er das Licht aus. Es war stockdunkel. In dem Moment bogen die galoppierenden Polizeistiefel um die Ecke und rannten an ihnen vorbei.

Marias Atem ging stoßweise.

»Das war knapp«, flüsterte sie hechelnd, ihre Worte waren mehr an sich als an Yang gerichtet, sein Kopfnicken konnte sie mehr erahnen als sehen.

»Du hast kein Handy dabei, oder?«, flüsterte Yang mit pumpendem Atem.

»Natürlich nicht, was denkst du denn?«

Niemand bei Verstand brachte sein Handy zu illegalen Technopartys mit, dazu war die digitale Überwachung inzwischen viel zu umfassend.

»Gut, dann können sie uns eigentlich nur mit Wärmebildkameras finden. Ich glaube aber nicht, dass ihnen eine Party den Aufwand wert ist.«

»Trotzdem, es wird immer schlimmer«, flüsterte sie.

Yang nickte. Die neueste Kampagne der Partei richtete sich gegen alles Westliche. Mode. Kunst. Filme. Musik.

China braucht nur China.

Überall in den Städten hing die neue Losung der Partei auf riesigen Plakaten. In TV-Spots trällerten Prominente ein eigens komponiertes Lied mit der Losung im Refrain.

Yang summte die Melodie leise vor sich hin und äffte den Gesang im Flüsterton nach. Ein Lächeln huschte über Marias Gesicht. Dann froren ihre Mundwinkel ein.

»Scheiße«, flüsterte Yang.

Ein fieses Summen.

Wie von einem großen Insekt. Auf der Jagd nach menschlicher Beute.

Yang sprang auf. »Eine Drohne, schnell, wir müssen hier weg.«

»Warte«, sagte Maria. »Wir bleiben hier.«

Sie öffnete den Reißverschluss ihres Rucksacks, griff hinein und zog ein kleines Paket hervor. Yang schaute auf sie hinab. Das Summen der Drohne wurde lauter.

Mit flinken Bewegungen entfaltete Maria eine Decke, sie knisterte beim Ausbreiten und schimmerte im Mondlicht.

»Schnell, leg dich auf den Boden«, flüsterte Maria und blickte zu Yang hoch. Ein breites Grinsen lag auf seinem Gesicht. Das Insekt schwirrte irgendwo über den Nachbargrundstücken. Sie streckte sich neben ihm auf dem Rücken aus und zog die Goldfolie über ihre beiden Körper.

»Du musst mich umarmen«, flüsterte sie. »Sie ist eigentlich nur für eine Person gedacht.«

Sie drehten sich beide auf die Seite und sahen sich an. Er

schob einen Arm unter ihrem Oberkörper hindurch und zog sie an sich. Ihr Mund berührte seinen Hals; sie sog seinen Geruch ein.

Das Summen kam schnell näher.

Maria wagte kaum noch zu atmen. Die Drohne überflog die Mauer. Das Summen wurde lauter. Es flog über sie hinweg und entfernte sich. Hörbar ließ Maria die Luft aus ihren Lungen entweichen. Dann erstarrte sie.

»Fuck«, hauchte Yang.

Das Insekt kam zurück.

Maria fühlte das Pochen ihres Herzschlags im Kopf. Das Summen war jetzt direkt über ihnen. Die Drohne verharrte auf der Stelle. Ein Schweißtropfen löste sich aus Marias Haaransatz und lief an ihrer Stirn entlang. Das Motorengeräusch der Drohne hallte in ihrem Kopf, vermischt mit dem Rauschen ihres Blutes. Los, hau ab, betete sie. Doch das Geräusch veränderte sich nicht. Es kam ihr vor wie eine Ewigkeit, die Zeit zäh wie Teer.

Endlich. Das Summen entfernte sich.

Sie verharrten in ihrer Position und lauschten dem leiser werdenden Surren. Erst als es komplett verschwunden war, lösten sie sich aus ihrer Umklammerung und krochen unter der Decke hervor. Sie rappelten sich auf, klopften ihre Kleidung ab.

Maria forschte mit ihren Augen in Yangs Mienenspiel. Als er es bemerkte, umspielte ein Lächeln seine Mundwinkel. Ihre Blicke verhakten sich.

»Das war nicht deine erste Flucht, oder?«, fragte er und näherte sich ihrem Gesicht.

Sie schüttelte den Kopf.

»Danke«, sagte er leise.

Dann küssten sie sich.

優越性

Dienstag, 2. Juni, 06:24, Bürohochhaus, Shanghai

In seinen Brillengläsern spiegelte sich der Morgenhimmel. Die Glasfassaden der umstehenden Wolkenkratzer glühten in Orange- und Rottönen, je nach Winkel zur aufgehenden Sonne. Tom Lee liebte die Aussicht aus der obersten Etage seiner Firmenzentrale, doch an diesem Morgen hatte er keinen Blick für die Schönheit der Szenerie.

Die Nachricht aus Deutschland rotierte in seinem Kopf wie ein außer Kontrolle geratener Autoscooter. Rasend schnell und ohne Möglichkeit, ihn zu stoppen.

Regungslos stand er an der durchgehenden Fensterfront hin zum Huangpu und ging die möglichen Konsequenzen durch.

Das größte Geheimnis der chinesischen Regierung.

Verdammt, bisher war es nur *sein* größtes Geheimnis; die Regierung wusste nichts davon. Es sollte eine Überraschung für den Präsidenten werden. Ein Zeichen der Reue und Wiedergutmachung. Dass er seine Lektion gelernt hatte.

Mit seinem mehrwöchigen Verschwinden, über dessen Ursache es wüste Spekulationen gegeben hatte, hatte man ihm eine unmissverständliche Botschaft gesandt. Das Scheinwerferlicht der öffentlichen Bewunderung, in dem er sich so gerne sonnte, würde dauerhaft erlöschen, sollte er noch einmal öffentlich Kritik am Präsidenten üben. Präsident Xi war inzwischen in der chinesischen Gesellschaft ein Monolith, an dem jedes andere Ego zu zerschellen hatte.

Die Zeit in der kargen, unbeheizten Zelle irgendwo in einem Gebirgsgefängnis – schneebedeckte Berggipfel hinter dem vergitterten Fenster sowie die grimmige Kälte waren die einzigen Hinweise auf seinen Aufenthaltsort – steckte Lee immer noch in den vierundfünfzigjährigen Knochen. Eine Einzelzelle, winzig, nur mit einer Kloschüssel aus Edelstahl sowie einem schwarzen Bettgestell ausgestattet, hatte sich tief in sein Gedächtnis und seine Träume eingebrannt.

Letzte Nacht war er erneut schweißgebadet aufgewacht. Dabei hegte er doch den gleichen Traum wie sein Präsident. Dieses Jahrhundert gehörte ihnen. Dazu brauchte er doch nur aus dem Fenster zu blicken; was waren schon New York, London oder Paris gegen diesen Anblick?

Lee begann vor der knapp zwanzig Meter langen Fensterfront seines Büros auf und ab zu gehen. Wenn er seinen Körper in Bewegung setzte, konnte er besser nachdenken. Seine Spiegelung lief mit schmalen Lippen, breiter Nase, eng stehenden Augen und hoher Stirn unter streng gescheitelten Haaren in der Glasscheibe neben ihm her.

Sein knapp zweihundert Quadratmeter großes Büro war auffallend schlicht möbliert: ein Schreibtisch, zwei Besucherstühle und ein riesiger Lichtenstein an der Längsseite gegenüber der Fensterfront. Beim Layout des Raums hatte er sich von Architekten aus Hitler-Deutschland inspirieren lassen: Baue große Räume, möbliere sie spärlich und sorge dafür, dass der Besucher den ganzen Raum bis zu deinem Schreibtisch durchschreiten muss. Das schüchtert ihn ein.

Für einen Besucher wurde beim Gang von der Tür zu Lees Schreibtisch, den er bewusst filigran und gläsern gewählt hatte, mit jedem Schritt die Aussicht atemberaubender und das Ego kleiner.

Lee ließ sich in den schwarzen Lederstuhl an seinem Schreibtisch fallen und kehrte der Stadt den Rücken zu. Ungeduldig riss er die oberste Schublade am Schreibtisch auf, schob eine Ledermappe beiseite und kramte die Zigarettenpackung hervor. Würden sie ihm seinen Alleingang verzeihen? Klar, die Firma in Deutschland hatte er nur mit Genehmigung der Partei erwerben können, doch was seine Wissenschaftler dort entdeckt hatten, wussten die Kader nicht. Noch nicht.

Verdammt, er hätte es wissen müssen: Frauen waren einfach zu zimperlich. Jun Ji Bao war zwar brillant, aber eben doch nur eine Frau. Von jetzt an würde er nur noch Männer einweihen. Natürlich würde die Partei ihre Spur direkt zu ihm zurückverfolgen, ihre Anstellung als Beraterin bei der Berliner *GenTech AG* war kein Geheimnis. Er seufzte vernehmlich, ging zu seinem Schreibtisch und nahm einen Schluck seines inzwischen erkalteten Tees.

»Vorzimmer.« Die Sprachsteuerung in seinem Büro stellte eine Verbindung in das Büro seiner beiden Assistentinnen her. In der Glasplatte des Schreibtischs begann eine rote Diode sanft zu pulsieren, zur Erinnerung an die bestehende Verbindung.

»Was kann ich tun?«, erklang die rauchige Stimme der jüngeren Assistentin Kaiwen aus dem Lautsprecher auf seinem Schreibtisch.

»Gibt es heute einen Termin, den ich nicht absagen kann?«

Kaiwen räusperte sich, zögerte kurz, schließlich sagte sie: »Nun, das kommt darauf an.«

»Was soll das heißen?«, fragte Lee genervt.

»Wenn Sie Ärger mit Ihrer Frau vermeiden wollen, gibt es einen Termin, den Sie wahrnehmen sollten.«

»Was …?« Natürlich, die Premiere ihres neuen Films heute Abend. So ein Mist. »Okay, dann buchen Sie mir für morgen früh den ersten Flug nach Berlin, Rückflug offen. Ende.«

Das letzte Wort kappte die Verbindung ins Vorzimmer. Keine fünf Sekunden begann die gelbe Diode neben der roten zu pulsieren. Das Vorzimmer bat um Kontaktaufnahme.

»Vorzimmer.«

»Herr Lee«, ertönte die spitze Stimme der zweiten Assistentin. »Das Büro des Präsidenten möchte Sie sprechen.«

So schnell? Das bedeutete nichts Gutes.

Plötzlich durchzog ein eisiger Windhauch sein Büro. Wie in der Zelle. Jedenfalls kam es ihm so vor.

Lee atmete zweimal tief ein und aus. »Gut, stellen Sie durch.«

優越性

Dienstag, 2. Juni, 08:07, Wohnung, Berlin

Das Klingeln des Handys auf dem Nachttisch erschien ihm wie das Läuten von Kirchenglocken direkt neben seinem Kopf. Robert Forster fluchte leise ins Kopfkissen und tastete mit der rechten Hand nach seinem Handy.

»Hallo?« Seine Stimme klang so rau, wie er sich fühlte.

»Robert? Markus, hier. Markus Mohrmann.«

Roberts Kopf brummte, der Mund war ausgedörrt, auf seiner Zunge lag ein pelziger Belag. Er fragte sich, wie spät es gestern Nacht geworden war, und musste sich eingestehen, nicht die leiseste Ahnung zu haben. Er versuchte, die Gedächtnisfetzen der letzten Nacht zusammenzukleben, aber es half nichts, er wusste nur noch, dass er viel verloren hatte. Zu viel. Wieder einmal.

»Kann ich dich später zurückrufen?«

»Nein, kannst du nicht. Weißt du nicht, was hier los ist?«

»Sollte ich?«

»Bist du in einem Paralleluniversum?«

»Was meinst du?«, presste Robert hervor.

»Mein Gott«, stöhnte Mohrmann. »Sag bloß, du hast es noch nicht mitbekommen.«

Robert verstand nur Bahnhof und blieb stumm.

»Okay, ich schicke dir jetzt etwas, schau es dir an, und komm so schnell wie möglich her. Ich habe einen Auftrag für dich. Übliche Bezahlung.«

»Was soll ich tun?«

»Ich erkläre es dir, wenn du hier bist. Wann wird das sein?«

»Stunde, vielleicht etwas mehr.«

»Gut, beeil dich.«

Im Bad zwängte sich das Morgenlicht durch schon ewig ungeputzte Fenster. Robert warf zwei Aspirin für den Kopf ein und eine Ritalin, um auf Touren zu kommen. Letztere war Überbleibsel einer Zeit, als Upper und Downer zu seinen Grundnahrungsmitteln gehörten. Nach seiner Rückkehr nach Berlin war er innerlich zusammengebrochen, in einer Art, die nur geschieht, wenn einem der Boden unter den Füßen weggezogen wird und man nicht weiß, wie tief der Fall sein wird. Inzwischen nahm er die Tabletten nur noch, wenn es gar nicht anders ging. So wie heute. Im Spiegel blickte ihn eine grimmige Version seiner selbst an, die Augen trüb vor Müdigkeit, die Haut fahl wie seine Laune. Seine hellen Augen dominierten ein Gesicht voller Widersprüche. Eine schmale Nase stand im Gegensatz zu den vollen Lippen, die sich zu einem breiten Mund formten und in einem kantigen Kinn mit Grübchen ihren Abschluss fanden. Mit seinen braunen Locken, der muskulösen Statur und den intensiven blauen Augen hatte er früher einmal wie ein Rennfahrer oder Kampfflieger ausgesehen, jedenfalls hatte er etwas Draufgängerisches gehabt, aber die Zeiten waren vorbei. Während er sich betrachtete, drehte er den Kopf hin und her und fragte sich, ob sich seine Locken weiter ausgedünnt hatten. An einigen Stellen schimmerte inzwischen die Kopfhaut durch, seine Befürchtung, eines Tages kahl zu sein, schien sich zu bewahrheiten. Du siehst beschissen aus, dachte der 37-jährige, und grinste sein Gegenüber linkisch an.

Beim Verlassen der Dusche fiel sein Blick auf den überquellenden Wäschekorb; er nahm sich vor, sich nach seiner Rückkehr darum zu kümmern. Ein Bild sauste durch seinen Kopf, und er erstarrte. Cino war am späten Abend aufgetaucht. Das war nicht sein richtiger Name, aber Robert nannte ihn so. Tatsächlich hatte der kleine bullige Chinese sich nie vorgestellt. Cino hatte sich neben ihn gesetzt, kurz nachdem Robert sich an den Roulettetisch begeben hatte. Kommentarlos hatte Cino die Hand ausgestreckt.

»Heute gibt's kein Urlaubsgeld«, hatte Robert gesagt, um das Ganze wie ein Spiel wirken zu lassen, doch er wusste am besten, dass es keins war.

»Du hast noch eine letzte Woche«, hatte Cino ohne den Anflug eines Lächelns entgegnet. »Plus Zinsen. Sonst wirst du auf eine andere Art bezahlen müssen.« Dann war er gegangen. Robert hatte ihn den ganzen Abend nicht mehr gesehen, vielleicht weil Cino den Club schnell wieder verlassen oder er irgendwann einfach zu viel intus hatte.

Sein Glück einer kleinen Kugel anzuvertrauen, geschah immer dann, wenn er zu betrunken zum Pokern war. Die kleine Kugel funktionierte in jedem Zustand.

Eine Welle aus Selbstekel durchflutete ihn, während er sich anzog. Schon so oft hatte er sich vorgenommen, mit diesen durchsumpften Nächten aufzuhören, doch irgendetwas in ihm schaffte es einfach nicht. Kabul und die Folgen hatten zu einem Leben geführt, dessen Grenzen häufig genauso schwammig waren wie die Erinnerungen an die letzte Nacht. Ein brummender Schädel und das leere Portemonnaie waren oft die einzigen Hinweise, wenn er sich morgens so fühlte, als hätte die Welt ihn am Ende der Nacht einfach ausgekotzt.

Beim Frühstück war sein Geist immer noch von Wolken verhangen, er kippte zwei doppelte Espresso herunter. Dazu eine Schale Müsli, um die Alkoholreste in seinem Magen aufzusaugen. Während er aß, sah er sich auf seinem Handy das Video an, das am Abend zuvor live von einer Million Zuschauern verfolgt wurde und seitdem rund sechs Millionen Klicks eingesammelt hatte.

»Heilige Scheiße«, murmelte er, als der Clip zu Ende war.

優越性

Dienstag, 2. Juni, 08:53, Atelier, Wuhan

Nach jedem Eintauchen in einen der Farbeimer zu ihren Füßen klatschte der Pinsel wie ein nasser Mob auf die Leinwand. Maria wischte den breiten Pinsel im Rhythmus der wummernden Technomusik kreuz und quer über die weiße Fläche. Die Playlist ihres DJ-Sets der letzten Nacht half ihr, noch einmal die Schwingungen der durch Musik und diverse Substanzen aufgeputschten Feiernden zu spüren und sie in ihrem sonnenlichtdurchfluteten Atelier, einer ehemaligen Druckerei, mit Verve auf die Leinwand zu werfen.

Die Schnelligkeit ihrer Bewegungen ließ Maria schwitzen. Eine Haarsträhne klebte ihr an der Stirn. Die Luft begann bereits stickig und drückend zu werden, wie so oft um diese Jahreszeit. Schließlich wischte sie sich die Hände ab, schaltete die Musik auf ihrem Laptop aus, schnappte sich den Kaffeebecher von dem mit Farbklecksen übersäten Beistelltisch neben der Leinwand und trat einige Schritte zurück.

Das Bild war gut. Extrem gut sogar. Dafür würde sie schnell einen Käufer finden. Sie lächelte.

Hinter ihr erklang ein Geräusch, das Besucher beim ersten Mal oft erschreckte: das Schleifen einer Stahltür über nackten Betonboden. Die Tür gehörte zu einem stählernen Kubus am Ende des Ateliers, zu ihrem Schlafzimmer. Maria beobachtete amüsiert, wie Yang, nur mit Boxershorts bekleidet, den Arm vors Gesicht riss, als er den dunklen Raum verließ und ihm die Sonne ins Gesicht knallte. Maria seufzte leise; er war genau das, was sie gestern Nacht gebraucht hatte, aber heute Morgen nicht mehr.

»Guten Morgen, gut geschlafen?«

Als Antwort erklang nur ein Brummen.

»Hör zu, ich muss jetzt arbeiten. Ich rufe dich später an, okay?«

»Ich muss mit dir etwas …«

»Später, bitte, ich melde mich, versprochen. Okay?«

Er blinzelte verlegen im Gegenlicht. Eine so direkte Ansage hatte er nicht erwartet. Keine drei Minuten später verschwand er wortlos.

Maria stellte die Musik wieder an, lauter als zuvor. Eine halbe Stunde später beendete sie mit einem zufriedenen Lächeln ihr Tun. Mit geübten Handgriffen baute sie Stativ samt Scheinwerfer auf, leuchtete das Gemälde perfekt aus und machte mit ihrem Handy verschiedene Aufnahmen ihres Werks. Rasch wählte sie das beste Foto aus, bearbeitete es mit einer passenden App, postete es in all ihren sozialen Medien samt Preisvorstellung und hüpfte unter die Dusche – ein waagerechtes Rohr im rauen Putz mit einem aufgeschweißten Duschkopf und einem Loch im Betonboden als Abfluss.

Sie drehte die Dusche auf kalt, ließ das Wasser auf ihren Kopf prasseln und spürte, wie sich die Kopfhaut unter der eisigen Temperatur zusammenzog. Die Gedanken nahmen vor der Kälte Reißaus und rannten zu Yang. Warum hatte sie ihn so schnell weggeschickt? Er wäre gerne geblieben, das war klar. Gut, er hatte kein Herzensgewitter ausgelöst, aber dennoch. Hatte ihre Mutter ihren Groll auf Männer an sie vererbt wie Familiensilber? Stieß sie deshalb Verehrer schnell von sich, um nicht die gleiche Enttäuschung zu erleben?

Furcht flatterte in ihr herum wie eine dunkle Motte; sie flog mehrere Etagen tiefer direkt in die Katakomben von Marias Erinnerung. Auf dem Weg vom Kindergarten hatte sie mit ihren

Freundinnen eine Schneeballschlacht gemacht. Es war der erste Schnee ihres Lebens gewesen. Als sie zu Hause die Eingangstür öffnete, merkte sie gleich, dass etwas nicht stimmte. Durch die enge Wohnung waberte kein Geruch kräftig gewürzter Speisen wie sonst jeden Tag. Nur ein Wimmern. Ihre Mutter saß in sich zusammengesunken am Küchentisch und schaute sie aus verquollenen Augen an, um den Mund einen bitteren Zug, den sie fortan nur noch selten verlor.

Den Verlust des Arbeitsplatzes speicherte Maria in ihrem kindlichen Gehirn als schlimmstmögliches Ereignis ab, nur das verriet ihr ihre Mutter an jenem Tag. Maria kannte das stattliche Haus, in dem ihre Mutter als Privatlehrerin für Musik und Mandarin die Kinder eines deutschen Paares unterrichtete. Manchmal fand ihre Mutter keinen Babysitter, und Maria erlebte unbeweglich wie eine Staue in der Ecke des Wohnzimmers, wie ihre Mutter mit den beiden Teenagern Tonleiter oder Schriftzeichen übte.

Die ganze Wahrheit erfuhr sie erst Jahre später.

In der Schule begannen wohlwollende Mitschüler, sie nach ihren hellen Augen zu fragen, und bösartige, sie Bastard zu nennen.

»Warum sehe ich anders aus, Mama?«

Am Küchentisch hatte ihre Mutter Marias Hände in ihre genommen und zu erzählen begonnen. Mit jedem Satz kamen mehr Tränen. Der groß gewachsene, blonde Vater der Teenager, der Maria bei den wenigen Begegnungen meist lächelnd gemustert, ihr aber mit seiner dröhnenden Stimme in der fremden Sprache Angst eingejagt hatte, war auch Marias Vater. Marias Mutter war jahrelang seine Geliebte gewesen. Er hatte ihr die ganze Zeit Hoffnung auf ein gemeinsames Leben in Deutschland gemacht und Marias Mutter dazu gebracht, sich und ihre Tochter mit jahrelangem Deutschunterricht auf ein Leben in der Fremde vorzubereiten. Doch statt mit ihnen war er mit seiner

Familie in seine Heimat zurückgekehrt. Von einem Tag auf den anderen. Ohne Vorwarnung und ohne ein Wort des Abschieds.

Maria drehte das Wasser von kalt auf heiß, und der Temperaturschock verjagte die Erinnerungen.

優越性

Dienstag, 2. Juni, 09:16, Tiefgarage, Berlin

In der Tiefgarage kramte Robert die Sonnenbrille aus der Türablage und setzte sie auf, noch bevor er den Wagen startete. Sein anthrazitgrauer BMW rollte, begleitet vom Summen der Elektromotoren, die Rampe hoch ins Sonnenlicht. Trotz der Brille musste Robert die Augen zusammenkneifen. Berlin erschien ihm an diesem Morgen wie ein einziger hektischer Ausbund an Lärm und Leben; alles war zu laut und zu grell. Während der Fahrt merkte er, wie die Ritalin-Tablette ihre Wirkung entfaltete. Seine inneren Akkus schienen sich wie von Zauberhand aufzuladen, seine überreizten Sinne konnten die Welt wieder besser ertragen.

Als er in die Chausseestraße einbog, schimmerte die Fassade des Bundesnachrichtendienstes golden in der Morgensonne. Wie immer parkte Robert seinen Wagen im Parkhaus des Nordgebäudes. Auf dem Weg zum Fahrstuhl wirbelte ein warmer Sommerwind durch die Etage und seine halblangen, lockigen Haare durcheinander. Die Fahrstuhltür öffnete sich mit einem fiesen Schleifgeräusch, gefolgt von einer Stimme in seinem Rücken.

»Robert, nimmst du mich mit?«

Robert fluchte still, drehte sich um und setzte ein Lächeln auf. Mit Walter Zimmermann, der sich ihm im Laufschritt näherte, hatte er sich am Anfang seiner Zeit beim BND ein Büro geteilt. Beide kamen frisch von der Uni, Zimmermann nach einem Jura-

und Robert nach einem Politikstudium mit Schwerpunkt Mittlerer Osten. Zimmermann war einige Jahre jünger als Robert, aber Zimmermann hatte auch nicht vor seinem Studium als Soldat gedient. Für Robert war die Bundeswehr der einfachste Weg zu einem Studium gewesen, und wenn er ehrlich war, auch der einzige. Es gab niemanden, der ihn finanziell hätte unterstützen können. Im Zuge der ISAF-Mission hatte er Afghanistan aus nächster Nähe kennengelernt und sich anschließend im Studium darauf konzentriert. Bis heute wusste er nicht, wie der BND von seiner Abschlussarbeit erfahren hatte, aber nach der Fertigstellung seiner Masterarbeit über die Opiumproduktion in Afghanistan als wirtschaftliche Machtbasis der Taliban bot der Geheimdienst ihm einen Job an, noch bevor er sein offizielles Diplom in den Händen hielt.

»Mensch, Robert, alles okay? Du siehst ein bisschen kränklich aus.«

»Ja, ich fühle mich auch nicht besonders. Du hältst besser Abstand, vielleicht ist irgendetwas im Anmarsch«, sagte Robert, lauschte dabei dem Klang seiner Stimme und fragte sich, ob sie anders klang, wenn er log.

»Dann lasse ich dich besser allein fahren. Ich nehme den nächsten.«

»Ja, ist vielleicht besser so«, entgegnete Robert und verschwand im Inneren des Aufzugs.

Oben angekommen lief er mit schnellen Schritten durch die endlosen Gänge des Hauptgebäudes mit seinen fünftausendzweihundert Räumen. Jedem, den er kannte, nickte er nur kurz zu und hastete an ihm vorbei, um nicht in ein Gespräch verwickelt zu werden. Ohne anzuklopfen, betrat er Mohrmanns Büro. Der schaute von seinem Schreibtisch hoch; ein Zucken seiner rechten Augenbraue verriet Überraschung, vielleicht sogar Verwunderung.

Seiner Stimme hörte man sie nicht an. »Hallo, Robert, bitte setz dich.«

Robert zog einen der vier schwarzen Stühle von dem kleinen Konferenztisch unterhalb des Fensters weg und platzierte ihn direkt vor Mohrmanns Schreibtisch. Mit einem Schnaufen ließ er sich darauf nieder.

»Robert, alles okay? Du siehst nicht gut aus.«

»Komm zur Sache. Wer ist die Frau?«

Mohrmann Blicks schien: Okay, wie du willst, zu sagen, dann eben kein Austausch von Freundlichkeiten. Er schob ihm ein Blatt rüber. Robert sah ein Foto der Chinesin aus dem Fernsehen. Darunter las er das, was Mohrmann gerade wie ein Souffleur hinzufügte: »Jun Ji Bao, 11.03.1984, geboren in Shenzhen, China, Studium der Biologie.«

»Gut, was wisst ihr sonst noch über sie?«

»Eine der wenigen Frauen und gleichzeitig die jüngste Person, die offiziell Mitglied der Chinesischen Akademie der Wissenschaften wurde.«

»Was verbirgt sich hinter dieser Akademie?«

»Das größte Forschungsinstitut der Welt, knapp fünfzigtausend Mitarbeiter. Es steht im weltweiten Ranking der Forschungseinrichtungen seit 2016 jedes Jahr auf Platz eins. Die Akademie wurde 1949 gegründet und hatte seitdem erst achtundfünfzig Mitglieder. Dort aufgenommen zu werden ist die höchste offizielle Auszeichnung, die China Wissenschaftlern zu bieten hat. Das gelingt nur den Besten.«

»Was hat sie hier in Deutschland gemacht?«

»Das ist eines der Dinge, die du für uns herausfinden musst«, entgegnete Mohrmann. »Wir wissen nur, dass sie im letzten Jahr sechsmal nach Deutschland gereist ist und jedes Mal mindestens eine Woche blieb.«

»Und so jemand taucht plötzlich im deutschen Fernsehen auf und will uns das größte Geheimnis Chinas verraten?«

Mohrmann sah Robert erwartungsvoll an und wartete auf die Schlüsse, die er zog.

»Dann muss sie etwas sehr schockiert haben. So jemand verrät nicht mal eben so nebenbei sein Land«, fuhr Robert fort.

»Yep, das sehen wir auch so«, meinte Mohrmann.

»Gibt es dazu schon ein offizielles chinesisches Statement?«

»Nein, Schweigen im Walde. Sonst ist China immer sehr schnell, Dinge zurückzuweisen oder zu dementieren, die ihnen nicht gefallen, aber in diesem Fall: nichts. Als ob sie nicht wüssten, wie sie darauf reagieren sollen.«

Robert stieß einen leisen Pfiff aus. »Das wird Glatze aber gar nicht gefallen.«

Mohrmanns Lippen umspielte ein feines Lächeln; kaum jemand beim BND nannte den Kanzler intern beim Namen. Seine fehlende Haarpracht bot die ideale Steilvorlage für einen Spitznamen.

»Stimmt, deshalb habe ich dich auch angerufen. Du weißt ja, wie er ist. Bloß keinen Ärger. Er hat Loderer …« Mohrmann zögerte und sah Robert direkt an. »Hast du schon von Loderers Beförderung gehört?«

Robert schüttelte den Kopf.

»Okay, wie auch immer, Glatzes Leute aus dem Kanzleramt haben Loderer wissen lassen, dass sie im Hinblick auf den Staatsbesuch des chinesischen Präsidenten am nächsten Wochenende die Sache möglichst niedrigschwellig behandelt sehen wollen. Wir sollen die Angelegenheit der Polizei überlassen und uns da raushalten.«

»Tun wir doch gerade.«

Die beiden Männer lächelten sich an.

»Genau. Deshalb wirst du bitte überall da rumkramen, wo wir es nicht sollen«, ergänzte Mohrmann. »Ich will wissen, warum die Frau so oft hier in Deutschland war. Vor allem aber will ich wissen, was der wahre chinesische Traum ist.«

»Wo ist sie jetzt?«

»Ich weiß nur, dass sie in die Charité gebracht wurde.« Mohrmann stoppte abrupt und sah Robert an. »Bist du sicher, dass du den Auftrag haben willst?«

Robert nickte, steckte den Zettel ein und erhob sich.

»Warte«, sagte Mohrmann. »Ich habe eine neue Handynummer. Die schicke ich dir gleich. Kontaktiere mich am besten nur darüber.«

Als Robert die Tür erreichte, drehte er sich noch einmal zu Mohrmann um. »Übrigens, meine Tagesgage sind jetzt siebenhundertfünfzig Euro. Du weißt schon, Inflation und so. Okay?«

優越性

Dienstag, 2. Juni, 09:57, Altstadt, Wuhan

In ihrem kurzen blauen Lieblingskleid, das ihre schlanke Silhouette und langen Beine betonte, trat Maria auf die Straße und warf der Überwachungskamera an der gegenüberliegenden Häuserwand einen flüchtigen Blick zu. In den engen Gassen der Altstadt herrschte das übliche Gewusel aus aufdringlichen Händlern, eiligen Passanten und mürrischen Polizisten. Eine warme Brise streichelte beim Gehen die helle Haut ihrer nackten Arme und Beine, rüttelte sanft an den langen brünetten Haaren. Die Sonne liebkoste ihr Gesicht, das Männer zwar reizvoll fanden, Maria aber wie ein Sammelsurium von Makeln erschien. Unter einer Stupsnase lag ein zu breiter Mund, bei dem die obere Lippe ein wenig voller war als die untere und in dem die obere Zahnreihe in der Mitte eine schmale Lücke ließ. Das herausstechendste Merkmal der 29-Jährigen waren jedoch die großen eisblauen Augen, die sie heute hinter einer riesigen Sonnenbrille verbarg.

Fünf Gassen und drei Abbiegungen weiter erreichte Maria schließlich den Marktplatz. Sie näherte sich gerade ihrem Lieblingsstand – der stämmige Händler winkte sie bereits mit einem Lächeln zu sich –, als ihr Handy brummte. Maria kramte hektisch in ihrer beigen Ledertasche. Sie zog das Handy hervor und erschrak, als sie las, von wem die Nachricht war.

Wussten sie schon von der gestrigen Party? Hatte jemand sie verraten? Verflucht, sie durfte auf keinen Fall noch mehr Punkte verlieren; der niedrige Stand ihres Sozialkontos machte ihr schon genug Scherereien. Ihr blieben noch dreiundvierzig Minuten bis zum angezeigten Termin. Eine Verspätung ergab Minuspunkte. Sie winkte dem alten Mann zu, rief, dass sie später wiederkäme, und machte auf dem Absatz kehrt.

Mit ihrem E-Bike erreichte sie zwei Minuten vor elf das Polizeirevier. Außer Atem meldete sie sich zur Stelle und erntete missmutige Blicke und Schweigen. Der wachhabende Beamte, ein kleiner Mann mit dünnen Haaren, dickem Bauch und schiefen Zähnen fragte sie erst nach ihrem Namen, bevor er auf eine Reihe von schwarzen Plastikstühlen am Ende des Ganges wies.

Ihre Sitznachbarn wurden einer nach dem anderen aufgerufen. Es dauerte über eine halbe Stunde, bis Maria an die Reihe kam. Die ganze Zeit erwartete sie den Beamten Chi, mit dem sie schon öfter zu tun hatte. Ein groß gewachsener Mann mit kalten Augen und Mundgeruch, der Maria seine Herablassung und Verachtung für Mischlingskinder stets hatte spüren lassen. Zu ihrer Überraschung erschien jedoch eine Frau, die sich als Frau Wu vorstellte und sie freundlich bat, ihr zu folgen.

Maria nahm sich vor, erst einmal zu schweigen. Sie spürte, dass dieses Treffen anders war, keine der üblichen Standpauken über ihre moralischen Verpflichtungen im chinesischen Sozialismus.

Wu, klein und zierlich, aber mit zackigen Bewegungen, trug keine Polizeiuniform, sondern ein schlichtes mittelgraues Kostüm, passend zur Farbe ihrer Haare, die in einem Knoten hinter dem Kopf zusammengebunden waren. Sie führte Maria in einen fensterlosen, weiß getünchten Raum mit grellem Neonlicht. Trotz einer Klimaanlage auf Hochtouren war die Luft stickig, darin ein leises Surren, wie das Geräusch eines unsichtbaren Motors. Wu bat sie, auf einem Stuhl vor der Längsseite des Tisches Platz zu nehmen, und setzte sich ihr gegenüber. Zwischen ihnen lagen ein Tablet und eine Mappe. Wu zog das Tablet zu sich heran und tippte darauf herum.

»Frau Lin, es tut mir leid, aber ich habe leider schlechte Nachrichten für Sie.«

Das ehrliche Bedauern in der Stimme verwirrte Maria. Wu sah sie an, als erwarte sie eine Erwiderung.

»Ich verstehe nicht, worauf Sie hinauswollen«, antwortete Maria zögerlich und hielt Wus Blick stand.

»Ich muss Ihnen leider mitteilen, dass Ihre Tante Jun Ji Bao verstorben ist.«

優越性

Dienstag, 2. Juni, 11:34, Krankenhaus, Berlin

Seinen BMW parkte Robert im Schatten einer mächtigen Eiche. Er war froh, dem Berliner Verkehr entkommen zu sein. Morgens brandeten die Autos wie die Gezeiten in die eine Richtung, abends in die andere, und er als Treibgut mittendrin. Er wühlte in dem Handschuhfach und fand in der hintersten Ecke drei Ausweise. Heute würde er Kriminalist sein.

Er setzte die Sonnenbrille auf und ging zum Eingang der Charité. Er erkundigte sich am Empfang nach der pathologischen Abteilung und wurde mit mürrischem Ton ins Untergeschoss geschickt. Er marschierte an den Fahrstühlen vorbei und stieß die Tür zum Treppenhaus auf. Der Geruch ließ ihn abrupt stoppen.

Es roch wie damals in Kabul.

Er schloss die Augen.

Und befand sich wieder in einem Gewusel von Menschen. Alle liefen wild durcheinander. Wehklagen über Verstorbene vermischten sich mit verzweifelten Rufen nach Angehörigen. Die Luft stand, im Krankenhaus war es drückend heiß. Plötzlich erklangen draußen Schüsse. Robert nahm zwei Stufen auf einmal und erreichte das Untergeschoss. Nirgends ein Arzt zu sehen. Eine Schwester kam ihm entgegen und meinte, er müsse raus, hier sei es nicht mehr sicher. Er fragte nach Soraya. Sie zuckte mit den Schultern, in den letzten Tagen seien zu viele gekommen. Dann rannte sie los und rief: »Machen Sie, dass Sie wegkommen!« Schon war sie verschwunden.

Robert war jetzt allein. Er lief von Raum zu Raum und zog die Leichenfächer auf. Überall derselbe Geruch nach gereinigtem Tod. Er erreichte das Ende des Ganges und betrat das letzte Zimmer.

Dann öffnete er die Augen.

Kabul war verschwunden, der Geruch noch da.

Robert zitterte am ganzen Körper. Schweiß stand auf seiner Stirn. Sein Puls galoppierte. Wie nannte das sein Therapeut? Triggersituationen?

Mohrmanns letzte Frage echote in seinem Kopf. »Bist du sicher, dass du den Auftrag haben willst?«

Nein, auf einmal war er sich überhaupt nicht mehr sicher.

Er stützte sich am Treppengeländer ab und atmete tief ein und aus. Mit jedem Atemzug verlangsamte sich sein Herzschlag. Robert überlegte, auf dem Absatz kehrtzumachen, entschied sich aber dagegen. Vorsichtig setzte er einen Fuß vor den anderen; es kam ihm wie eine Ewigkeit vor, bis er das Ende des Treppenhauses erreichte. Unschlüssig stand er vor einer grauen Stahltür. Er zog ein Taschentuch hervor und wischte sich den Schweiß vom Gesicht. Dieser verfluchte Geruch.

Mit einem Tritt stieß er die Tür auf.

Die Tür wurde abrupt gestoppt. Ein Poltern erklang, gefolgt von einen Schmerzensausruf.

Robert blickte durch den Türspalt und entdeckte eine zierliche Frau mit braunen glatten Haaren.

Sie rieb sich unter ihrem Pony die Stirn. »Passen Sie doch auf, verflixt noch mal!«

»Oh, das tut mir leid, ich habe Sie nicht gesehen.«

»Das gibt eine ordentliche Beule. Wer sind Sie? Und was machen Sie hier?«

Robert zückte seinen Ausweis und hielt in ihr vors Gesicht. »Norbert Förster, Bundeskriminalamt, ich bin wegen der Chinesin hier.«

»Die aus dem Fernsehen?«, fragte die Frau und inspizierte den Ausweis.

»Ja, genau.«

»Und Sie sind vom BKA? Sprecht ihr euch nicht ab? Ihre Kollegen vom LKA waren doch schon da.«

»Ich weiß«, log Robert. »Aber ich mache mir immer gerne selbst ein Bild. Wurde Jun Ji Bao schon obduziert?«

»Ja.«

»Kann ich bitte mit dem verantwortlichen Arzt sprechen?«

»Tun Sie gerade.«

Robert trat einen Schritt zurück und betrachtete die Frau.

»Sie haben Jun obduziert?«

»Sind Sie taub, oder was?«

»Entschuldigung, ich wollte Ihnen nicht zu nahe treten, Frau Doktor …«

»Den Doktor können Sie sich sparen, ich habe keinen Titel. Sabine Neuendorf.«

»Frau Neuendorf, kann ich die Frau bitte sehen?«

»Nein, können Sie nicht. Sie ist nicht mehr hier. Das müssten Ihre Kollegen Ihnen doch schon erzählt haben.«

»Was ist passiert?«

»Ich war mitten in der Obduktion, als zuerst die beiden vom LKA hier auftauchten. Eine Frau Schulz und ein Herr Bier …, nein, Oberbiermann, ja, genau, so hieß er. Ich hatte Jun gerade erst geöffnet, als sie hier eintrafen. Die waren keine zwei Minuten hier, da marschierte plötzlich ein Trupp Chinesen von der Botschaft auf. Die machten einen gewaltigen Aufstand. Sie legten uns einen Diplomatenausweis der Verstorbenen vor und meinten, wir hätten die Frau nicht obduzieren dürfen. Sie bestanden darauf, die Leiche mitzunehmen.«

»So, wie sie war?«

»Ja, sie haben sie in einen mitgebrachten Sarg gepackt und waren auch schon wieder weg. Die LKA-Leute sagten mir hinterher, bei einem Diplomatenausweis versage jegliche staatliche Autorität.«

»Es war mir nicht bekannt, dass Jun Diplomatin war«, sagte Robert und versuchte, die darunter liegende Verärgerung anklingen zu lassen. »Diese Idioten im Außenministerium, das hätte man mir doch sagen müssen.«

Die Nummer zog.

»Tja, Kommunikation ist alles. Wenn Sie schon mal hier sind, was möchten Sie wissen?«

優越性

Dienstag, 2. Juni, 11:46, Polizeirevier, Wuhan

Die Nachricht hatte Maria getroffen wie ein Schlag in die Magengrube. Sie wusste nicht, ob sie kreidebleich wurde, aber sie fühlte sich plötzlich wie mit Blei ausgegossen. Ihr wurde flau.

»Was? … Wie …?« Sie holte tief Luft. »Was ist passiert?«

»Ihre Tante ist auf einer Auslandsreise verstorben«, erwiderte Wu.

»Wie verstorben? Einfach so?«

Maria bemerkte ein kurzes Zögern bei Wu, bevor diese sagte: »Sie hatte einen Herzinfarkt.«

»Herzinfarkt? Meine Tante? Sie joggte beinahe jeden …« Maria stockte, es war egal, was man dachte, sie machten sowieso, was sie wollten, aber hier stimmte etwas ganz und gar nicht.

»Okay, und jetzt?«, fragte Maria vorsichtig.

»Wenn ich richtig informiert bin, sind Sie die einzige lebende Verwandte, korrekt?«

»Ja, sie ist … Sie war die Schwester meiner verstorbenen Mutter und hatte keine Kinder.«

Wu öffnete die Mappe und holte ein Blatt Papier hervor. »Hier ist ein Testament Ihrer Tante.«

»Woher haben …?«

Wu sah sie scharf an, Maria verstummte. Sie senkte die Augen. »Bitte fahren Sie fort.«

»Darin vermacht sie Ihnen all ihren Besitz, auch wenn das testamentarisch nicht notwendig gewesen wäre.«

»Kann ich es bitte sehen?«

»Sie kennen es nicht?«, fragte Wu lächelnd und zeigte dabei ihr überkrontes Gebiss.

»Nein, darüber hat sie mit mir nie geredet.«

»Über was hat sie denn mit Ihnen gesprochen?« Der Tonfall war plötzlich anders, die Lippen ihres Gegenübers waren nur noch ein zusammengepresster Strich.

»Wir …«

»Wann haben Sie das letzte Mal mit ihr geredet?«, setzte Wu sofort nach und beugte sich mit dem Oberkörper nach vorn. Sie fixierte Maria unablässig.

Maria wich instinktiv zurück. »Äh, ich weiß nicht. Warten Sie, vor vier Wochen etwa, ich habe sie zu ihrem Geburtstag angerufen.«

Wu schaute auf ihr Tablet und nickte. »Hat sie Ihnen von der bevorstehenden Auslandsreise erzählt?«

»Nein, wir haben so gut wie nie über ihren Beruf gesprochen.«

»So gut wie nie, was heißt das?«, fragte Wu und kniff die Augen zusammen.

»Ich meinte, eigentlich nie. Ich verstehe einfach zu wenig von Biologie, als dass ich ein passender Gesprächspartner für sie hätte sein können.«

Wu blickte Maria regungslos an, sie schien zu überlegen, ob sie Marias Worten Glauben schenken sollte oder nicht. Schließlich wechselte sie das Thema: »Ich darf Ihnen das Testament nicht zeigen, das muss der Notar tun. Schreiben Sie sich seine Nummer auf, dann müssen Sie nicht warten, bis er Sie kontaktiert.«

»Danke«, entgegnete Maria leise, während ihre Finger die diktierten Zahlen ins Handy eingaben. »Was passiert mit ihrem Leichnam?«

»Der wird nach Peking überführt. Werden Sie die Beerdigung übernehmen?«

Maria schaute von ihrem Handy hoch. »Selbstverständlich. Wurde in Deutschland eine Autopsie durchgeführt?«

»Nein, natürlich nicht, das wird bei Herzinfarkten nicht gemacht.« Wus Ton war barsch, sie legte beide Hände flach auf den Tisch und drückte sich hoch. »Bitte halten Sie sich zur Verfügung, falls wir noch Fragen haben.«

Maria erhob sich ebenfalls. Wu war schon auf dem Weg zur Tür.

»Ich habe noch eine Frage.«

Wu drehte sich rasch zu ihr um. »Und zwar?«

»Wird dieses Gespräch Einfluss auf mein Sozialkonto haben?«

Wu blickte für einen kurzen Moment ernst, dann lächelte sie. »Sollte es?«

»Nein, aber ich wüsste es einfach nur gerne.«

»Sie waren kooperativ, also keine Abzüge.«

Draußen holte Maria erst einmal tief Luft. Sie schwang sich aufs Fahrrad, und nach den ersten Metern traf sie die Nachricht mit voller Wucht. Mit aufkeimender Wut trat sie kräftig in die Pedale und ließ ihren Tränen freien Lauf. Herzinfarkt, na klar. Sie würde wohl nie erfahren, was ihrer Tante zugestoßen war. Die Tränen ließen ihre Sicht verschwimmen, Maria ließ eine Hand vom Lenker los und wischte die Tränen mit dem Handballen aus den Augen. Auf ihren Wangen wanderten Tropfen umher. Der Fahrtwind zerrte sie zu den Ohren. Maria nahm einen Umweg am Wayu Park entlang und entging den Abgasen der Hauptstraßen. Eine Baumallee flankierte den Radweg. Sie sah nach oben, alle paar Meter fuhr sie unter Kameras hindurch. Wie an Angeln hingen sie über den Köpfen. Als Köder für ein umsorgtes, gefahrloses Leben, versprach die Partei, die Bösen werden damit herausgefischt, doch Maria sah, wie inzwischen die ganze Gesellschaft an diesen Haken zappelte. An jedem zweiten Baum war in einigen Metern Höhe eine weiße Querstange befestigt, sie ragte bis in die Mitte des Radweges und trug zwei in entgegengesetzte Richtungen ausgerichtete

Kameras. War es nicht bis vor Kurzem noch jeder vierte Baum? Verdammt, die Überwachung wurde immer lückenloser. Dazu die ständigen Kampagnen zur persönlichen Lebensführung. Regelmäßig fand sie Nachrichten auf ihrem Handy, vor allem in der App *Xuexi Qiangguo*, der App von Präsident Xi Jinping. Natürlich wurde registriert, ob die Nachrichten geöffnet oder gleich gelöscht, ob sie vollständig abgehört oder nur angespielt wurden. Ob das Telefon beim Abhören stumm geschaltet oder das Gesagte laut abgespielt wurde. Maria hatte sich angewöhnt, die Nachrichten anzuklicken und das Telefon unter ein Kissen zu legen.

Leicht verschwitzt erreichte sie ihre Wohnung. Sie wischte sich die letzten Tränen aus den Augenwinkeln, schob das Fahrrad durch das Gittertor in den Innenhof und lehnte es an die seitliche Betonmauer. Sie kehrte auf die Straße zurück und warf einen Blick in den Briefkasten, in dem ein kleiner Umschlag lag. Im Sonnenlicht drehte sie ihn um.

Kein Adressat. Kein Absender.

Unter der Luftpolsterung fühlte sie einen Knubbel. Rasch blickte sie sich um. Niemand beobachtete sie. Sie verbarg das Kuvert mit der Hand vor ihrem Bauch, ging zurück in den Innenhof und schloss die Tür zu ihrer Wohnung auf. Einen Moment blieb sie unschlüssig hinter der Tür stehen, dann lief sie mit schnellen Schritten zum Flachbildschirm an der Längswand ihres Ateliers und stellte sich direkt daneben. In ihrem Freundeskreis kursierten Gerüchte über die in den Fernsehgeräten installierten Kameras. Man vermutete eine heimliche Ausspähung durch die Partei. Insbesondere bei Personen, die sich wiederholt kritisch geäußert hatten. So wie sie.

Ungeduldig riss sie den Umschlag auf. Etwas Gelbes purzelte heraus und fiel in ihre rechte Hand. Ein Gummiband war mehrfach um einen gelben Zettel gewickelt, der wiederum etwas umschloss. Maria zog das Band ab, entfaltete den Zettel und entdeckte einen kurzen USB-Stick. Sie strich den Zettel gerade.

Nur auf einem Computer ohne Internetanschluss anschauen.

Marias Herz klopfte bis zum Hals.

Was war das?

Ein neues Game? Ein geächteter Film?

Oder wollte man sie testen?

Die neueste Kampagne der Partei verlangte von allen Bürgern, unerwünschte Medieninhalte zu melden. Unter der Hand wurde auf Sticks vieles von dem gehandelt, was die Partei als unmoralisch oder unliebsam ansah. Egal ob Games, Shows, Dokus, Spielfilme oder Pornos. Wenn Maria den Stick den Behörden übergab, würde ihr das Pluspunkte bringen, das war ihr klar.

Unschlüssig stand sie an der Wand; in ihrem Kopf tobte ein Kampf. Letztendlich siegte die Neugier. Sie lief zum stählernen Kubus am Ende ihres Ateliers, öffnete die Schlafzimmertür und schaltete das Licht an. Dank der Klimaanlage war die Luft kühl und trocken. Sie kniete sich hin und zog unter dem Bett einen Laptop samt Kopfhörern hervor. Wie die meisten ihrer Freunde besaß auch sie einen zweiten Computer. Ohne Anschluss ans Netz und damit außer Reichweite der staatlichen Überwachung.

Auf dem zugeschickten USB-Stick befand sich nur eine einzige Datei. Nach einem Doppelklick startete das Videoprogramm. Eine TV-Show begann. Maria benötigte einen Moment, bis sie die Sprache aus den Kopfhörern identifizierte; Deutsch hatte sie schon ewig nicht mehr gehört, geschweige denn gesprochen. Sie musste den Anfang dreimal schauen, bis sie wusste, worum es ging. Sie verstand nicht jedes Wort, aber den Inhalt.

Plötzlich tauchte Tante Ji auf.

Maria hielt sich vor Schreck die Hand vor den Mund, als ihre Tante um politisches Asyl in Deutschland ersuchte und kurz darauf verkündete, in ihrem Bauch befinde sich das größte Geheimnis der chinesischen Regierung.

Der Moderator lächelte in die Kamera. »Wir werden jetzt

alles für die Untersuchung vorbetreiten und sind nach wenigen Spots zurück. Bleiben Sie dran, gleich wird es aufregend.«

Den Werbeblock übersprang Maria auf der Zeitleiste und setzte die Wiedergabe fort, als der Moderator erneut vor die Kamera trat.

»Willkommen zurück zu *Investigation*«, sagte der groß gewachsene Mann neben dem Computertomografen stehend und klopfte zweimal mit den Knöcheln seiner rechten Hand auf die metallene Hülle. »Die Frau, die uns das größte Geheimnis der chinesischen Regierung enthüllen will, liegt bereits in unserem Computertomografen. Laut ihrer Aussage wird das, was Sie gleich sehen werden, sie in ihrem Heimatland zum Staatsfeind Nummer eins machen. Wir sind sehr gespannt, was das ist.«

Im Studio war es mucksmäuschenstill. Marias Tante lag mit den Füßen voran in der Röhre und bewegte sich nicht. Nur die Schädeldecke mit den zusammengebundenen Haaren war zu sehen und, schon halb im Dunkel der Röhre verschwunden, ihr Nasenrücken. Der Moderator setzte sich wieder an seinen Platz und blickte gebannt auf den Monitor, der das ausgestrahlte TV-Bild zeigte. Eine Schwarz-Weiß-Aufnahme von Jis Bauchraum wurde sichtbar und zoomte auf eine bestimmte Stelle. In schneller Abfolge erschienen die Schichtbilder des Computertomografen auf dem Monitor. Ein Bild nach dem anderen kam, stand kurz, verschwand und das nächste erschien. Irgendwie sahen sie alle gleich aus, doch dann veränderte sich das Bild. Mit jedem neuen Bild wurde es verschwommener, es waren kaum noch Konturen zu erkennen. Dann hörte Maria einen Schrei aus dem Publikum, in den Gesichtern der Zuschauer spiegelte sich blankes Entsetzen. Alle starrten gebannt auf den Computertomografen. Aus der Röhre floss Blut.

Der Moderator fand als Erster wieder Worte. »Schnell, macht das Ding aus, holt die Frau da heraus!«

Es schien ewig zu dauern, bis die automatische Bahre sich in

Bewegung setzte und ihre Tante ins taghelle Studiolicht geschoben wurde.

Der Regisseur hatte eine Kamera direkt über dem Computertomografen anbringen lassen; sie schaute senkrecht nach unten. Der Kopf von Marias Tante schob sich vom unteren Bildrand Richtung Bildmitte. Das Bild, das Maria sah, gehörte eher in einen Horrorfilm als in eine Talkshow.

Aus allen Körperöffnungen im Gesicht sickerte Blut.

Die Augen blickten starr geradeaus.

Tante Ji war tot.

優越性

Dienstag, 2. Juni, 11:55, Krankenhaus, Berlin

»Kann ich Ihnen einen Kaffee ausgeben?«, fragte Robert Sabine Neuendorf und schenkte ihr ein Lächeln.

»Den Kaffee kann ich schon selbst bezahlen«, entgegnete sie und warf einen Blick auf ihre silberfarbene Armbanduhr. »Es ist sowieso gleich Essenszeit. Kommen Sie mit.«

In der Kantine herrschte mittägliches Treiben. Die Ärztin entdeckte einen freien Tisch an den Fenstern. Sie wies Robert an, ihn in Beschlag zu nehmen, und fragte ihn, wie er den Kaffee haben möchte.

»Ich habe so etwas noch nie zuvor gesehen«, sagte sie bei ihrer Rückkehr, schob das Tablett mit einem Mineralwasser und zwei Kaffee in die Mitte des Tisches und setzte sich Robert gegenüber. »Wie gesagt, ich hatte gerade erst mit der Obduktion angefangen, aber innere Organe in einem solchen Zustand sind mir noch nie untergekommen. Leber, Nieren, Herz, übersät mit kleinen Kratern, alles Wunden. Sie ist von innen verblutet.«

»Haben Sie irgendeine Vermutung?«

Neuendorf blickte an Robert vorbei aus dem Fenster. Schließlich sagte sie: »Nein, tut mir leid, ich will nicht spekulieren. Wenn ich mehr Zeit gehabt hätte, dann …«

»Ich werde Sie nicht darauf festnageln«, unterbrach Robert sie. »Aber Sie müssen doch eine Theorie haben.«

»Die ganze Aktion war großer Mist, weil …« Sie verstummte.

»Weil?«

»Na ja, was immer die Frau auch umgebracht hat … Ach, ist auch egal.«

Robert fixierte sie. »Kommen Sie, es beschäftigt Sie doch etwas.«

Sie beugte sich vor und sagte leise: »Das ging alles so schnell. Kaum war Jun hier, war sie auch schon wieder weg. Als ich die Organe sah, habe ich spontan an einen unbekannten Erreger gedacht. Eigentlich hätten wir alles abriegeln müssen. Aber dann marschieren die Chinesen hier mit der geöffneten Leiche wieder raus. Wenn das irgendein Virus war, das wir noch nicht kennen, dann gute Nacht. Dann könnte ich jetzt infiziert sein.«

Sie machte eine Pause, sah Robert in die Augen und fügte hinzu: »Und Sie auch.«

Robert wich instinktiv ein Stück zurück.

»Ja, genau«, erwiderte die Ärztin. »Beschissener Gedanke, oder?«

Sie wich Roberts Blick aus und schaute auf den Tisch. Dann hob sie ruckartig den Kopf. »Ach, und noch etwas: Die Frau war schwanger.«

»Schwanger?«, entfuhr es Robert.

Die Ärztin nickte. »Noch ziemlich am Anfang, erst wenige Wochen.«

»Dann hat sie es vielleicht noch gar nicht gewusst.«

»Ja, das könnte sein«, antwortete sie und schaute auf ihre Armbanduhr. »Brauchen Sie mich noch?«

»Ich nehme an, dass die Chinesen auch alle Sachen der Frau mitgenommen haben.«

Ein Lächeln huschte über Neubauers Gesicht. »Die Kleidung schon. Aber als die Chinesen weg waren und die Leute vom LKA auch, habe ich etwas entdeckt. Eine kleine Handtasche. Die Utensilien der Toten werden in Kisten aufbewahrt. Irgendjemand hat Juns Sachen in eine falsche Kiste getan. Die Männer von der Botschaft und dem LKA haben nur eine leere Kiste zu sehen bekommen. Die Handtasche ist noch da.«

Kurze Zeit später führte die Ärztin Robert ein Stockwerk tiefer in einen der Obduktionsräume. Robert blieb im Türrahmen stehen, während Neubauer die Handtasche aus einer Schreibtischschublade am hinteren Ende des Raums hervorholte und ihm entgegenstreckte. »Wenn Sie nichts gesagt hätten, wäre es mir wohl erst später wieder eingefallen.«

Die Neonlichter an der Decke spiegelten sich in dem glänzenden schwarzen Leder. Die Tasche war kaum größer als ein Taschenbuch. Robert bat um Einweghandschuhe und breitete den Inhalt unter den strengen Blicken der Ärztin auf einer Edelstahlbahre aus. Portemonnaie. Schminkutensilien. Zwei Mobiltelefone. Alles uninteressant, jedenfalls tat er so. Mit gelangweilter Miene packte er die Sachen wieder ein, kritzelte eine unlesbare Version seiner Unterschrift auf eine Quittung für die Mitnahme der Tasche, verabschiedete sich und verließ die Charité.

Draußen hatte sich der Frühling endgültig aus dem Staub gemacht. Der Sommer schmiss jetzt den Laden. Es war drückend heiß. Robert flüchtete in die kühle Oase seines Wagens im Schatten des Baumes. Aus der Tasche kramte er die beiden Handys hervor und versuchte, sie mit gängigen Kombinationen zu entsperren. Nichts funktionierte.

»BMW, ruf Thomas Schlüter an.«

Nach dem dritten Klingeln wurde abgenommen.

»Schlüter«, tönte eine dunkle Stimme aus der Freisprechanlage.

»Robert hier. Robert Forster.«

»Mensch, Robert, lebst du noch? Ich dachte, du …« Die Stimme erstarb, ein Stille entstand, dicht wie Nebel.

Robert zerriss sie schließlich. »Nee, ist alles wieder okay, bin darüber weg«, log er und gleich darauf ein zweites Mal: »Bin zurück im Job, ich brauche deine Hilfe.«

»Um was geht es?« Das Misstrauen war nicht zu überhören.

»Beruhige dich, nichts, was dich den Job kosten könnte wie beim letzten Mal.«

Robert wartete auf ein Zeichen der Erleichterung. Als nichts kam, fuhr er fort: »Ich habe hier zwei Handys, du müsstest sie mir öffnen.«

»Warum machst du das nicht mit deinen Leuten?«

»Du bist schneller und bedeutest weniger Papierkram. Ich bin in wenigen Minuten bei dir, okay?«

Ein kurzer Moment der Stille, gefolgt von einem Räuspern. »Wir treffen uns draußen auf dem Parkplatz.«

Thomas Schlüter stand rauchend unter dem gläsernen Vordach des Eingangs zu dem Büroturm, in dem er arbeitete, als Robert seinen Wagen auf den Parkplatz lenkte. Kurz bevor Schlüter den BMW erreichte, schnippte er die Kippe auf den Boden.

»Also, wo sind die Handys?«, fragte er mit nikotingeschwängertem Atem, nachdem die Beifahrertür mit einem satten Geräusch ins Schloss fiel.

Schlüter sah irgendwie jünger aus. Durchtrainiert, leicht gebräunt, die blonden Haare zurückgekämmt, die Geheimratsecken verschwunden. Hatte er sich Haare implantieren lassen?

»Robert?«

Sollte er das auch machen lassen, wenn es schlimmer wurde? »Ja?«

»Wo sind die Handys?«

Robert riss seinen Blick von Schlüters Stirn los und holte die beiden Mobiltelefone aus dem Handschuhfach. Schlüter entfernte die beiden SIM-Karten und schob sie in das Lesegerät seines aufgeklappten Laptops.

»Okay, eine chinesische Karte, eine deutsche.«

»Das heißt?«

»Erst einmal nichts, viele im Ausland tätige Chinesen haben zwei.«

»Weil es dann billiger ist?«

Schlüter schmunzelte, plötzlich gefror sein Gesicht. »Das ist nicht die Chinesin aus dem Fernsehen, oder?«

Robert wich seinem Blick aus.

»Oh, Gott, damit will ich nichts zu tun haben.« Schlüter öffnete die Tür und sprang aus dem Auto.

»Warte«, rief Robert. »Wenn du mir jetzt hilfst, sind wir ein für alle Mal quitt, und ich lasse dich von nun an in Ruhe.«

Schlüter beugte sich an der offenen Beifahrertür herunter und blickte Robert direkt in die Augen. »Versprochen?«

»Ja, versprochen.«

Schlüter zögerte einen Moment, dann stieg er wieder ein.

»Also, wenn das zweite Handy keine Kostenersparnis bringt, was dann?«, nahm Robert den Faden wieder auf.

»Freiheit.«

»Das heißt?«

Schlüter dachte kurz nach, dann fragte er: »Was weißt du über die *Great Chinese Firewall*?«

»China war nicht … Ich meine, China ist nicht meine Region, wie du weißt.«

»Du weißt aber, dass die Chinesen das Internet zensieren wie keine zweite Nation?«

»Na klar, das weiß doch wohl jeder.«

»Okay, die Chinesen haben eine digitale Mauer um ihr Land gezogen. Der gesamte Traffic aller digitalen Geräte läuft über in China befindliche Server, das betrifft natürlich auch alle chinesischen Handys. Diese Server unterliegen der Kontrolle der chinesischen Regierung. Sie bestimmt, welche Seiten du erreichen kannst und welche gesperrt sind. Welche Suchbegriffe dir Ergebnisse liefern und welche nicht. Facebook oder Instagram kannst du zum Beispiel mit einer chinesischen SIM-Karte nicht aufrufen. So weit, so bekannt, aber was die meisten nicht wissen: Wenn ein Chinese ins Ausland fährt, egal ob als Tourist oder Geschäftsreisender, nimmt er mit seiner SIM-Karte auch die *Great Chinese Firewall* mit ins Ausland, sie umschließt ihn auch dort.«

»Wie das?«

»Mit einer chinesischen SIM-Karte könntest du jetzt aus diesem Auto heraus weder Facebook noch Instagram aufrufen, obwohl du in Deutschland bist. Du würdest auch von hier keine Treffer bei einer Internetsuche erhalten, wenn du nach der Demokratiebewegung in Hongkong suchst, nach der Unterdrückung der Uiguren oder dem Massaker auf dem Tian'anmen-Platz, weil der Traffic deines Handys per Satellit zurück nach China auf die dortigen Server gelenkt wird.«

Robert stieß einen leisen Pfiff aus.

Schlüter nickte. »Ja, Bill Clinton meinte Anfang der Nullerjahre mal zu einem hochrangigen chinesischen Regierungsvertreter, ihr Versuch, das Internet zu kontrollieren, sei wie der Versuch, einen Pudding an die Wand zu nageln. Doch die chinesische Regierung hat in den letzten zwanzig Jahren erst den Pudding in Beton verwandelt und ihn dann an die Wand genagelt.«

»Und ein deutsches Handy bietet einem die Freiheit, die man zu Hause nicht hat?«

»Genau, man entgeht mit einem deutschen Handy der chinesischen Überwachung. Die chinesischen Behörden registrieren nicht nur sämtliche Aktivitäten im Internet, sondern sie wissen auch permanent, wo man sich aufhält. Der chinesische Normalbürger ist der gläsernste Mensch, den es auf diesem Planeten gibt.«

»Und was sagen dir die beiden Handys sonst noch?«

»Das chinesische gar nichts. An die Daten komme ich nicht heran; die SIM-Karte schweigt.« Nach einer kleinen Pause fügte er hinzu: »Aber die deutsche redet mit mir. Was willst du wissen?«

Sie überprüften das Bewegungsprofil und suchten nach den häufigsten Aufenthaltsorten. Mit dreiundvierzig Treffern war das

Hotel Adlon der Spitzenreiter, gefolgt von einer Adresse in der Innenstadt mit neunundzwanzig Treffern.

»Sagt dir die Adresse was?«, fragte Schlüter, ohne den Blick vom Bildschirm seines Laptops zu nehmen.

Robert schüttelte den Kopf. Er tippte die Adresse in sein Handy ein und erhielt nur einen Treffer.

GenTech AG.

Auf der Webseite lächelte ihm ein Best-Ager-Pärchen entgegen, daneben der Satz: *Wir beginnen ein neues Zeitalter der Medizin: Schwere Krankheiten durch Gen-Editierung heilen.*

»Gibt es Nummern, die besonders häufig angerufen wurden?«

Schlüters Finger flogen über die Tastatur. »Ja, zwei Nummern, nein, Moment, am Anfang sind es zwei und dann nur noch eine, die zweite wird nicht mehr kontaktiert. Die erste gehört zu einem Martin Zuber.«

Robert googelte den Namen zusammen mit der Firma und stieß auf den Geschäftsführer der *GenTech AG*. Er scrollte auf seinem Handy nach unten, eine Headline fesselte seinen Blick.

»Fuck«, sagte er leise, mehr an sich selbst als an Schlüter gerichtet.

»Was ist los?«

Robert schwieg, während er den Artikel überflog. »Martin Zuber ist verschwunden, es wurde eine Vermisstenanzeige aufgegeben.«

»Wann war das?«

»Gestern Morgen, wenige Stunden vor dem Tod der Chinesin.«

優越性

Dienstag, 2. Juni, 14:12, Keller, Berlin

Das Drehen des Schlüssels im Schloss schreckte ihn aus seinem Dämmerschlaf auf.

Oh Gott, nein!

Das letzte Mal hatten sie ihm Essen gebracht, das konnte nur heißen …

Sein Herz fing an zu rasen. Von beiden Seiten wurden seine Oberarme gepackt, sie rissen ihn in den Stand.

»Ich weiß nicht, wo Jun Ji Bao ist«, schrie er. Seine Stimme vibrierte vor Angst, der dumpfe Klang unter der Kapuze minderte es ab. Sie schleppten ihn aus dem Raum. Seine Füße schleiften über den Boden. Wo brachten sie ihn hin? Wieder in den Verhörraum? Er wiederholte den immergleichen Satz, jedesmal ein bisschen leiser. Am Ende weinte und schluchzte er; sein Körper wurde davon geschüttelt. Sie setzten ihn auf den Stuhl und fesselten erneut Arme und Beine.

Bitte nicht! Er nahm alle Kraft zusammen.

»Ich weiß nicht, wo Jun Ji Bao ist!«, schrie er.

Die Angst ließ seine Stimme schrill klingen.

»Wie viele Kopien gibt es?«

Was? Welche Kopien? Er war für einen Moment so verwirrt, dass er nicht sofort antwortete.

Der Schlag traf ihn von hinten hart am Schulterblatt. Schmerzsignale in Starkstromstärke blitzten durch seine Nervenbahnen. Sein Schrei hallte von den Wänden wider.

»Wie viele Kopien gibt es?«

»Ich weiß nichts von Kopien! Kopien wovon denn?«, fragte er schnell und drehte den Kopf hektisch hin und her.

»Die Unterlagen zu Produkt X.«

»Mit Produkt X hatte ich nichts zu tun. Schickt dich Juan Wang?«

Der Schlag traf die rechte Niere. Der Schmerz war so gewaltig, dass er ohnmächtig wurde.

Ein Schwall eiskaltes Wasser in seinem Gesicht weckte ihn wieder auf. Er hörte, wie sein Folterer etwas auf Chinesisch sagte. Ein zweiter Mann! Juan Wang?

»Wang, was soll das? Bitte«, flehte er. »Ich weiß nichts von irgendwelchen Kopien. Mit Produkt X hatte ich doch nichts zu tun. Das ist euer Ding!«

Er spürte, wie kräftige Hände sich an dem Gürtel seiner Hose zu schaffen machten. Der Reißverschluss wurde geöffnet, die Jeans ihm untern Hintern weggerissen. Er ahnte, was jetzt kam. Ihm brach überall der Schweiß aus.

»Wissen Sie, was ich gelernt habe«, sagte sein Folterer mit dem chinesischen Akzent, und zum ersten Mal lag so etwas wie Freundlichkeit in seiner Stimme. »Dass die Angst vor dem Schmerz beinahe genauso effektiv ist wie der Schmerz selbst. Und jetzt wirst du Schmerzen erleiden, die schlimmer als in deinen schlimmsten Albträumen sind, wenn du nicht endlich redest.«

»Bitte«, flüsterte er. »Ich weiß doch nicht, was ihr wissen wollt. Ich hätte es euch längst gesagt, ich halte das nicht mehr aus!«

Er hörte, wie ihm die Unterhose weggeschnitten wurde. Kühle Luft drang an seine Genitalien. Kurz darauf spürte Martin Zuber an seinen Hoden das kalte Metall von Elektroden.

優越性

Dienstag, 2. Juni, 14:45, Hauptverkehrsstraße, Berlin

Rund zweihundert Meter vor seinem Ziel ergatterte Robert einen Parkplatz am Straßenrand. Beim Aussteigen aus seinem Wagen blies ihm ein Luftzug mit der Hitze eines Föhns ins Gesicht. Über ihm glänzte der wolkenlose Himmel wie frisch gewienert. Der Verkehr auf dem achtspurigen Kaiserdamm schob sich als hupendes Gedränge an ihm vorbei; die Luft flirrte über dem Asphalt. Bereits nach wenigen Schritten kam er ins Schwitzen und fluchte leise vor sich hin. Als er sein Ziel erreichte, waren seine Achseln nass. Das vierstöckige Gebäude mit den hohen Fenstern, dem roten Ziegeldach, der Bruchsteinfassade und dem pompösen Eingang hatte etwas von einem Palais. Steinsäulen flankierten eine wuchtige, knapp drei Meter hohe Holztür mit einer edlen Kassettenstruktur. Nur ein blaues Schild über der Tür machte die Illusion eines Stadtschlosses zunichte.

Polizei. Abschnitt 24.

Drinnen erwartete ihn die Nüchternheit einer deutschen Behörde. Am Empfang hinter Panzerglas saß ein Polizist mit einem breiten Mondgesicht. Seine Uniformjacke hing über der Rückenlehne seines Stuhls. Er starrte auf sein Handy. Das Neonlicht der Deckenbeleuchtung in seinem kugelsicheren Kabuff spiegelte sich in den kahlen Stellen seiner Halbglatze. Robert fragte ihn nach der Dienstelle für Vermisstenfälle. Der Polizist schenkte ihm einen gelangweilten Blick und schickte Robert in die zweite Etage.

Erst nach einem wiederholten Anklopfen ertönte aus Zimmer 216 die Aufforderung zum Eintreten. Eine untersetzte Frau Mitte fünfzig mit einer Vogelnest-Frisur blickte Robert hinter dicken Brillengläsern ebenso freudlos wie erwartungsvoll an. Während er seinen Presseausweis hervorholte, las er von einem silbernen Schild auf dem Tisch den Namen der Frau ab und sagte: »Tagesspiegel, Lokalredaktion, Guten Tag, Frau Schnarrenberg. Mein Name ist Robert Forster, und ich interessiere mich für den verschwundenen Martin Zuber. Gibt es da schon Neuigkeiten?«

»Warum interessieren Sie sich dafür?«

»Frau Zuber und meine Frau sind im gleichen Tennisclub«, rezitierte er seine im Auto vorformulierte Antwort. »Sie hat meine Frau gefragt, ob ich nicht die Polizei bei ihrer Arbeit irgendwie unterstützen könnte.«

»Na gut«, entgegnete sie und richtete ihre Augen wieder auf den Monitor. »Dann wollen wir mal schauen, was wir haben. Martin Zuber, richtig?«

Robert nickte.

Ihre ringlosen Finger klackten auf der Tastatur. »Okay, hier haben wir ihn. Dr. Martin Zuber.«

Sie las Geburtsdatum und Adresse mehr sich selbst als Robert vor und meinte, Zuber sei gestern Morgen als vermisst gemeldet worden. Dann stutzte sie. »Hmm, seltsam.«

»Was denn?«, fragte Robert neugierig.

»Seine Schwester hat die Anzeige aufgegeben, nicht seine Frau. Da war er bereits seit zwei Tagen verschwunden.«

»Ja, ich weiß«, log Robert. »Vermisst wird er seit dem 31. Mai. Die Frauen haben sich wahrscheinlich untereinander abgestimmt. Was haben Sie sonst noch?«

»Mmh«, brummte die Beamtin. »Sie sehen doch, was hier los ist.«

Robert setzte ein Lächeln auf. »Klar, Sie haben bestimmt unheimlich viele Fälle auf dem Tisch«, flötete er. »Gibt es nicht irgendetwas, dem wir nachgehen können?«

»Wir?«, fragte sie und zog ihre rechte Augenbraue in die Höhe.

»Na ja, Sie verstehen schon, getrennt natürlich.«

Ihr Blick wanderte zurück zum Bildschirm. »Herr Zuber wollte nach Aussage seiner Schwester eine Freundin besuchen. Er hatte sich für eine bestimmte Uhrzeit angekündigt, aber ist dort nie aufgetaucht.«

»Was für eine Freundin?«

»Keine Ahnung.«

»Könnte das eine Geliebte sein?«

»Für Klatsch bin ich nicht zuständig«, erwiderte Frau Schnarrenberg spitz.

»So habe ich das nicht gemeint, aber vielleicht liegt da das Motiv für sein Verschwinden.«

Frau Schnarrenberg schaute Robert direkt ins Gesicht. Hinter ihrer Stirn ratterte es. Sie senkte den Blick auf ihren Schreibtisch und machte sich eine Notiz.

»Wie heißt diese Freundin denn?«, erkundigte sich Robert.

»Das darf ich Ihnen aus datenschutzrechtlichen Gründen nicht sagen«, antwortete sie, ohne aufzusehen.

»Gibt es noch etwas, das Sie mir verraten dürfen?«

Aus dem Monitor erklang plötzlich kurzes Vogelgezwitscher. Frau Schnarrenberg starrte gebannt auf den Monitor; nur am leichten Zucken der Augenlider konnte Robert erkennen, dass sie etwas las.

»Also, hier ist eine Nachricht der Verkehrspolizei hereingekommen, samt Foto, hat 'ne mobile Geschwindigkeitskontrolle nicht weit vom Wohnhaus der Freundin gemacht. Am Tag des Verschwindens von Herrn Zuber, kurz nach der von ihm angekündigten Zeit. Der Wagen wurde einige Tage zuvor gestohlen. Wir sollen das Foto veröffentlichen und Hinweise der Öffentlichkeit einholen. Dann kann ich es Ihnen ja auch direkt hier zeigen.« Sie drehte den Bildschirm in Roberts Richtung.

Ihn traf der Schlag.

Das ist doch …

Um sicherzugehen, ging er näher heran.

Cino!

In Roberts Kopf stolperten die Gedanken übereinander. Als sich der Tumult beruhigt hatte, bemerkte er, wie Frau Schnarrenberg ihn anstarrte, in seinem Gesicht forschte. »Kennen Sie den?«

»Nein, nein«, entgegnete Robert schnell und wich zurück. »Ich wollte ihn mir nur genauer ansehen. Irgendwie sehen Chinesen für mich alle gleich aus.«

»Ja, für mich auch. Aber woher wissen Sie, dass er ein Chinese ist?« Frau Schnarrenberg beobachtete ihn misstrauisch. Es war, als hätte jemand schlagartig die Rollläden vor ihrem Gesicht heruntergezogen. »Wie heißen Sie noch gleich? Darf ich bitte noch mal Ihren Ausweis sehen?«

»Für mich sieht er irgendwie chinesisch aus, für Sie nicht?«, fragte Robert und versuchte, unaufgeregt zu klingen. Er fischte erneut den Presseausweis aus der Hose und reichte ihn ihr. Robert fühlte sich sicher. Im Gegensatz zu dem BKA-Ausweis war der hier echt, nur eine telefonische Nachfrage könnte ihn auffliegen lassen.

Frau Schnarrenberg betrachtete den Ausweis von allen Seiten, gab ihn Robert zurück und zog die Rollläden wieder hoch. »Also, Herr Forster, ich tippe auch auf einen Chinesen. Mal sehen, was unsere Datenbank sagt.«

Sie hielt die Augen auf den Bildschirm geheftet; nach einer Weile meinte sie: »Kein Treffer, na gut. Hören Sie, nehmen Sie doch das Foto mit und veröffentlichen Sie es in Ihrer Zeitung. Ich schicke es Ihnen, wenn Sie mir Ihre Handynummer geben. Ich muss mich eh darum kümmern, dass es in die Medien kommt.«

Robert bedankte sich und verschwand. Draußen wurde die Hitze immer unerträglicher, sie bleichte den Tag und erschöpfte die Menschen, reizte ihr Blut. Überall klingelte, hupte und knatterte es, dazu das Rufen und Schimpfen der Passanten als Chor im Hintergrund. Robert wurde schwindelig, und er musste sich an einem Baum abstützen. Auf den getrockneten Schweiß kam frischer hinzu, er konnte ihn riechen. Er wischte sich mit dem Handrücken Tropfen von der Stirn, schloss die Augen und versuchte, seinen galoppierenden Puls zu beruhigen. Nach einer Weile setzte er sich wieder in Bewegung. Nach wenigen Metern ertönte das Geräusch einer eintreffenden Nachricht auf seinem Handy, wahrscheinlich das Foto. Als er die Fahrertür seines Autos öffnete, kam ihm ein Schwall Wüstenluft entgegen. Mit einem leisen Fluch ließ er sich auf den Fahrersitz fallen. Im Wagen war es noch heißer als draußen. Er startete das Auto, stellte die Klimaanlage auf die höchste Stufe und wartete mit geschlossenen Augen auf deren Wirkung. Endlich wurde aus dem Wüstenwind Polarluft. Robert hielt sein verschwitztes Gesicht in den kalten Luftstrom. Er holte das Handy hervor, öffnete das Foto im Anhang und zoomte das Gesicht heran. Keine Frage, das war er. Cino. Dieselbe schiefstehende Nase, der gleiche gefühllose Blick.

In seinen Gedanken versuchte Robert, Struktur in die Angelegenheit zu bringen. Ein zwielichtiger Asiate, vermutlich Chinese, wird in der Nähe des Wohnhauses einer vermissten Person in einem gestohlenen Auto fotografiert. Nur Zufall? Sollte er später in den Club fahren und nach Cino fragen? Ihn zu dem Foto befragen? Oder würde das nur Staub aufwirbeln, der besser liegen blieb?

Und was hatte das alles mit dem Tod der Chinesin zu tun? Statt Antworten erhielt Robert einen sich ausbreitenden Schmerz in seinem Kopf. Er massierte sich die Schläfen, und die Qual ließ ein wenig nach.

Mist, er musste einfach mehr über den Vermissten wissen. Aber wo anfangen? In seiner Firma oder bei ihm zu Hause?

Die von Frau Schnarrenberg vorgelesene Adresse echote plötzlich in seinem Kopf und gab ihm die Antwort.

優越性

Dienstag, 2. Juni, 15:01, Atelier, Wuhan

Maria hatte sich den Videoclip mit Tante Ji noch etliche Male angeschaut. Jedes Mal, wenn ihre Tante in der Röhre lag, hatte sie das Video gestoppt. Das Ende ertrug sie nicht. Sie wischte sich die Tränen aus dem Gesicht und verstaute den Laptop unter ihrem Bett. Im Atelier machte sie sich einen Kaffee. Sie musste nachdenken. Frau Wu hatte sie angelogen, so viel war klar. Aber das war auch die einzige Gewissheit. Woran war Tante Ji gestorben? Hatte man sie vergiftet? Aber wer? Und warum? Woran hatte sie bloß gearbeitet? Und was war das größte Geheimnis der chinesischen Regierung? Die Fragen schwirrten durch ihren Kopf wie gedopte Fliegen. Maria machte sich keine Illusionen, von den Behörden würde sie nie die Wahrheit erfahren. Und nachbohren nutzte auch nichts. Im Gegenteil. Der Staat mochte es nicht, wenn seine Erzählungen infrage gestellt wurden. Das würde sie nur weitere Punkte auf ihrem Sozialkonto kosten und ihre Freiheiten noch weiter einschränken. Es war schon so schwer genug.

Ein Klingeln an der Haustür holte sie aus ihren Gedanken. Sie durchquerte das Atelier und öffnete die blaue Stahltür zum Hof. Draußen war die Luft schwül und klebrig. Es war niemand zu sehen. Maria hatte die Tür bereits wieder halb geschlossen, als sie die Zigarettenschachtel vor ihrer Türschwelle bemerkte. Jemand musste sie durchs Gittertor geworfen haben. Sie hob sie auf, versicherte sich, dass niemand sie von der Straße durchs Tor beobachtete, und kehrte in ihr Atelier zurück. Vom Gewicht her schien die Schachtel leer zu sein. Maria lief weiter bis zum Schlafzimmer und verschloss hinter sich die Tür des Kubus. Unschlüssig starrte sie auf die Packung in ihren Händen. War das ein Test? Gar eine Falle? Hatten die Algorithmen hinter den Überwachungskameras den Umschlag von heute Mittag wahrgenommen, als Maria ihn aus dem Briefkasten holte, und Alarm geschlagen? Hatten die Behörden gleich eine Operation eingeleitet? Vorsichtig öffnete sie den Deckel der Packung, darin steckte ein zusammengefalteter gelber Zettel.

19 Uhr, Starbucks, Zhongshan Boulevard, Nachricht von deiner Tante.

Die gleiche Schriftart wie auf dem Zettel am USB-Stick, doch es gab einen Unterschied.

Das Schreiben war unterzeichnet.

CRA.

Sie hatte keine Ahnung, was das bedeutete.

優越性

Dienstag, 2. Juni, 15:23, Wohngebiet, Berlin

Das Navi führte Robert nach Dahlem zu einer weißen, dreigeschossigen Gründerzeitvilla. Er parkte seinen BMW vor dem Grundstück im Schatten einer gewaltigen Eiche, die ihre mächtigen Arme vom Garten aus weit über die Straße reckte. Ein schmiedeeiserner, mannshoher Zaun grenzte das Grundstück von der Straße ab.

Die Tür im Zaun war unverschlossen, und Robert stieg die vier Stufen zum säulengestützten Eingangsportal hoch. In der massiven Holztür saß auf Augenhöhe eine vergitterte, rhombusförmige Luke und erlaubte einen Einblick ins Innere des Hauses. Robert entdeckte ein mit Marmor ausgekleidetes Entree. In der Mitte diente ein üppiges Blumenbouquet in einer dunkelblauen Vase auf einem runden Biedermeiertisch als Blickfang. Auf der linken Seite führte eine breite Holztreppe in die oberen Stockwerke, auf der rechten Seite doppelflügelige Schiebetüren in verschiedene Salons. Der Familienname war auf einem Messingschild oberhalb der Klingel eingraviert; die Melodie ertönte gedämpft hinter den dicken Mauern des Hauses. Die Holztür wurde von einer jungen Frau in einem grauen Kleid mit weißem Kragen und Schürze geöffnet. Sie sah Robert aus einem weichen Gesicht mit braunen Augen fragend an.

»Guten Tag, ich möchte bitte zu Frau Zuber.«

»Wen darf ich melden?«

»Norbert Förster, Bundeskriminalamt«, sagte er und hielt ihr seinen Ausweis vors Gesicht.

»Bitte warten Sie.«

Die Tür schloss sich, und als sie sich das nächste Mal öffnete, blickte Robert in das Gesicht einer blonden Schönheit mit vollen Lippen und grünen Augen in einem dazu farbig passenden, eng anliegenden Kleid. »Sie wünschen?«

»Sind Sie die Ehefrau von Martin Zuber?«

»Wer möchte das wissen?«

Robert zückte erneut seinen Ausweis und wurde hereingebeten. Im Inneren des Hauses war es angenehm kühl. Die Dame des Hauses, die sich als Magdalena Zuber vorstellte und die Robert ein wenig jünger als sich selbst schätzte, führte ihn hüftschwingend und auf High Heels in ein sonnendurchflutetes Wohnzimmer. Dort demonstrierten antiquarische Schränke, geradlinige moderne Sitzmöbel und großformatige abstrakte Kunstwerke großstädtische Kultiviertheit, abgestimmt auf italienisches Feingefühl. Mit einer Handbewegung forderte sie ihn auf, Platz zu nehmen, während sie sich setzte.

»Ich habe nicht viel Zeit«, sagte sie streng und strich sich ihre langen glatten Haare zurück mit der Geste einer Frau, die sich im Leben nur wenig Sorgen machen musste. »Ich habe gleich eine Verabredung in der Stadt.«

Ihre Aufmachung und ihr Verhalten machten auf Robert nicht gerade den Eindruck einer besorgten Ehefrau. Er beschloss, sie aus der Reserve zu locken. »Täusche ich mich, oder lässt Sie das Verschwinden Ihres Mannes ziemlich kalt?«

Ihre Reaktion hatte er nicht erwartet. Sie fing laut an zu lachen – ein herzhaftes, schönes Lachen, dessen Reiz von einem schmutzigen Unterton noch verstärkt wurde – und entblößte dabei ebenmäßige Zähne.

»Sie meinen, ich habe ihn vielleicht verschwinden lassen?«

Roberts Gesichtsausdruck sprach anscheinend Bände, denn

schnell setzte sie hinzu: »Hören Sie, mein Mann und ich stehen kurz vor der Trennung, und ich habe keinen Grund, ihn verschwinden zu lassen. Als ich meinen Beruf aufgab, um mich um unseren Sohn zu kümmern und meinem Mann den Rücken freizuhalten, damit er *GenTech* aufbauen konnte, habe ich mir vertraglich die Hälfte der Anteile zusichern lassen. Seit dem Börsengang«, sagte sie und machte eine Handbewegung, die alles um sie herum miteinschloss, »bin ich auch ohne meinen Mann eine sehr wohlhabende Frau.«

Robert mochte ihre Direktheit, sie kam ihm nicht wie eine Flucht nach vorn vor. Er wollte gerade etwas entgegnen, als sie ihm zuvorkam: »Warum beschäftigt sich eigentlich das BKA mit dem Verschwinden meines Mannes?«

Robert blickte ihr direkt in die Augen. »Weil wir untersuchen, ob sein Verschwinden in irgendeinem Zusammenhang mit dem Tod einer Frau steht.«

Robert zog sein Handy hervor, öffnete einen Screenshot von Jun Ji Bao aus der Talkshow und zeigte ihn Magdalena Zuber. »Wissen Sie, ob Ihr Mann diese Frau kannte?«

»Oh, mein Gott, Frau Jun«, entgegnete sie aufgeregt. »Ja, mein Mann kannte sie. Ich auch. Sie war mehrmals hier.«

Roberts Herz machte einen Freudensprung, doch seine Miene blieb ruhig. »Wie kam es dazu?«

»Sie war in der Firma meines Mannes angestellt«, sagte Frau Zuber, die Selbstsicherheit in ihrer Stimme war Bestürzung gewichen. »Eine herausragende Wissenschaftlerin, soviel ich weiß.«

»Was wissen Sie noch über sie?«, hakte Robert schnell nach.

»Nicht viel. Bei unseren Abendeinladungen war sie charmant und witzig. Sie lachte gerne. Was ist eigentlich im Fernsehen mit ihr passiert?«

»Das versuche ich gerade herauszufinden.«

»Und?«

»Und was?«

»Haben Sie schon etwas herausgefunden?«

»Ich fange ja gerade erst an«, entgegnete er und fühlte sich plötzlich unwohl in seiner Haut. »Darf ich Sie um ein Glas Wasser bitten? Ich glaube, ich habe bei der Hitze zu wenig getrunken.«

Frau Zuber rief nach dem Hausmädchen und bestellte eine Flasche Wasser und zwei Gläser. Nachdem die junge Frau das Wohnzimmer verlassen hatte, fragte er: »Haben Sie an Ihrem Mann in der letzten Zeit irgendwelche Veränderungen festgestellt?«

»Das müssten Sie besser seine neue Partnerin fragen. Mein Mann ist zwar noch hier gemeldet, hält sich aber meistens bei ihr auf. Helena Brose, wohnt irgendwo in Mitte.«

»Verstehe.«

»Vielleicht sind die beiden auch nur für einige Tage abgetaucht. Sofia, die Schwester meines Mannes, ist eine sehr ängstliche Person. Ich hätte ihn nicht so schnell als vermisst gemeldet. Sie waren wohl verabredet, und er ist nicht aufgetaucht. Sein Handy ist auch ausgeschaltet. Sie hat mich ganz aufgeregt angerufen. Von seiner Geliebten wusste sie nichts. Sie hat noch zwei Tage versucht, ihn zu erreichen, bevor sie zur Polizei gegangen ist.«

Sie sagte die Wahrheit, dachte Robert, die Angaben stimmten überein.

»Wann haben Sie Ihren Mann das letzte Mal gesehen?«

Ihre makellos gepflegten Augenbrauen zogen sich beim Nachdenken zusammen. »Anfang letzter Woche, glaube ich. Montag oder Dienstag. Man bekommt in diesem Haus die Anwesenheit anderer Menschen nicht unbedingt mit. Ich habe von meinem Schlafzimmer aus oben im zweiten Stock morgens seinen Porsche in der Auffahrt gesehen. Er war kurze Zeit später aber schon wieder weg. Keine Ahnung, was er hier gemacht hat, war mir, ehrlich gesagt, aber auch egal.«

Ein Stille entstand und breitete sich wie zarter Nebel zwischen ihnen aus. Robert spürte, dass sie ihm noch etwas mitteilen wollte.

»Alles wurde anders, als die Chinesen einstiegen«, sagte sie unvermittelt. Ihr Blick hing für einige Augenblicke in der Luft.

»Was meinen Sie damit?«, fragte Robert.

»Vor drei Jahren sind internationale Investoren in das Unternehmen eingestiegen. *Greencrest Capital*, eine englische Kapitalgesellschaft mit Sitz in London, machte uns ein lukratives Angebot für die Mehrheit der Anteile mit der festen Zusage, uns an die Börse zu bringen. Erst als wir auf den Deal eingegangen sind, entdeckten wir, dass hinter den Engländern chinesische Geldgeber steckten. Mein Mann war plötzlich nicht mehr der alleinige Chef. Er blieb zwar Sprecher der Geschäftsführung, bekam aber einen chinesischen Geschäftsführerkollegen, mit dem er sich nicht besonders gut verstand. Martin veränderte sich und unsere Ehe auch. Er redete kaum noch mit mir. Irgendwann hatte er dann eine Geliebte. Vielleicht tat das seinem Ego gut. Wir haben dann entschieden, uns zu trennen.«

»Und die chinesischen Investoren haben auch Jun Ji Bao mitgebracht?«

Magdalena Zuber nickte und trank einen Schluck Wasser. »Sie war wirklich eine interessante und kluge Frau. Ich mochte sie.«

»Wissen Sie, woran sie in der Firma Ihres Mannes gearbeitet hat?«

»Ja. Sie nicht?«

Robert schaute irritiert. »Äh, nein. Sollte ich?«

»Ihre Arbeit hatte mit den chinesischen Geldgebern zu tun. Oder besser mit *dem* chinesischen Geldgeber. Sagt Ihnen der Name Tom Lee etwas?«

»Nein, wer ist das?«

Sie wollte etwas erwidern, ihre schimmernden Lippen öffneten sich, doch dann schloss sie den Mund wieder, und Robert sah, wie es hinter ihrer Stirn arbeitete.

»Warten Sie, es gibt ein Foto.« Sie stand auf, ging zu einem Schreibtisch neben dem schwarzen Flügel und öffnete eine Schublade.

Hätte er sie vor ein paar Jahren irgendwo in einer Bar oder Kneipe getroffen, hätte er sie vielleicht angesprochen. Robert, damals meist gekleidet in Jeans und Lederjacke, hatte Schlag bei Frauen. Jedenfalls vor Afghanistan, bevor nur noch eine ausgeleierte Version seines früheren Ichs übrig geblieben war. Bei Magdalena Zuber machte er sich heute keine Illusionen. Die Frau spielte inzwischen in einer Liga, zu der er keinen Zutritt hatte. Sie kehrte mit einer braunen Ledermappe in den Händen zurück.

»Hier habe ich alle Presseberichte gesammelt, die es damals über unseren Börsengang gab«, sagte sie und schlug die Mappe auf.

Sie blätterte einige Seiten durch, dann reichte sie Robert die Mappe. »Hier ist mein Mann zwischen dem chinesischen Geschäftsführer Juan Wang und dem Investor Tom Lee. Es ist der Typ rechts, einer der reichsten Männer Chinas.«

Ihr Blick wurde weich. »Tragische Geschichte, sein Sohn leidet an Muskelschwund und wird in einigen Jahren sterben, wenn nicht vorher eine Therapie gefunden wird. Deshalb hat er unsere Firma gekauft, weil mein Mann an neuartigen Gentherapien forscht. Jun Ji Bao hat ihn dabei unterstützt.«

»Darf ich davon ein Foto machen?«

»Kein Problem.«

Sie wartete, bis Robert fertig war, dann schaute sie auf ihre Armbanduhr. Ein diamantenbesetztes Ziffernblatt funkelte im Sonnenlicht. »Haben Sie noch weitere Fragen? Ich müsste jetzt los.«

Robert verneinte und stand auf.

Kurz darauf hatte ihn die Hitze wieder. Der BMW hatte

sich unter der Eiche eine Restkühle erhalten, die Robert mit der Klimaanlage rasch wieder auf Vordermann brachte. Er verließ den Grunewald und fädelte sich in den dichter werdenden Feierabendverkehr ein. Sein Handy klingelte. Im Display erschien Mohrmanns Nummer.

Er nahm ab.

»Hallo, Robert, ich wollte dir nur sagen, dass die chinesische Regierung gerade ein Statement veröffentlicht hat. Man bedaure den Tod der hochdekorierten Wissenschaftlerin. Sie hoffen, dass die Hintergründe ihres Todes schnell aufgeklärt würden. Man habe großes Vertrauen in die deutsche Polizei.«

»Mehr nicht? Kein Wort zum größten Geheimnis der chinesischen Regierung oder zum wahren chinesischen Traum?«

»Nein, sie schweigen es einfach tot.«

»Wusstest du schon, dass die chinesische Botschaft den Leichnam aus der Charité geholt hat?«

»Was?«, fragte Mohrmann. Sein Erstaunen klang echt.

»Ja, sie sind dort mit einem Diplomatenausweis, der auf Jun Ji Bao ausgestellt war, aufgetaucht und haben den Leichnam mitgenommen, noch bevor er richtig obduziert werden konnte.«

»Das ist clever. Sie heucheln Vertrauen in die deutsche Polizei, gleichzeitig tun sie alles dafür, deren Arbeit zu unterbinden.«

»Was meinst du damit?«

»Ohne die Möglichkeit, die Todesursache herausfinden zu können, werden sämtliche polizeilichen Ermittlungen eingestellt. Du weißt, was das heißt, oder?«

Robert hatte keine Ahnung, worauf Mohrmann hinauswollte, und schwieg. Mohrmann schien auf eine Erwiderung zu warten, und eine unangenehme Stille entstand. Schließlich sagte Mohrmann: »Du bist der Einzige, der den Fall noch aufklären kann.«

優越性

Dienstag, 2. Juni, 18:57, Café, Wuhan

Ihr rechtes Knie wippte unaufhörlich auf und ab. Maria beobachtete jeden, der durch die gläserne Eingangstür in das Café trat. Im Starbucks an Zhongshan Boulevard hatte Maria sich einen Platz mit dem Rücken zur Wand gesucht, den Eingang fest im Blick. Vor ihr ein erkaltender Kaffee. Sie hatte ihn schlichtweg vergessen, zu sehr war sie mit ihrer Umgebung beschäftigt. Durch die Fensterfront zur Straße strahlte die untergehende Sonne ins Innere und ließ die Gläser auf den voll besetzten Tischen funkeln. Staubteilchen tanzten im Gegenlicht. Maria hatte das blaue Sommerkleid gegen Jeans und T-Shirt getauscht, sich hinter ihrer großen Sonnenbrille wie hinter Panzerglas verschanzt und feuerte Blicke in alle Richtungen.

Zwischendurch verschwand sie kurz auf die Toilette. Bei ihrer Rückkehr saß auf ihrem Platz ein Mann in einem schwarzen Anzug, den Blick in ein Buch geheftet. Sie stellte sich vor ihn und sagte: »Entschuldigung, aber das war mein Platz, ich war nur eben auf der Toilette.«

Der Mann schaute aus dunklen Augen mit festem Blick zu ihr hoch. Er war weder attraktiv noch hässlich, eher von der Sorte, die man nicht bemerkte. Maria schätzte ihn auf Ende dreißig.

»Oh, das wusste ich nicht, es tut mir leid.« Er erhob sich, sein Gesicht war nur wenige Zentimeter von ihrem entfernt. »Jemand erwartet dich in fünf Minuten draußen«, sagte er ebenso leise wie schnell. »Geh nach rechts. Er findet dich. Und schau mir jetzt nicht nach.«

Schon war er verschwunden. Erst als sie wieder auf ihrem Platz saß, merkte sie, wie sehr sie zitterte. Sie schaute auf ihre Uhr und begann still zu zählen. Bei dreihundert verließ sie das Café. Um sie herum brodelte die Rushhour. Sie wandte sich nach rechts; ihr Puls war immer noch auf hundertachtzig. Sie zwang sich zu schlendern, schien die Auslagen der Schaufenster im Vorbeigehen zu betrachten, doch in Wahrheit nutzte sie die Spiegelung der Scheiben zur Beobachtung ihres Umfeldes. Die Sonne war bereits hinter den Gebäuden verschwunden, trotzdem war es noch angenehm warm. Der Bürgersteig war voller Passanten.

Von dem Mann im Anzug war nichts zu sehen.

Kurz vor der Kreuzung zur Yanghe Road hielt plötzlich ein schweres Geländemotorrad neben ihr. Eine Stimme rief laut durch das geöffnete Helmvisier: »Hallo, Maria, so eine Überraschung! Soll ich dich mitnehmen?«

Er spielte sein Erstaunen nur; ihres war echt, als sie ihren Liebhaber von letzter Nacht unter dem Helm erkannte.

»Oh, Hallo, Yang!«, rief sie und setzte sofort ein Lächeln für die Kameras auf. »Ja, das wäre furchtbar nett.«

Yang trug eine schwere Lederjacke und einen zweiten Helm am Ellenbogen. Rasch stülpte Maria ihn über und schwang sich auf den Soziussitz.

»Halt dich gut fest«, rief er durch das geöffnete Visier und fädelte sich in den Verkehr ein. Geschickt schlängelte er sich durch die Blechlawinen auf den mehrspurigen Straßen stadtauswärts, immer auf der Suche nach der passenden Lücke. Teilweise sauste er so knapp an langsam fahrenden Autos vorbei, dass sie panisch ihre Schenkel gegen seine presste. Ihre Knie ragten seitlich am weitesten heraus, und sie war sich nicht sicher, ob er das in seine Manöver einkalkulierte.

An beinahe jeder Kreuzung entdeckte Maria eins der riesigen

China-braucht-nur-China-Plakate. Nach einer Weile erreichten sie die Außenbezirke von Wuhan. Die Plakate wurden seltener, und der Verkehr entspannte sich. Neu hochgezogene Wohnblöcke, akkurat bestellte Felder und alte dörfliche Strukturen bildeten hier einen wilden Mix aus Tradition und Moderne, Stadt und Land. Maria erschrak, als sie erkannte, wohin er fuhr. Das gleiche abgerockte Gewerbegebiet, in dem gestern die Party stattgefunden hatte.

Sie durchquerten eine trostlose Gegend aus grauen Silhouetten, am Himmel die letzten Farbreste eines abgenutzten Tages. Das Motorrad fuhr in den Hof einer verlassenen Autowerkstatt, ein einstöckiger Flachbau mit abbröckelndem Putz, zwei Garagentoren und dem rußigen Schatten eines abmontierten VW-Logos. Als sie abstiegen und die Helme abnahmen, fragte sie sofort: »Wer bist du wirklich?«

»Je weniger du weißt, desto besser. Nenn mich einfach weiterhin Yang.«

Bevor er etwas hinzufügen konnte, sagte sie: »Dann war unser Treffen gestern also nicht zufällig?«

»Nein, wir hatten gerade von dem Tod deiner Tante erfahren.«

»Wer ist wir?«

Erneutes Kopfschütteln. »Das darf ich dir nicht sagen, zu deiner Sicherheit. Vertrau mir einfach, okay?«

»Bleibt mir ja wohl nichts anderes übrig.«

Er wollte etwas erwidern, doch sie kam ihm zuvor: »Warum hier?«

»Das ganze Gebiet wird in den nächsten Monaten abgerissen, hier entsteht eine Fabrik für Batteriezellen. Die Behörden sahen keinen Sinn darin, es vorher schon mit Überwachungskameras zu überziehen. Das passiert erst mit dem Neubau.«

Der Partyveranstalter hatte also nicht gelogen.

»Okay, warum sind wir hier?«

Er öffnete einen auf dem Tank festgeschnallten Rucksack und

holte ein Tablet hervor. Aus seiner Hosentasche zog er einen kleinen USB-Stick, das gleiche rote Modell wie in ihrem Briefkasten, und steckte ihn an der Seite ins Tablet. Er tippte auf dem Bildschirm herum, dann drehte er ihn in ihre Richtung.

Eine Videodatei öffnete sich. Tante Ji erschien. Sie saß auf einem Bett, vermutlich ein Hotelzimmer, und filmte sich mit dem Handy. Sie war ungeschminkt, der Blick trüb vor Erschöpfung, die Haare offen und zerzaust. So hatte Maria ihre Tante noch nie gesehen.

»Liebe Maria, wenn du diese Nachricht siehst, bin ich entweder verhaftet, verschollen oder tot. Ich habe zufällig eine wissenschaftliche Entdeckung gemacht, die zu einer gefährlichen Waffe werden kann, wenn sie in die falschen Hände gerät.«

Tante Ji hielt inne und strich sich eine Strähne aus dem Gesicht.

»Vielleicht bilde ich mir das alles nur ein, vielleicht werde ich langsam paranoid, wahrscheinlich wirst du dieses Video niemals sehen, aber ich habe ein ungutes Gefühl. Die Firma, für die ich hier in Berlin arbeite, verhält sich neuerdings seltsam. Ich arbeite an der guten Seite meiner Entdeckung. Es gibt eine vertragliche Vereinbarung, dass nur an ihr gearbeitet werden darf. Aber irgendetwas geht hier vor. Sie schließen mich neuerdings aus bestimmten Abläufen aus, als ob ich bestimmte Dinge nicht mehr erfahren soll. Offiziell ist es ein deutsches Unternehmen, aber es ist vollständig in chinesischer Hand. Ich vermute, dass unsere Regierung meine Entdeckung auch anderweitig verwenden will. Sie könnte Völker wie die Uiguren …«

Sie zögerte, ihre Miene war regungslos, nur die kleine senkrechte Falte zwischen den Brauen verriet, wie sehr es in ihr arbeitete. Schließlich fuhr sie fort: »Natürlich, du weißt ja gar nicht, was mit den Uiguren gerade passiert. In unserem Land geschehen schreckliche Dinge.« Ihre Stimme war inzwischen nur noch ein Flüstern. »Es gibt Konzentrationslager. Du …«

Ein Türklopfen erklang. Maria sah den Schrecken wie einen Geist über das Gesicht ihrer Tante huschen. Ji legte das Handy aufs Bett und ließ die Videoaufnahme laufen, die Kamera starrte an die Hoteldecke. Maria hörte unverständliche Brocken einer englischen Unterhaltung, kurz danach das Schließen einer Tür. Das Handy wurde vom Bett genommen, und Ji hielt es sich erneut vors Gesicht.

»Nur der Zimmerservice«, sagte sie wieder mit normaler Stimme. »Sie haben mein Abendessen gebracht. Ich sehe schon hinter jeder Ecke Gespenster. Wie gesagt, vielleicht bilde ich mir alles nur ein, aber falls unsere Regierung meine Entdeckung in einer nicht von mir autorisierten Art und Weise verwendet, will ich nicht diejenige sein, die als Wissenschaftlerin dafür die moralische Verantwortung trägt. Sollte ich plötzlich verschwunden sein oder gar verstorben, dann kannst du sicher sein, dass es kein freiwilliges Verschwinden oder kein natürlicher Tod war. Dann musst du etwas tun, etwas, das sehr wichtig ist. Du musst nach Deutschland fliegen, nach Berlin. Bei der Sparkasse in der Badstraße gibt es ein Schließfach auf meinen Namen. Ich habe deinen Namen dort hinterlegt, du hast eine Verfügungserlaubnis. Im Schließfach befindet sich ein USB-Stick mit Unterlagen, die unbedingt ans Licht der Öffentlichkeit müssen. Die Firma weiß nichts von dieser Kopie. Sie glauben, es gebe nur meine Originalunterlagen. Bringe den Stick zu Professor Gohring am Max-Planck-Institut in Berlin.«

Das Bild wackelte für einige Augenblicke, dann tauchte eine Hand ihrer Tante mit einem handgeschriebenen Zettel auf dem Bildschirm auf.

Max-Planck-Institut für molekulare Genetik, Ihnestraße 63.
Professor Gohring privat: Falkenpfad 25.

»Präge sie dir gut ein.«

Erneutes Bilderwackeln, dann war Ji wieder vor der Kamera.

»Der Professor wird verstehen, welch gefährliches Potenzial

in meiner Entdeckung steckt. Und dass die Welt davor gewarnt werden muss.«

Sie nickte zweimal kurz, als ob sie sich vergewissern musste, das Richtige zu tun. Ihr Blick hing für einen Moment in der Luft, dann schaute sie wieder in die Kamera.

»Also, ich hoffe sehr, dass du dieses Video niemals sehen wirst und wir uns bald wiedersehen. Aber wenn nicht, weißt du, was zu tun ist. Pass bitte auf dich auf.«

Das Bild wurde schwarz.

Maria hatte Tränen in den Augen. In ihrem Gesicht lag eine aufgewühlte Verzweiflung. »Ich kann nicht nach Deutschland fliegen«, sagte sie leise.

Sie schaute Yang an. Nur das Zucken einer Augenbraue verriet sein Erstaunen. »Wieso nicht?«

»Mein Sozialkonto ist so niedrig, dass ich kein Flugzeug mehr benutzen darf. Meine Tante wusste das nicht.«

»Zug?«

»Nein. Nur noch ein paar Punkte, dann darf ich nicht mal mehr die Provinz verlassen. Außerdem habe ich kein Geld für eine Deutschland-Reise.«

Yang griff in den Tankrucksack, zog einen braunen prall gefüllten Umschlag hervor und reichte ihn ihr.

»Steck ihn ein, da ist genug Geld drin, es stammt von deiner Tante. Bezüglich des Transportmittels finden wir schon eine Lösung. Warte kurz.«

Yang holte aus dem Rucksack einen länglichen Gegenstand hervor.

»Was ist das?«

»Ein Handy, uralt«, sagte er und zeigte es ihr. Maria hatte noch nie ein solches Telefon gesehen. Es hatte für jede Zahl eine Taste, aber keinen Bildschirm. »Es kann nicht ausspioniert werden, man kann damit nur telefonieren.«

Erneut griff er in seinen Rucksack und holte einen kleinen silbernen Schlüssel hervor. »Das ist der Schlüssel zum Schließfach deiner Tante. Du musst ihn beschützen wie deinen Augapfel. Er darf dir unter keinen Umständen abhandenkommen.« Yang wartete, bis Maria ihn in der kleinen Tasche oberhalb der rechten Vordertasche ihrer Jeans verstaut hatte, bevor er fortfuhr: »Ohne ihn kommst du nicht an die Unterlagen heran. Und auch sonst niemand. Wir können nicht …«

Er verstummte und lauschte. Ein Motorengeräusch war in einiger Entfernung zu hören. Es bewegte sich in ihre Richtung.

»Cool bleiben«, meinte Yang.

Dem Sound nach bog der Wagen gerade in ihre Straße ein.

»Schnell, Maria«, sagte Yang. »Setz den Helm auf.«

優越性

Dienstag, 2. Juni, 19:46, Bürohochhaus, Shanghai

Hinter der Glasfront der nur Lee vorbehaltenen Toilette seines Büros zog der Himmel die schwarze Kapuze der Nacht über die Stadt und löschte am Horizont die letzten Reste der Dämmerungsglut. Lee band sich vor dem großen Spiegel über dem Granit-Waschbecken mit den goldenen Wasserhähnen eine Krawatte um.

Direkt am Ufer des Huangpu-Flusses hatte Lee ein Gebäude erbauen lassen, das alle anderen, wenn auch nicht an Höhe, so doch an Strahlkraft überragte. Die internationale Architektenelite war mit großen Plänen und noch größeren Eitelkeiten angetreten, doch den Zuschlag erhielt ein unbekannter Architekt aus der eigenen Stadt. Ungefragt hatte er eine Mappe eingeschickt, auf deren Titelseite stand: *Wenn du etwas Besonderes willst, baue eine einmalige Form, wenn du etwas Spektakuläres willst, gib dieser Form eine einmalige Farbe, und wenn du etwas Monumentales willst, füge einen einmaligen Clou hinzu.*

Lee hatte die erste Seite aufgeschlagen und beim Anblick der fotorealistischen Computerdarstellung sofort gewusst, dass sein neuer Firmensitz genau so aussehen sollte: ein schlanker, kerzengrader runder Turm mit einer strahlendweißen, schimmernden Außenhaut und einer separaten Etage am oberen Ende, die wie ein Heiligenschein aus goldfarbenem Glas über dem hellen Gebäude schwebte.

Den Clou entdeckte er auf Seite drei: Der Heiligenschein ließ sich in nur dreißig Sekunden vom Dach bis auf Straßenniveau herabsenken und glitt dabei an dem Gebäude entlang wie ein Ring an einem Finger.

Die Einheimischen tauften das Gebäude rasch *Wúmíngzhǐ* – Ringfinger, wobei der Ring nur Lee, seinen Vorstandskollegen und den Assistentinnen vorbehalten war. Alle, die im Ring arbeiteten, mussten sich kurz vor sechs Uhr in der Früh am Fuße des Fingers einfinden. Um Punkt sechs hob der Ring ab. Wer zu spät kam, musste zur Strafe die achtundsiebzig Stockwerke zu Fuß erklimmen oder sich gleich einen Tag freinehmen. Natürlich gab es auch im Inneren des Fingers Fahrstühle, allerdings waren sie für jene, die ihre Büros im Ring hatten, nicht benutzbar.

Nur hatte ihnen das zu Beginn niemand gesagt.

Mit einem Schmunzeln hatte sich Lee die Videos angeschaut, in denen verspätete Vorstandskollegen oder Sekretärinnen kurz nach Inbetriebnahme des Gebäudes versuchten, die Fahrstühle im Innern des Fingers zu benutzen. Beim Überqueren der Türschwelle erklang ein schriller Signalton, gefolgt von einer strengen Computerstimme, die »das Betreten einer nicht autorisierten Person« verkündete. Bei der Errichtung des Ringfingers war neueste Sicherheitstechnik verbaut worden, schließlich war das eine der Säulen von Lees Reichtum. Alle Personenschleusen, Fahrstühle und Türöffnungssysteme ließen sich nur mit Gesichtserkennung passieren, jeder Angestellte musste nach der Vertragsunterzeichnung sein Gesicht scannen lassen.

Lee hatte früher als andere die Chancen erkannt, die sich aus Präsident Xis Vision für China für die Verbindung von Big Data, künstlicher Intelligenz und Überwachungstechnik boten. Mit der Gründung seines Unternehmen *SHIZIYAN* – Löwenauge – erschuf er kurz nach Xis Machtantritt die Keimzelle seines heutigen Imperiums.

Die Partei hatte damals Lees Ideen und die seiner Experten begeistert aufgenommen und die Provinz Xinjiang zum Testfeld für sämtliche Neuerungen bestimmt. Dort tüftelten seine Experten und die örtlichen Parteikader an einem perfekten Netz zur Überwachung der Uiguren. Nach und nach machten sie die Maschen enger und die Fäden klebriger. Überall Kameras und Mikrofone, gesteuert durch künstliche Intelligenz in einem digitalen System, das gefüttert wurde mit allem, was sie von den Einheimischen einsammeln konnten. Gesichts- und Irisscans, Stimmproben, Fingerabdrücke, DNA-Proben sowie Körperbewegungsprofile. Letztere erwiesen sich als besonderer Hit. Lees Experten hatte mit diesen Profilen die neueste Kamerageneration entwickelt. Voller Stolz hatte Lee der Partei das Ergebnis verkündet: Die Kamera konnte jede Person aus fünfzig Meter Entfernung identifizieren, selbst wenn sie der Kamera den Rücken zuwandte und eine Kappe auf dem Kopf trug. Inzwischen konnte kein Uigure mehr irgendeine Form von Widerstand leisten.

Jetzt kam der Rest des Landes an die Reihe. Und Lee würde sich das größte Stück dieses Kuchens holen.

Die Überwachungstechnologien seiner Unternehmen waren der Konkurrenz fast überall einen kleinen Schritt voraus und kamen in immer mehr Lebensbereichen zum Einsatz, nicht zuletzt in seiner eigenen Firmenzentrale. Über die von der KI gedemütigten Vorstandskollegen und Assistentinnen hatte Lee sich amüsiert, wenn sie in den Videoaufzeichnungen der Fahrstuhlkameras mit gesenkten Köpfen den Fahrstuhl wieder verlassen mussten, begleitet von den missbilligenden bis abschätzigen Blicken ihrer Kollegen.

Die Lektion war schnell gelernt.

Der Ring fuhr nur einmal frühmorgens hoch und spätabends herunter. Die ganze Stadt konnte sehen, wann Lee anfing zu arbeiten und wann er wieder aufhörte. Er zeigte allen, dass kaum jemand länger und härter arbeitete als er. Die Assistentinnen, die um sechs begannen, wurden mittags von den Kolleginnen der Spätschicht abgelöst; sie durften dann die Fahrstühle im Finger benutzen. Von seinen Vorstandskollegen verlangte Lee das gleiche Arbeitspensum wie von sich selbst.

Die Extravaganz seiner Firmenzentrale festigte seinen Ruf als ungekrönter König von Shanghai, dem es gelungen war, in nur fünfzehn Jahren von einem verlachten Loser zu einem der reichsten Männer des Landes aufzusteigen.

Nachdem Lee sein maßgeschneidertes Sakko angezogen und einen letzten Blick in den Spiegel geworfen hatte, verließ er die Toilette und setzte den Ring in Bewegung. Geräuschlos glitt dieser den Finger herunter. Beim Verlassen des Gebäudes jaulte irgendwo die Sirene eines Krankenwagens. Die Luft war mild, eine Brise wehte vom Fluss kommend über den Vorplatz. Der Regen hatte nachmittags aufgehört, und der Himmel war aufgeklart. Lees schwarzer Bentley tauchte beinahe lautlos neben ihm auf. Der Chauffeur sprang aus dem Wagen und öffnete Lee die Tür zum Fond.

Dort wartete seine Frau Lan schon auf ihn. Sie sah atemberaubend aus in ihrem roten eng anliegenden Kleid, das ihren Körper gekonnt in Szene setzte. Sie strahlte Sex aus wie einige Männer Geld. In ihrem Dekolleté funkelte ein Diamantencollier; sein Geschenk zu ihrem Dreißigsten. Er wollte sie küssen, aber sie hob schnell die Hand vor seine Brust und hielt ihn auf Distanz. »Der Lippenstift ist nicht kussecht.«

»Du siehst toll aus. Ich könnte dich gleich hier vernaschen.«

Als Antwort schenkte sie ihm ihr berühmtes Lächeln, das sie sich mit einigen der höchstdotierten Werbeverträge des Landes vergolden ließ.

»Ich dich auch. Lass uns am Wochenende keinen Stress und viel Sex haben. Ich habe schon Entzugserscheinungen.«

»Tut mir leid, ich muss dich leider enttäuschen, ich muss morgen früh nach Deutschland. Eigentlich hätte ich schon heute fliegen müssen, aber ich wollte deine Premiere auf keinen Fall verpassen.«

Sie hauchte einen Kuss auf seine Lippen und fuhr mit der Hand seinen Oberschenkel hoch; als sie die Erregung in seiner Hose spürte, huschte ein Lächeln über ihr Gesicht. Lee musste an ihre erste gemeinsame Nacht denken. Wenige Stunden zuvor hatten sie sich auf einer Feier kennengelernt, der Regisseur ihres letzten Films, Wong Kar-Wai, stellte sie einander vor. Ihre Schönheit und ihre Ausstrahlung schüchterten Lee sofort ein. Sie trug an dem Abend ein Kleid, dessen Ausschnitt am nächsten Tag um die Welt gegangen war.

Er hatte sie angestarrt.

Aber nicht ins Gesicht.

»Wenn Sie Ihre Augen wieder eine Etage höher richten würden, wäre ich Ihnen sehr dankbar.«

Wie ein dummer Schuljunge hatte er sich gefühlt, erwischt beim Spannen in der Mädchenumkleide.

»Sie hypnotisieren mich«, hatte er noch halbwegs souverän antworten können.

»Ich oder meine Brüste?«

Diese Replik würde er niemals vergessen. Er hatte laut gelacht und »Beide« gesagt.

So brach das Eis.

Schnell stellte er fest, dass ihre Intelligenz ihrem Äußeren in nichts nachstand. Für eine Chinesin war sie ungewöhnlich offen und direkt. Das schrieb er ihren Jahren in Hollywood zu, wo sie als kommender Star gegolten hatte, bevor sie letztes Jahr dem Ruf des Präsidenten sowie der China-braucht-nur-China-Kampagne gefolgt und in ihre Heimat zurückgekehrt war.

Als sie die Party verlassen wollte, hatte sie sich bei Lee untergehakt, ihn mit sanftem Druck zum Ausgang manövriert, in ihre Limousine bugsiert und mit zu sich ins Hotel genommen. Zwei Wochen später hatten sie sich in Peking erneut getroffen. Seitdem waren sie ein Paar. Vor gut drei Monaten hatten sie geheiratet.

Lee nahm ihre Hand von seiner Hose und schaute sie an.

»Wenn ich gleich mit einer Beule in der Hose aus dem Wagen steige, könnte das mal wieder zu einigen unvorteilhaften Bildern führen.«

Zu Beginn ihrer Beziehung war es neu für Lee, beinahe jedes Mal beim Verlassen eines Restaurants, Theaters oder Kinos fotografiert zu werden, und seine Verblüffung darüber hatte sich in wenig schmeichelhaften Fotos in der Presse niedergeschlagen. Lee stand selbst gerne im Licht der Öffentlichkeit, doch an die Intensität und Omnipräsenz des Lichtes, das Lan umgab, hatte er sich erst gewöhnen müssen. Er bemühte sich zu lächeln, doch das fiel ihm nach dem heutigen Tag alles andere als leicht.

Sie bemerkte es. »Was ist los?«

Er wandte sich von ihr ab und starrte aus dem Fenster. Die Lichter der Stadt flitzten über seine Netzhaut, ohne dass er sie wahrnahm. Er konnte ihr nicht sagen, was los war. Die Ereignisse in Deutschland und das Telefonat heute Morgen ließen seinen größten Albtraum in greifbare Nähe rücken. Seitdem sein kometenhafter Aufstieg vor rund fünfzehn Jahren begonnen hatte, fürchtete er nichts mehr, als aus dem Orbit der Reichen und Mächtigen ausgestoßen und erneut zu jenem unbedeutenden, armen Bauernjungen zu werden, der er bis ins junge Erwachsenenalter gewesen war. Dass diese Möglichkeit nicht nur in der Fantasie bestand, hatte der persönliche Assistent des Präsidenten ihm heute klar gemacht. Er hatte ihm unverhohlen gedroht. Der Präsident möge es nicht, in Verlegenheit gebracht zu werden; ein weiteres Mal werde Konsequenzen haben.

Würde Lan bei ihm bleiben, sollte er abstürzen?

Er drehte sich zu ihr um.

Ihr Blick gab ihm die Antwort, die er nicht hören wollte. Er spürte ihren Unmut dicht unter der Oberfläche.

Er räusperte sich und sagte: »Es gibt da eine Sache in Deutschland, die mir Ärger macht. Ich muss mich persönlich darum kümmern.«

»Geht es um deinen Sohn?«

»Ja, auch«, log er. »Es ist eine längere Geschichte, zu lang, um sie dir jetzt zu erzählen. Außerdem möchte ich, dass du dich auf deinen Auftritt als glamouröser Filmstar konzentrierst, der alle anderen in den Schatten stellt.«

Sie wollte gerade etwas entgegnen, als sie bemerkte, wie sich der Bentley dem Zielort näherte. Der Wagen reihte sich in das Defilee der Limousinen ein. Eine nach der anderen lud ihren teuer gekleideten Inhalt auf dem roten Teppich der Eröffnungsgala des Internationalen Shanghai Filmfestivals ab. Draußen war die Szenerie taghell erleuchtet. Aufgeregtes Stimmengewirr drang dumpf in den Innenraum. Lans Fans erkannten an dem Kennzeichen LEE 001 den Wagen und ahnten, wer sich darin verbarg. Noch bevor Lan ausgestiegen war, kreischten sie und bettelten mit wedelnden Armen um Autogramme. Die wartenden Fotografen riefen wie ein schlechter Chor vielstimmig ihre Namen.

Der Bentley stoppte vor dem roten Teppich. Ein Angestellter des Festivals im Smoking öffnete die Wagentür zum Fond. Lan setzte ihr berühmtes Lächeln auf, straffte ihren Oberkörper und drückte die Brust raus.

Ab ins Getümmel.

優越性

Dienstag, 2. Juni, 19:59, Industriegebiet, Wuhan

Vor der Hofeinfahrt der aufgegebenen VW-Werkstatt tauchte eine dunkelblaue Limousine auf. Große weiße Schriftzeichen auf den Türen verrieten einen privaten Sicherheitsdienst. Der Wagen bremste scharf, als die Insassen das Motorrad bemerkten. Yang schmiss den Motor an. Die Beifahrertür wurde aufgestoßen, und ein untersetzter Mann in Uniform sprang heraus; auf seiner rechten Schulter entdeckte Maria eine Videokamera.

»Halt, was machen Sie hier?«

Yang gab Vollgas, und das Motorrad schoss auf den Mann zu. Der Mann griff an seine Hüfte und riss eine Waffe aus dem Holster. Doch Yang hatte ihn bereits erreicht. Mit einem Tritt seines rechten Fußes kickte er dem Mann die Pistole aus der Hand. Maria sah, wie sie in hohem Bogen durch die Luft flog und gegen den Wagen krachte. Das Motorrad schoss aus dem Hof, am Heck des Wagens vorbei und die Straße herunter. Hinter sich hörte Maria quietschende Reifen. Yang schaltete das Licht aus und beschleunigte stark. Der Motor heulte auf, die ganze Maschine vibrierte. Maria klammerte sich an Yang fest, der Fahrtwind riss an ihrem Helm. An der ersten Kreuzung bremste er kurz, bog nach links ab und gab wieder Vollgas. Maria schaute über ihre Schulter. Ihre Verfolger schlitterten um die Kurve, das eingeschaltete Fernlicht blendete sie, rasch drehte sie ihren Kopf wieder nach vorn. Scharfes Bremsen, dann rechts ab. Wieder volle Beschleunigung. Marias Hände krallten sich in Yangs Körper. Plötzlich eine Vollbremsung, Marias Körper wurde gegen Yangs Rücken gepresst, und sie hörte einen unterdrückten Fluch.

Dann sah sie, was los war.

Vor ihnen war eine Mauer, sie steckten in einer Sackgasse, Yang hatte sie in der Dunkelheit erst im letzten Augenblick gesehen. Er wendete das Motorrad, und sie rasten in die Gegenrichtung, doch der Wagen des Sicherheitsdienstes bog bereits in die Sackgasse ein. Mit blockierenden Reifen kamen beide Fahrzeuge zum Stehen. Das Motorrad stand im Lichtkegel der Scheinwerfer.

Maria sah, wie Yang die rechte Hand vom Gasgriff nahm und blitzschnell in den Tankrucksack griff. Als seine Hand wieder auftauchte, stockte ihr der Atem. Er hielt eine Pistole und feuerte sofort in Richtung der Scheinwerfer. Glas splitterte, dann war es dunkel. Yang gab Gas und fuhr auf den Wagen zu. Kurz bevor er ihn erreichte, riss er die Maschine nach rechts und bugsierte sie mit hoher Geschwindigkeit an der Fahrerseite des Wagens vorbei.

Im Wageninneren blitzte etwas auf.

Mündungsfeuer.

Maria duckte sich hinter Yangs Rücken und hörte vor sich einen Schmerzensschrei. Yangs Hand rutschte kurz vom Gas, die Maschine geriet ins Schlingern, doch Yang brachte seine Hand schnell zurück an den Lenker, fing das Motorrad ab und gab Gas. Maria lauschte auf Geräusche ihrer Verfolger, doch sie blieben aus.

Drei Abzweigungen weiter schaltete Yang das Licht ein und fuhr zurück auf die Landstraße Richtung Wuhan. Nach wenigen Kilometern tauchte links ein Waldgebiet auf. Yang nahm die erste Möglichkeit in den Wald hinein: ein schmaler Weg, zu beiden Seiten Fichten, dicht an dicht im Licht des Scheinwerfers. Yang fuhr so tief in den Wald hinein, dass sie von der Straße nicht mehr zu sehen waren. Er hielt an und klappte den Seitenständer aus.

»Los, absteigen«, hörte Maria seine gedämpfte Stimme. Sie schwang sich vom Motorrad, während er den Motor ausmachte. Damit ging auch das Licht aus. Es war stockdunkel. Maria hörte ein leises Stöhnen, gefolgt von einem Poltern.

»Yang!«

Keine Antwort.

»Yang, was ist mit dir?«

Stille.

Endlich gewöhnten sich ihre Augen an die Dunkelheit. Im dürftigen Licht einer schmalen Mondsichel erkannte sie den Umriss von Yangs Körper auf dem Boden. Sie kniete sich neben seinen Kopf und öffnete sein Visier.

»Yang, was hast du?«

Er antwortete nicht. Lebte er noch? Rasch beugte sie sich zu ihm herunter und lauschte seinem Atem. Er war regelmäßig, aber schwach. Sie öffnete den Verschluss seines Helmes und zog ihn ab. Sein Kopf fiel schlaff zur Seite. Von irgendwoher erklangen Polizeisirenen; sie kamen aus Richtung Wuhan und wurden schnell lauter. Plötzlich schienen in der Ferne durch den dichten Wald blaue und rote Punkte zu tanzen. Zusammen mit der Sirene rasten sie auf der Landstraße am Wald vorbei und entfernten sich.

Maria gab Yang eine leichte Ohrfeige. Keine Reaktion. Dann eine zweite, kräftigere. Er öffnete die Augen und versuchte den Oberkörper aufzurichten. Doch er kam nicht weit und sank mit einem Stöhnen zurück.

»Schnell, hol mein Handy aus meiner Innentasche«, sagte er leise mit schwacher Stimme.

Maria öffnete den Reißverschluss der Lederjacke und schob ihre Hand unter die Jacke. Sie erschrak, als ihre Finger in eine warme Flüssigkeit griffen.

»Nein«, sagte er aufgeregt. »Andere Seite.«

Er musste husten, und eine dunkle Flüssigkeit lief aus seinem Mundwinkel.

»Mein Gott, Yang, du blutest stark.«

»Hol das Handy, Scheiße noch mal«, fluchte er angestrengt.

Hektisch zog sie es aus der rechten Innentasche hervor. Röchelnd nannte er Maria die Zahlenkombinationen für Bildschirmentsperrung und SIM-Karte. Dann eine Telefonnummer.

»Halt es mir vor den Mund.«

Nach dem dritten Klingeln wurde abgenommen.

»Code 4, Code 4, macht schnell!«, röchelte er.

»Nicht auflegen«, fügte er hinzu. »Warte!«

Es blieb für eine gefühlte Ewigkeit still, vielleicht waren es auch nur wenige Augenblicke. Schließlich erklang aus dem Telefon: »Okay, wir haben dich.«

»Auflegen, sofort«, flüsterte Yang. »Mach das Handy aus, und hör mir gut zu.«

Seine Stimme wurde schwächer.

»Die Polizei wird durch den Anruf wissen, wo wir sind«, wisperte er, während Maria das Telefon ausschaltete. »Du nimmst das Tablet aus dem Rucksack, ziehst den USB-Stick ab und steckst ihn ein. Dann …«

Ein Hustenanfall unterbrach ihn, und Blut sprudelte aus seinem Mund. Maria drehte seinen Kopf zur Seite, sodass er besser atmen konnte.

»Lauf zurück zur Straße. Nimm das Handy mit, wisch es ab und hol die SIM-Karte heraus.« Das Sprechen kostete ihn immer mehr Anstrengung. »Wirf beides getrennt voneinander in den Wald. Versteck dich im Wald in Straßennähe. Ein Leichenwagen wird kommen und dich holen.«

»Ein was?«

»Ja, ein alter Cadillac.« Seine Stimme wurde immer schwächer. »Sehr auffällig, nicht zu verfehlen.«

Sie erhob sich mit dem Handy in der Hand.

»Warte«, wisperte er. »Gib mir die Pistole aus dem Rucksack.«

»Yang, nein!«

Er griff nach ihrem Arm und sagte: »Sie können nicht uns beide retten.« Er sprach, so schnell er konnte. »Du bist wichtiger. Die Polizei wird mich finden, vermutlich foltern. Danach entweder erschießen oder mich in irgendeinem Scheißloch für immer verrotten lassen.«

Marias Augen füllten sich mit Tränen. Sie kniete sich hin und griff nach seinen Armen. »Komm, ich helfe dir hoch, wir schaffen das gemeinsam.«

Sie spürte, wie er mit letzter Kraft seinen Körper anspannte und sich gegen ihre Hilfe wehrte. »Lass mich und tu, was ich dir sage, verflucht noch mal!«

Seine Verärgerung löste einen weiteren Hustenanfall aus. Maria erhob sich und holte die Waffe aus dem Rucksack. Sie wartete, bis er aufhörte, Blut zu spucken, dann legte sie ihm die Pistole auf die Brust.

»Hast du den Stick?« Seine Stimme war nur noch ein Hauchen.

Sie nickte.

»Dann los.«

Sie sprang auf und stürmte los. Das Mondlicht ließ sie gerade so den Weg erkennen. Es war totenstill, ihr schneller Atem war das einzige Geräusch. Tränen strömten ihre Wangen herunter.

Plötzlich zuckte Maria zusammen.

Aufgeschrecktes Vogelgeschrei und Flügelschlagen schwirrte durch die Nacht.

Ein Schuss hatte die Stille zerrissen.

優越性

Dienstag, 2. Juni, 20:07, Wohnung, Berlin

Im Flur roch es nach Sammy, dem Hund seiner Nachbarin, als Robert seine Wohnung verließ und mit dem überquellenden Wäschekorb in den Händen Richtung Fahrstuhl lief. Robert mochte Hunde, aber auf die gleiche Art, wie er Jachten oder Van-Gogh-Gemälde mochte: Er verspürte keinerlei Bedürfnis, sie zu besitzen.

Im Waschkeller war er allein. Er stopfte den gesamten Inhalt des Korbs in die Maschine und goss das Waschmittel in die Schublade. Der Geruch zauberte ihm ein Lächeln ins Gesicht. Er schloss die Augen und war wieder in seinem Haus in Kabul. Soraya stand im Kinderzimmer, sie hatte ihn nicht kommen hören. Robert beobachtete durch den Türspalt, wie Soraya Babyartikel im Schrank verstaute, dabei immer wieder zärtlich über ihren kugelrunden Bauch strich, ihrem ungeborenen Kind etwas vorsummte oder ihm Worte zuflüsterte. Sie schien losgelöst von der Welt, in einem eigenen Universum, in dem nur sie und ihr Kind existierten. Dabei schien sie leichtfüßig durch den Raum zu schweben. Sie würde eine großartige Mutter sein. Liebevoll, zärtlich, klug. Robert hatte einfach nur stumm dagestanden und sie beobachtet. Plötzlich war eine Welle wilder Emotionen durch seinen Körper geschwappt, warm und kribbelnd, hatte sich bis in die entferntesten Ecken ausgedehnt. Sein Kopf hatte geglüht. Liebe. Glück. Begehren.

Die Anziehungskraft ihrer Körper war von Beginn an hoch,

doch noch stärker begehrten einander ihre Seelen. Mit jedem Tag schienen sie sich mehr miteinander zu verweben, schmiegten sich eng aneinander wie Fäden in einem Teppich. Wie konnten zwei Menschen, deren Leben von Beginn an kaum unterschiedlicher hätten sein können, nur so gut zueinander passen, hatte er sie einmal gefragt. Sie hatte in der Küche am Herd mit dem Rücken zu ihm gestanden. Fleisch brutzelte in der Pfanne, der Duft von Kardamom und Koriander hing in der Luft. Von hinten hatte er sie umarmt und die Frage in ihr rechtes Ohr geflüstert. Sie hatte ihre Hände an der Schürze abgewischt und sich zu ihm umgedreht. Ihre dunklen Augen hatten direkt in seine geblickt.

»Weil sie füreinander bestimmt sind.«

Es war die Selbstverständlichkeit in ihrem Tonfall, die ihn so berührte. So, als ob sie auf die Frage eines Kindes, warum die Sonne auf- und untergeht, erwidert hätte: »Weil die Erde sich um die Sonne dreht.«

Soraya hatte fest an die Macht des Schicksals geglaubt. Eine Macht, der man sich nicht entziehen konnte, im Guten wie im Schlechten. Für sie kam es nur auf die Haltung an, mit der man dem Schicksal entgegenschritt. Die Aussicht auf ein gemeinsames Kind hatte ihre Liebe zueinander noch vertieft.

Irgendwann hatte sie im Kinderzimmer seine Anwesenheit vor der Tür bemerkt und sie weit geöffnet.

»Na, willst du nur spannen oder auch etwas Nützliches tun?«, fragte sie mit einem Lächeln und deutete auf den Wäschekorb voller Babywäsche neben der Tür. »Die neuen Sachen müssen erst noch gewaschen werden. Kannst du bitte den Korb tragen?«

Mit dem Korb in den Händen folgte er ihr in den Wirtschaftsraum und platzierte ihn vor der Maschine. Soraya nahm die Flasche mit dem Waschmittel aus einem Regal und stellte die geöffnete Flasche vor sich auf die Waschmaschine. Robert schloss sie in seine Arme und legte seine Hände auf die Wölbung ihres Bauches. Soraya lehnte sich an ihn, schmiegte ihre Schultern an seinen Oberkörper. Er küsste ihren Hals, bis sie seine Hände von ihrem Körper nahm und sich umdrehte. Sie standen sich gegenüber und schauten sich in die Augen. Ihre Münder näherten sich, und als Soraya die Augen schloss, tat er es auch. Ihre Lippen berührten sich, und es folgte ein langer, zärtlicher, weicher Kuss. Sie löste sich als Erste und sah ihn an.

»Rob, ich glaube, du weißt gar nicht, wie sehr ich dich liebe. Mit dir kann ich so leben, wie ich es mir immer erträumt habe. Selbstbestimmt als eine Frau, die ihrem Mann auf Augenhöhe begegnet und nicht seine Untertanin ist.«

Ein Lächeln zog ihre Mundwinkel auseinander.

»Und die sich für ihre Lust nicht schämen muss.«

Erneut küssten sie sich, dieses Mal voller Leidenschaft. Er hatte sie hochgehoben, auf die Waschmaschine gesetzt und sie hatten sich geliebt. Mit einer gewissen Zurückhaltung, um das Kind nicht allzu sehr durchzurütteln, doch diese langsame Art hatte die Intensität noch gesteigert. Als sie beide kamen, stieß Soraya erst einen wohligen Schrei aus und dann gegen die unverschlossene Waschmittelflasche. Sie flog von der Waschmaschine, und der Inhalt verteilte sich bis in kleinste Ritzen. Der Geruch ging nie mehr ganz weg.

Einen Moment schien es, als sei Robert in der Zeit festgefroren, dann rutschte er auf eisigen Hängen aus Trauer und Sehnsucht wieder bis in den Keller des sechsstöckigen Apartmenthauses in Berlin-Charlottenburg.

»Es tut mir so leid, Soraya«, flüsterte er und öffnete die Augen. Eine undefinierbare Mischung aus Scham, Verzweiflung und Wut rauschte durch ihn hindurch. Er brauchte die Augen nicht zu schließen, um noch einmal alles vor sich zu sehen.

Robert saß am Steuer seines Geländewagens und prügelte den Toyota über eine Geröllstraße irgendwo im staubigen Niemandsland zwischen Kunduz und Kabul. Mit halsbrecherischer Geschwindigkeit überholte er alles und jeden. Sein Handy klingelte.

»Rob, wo bist du?«, erklang Sorayas Stimme aus dem Lautsprecher seines Handys. »Die Taliban sind kurz vor der Stadt.«

Die Angst in ihrer Stimme drang ihm tief in seine Seele.

»Ich bin in zwei Stunden da. Hat sich mein Chef bei dir gemeldet?«

»Nein.«

Wut schoss durch ihn durch und explodierte mit einer Schimpfkanonade in seinem Kopf. Er schluckte sie herunter; Soraya mochte es nicht, wenn er fluchte. Er atmete einmal tief durch, bevor er fragte: »Wo bist du gerade?«

»Noch im Sender.«

»Da werden sie dich zuerst suchen. Du musst dort verschwinden. Wo ist Aylien?«

»Bei meiner Mutter.«

»Hol sie und fahr zu meinem Haus. Wir treffen uns dort.«

»Okay.«

»Soraya?«

»Ja?«

»Alles wird gut.«

»Ich weiß. Ich liebe dich, Rob.«

Bevor er etwas antworten konnte, legte sie auf.

Ein Bus, bis unters Dach vollgepackt mit Menschen und Gepäck, kam ihm entgegen und zog eine gigantische Staubwolke hinter sich her. Robert musste auf der kurvigen Straße stark abbremsen und langsam fahren, bis sich der Staub verzogen hatte. Er scrollte im Handy nach der Nummer von Anton Loderer, seinem Vorgesetzten, wählte sie und gab wieder Vollgas. Nach dreimaligem Klingeln nahm Loderers Assistentin ab.

»Robert Forster hier. Sind die Papiere für Soraya und Aylien fertig?«

Ein kurzer Moment der Stille, dann entgegnete sie: »Moment, bitte, ich stelle Sie durch.«

Eine alberne Pausenmusik erklang und vermischte sich mit

dem Abrollgeräusch der Reifen auf dem losen Untergrund. Statt Loderers Stimme hörte er erneut die seiner Assistentin: »Er kann gerade nicht, er ruft Sie zurück.«

»Was soll die Scheiße?«, brüllte Robert. »Wir müssen Soraya und Aylien jetzt aus der Stadt schaffen. Am besten heute noch mit einem unserer Flugzeuge. Wir haben einen Deal, verflucht noch mal. Sagen Sie ihm, ich erwarte seinen Anruf.«

Dann legte er auf.

Robert starrte in der Waschküche auf sein Handy, als würde er immer noch auf den erlösenden Anruf warten. Er riss sich aus den Erinnerungen, aktivierte auf dem Display den Timer für die Wäsche und kehrte in seine Wohnung zurück.

優越性

Dienstag, 2. Juni, 20:33, Waldgebiet, Provinz Hubei

Die Dunkelheit des Waldes hielt sie fest umschlossen, nur die Baumkronen wurden von einer kleinen Mondsichel versilbert. Maria kauerte hinter einem Stamm und beobachtete die Straße. Sie zitterte, obwohl die Luft noch angenehm warm war. Der Knall im Wald steckte ihr in den Knochen.

In einiger Entfernung warf eine einzelne Straßenlaterne einen Lichtkreis auf die Straße. Vor einiger Zeit waren mehrere Polizeifahrzeuge an ihr vorbeigerauscht und einige Hundert Meter weiter in den Wald abgebogen. Wahrscheinlich hatten sie Yang bereits entdeckt. Und jetzt?

Sie schürfte in den Halden ihres Gehirns nach brauchbaren Gedanken. Hoffentlich kam der Leichenwagen, bevor sie Wärmebildkameras einsetzten, dachte sie, ohne Goldfolie hatte sie keine Chance.

Was hatte Yang gesagt? Sie könne ihn nicht verfehlen? Maria starrte angestrengt in die Nacht. Ein Scheinwerferpaar näherte sich schnell von Wuhan aus und sauste als heller Lieferwagen unter der Straßenlaterne an ihr vorbei. Kurz danach folgte eine dunkle Limousine, danach wieder Ruhe.

Sie horchte in die Stille hinein, nach dem Summen einer Drohne.

Kein Laut.

Neue Lichter aus Wuhan kommend lenkten ihre Aufmerksamkeit wieder auf die Straße. Ein Fahrzeug mit vier Lichtern kam in ihre Richtung, neben den normalen Scheinwerfern gab es darüber noch zwei Lichter. Ein Lastwagen? Die Scheinwerfer leuchteten auffallend gelblich, bewegten sich langsam. Hatten alte Autos nicht wärmeres Licht, fragte sie sich und stand auf. Sie verließ ihr Versteck und näherte sich der Straße, hielt sich aber immer noch im Gestrüpp versteckt. Die vier Lichter kamen näher. Noch konnte sie das Fahrzeug nicht erkennen. Zwei weitere Scheinwerfer mit kaltem, hellem Licht näherten sich dem ersten Fahrzeug rasch von hinten, bremsten kurz ab und überholten dann zügig.

Als das überholende Fahrzeug an ihr vorbeigejagt war, hatte der Wagen die Straßenlaterne erreicht. Er wirkte wie ein dunkler Lastenkahn, besaß eine gerade, gestreckte Form mit einem chromblitzenden Bug und einer kleinen Fahrerkabine. Als Ladung trug er einen bis zum Heck reichenden mit goldenen Drachen und allerlei verschnörkelten Verzierungen versehenen länglichen Aufbau mit zwei Positionslichtern auf den vorderen Ecken. Maria stürmte auf die Straße, gerade als der Wagen an ihr vorbeifuhr und schrie: »Stopp!«

Der Fahrer stieg sofort auf die Bremse, der Wagen quietschte beim Anhalten und kam am Straßenrand in rund fünfzig Meter Entfernung zum Stehen. Maria spurtete zur Beifahrerseite und riss die Tür auf. Die Innenbeleuchtung ging an, und sie blickte in das hagere Gesicht eines weißhaarigen Mannes. Wache Augen, ernster Blick.

»Code 4?«, fragte sie schnell.

»Los, hinten rein«, entgegnete er und wies dabei mit einer Kopfbewegung Richtung Laderaum.

Flink bewegte sich Maria zum hinteren Ende des Wagens, wo eine Heckklappe automatisch nach oben schwang. Eine Lampe an der Wand zur Fahrerkabine leuchtete auf, und Maria blickte auf einen Sarg aus dunklem, poliertem Holz. Der Sargdeckel öffnete sich, begleitet vom Brummen eines Elektromotors.

»Schnell, klettere da rein«, hörte sie die Stimme des Mannes aus einem unsichtbaren Lautsprecher.

Maria kroch auf die Ladeflache bis zum Sarg. Das Licht erlosch, und der Wagen setzte sich in Bewegung. Maria klammerte sich am Rand des Sargs fest und stieg im Dunkeln hinein.

»Liegst du drin?«, kam die Stimme des Mannes aus einem Lautsprecher an ihrem Kopfende.

»Ja«, entgegnete sie, und das Summen des Elektromotors setzte ein. Mit einem dumpfen Schlag schloss sich der Deckel, um sie herum herrschte vollkommene Dunkelheit.

»Auf dem Weg von Wuhan hierher gab es eine Polizeikontrolle«, fuhr der Mann fort. »Sie haben mich durchgelassen, aber ich bin sicher, die Straße ist auch in die andere Richtung abgesperrt.«

»Bin ich hier sicher?«, fragte Maria, und sie konnte die Furcht in ihrer Stimme hören.

»Ja«, antwortete der Mann nach einem kurzen Zögern, und Maria fragte sich, ob da ein Zweifeln in seinem Tonfall lag.

Der Mann sollte recht behalten, wenige Minuten nach Fahrtbeginn wurde der Wagen plötzlich langsamer.

»Okay, hier kommt die Straßensperre. Verhalte dich mucksmäuschenstill«, ertönte seine Stimme aus dem Lautsprecher. Der Wagen blieb mit quietschenden Bremsen stehen. Marias Nerven waren zum Bersten gespannt; das leise Zischen des sich öffnenden Fensters kam ihr wie vor das Tosen eines Wasserfalls.

»Polizeikontrolle, Guten Abend. Wo kommen Sie her, und wo wollen Sie hin?«, hörte sie eine herrische Stimme.

»Ich bin auf dem Weg von Wuhan nach Guangdong.«

»Haben Sie einen Toten hinten drin?«

»Nein, ich hole einen Verstorbenen aus Guangdong, der in Wuhan beerdigt wird.«

»Machen Sie den Motor aus, und zeigen Sie mir Ihre Papiere.«

Der Motor erstarb. Maria hörte Geraschel, dann wieder Stille.

»Machen Sie den Laderaum auf.«

Maria gefror das Blut in ihren Adern.

»Muss das sein?«, fragte der Fahrer.

»Aufmachen, sofort!«

Ihr Herzschlag setzte kurz aus, dann galoppierte er panisch davon. Sie hörte das Öffnen einer Tür, gefolgt vom Knarzen eines Sitzes. Hörte sie die Schritte der beiden Männer draußen, oder bildete sie sich das ein? Die Hecktür wurde geöffnet, gefolgt vom Poltern schwerer Stiefel auf der Ladefläche.

»Los, Sarg öffnen.«

Jeder Muskel in Marias Körper erstarrte, ihre Achseln stanken vor Angst.

Was würden sie mit ihr machen?

Bilder schossen durch ihren Kopf. Aus Filmen gespeicherte und aus Furcht geborene.

Verhaftung, Verhör, Kerker, Folter, Exekution.

Das Summen des Elektromotors setzte ein.

Sie schloss die Augen; sie wollte ihr Ende nicht sehen.

Die Zeit war wie erkaltende Lava, sie verfestigte sich und blieb stehen. Nur das Brummen des Elektromotors blieb und bohrte sich in ihren Kopf. Jeden Moment erwartete sie die Stimme des Polizisten.

Schließlich ertönte sie auch: »Okay, wieder schließen.«

Ihr Klang war überraschend dumpf. Maria riss die Augen auf. Um sie herum immer noch vollkommene Schwärze. Wie konnte das sein?

Dann begriff sie.

Ein doppelter Boden.

優越性

Dienstag, 2. Juni, 20:59, Wohnung, Berlin

In seinem Arbeitszimmer fuhr Robert seinen Computer hoch und loggte sich in das System des BND ein. Sein limitierter Zugang zu ihren Datenbanken war Teil eines späteren Deals. Robert ließ sich frühpensionieren und erhielt zusätzlich Aufträge als Privatermittler, im Gegenzug schwieg er über das Versagen seiner Vorgesetzten bei dem überstürzten Abzug aus Kabul.

Dieses Mal hielten sie ihr Versprechen.

Robert jagte Cinos Foto durch die Gesichtserkennungssoftware und erhielt schnell einen Treffer.

Chen Yun, siebenunddreißig Jahre alt, Geschäftsmann, gute Verbindungen zum chinesischen Ministerium für Staatssicherheit, wahrscheinlich ehemaliger Mitarbeiter der Abteilung zwei, zuständig für Auslandsspionage. Verdacht auf Verwicklung in illegale Aktivitäten: Glücksspiel, Prostitution, Drogenhandel.

Robert wandte die Augen vom Bildschirm ab und starrte aus dem Fenster. Am Himmel brauten sich Gewitterwolken in der Form von riesigen grauen Pilzen zusammen, sie wuchsen immer mehr in die Höhe und verdeckten die untergehende Sonne.

Sein rechter Fuß wippte auf und ab. Wie hatte er nur so blöd sein können, sich mit so jemandem einzulassen?

Cino hatte ihn in der Hand, das war nicht zu leugnen. Sollte Mohrmann das irgendwie herausfinden, wäre er erledigt. Seine Pension wäre futsch und künftige Aufträge auch. Er stand ruckartig auf, lief ins Wohnzimmer, goss sich einen doppelten Whiskey ein und leerte ihn in einem Zug. Der Drink brannte in seiner Kehle und flutete seinen Magen. Der Alkohol beruhigte seine Nerven, und Robert kehrte in sein Arbeitszimmer zurück.

Er musste eine Lösung für das Cino-Problem finden, hatte aber keine Ahnung, wie. Cino war kein gewöhnlicher Ganove, das war ihm seit ihrer ersten Begegnung vor drei Wochen klar. In der Nacht zuvor war Robert besonders übel abgestürzt und in einem Nebenraum des Clubs auf einem Sofa aufgewacht. Cino war aufgetaucht und hatte ihm eine verdammt hohe Rechnung präsentiert.

Die Spielschulden der letzten Nacht.

So viel hatte er nicht. Nicht annährend.

Robert konnte sich an nichts erinnern, auch nicht daran, wie viel er wirklich verloren hatte, aber ihm war gleich klar, dass mit dem Typen nicht zu spaßen war. Bis heute wusste er nicht, ob Cino ihn gezielt in eine Falle gelockt oder einfach nur die Möglichkeit beim Schopf gepackt hatte, als Robert seine Schulden nicht begleichen konnte.

»Das, was du uns schuldest, ist deine Bezahlung für einen Job.«

»Was für ein Job?«

»Du bekommst von uns Namen und verrätst uns die Infos, die in eurem System über sie gespeichert sind.«

»Das ist alles?«

Cino hatte genickt und Robert eine Liste überreicht.

Zu Hause hatte Robert die Namen überprüft. Ausschließlich chinesische Staatsbürger. Einige arbeiteten heimlich für den BND. Wusste die Regierung in Peking das? Oder verdächtigte sie sie nur? Was soll's, versuchte er sich einzureden, es sind nur ein paar Namen. Außerdem niemand, den er kannte. Trotzdem. Er ahnte, was ihnen blühte, wenn er sie verriet. Und dennoch. Es würde ihm viel Geld sparen. Geld, das er nicht hatte. Einige Tage und unruhige Nächte rang er mit sich, schließlich war er zwei Wochen nach Überreichung der Liste in den Club zurückgekehrt.

»Hast du die Infos?«, hatte Cino gefragt.

Robert hatte den Kopf geschüttelt.

»Nein, und es wird auch keine geben.«

»Wo ist dann mein Geld?«

Robert hatte ihm einen Umschlag überreicht, gut die Hälfte der Schulden. Sein aufgelöstes Aktiendepot. Plus Ausreizung des Dispokredits. Das war alles, was er in der Kürze auftreiben konnte.

»Wie du willst«, hatte Cino erwidert und ihn mit kaltem Blick gemustert. »Für den Rest bezahlst du zehn Prozent Zinsen.«

Robert hatte genickt.

»Pro Woche.«

Robert hatte geschluckt und erneut genickt. Gestern hatte Cino ihm eine letzte Woche eingeräumt. Inklusive Zinsen. Und dann? Er hatte keine Ahnung, wie er bis nächste Woche den Rest auftreiben sollte. Er versuchte das Cino Problem in seinem Kopf beiseitezuschieben, in dem er die sozialen Medien nach Reaktionen auf Jun Ji Baos Tod untersuchte. Das Ausmaß an Kommentaren verblüffte ihn, noch mehr aber die Reaktionen auf jeden chinakritischen Post. Sobald jemand seine Neugierde über das größte chinesische Geheimnis äußerte, wurde die Person sofort niedergemacht. Jun Ji Bao sei verrückt gewesen, die chinesische Regierung hätte keine Geheimnisse, das sei alles nur antichinesische Propaganda oder der Schreiber ein westlicher Agent, lauteten die häufigsten Einträge. Robert wunderte sich über die Vielzahl und Vehemenz, er suchte weiter und stolperte schließlich über einen Hashtag: #One night with Jun.

Auslöser war der Bericht eines Mannes über seinen One-Night-Stand mit der verstorbenen Wissenschaftlerin vor einigen Wochen. Sie hätte ihn an einem Freitag im *Watergate* angesprochen und regelrecht abgeschleppt, nicht er sie. Weitere Männer meldeten sich und berichteten von ähnlichen Erlebnissen, alle in den umliegenden Tagen. Nach und nach wollte halb Berlin mit der Frau an dem Wochenende geschlafen haben. Über die jüngsten Behauptungen blickte Robert hinweg, aber die ersten Berichte machten ihn stutzig. Sie klangen authentisch, gleichzeitig fand er nichts Vergleichbares aus vorherigen Wochen und Monaten. Seltsam, schoss es Robert durch den Kopf, wenn sie eine Frau war, die gerne One-Night-Stands hatte, müsste es auch Berichte aus anderen Zeiten geben. Aber Fehlanzeige. Die China-Freunde stürzten sich auf den Hashtag. Jetzt war Jun Ji Bao nicht nur verrückt, sondern auch eine Nutte. Robert schob die Frage nach dem Grund für Jun Ji Baos kurzfristige hohe Anzahl an Sexpartnern noch eine Weile durch seine Gedankengänge, aber als er in seinem Kopf nur auf verschlossene Türen stieß, gab er es auf und konzentrierte sich auf die *GenTech AG*.

Was hatte Magdalena Zuber gesagt? Lee hatte das Unternehmen gekauft, um nach einer Therapie für seinen Sohn forschen zu lassen? Aber wie passte der mysteriöse Tod der Wissenschaftlerin da hinein? Und das Verschwinden des Geschäftsführers? Das Gesicht der Charité-Ärztin erschien vor seinem inneren Auge, und er dachte an ihre Vermutung von einem neuartigen Erreger. Arbeitete *GenTech* in Wahrheit daran?

Auf der Webseite des Unternehmens kündete das Lächeln des Best-Ager-Pärchens immer noch von einer strahlenden Zukunft ohne Krankheiten im Alter. Nach mehreren Klicks fand Robert die Vita der beiden Geschäftsführer. Die von Martin Zuber kannte er bereits in groben Zügen, die von Juan Wang nicht, aber sie war nicht gerade informativ: Der chinesische Geschäftsführer war achtunddreißig Jahre alt, ledig und seit drei Jahren in Berlin. Medizinstudium in Peking und Boston. Das dazugehörige Foto zeigte Robert ein kantiges Gesicht mit kurzen schwarzen Haaren, breiter Nase und wulstigen Lippen. Nicht der Anflug eines Lächelns. Ein stechender Blick aus Pupillen wie Stecknadeln. Instinktiv konnte Robert Wang nicht leiden und entschied, ihn morgen in seiner Firma aufzusuchen. Auf dem Handydisplay rief er das Foto des Zeitartikels über den Börsengang der *GenTech AG* auf und zoomte das Gesicht von Tom Lee heran. Er googelte den Namen und erhielt Millionen Treffer. Seine Ehe mit einem Filmstar dominierte die ersten Links, gefolgt von Berichten über seinen märchenhaften Aufstieg und Reichtum. Das meiste waren Übersetzungen chinesischer Artikel. Seltsamerweise tauchte in keinem der Berichte ein Sohn, geschweige denn eine Krankheit auf. Vielleicht wusste der BND mehr. Robert durchstöberte die Datenbanken, doch auch sie hatten nichts darüber. Stattdessen fand er Berichte über Lees Beteiligung bei der Unterdrückung der Uiguren. Klar, Robert hatte davon gehört und gelesen, aber ihm wurde erneut bewusst, wie wenig er eigentlich über China wusste. Plötzlich erinnerte er sich an ein Gesicht: Vollbart, scharfer Blick, schelmisches Lächeln. Wie hieß der Mann noch mal? Robert kramte in den Schubladen seiner Erinnerung, bis er die richtige aufzog: Stefan Leibold, China Experte beim BND. Robert suchte nach den Absendern der Berichte, doch keiner stammte von Leibold. Seltsam. Er nahm sich vor, morgen Mohrmann nach ihm zu fragen und Leibold aufzusuchen. Auf einmal merkte Robert, wie müde er war, die gestrige Nacht und der heutige Tag forderten ihren Tribut. Er wollte sich gerade ausloggen, als er einen neuen Eintrag in Lees Datei bemerkte. Eingegangen vor einer Minute. Robert öffnete ihn.

Tom Lee, Flug CA 504, Ankunft Berlin, 04. 06., 15:20, Observierung genehmigt.

Er war also nicht der Einzige, der Lee auf dem Radar hatte. Gab es neben seinen inoffiziellen Ermittlungen noch weitere, obwohl das Kanzleramt diese strikt untersagt hatte? Robert wusste, wer auch immer die Notiz geschrieben hatte, zählte wahrscheinlich genauso eins und eins zusammen, wie er es tat: Eine hochdekorierte Mitarbeiterin stirbt unter mysteriösen Umständen, ein Geschäftsführer verschwindet, und jetzt taucht der oberste Boss auf. Um was zu tun, fragte sich Robert. Aufzuklären? Zu vertuschen?

Er loggte sich beim BND aus und spürte, wie das Herunterfahren der Konzentration einen Schatten auf seine Seele warf.

Ihn ins Dunkle zog.

Er stand auf und lief in seinem Arbeitszimmer umher wie ein gefangenes Tier. Sein Blick huschte hierhin und dorthin, als sei er auf der Flucht. Vor sich selbst.

Nein, heute Nacht nicht, flehte ihn eine Stimme innerlich an.

Nicht zurück in die Hölle.

Bitte!

Doch die Sehnsucht war zu stark.

Mit hastigen Schritten lief er ins Wohnzimmer, holte sich einen weiteren doppelten Whiskey, aus dem Badezimmer eine 10er Valium und spülte das eine mit dem anderen herunter. Anders ließ sich das, was er vorhatte, nicht ertragen. Dann kehrte er vor seinen Computer zurück. In ihm tobte ein erbarmungsloser Kampf. Die Stimme versuchte immer noch, ihn zu überzeugen, es sein zu lassen. Doch er wusste, er würde sich ewig Vorwürfe machen, wenn er nicht alles versucht hätte, um sie zu finden. Mit einem Seufzer aus tiefster Seele öffnete er das Programm. Wie jedes Mal beim Eintritt ins Darknet verwischte er seine Spuren, aktivierte sein Pseudonym *Childfreak81* und loggte sich in die riesige Bezahlplattform für Kinderpornos ein.

Zielstrebig suchte er die Fotorubrik der weiblichen Neuankömmlinge auf.

優越性

Dienstag, 2. Juni, 21:49, Festival, Shanghai

Lans Film endete mit stehenden Ovationen des Publikums. Beim anschließenden Empfang wirkten Tom und Lan Lee wie ein Königspaar, standen in der Mitte des Saales und nahmen die Parade ab. Sie mussten sich nicht von der Stelle bewegen; alle kamen zu ihnen, auch die hohen Parteikader. Die heimischen Medien würden morgen voll sein mit Bildern von ihnen. Macht, Einfluss, Schönheit und Glamour. Und das auf beiden Seiten. Eine unschlagbare Kombination, vor allem in den Sehnsüchten des Volkes.

Auf der Auffahrt zu Lees Anwesen vor den Toren der Stadt knirschte der Kies unter den Reifen des Bentleys. Lee schloss für einen Moment die Augen und genoss das Geräusch. Er liebte es als Zeichen für alles, was ihn von gewöhnlichen Menschen unterschied. Lans Kopf lehnte an seiner Schulter. Sie war eingeschlafen und spürte nicht, wie Furcht sich wie Gift in Lees Körper schlich und ihn erstarren ließ.

Würde das Knirschen bald für immer verstummen?

Der Wagen folgte dem Verlauf der Auffahrt; sie lief in einem weiten Halbkreis vor dem Eingang des Hauses aus. Unsichtbare Strahler tauchten die hohen Säulen des Vordaches in weiches, warmes Licht. Lee hatte sie installieren lassen, nachdem er das Haus vor drei Jahren gekauft hatte. Innen hatte er es komplett umgestalten lassen und dafür vier der weltweit besten Innenarchitekten aus Hamburg, London, Barcelona und Shanghai gegeneinander antreten lassen. Es hatte nur eine einzige Auflage gegeben: Der ganze Westflügel sollte behindertengerecht sein. Das Team aus Barcelona hatte gewonnen.

Der Chauffeur hielt ihnen die Tür auf. Es war merklich abgekühlt, über dem Haus funkelten die Sterne am Nachthimmel. Die schwere Eingangstür öffnete sich, und Lees Sohn Luan kam ihnen mit einem breiten Lächeln auf seinen Krücken entgegen. Hatte sich sein Zustand schon wieder verschlechtert? Besorgt beobachtete Lee seinen mühsamen Gang. Kurz bevor Luan ihn erreichte, ließ er die Krücken fallen und schlang seine Arme um Lees Hals. Sein Körper zitterte vor Anstrengung, seine Stirn glänzte vom Schweiß. Er drückte seinem Vater liebevoll einen Kuss auf die Wange.

»Ich freue mich, dich zu sehen, Papa.«

»Ich mich auch, Großer.«

»Du bleibst doch das ganze Wochenende, oder?« Luan blickte ihn erwartungsvoll an.

Lee spürte einen Stich im Herzen, als er sagte: »Ich muss morgen früh leider verreisen, aber Lan bleibt hier.«

Luan strahlte Lan an. Lee konnte sich ein Schmunzeln nicht verkneifen. Wie wenig sein Sohn doch seinen Stolz verbergen konnte, dass Lan Bing sich ausgerechnet in *seinen* Vater verliebt hatte.

Lan gab Luan einen Kuss auf die Stirn. Lee trug seinen dreizehnjährigen Sohn zurück in sein Zimmer. Er legte ihn ins Bett und setzte sich auf den Rand. Stolz erzählte Luan ihm von seiner neuen Bestzeit. Eine Minute siebenundzwanzig. Von der Tür seines Zimmers den Gang hinunter bis zur Küchentür. Nur mit Krücken. Lee versuchte die aufkommenden Tränen zu unterdrücken; er wollte nicht, dass sein Sohn ihn weinen sah. Um sich abzulenken, erzählte er ihm von der Eröffnungsgala des Filmfestivals. Die Tränen versiegten, noch bevor sie die Augen erreichten. Luan schlief bei seiner Schilderung der prominenten Gäste einfach ein.

Lan wartete schon im Bett auf ihn. Sie liebten sich mit von

Müdigkeit gebremster Leidenschaft, anschließend lag Lee wach im Bett. Sein Gehirn schmiss den Projektor an und zeigte jene Szenen, die das Leben seines Sohnes in den letzten sieben Jahren in einen Horrorfilm verwandelt hatten.

Wie jedes Mal spielte die Eröffnungsszene im Wuhan International Plaza, der luxuriösen Shoppingmall in der Jiefang Avenue. Beim Verlassen einer Umkleidekabine knickten Luan plötzlich die Beine unter dem Körper weg. Er hatte sich lachend aufgerappelt und seinem Vater ein verwundertes »Was war das denn jetzt?« zugerufen.

Nach zwei weiteren ähnlichen Vorfällen sah das Drehbuch des Lebens einen gemeinsamen Arztbesuch vor. Als der Befund vorlag, knetete der Arzt nervös seiner Finger, bevor er Luan aus dem Zimmer schickte und Lee die Diagnose mitteilte: Muskeldystrophie des Typs Duchenne. Im Klartext: ständig abnehmende Muskelmasse bei fortschreitender Lähmung.

Lee wischte sich im Bett die Tränen von den Wangen, als der Film zur Rückfahrt sprang und er seinem Sohn die Wahrheit sagte, die halbe wenigstens. Er brachte es nicht übers Herz, ihm zu offenbaren, dass seine Lebenserwartung noch maximal fünfzehn Jahre betrug.

Den Rest des Films konnte er ohne Gefühlsregung betrachten. Seine Unterredungen mit den führenden Forschern und ihren Überzeugungen: Gendefekt, verantwortliches Gen unbekannt. Sein Entschluss, ein eigenes Forschungsinstitut aufzubauen. Der Erwerb einer deutschen Gentechnik-Firma. Die Anwerbung der fähigsten verfügbaren Genforscher und ihre Ausstattung mit fürstlichen Gehältern und unbegrenzten Finanzmitteln. Der Vertrag, den alle unterschreiben mussten.

Der Tag vor gut zwei Jahren, an dem Jun Ji Bao in sein Büro kam.

Lees Puls beschleunigte sich. Diese Närrin, dachte er und setzte sich aufrecht ins Bett. Er sah den Moment deutlich vor sich, als Jun Ji Bao zum entscheidenden Punkt gekommen war. Noch bevor sie sich auf dem Besucherstuhl vor Lees Schreibtisch niedergelassen hatte, meinte sie: »Ich habe etwas Außergewöhnliches entdeckt.«

Lee hatte von seinen Unterlagen hochgesehen, Jun Ji Baos Aufgeregtheit schwirrte um sie herum wie ein Schwarm Fliegen. »Was meinen Sie damit? Etwas, das meinem Sohn hilft?«

Jun Ji Bao zögerte kurz: »Das auch, ja.«

Sie wartete einen Moment, bevor sie hinzufügte: »Wahrscheinlich haben wir einen ersten großen Zwischenschritt auf dem Weg zu einer Therapie für Ihren Sohn gemacht, aber ich bin dabei auf etwas gestoßen, mit dem ich nicht gerechnet habe, eine eher zufällige Entdeckung.«

»Was ist es?« Lee war ganz Ohr.

»Bevor ich es Ihnen sage, möchte ich, dass Sie mir etwas versichern. Was immer es auch ist, ich möchte eine vertragliche Zusicherung, dass meine Entdeckung nur in eine Richtung verwendet wird.«

»Sie wissen, was unser Vertrag sagt?«

»Ja, aber …«

Lee unterbrach sie barsch. »Nichts aber. Alle gemachten Entdeckungen gehören mir. Haben wir schon Patentschutz beantragt?«

»Nein.«

»Warum nicht?«

Jun Ji Bao rutschte auf ihrem Stuhl unruhig hin und her. »Ich wollte meine Entdeckung erst mit Ihnen besprechen.«

Lee lehnte sich nach vorn. »Jetzt rücken Sie endlich raus damit. Was ist es?«

»Dazu muss ich ein bisschen ausholen. Sie erinnern sich sicher, dass das defekte Gen Ihres Sohnes, welches die Krankheit auslöste, von seiner Mutter stammte.«

Natürlich erinnerte er sich. Mütter waren die Trägerinnen

des auslösenden X-Chromosoms. Mädchen konnten keinen Muskelschwund Typ Duchenne bekommen, weil das kranke X-Chromosom der Mutter vom gesunden X-Chromosom des Vaters ausgeglichen werden konnte. Bei Jungen gab es nur ein X-Chromosom. Der Vater konnte mit seinem Y-Chromosom nichts ausgleichen. Nachdem Lee die Ursache und Hintergründe der Krankheit seines Sohnes verstanden hatte, begann in ihm ein Hass auf seine erste Ehefrau Li-Ming zu lodern, der bald nur noch verbrannte Erde hinterließ. Schließlich hatte er dafür gesorgt, dass sie für immer aus seinem Leben, dem seines Sohnes und der Wahrnehmung der Öffentlichkeit verschwand. Wer in einer chinesischen Suchmaschine ihrem Namen eingab oder Ex-Frau von Tom Lee oder sonst irgendetwas, das ihn mit ihr in Verbindung brachte, erhielt nicht einen einzigen Treffer. Als hätte sie nie existiert. Dafür hatten die Internetexperten der Partei gesorgt, getreu ihrem Motto, das ihm ein Parteibonze einmal so erklärt hatte: Alles, was der Kommunistischen Partei an der Vergangenheit nicht gefällt, hat nie stattgefunden.

All diese Erinnerungen flackerten in seinem Inneren auf wie ein Film, der zu schnell geschnitten war. Er verließ die Vorstellung, als er sich sagen hörte: »Natürlich erinnere ich mich.«

»Gut, ich habe nicht nur in der männlichen DNA nach einer Heilung für Ihren Sohn gesucht, sondern auch in der weiblichen DNA nach einer Möglichkeit zur Beseitigung der Ursache.«

»Ja, und?«

»Dabei habe ich zufällig etwas entdeckt.«

»Das sagten Sie schon«, entgegnete Lee hörbar genervt. Seine Augen funkelten sie zornig an. »Jetzt raus damit!«

Jun Ji Bao zögerte einen Augenblick, dann fasste sie ihre Entdeckung in einem Satz zusammen. Lees Gehirn nahm ihn auf und schloss sofort im Anschluss die Umgebung aus seinem Denken aus. Wie bei einem analogen Fotoapparat. Der Verschluss hinter der Linse öffnete sich, ließ die Realität für einen winzigen

Augenblick herein, schloss sich wieder, um das Aufgenommene zu verarbeiten. Manchmal kam dabei etwas Magisches heraus. Gleiches geschah mit Jun Ji Baos Satz in Lees Gehirn. Das fertige Bild sah Lee als Vision sofort vor sich. Und nicht nur das: Die Entdeckung könnte ihm endgültig helfen, sein großes Ziel zu verwirklichen – ein Unantastbarer zu werden.

»Herr Lee?« Jun Ji Baos Stimme öffnete den Verschluss und ließ das Hier und Jetzt wieder hinein. Lee schaute sie an, als hätte er sie monatelang nicht gesehen.

»Und darauf haben wir noch keinen Patentschutz beantragt?«, fragte er scharf.

»Warten Sie, ich bin noch nicht fertig«, entgegnete sie ernst. »Es betrifft die kommenden Generationen. Es funktioniert nur bei Embryonen, weil die Genschere nur in relativ wenige Zellen eingeschleust werden muss, bei einer erwachsenen Frau müsste das millionenfach geschehen.«

»Sie klingen so, als hätte die Sache einen Haken.«

Jun Ji Bao biss sich auf die Unterlippe, dachte kurz nach, dann sagte sie: »Ja, denn man kann meine Entdeckung auch für das Gegenteil verwenden.«

Lee lehnte sich zurück. Jetzt verstand er.

»Okay, können Sie mir das Ganze näher erläutern?«

In den folgenden Minuten sprach Jun Ji Bao von Genscheren und Embryonen, von RNA und DNA, von Base- und Prime-Editoren, von Nukleotiden und palindromischen Wiederholungen und beendete ihren Monolog mit einer Frage: »Und? Bekomme ich die vertragliche Zusicherung?«

»Selbstverständlich«, antwortete er und beugte sich erneut nach vorn. »Ich möchte nur sicher sein, dass ich es richtig verstanden habe. Ihre Entdeckung funktioniert prinzipiell bei jeder Frau? Weltweit?«

»Ja, natürlich. Bei jeder, die es in der Schwangerschaft verabreicht bekommt.«

Lee stieß einen anerkennenden Pfiff aus. »Wie würde es verabreicht? Spritze? Pille?«

»Schön wäre es, aber mit Pille und Spritze können wir leider nicht arbeiten. Viel zu ungenau. Momentan ist das Verfahren noch kompliziert und teuer.«

»Also nichts für den Massenmarkt.«

Jun Ji Bao schüttelte den Kopf. Lees Mund verzog sich, als hätte er in eine Zitrone gebissen.

»Nanopartikel«, sagte Jun Ji Bao schnell. »Das könnte eine Methode für eine deutlich günstigere Lösung sein. Aber ich bin da kein Experte.«

Lee hatte sie direkt angesehen. Seine Augen wirkten gleichgültig, aber in seinem Kopf arbeitete es. Während er nachdachte, stützte er die Ellenbogen auf die Armlehnen seines Bürosessels und legte die Fingerspitzen aneinander, als hielte er einen unsichtbaren Ball.

»Wie wollen Sie jetzt weiter vorgehen?«, setzte Jun Ji Bao nach, als Lee stumm blieb.

Er ließ den unsichtbaren Ball fallen und lehnte sich mit dem Oberkörper nach vorn. »Das kann ich Ihnen noch nicht sagen. Eine Entdeckung von dieser Tragweite muss ich erst mit der Partei besprechen. Am besten direkt mit dem Präsidenten. Sie wissen ja, wie das ist.«

Jun Ji Bao nickte.

»Wer hat alles Kenntnis von dieser Entdeckung?«, fragte Lee.

»Nur ich und zwei Personen bei *GenTech* in Deutschland, die beiden Geschäftsführer. Aber sie kennen nicht das ganze Bild, nur Teile davon. Man kann ja nie wissen. Es findet sich bisher auch nichts davon auf irgendwelchen Rechnern, weder in Deutschland noch hier. Es ist alles nur auf meinem Laptop.«

»Wir sollten sehr vorsichtig sein. Ihre Entdeckung könnte Milliarden wert sein. Sie darf nicht in falsche Hände gelangen. Mein Vorschlag wäre, dass ich eine Kopie der Daten bekomme.

Sie sollten alles in einer Cloud speichern, zu der nur wir beide Zugang haben, dann alles von der Festplatte Ihres Laptops löschen und zukünftig nur noch mit den Cloud-Daten arbeiten, falls Ihr Laptop gestohlen wird oder verloren geht.«

Sie dachte kurz nach. »Ja, das ergibt Sinn.«

»Und können Sie mir bitte Ihre Entdeckung so zusammenfassen, dass auch Laien sie verstehen? Damit ich es mit der Partei besprechen kann.«

Drei Stunden später erschien Jun Ji Bao erneut in seinem Büro. Lee überflog die Zusammenfassung, verstaute den USB-Stick mit den kopierten Daten in seinem Safe und fasste einen Entschluss.

Er würde Juni Ji Bao künftig im Glauben lassen, die Partei hätte sein Vorhaben abgesegnet, doch in Wahrheit würde er der Partei seinen Plan erst präsentieren, wenn ein marktreifes Produkt vorlag.

優越性

Dienstag, 2. Juni, 22:03, Landstraße, Provinz Hunan

In der Ferne hörte Maria das Donnergrollen eines Gewitters. Sie stand in der Dunkelheit am Straßenrand und streckte ihren Körper, erst die Beine, dann die Arme, schließlich den Rumpf. Der Motor des Leichenwagens tuckerte neben ihr vor sich hin. Durch die offen stehende Beifahrertür fiel das Licht der Innenraumbeleuchtung bis zu ihren Schuhen.

»Komm, wir müssen weiter«, hörte sie die Stimme ihres Fahrers. Er hatte ihr angeboten, den Sarg zu verlassen und vorne neben ihm zu sitzen. Sie seien aus der Gefahrenzone.

Sie stieg ein, das Licht erlosch.

Der Mann gab Gas, und der Wagen setzte sich in Bewegung. Die ersten Minuten verbrachten sie schweigend. Irgendwann meinte der Mann: »Wir haben noch eine längere Fahrt vor uns, da können wir uns auch unterhalten.«

Sie blickte ihn von der Seite an. Die Armaturenbeleuchtung ließ sie sein Profil erkennen. Volle Lippen, eine knubblige Nase und eine hohe Stirn, die überging in weiße, zu einem Pferdeschwanz zusammengebundene Haare.

»Yang ist tot«, sagte sie leise.

»Ich weiß«, entgegnete der Mann ruhig.

Maria schaute ihn verwundert an.

»Woher wissen Sie das?«

»Du brauchst mich nicht zu siezen, nenn mich einfach Han.«

»Okay, woher weißt du das?«

»Code 4.«

Sie wollte wissen, was das bedeutete, und wartete auf eine Erklärung, doch Han fragte stattdessen: »Was ist passiert?«

»Yang hat mit mir die Stadt verlassen und mir ein Video meiner Tante gezeigt.«

Sie zögerte. »Weißt du, wer meine Tante ist, äh, war?«

»Ja, ich bin über deinen Fall informiert. Also, was ist geschehen?«

»Plötzlich tauchte ein Sicherheitsdienst auf, und wir sind geflohen. Es kam zu einer Schießerei, und Yang wurde getroffen. Wir konnten entkommen und sind in den Wald geflohen. Da hat er dann dich angerufen.«

»Hast du den Stick mit dem Video? Und den Schlüssel?«

»Ja, hier«, bestätigte Maria und tippte mit ihrem rechten Zeigefinger auf die kleine Jeanstasche oberhalb der Vordertasche.

»Gut, Stick und Schlüssel dürfen auf keinen Fall in die Hände der Behörden fallen. Wir müssen dich unbedingt nach Deutschland schaffen.«

»Wie soll das gehen? Ich darf weder Flugzeug noch Zug benutzen.«

»Ich weiß. Wir bringen dich nach Hongkong.«

»Wer ist wir?«

»Sagen wir es so: Es gibt Menschen in diesem Land, die sich eine andere Regierung wünschen. Die nicht mehr in einer Diktatur leben wollen.«

»Ihr wollt die Regierung stürzen?«, fragte sie, die Mischung aus Skepsis und Verwunderung in ihrer Stimme war unüberhörbar. Sie blickte Han von der Seite an. Seine Mundwinkel deuteten ein Lächeln an.

»Das ganze verlogene, korrupte System loszuwerden, ja, das ist unser Traum«, sagte er und wurde wieder ernst. »Deshalb ist es so wichtig, dass du es nach Deutschland schaffst. Deine Tante muss auf etwas sehr Brisantes gestoßen sein, etwas, das auf keinen Fall an die Öffentlichkeit gelangen soll.«

»Weißt du, was es ist?«

»Nein, aber es könnte der Welt zeigen, wie unsere Regierung wirklich tickt.«

»Was meinst du damit?«

»Das nahezu alles, was sie sagt, gelogen ist. Wir werden ständig belogen. In Wahrheit bist du für die Partei nur ein Arbeitssklave, der digital in Schach gehalten werden muss.«

So hatte sie noch nie jemand genannt. Bevor sie etwas entgegnen konnte, redete er weiter: »Sie sagen, das digitale System diene unser aller Sicherheit, doch es dient vor allem unserer Überwachung.«

Trotz des spärlichen Lichts der Armaturenbeleuchtung konnte Maria das wütende Funkeln in Hans Augen sehen, als er sie anblickte.

»Es wird immer schlimmer, oder?«, sagte sie in einer Mischung aus Frage und Feststellung. »Die Überwachung, meine ich.«

»Hast du die App unseres Präsidenten auf deinem Handy?«

»Ja.«

»Warum?«

»Um mein Sozialkonto zu verbessern.«

»Die nächste Lüge«, entgegnete Han. »Klar, du kannst dir mit dem Abhören seines Gelabers Pluspunkte holen, aber die App wurde vor allem dazu geschaffen, dich auszuspionieren. Sie hat eine Hintertür, über die die Behörden an alle Daten auf deinem Handy herankommen. Kontakte, Chats, E-Mails, Browserverläufe, einfach alles.«

Maria wurde heiß und kalt zugleich; das hatte sie nicht gewusst. Ihre Gedanken galoppierten in tausend Richtungen davon. Han fing sie mit einer Frage wieder ein: »Wo ist dein Handy jetzt?«

»Bei mir zu Hause.«

»Dann dürften die Behörden es bald finden oder schon gefunden haben.«

Maria blieb stumm. Natürlich, sie würden Yangs Motorrad in den Videoaufzeichnungen suchen, ihn beim Verlassen der Stadt entdecken, zusammen mit einer behelmten Beifahrerin, dann die Fahrt zurückspulen und irgendwann eine junge Frau am Straßenrand finden, die sich einen Helm aufsetzte und auf den Soziussitz kletterte.

»Werden sie mich auch erkennen, ohne dass ich mein Handy dabeihatte?«

»Selbstverständlich«, erwiderte Han. »Deine Gesichtsdaten sind bei den Behörden hinterlegt. Hast du in den letzten Monaten einen Gesundheits-Check-up machen müssen? Ich meine, einen, der dir befohlen wurde?«

»Ja, letzten Monat.«

»Haben sie dich auf einem Laufband laufen lassen, angeblich, um deine körperliche Leistungsfähigkeit zu testen?«

»Auch das, ja«, antwortete sie leise.

»Wieder eine Lüge, sie wollten dein körperliches Bewegungsprofil, um es in ihr Überwachungssystem einspeisen zu können.«

»Woher weißt du das alles?«

»Weil ich das System mitentwickelt habe«, entgegnete Han, und Maria hörte unterdrückte Wut in seiner Stimme. »Ohne es zu wollen. Ich war mal Professor an einer Universität, habe Grundlagenforschung betrieben und an …«

Er hielt inne.

»Ach, auch egal«, sagte er mehr zu sich selbst als zu Maria. »Alles in diesem Land beruht auf Lügen. Und das von Beginn an. Schon die Gründung des modernen China beruht auf einer gigantischen Lüge.«

Maria ließ die Worte sacken, so hatte sie noch nie jemanden über ihr Land reden hören. »Ich verstehe nicht, worauf du hinauswillst.«

Hans Antwort kam als Frage, schnell und kalt. »Was weißt du über Mao?«

Na, das, was alle chinesischen Kinder lernen, schoss es ihr durch den Kopf. Der große Vorsitzende. Held des Langen Marsches. Gründer des modernen China. Doch das behielt sie für sich, stattdessen meinte sie: »Sicher nicht das, was du mir über ihn erzählen kannst.«

Ein feines Lächeln umspielte Hans Mundwinkel. »Die Partei will, dass wir ihn als Idol verehren«, sagte er freundlich, doch plötzlich wurde sein Tonfall eisig, das Lächeln verschwand: »In Wahrheit ist Mao einer der größten Verbrecher der Menschheitsgeschichte.«

Maria war sprachlos. Sie öffnete die Lippen, um etwas zu sagen, doch schon kam der nächste Gedanke angerannt und warf den vorherigen über den Haufen.

Als Maria stumm blieb, fuhr Han fort: »Mao hat in unserem Land sechzig Millionen Menschenleben auf dem Gewissen.«

Maria hielt sich vor Schreck die Hand vor den Mund. Han ließ seinen Satz einige Augenblicke nachklingen, bevor er hinzufügte: »Mao wollte Ende der Fünfziger unbedingt zum Führer einer militärischen und wirtschaftlichen Supermacht aufsteigen. Das einzige Land, das sich anbot, um Waffen und Technologie inklusive Nuklearwaffen einzukaufen, war das kommunistische Russland. Aber Mao hatte den Russen im Gegenzug nichts anzubieten außer landwirtschaftlichen Produkten. Auf Maos Befehl hin mussten die örtlichen Parteikader unrealistisch hohe Ernteerträge bei den Bauern einsammeln. Das bedeutete, dass den Bauern ihre kompletten Ernten weggenommen wurden. Für sie blieb nichts übrig, und sie sind schlichtweg verhungert. Bis zu vierzig Millionen schätzt man heute. Die größte Hungerkatastrophe in der Geschichte der Menschheit. Darüber spricht niemand, vor allem nicht in diesem Land«, redete er sich in Rage. »Und weißt du, was das Schlimmste ist?«

Maria war zu erschrocken, um zu antworten. Sie schüttelte nur den Kopf.

»Mao waren die Konsequenzen seines Handelns bewusst. Er hat gesagt, selbst wenn die Hälfte der Bevölkerung verhungert wäre, würde ihn das nicht stören, Menschen hätte dieses Land schließlich genug. Zusätzlich hat seine Kulturrevolution noch Millionen Menschen das Leben gekostet. Insgesamt hat Mao rund sechzig Millionen Chinesen auf dem Gewissen. Die Partei musste immer schon unbedingt vertuschen, was Mao in Wirklichkeit für ein Mensch war. Und diese erste Lüge zog alle anderen nach sich.«

Mit jedem Wort war Hans Erregung gewachsen. Seine Wangen waren gerötet, seine Augen funkelten. Maria saß regungslos auf ihrem Sitz und musste das Gehörte erst einmal verdauen. Nichts davon hatte sie gewusst.

»Wie kommst du an solchen Informationen?«, erkundigte sie sich.

»Ich habe teilweise im Ausland studiert, da gibt es zahlreiche wissenschaftliche Bücher über Maos Terrorherrschaft.«

»Sechzig Millionen Tote«, wiederholte Maria mehr zu sich selbst als an Han gerichtet. Dann verstummte sie, ließ das Gesagte sacken. Was verschwieg die Partei noch alles? Sie sah Han an und fragte: »Gab es schon mal jemanden, der so viele Menschen umgebracht hat?«

Han antwortete nicht, er starrte regungslos auf die Straße vor ihm. Maria sah an den zusammengezogenen Augenbrauen, wie er nachdachte. Schließlich sagte er: »Wenn ich mich nicht täusche, haben Adolf Hitlers Kriege etwa die gleiche Anzahl Menschenleben in der ganzen Welt gekostet.« Han machte eine kurze Pause, bevor er hinzufügte: »Aber bei uns herrschte Frieden.«

»Macht das einen Unterschied?«, wollte Maria wissen und schaute Han von der Seite an.

»Du hast Recht«, entgegnete er. »Tote sind Tote.«

»Wenn es stimmt, was du sagst, dann hängt das Bild eines der größten Massenmörder überhaupt als riesiges Porträt auf *dem* zentralen Platz unserer Hauptstadt. Das wäre so, als ob die Deutschen eine riesige Hitler-Statue auf dieses berühmte Wahrzeichen in Berlin stellten. Wie heißt das noch mal?«

»Meinst du das Brandenburger Tor?«

»Ja, genau.«

Han nickte, erwiderte aber nichts. Sie schwiegen, und jeder hing seinen Gedanken nach, untermalt von dem monotonen Rauschen der Reifen auf dem Asphalt.

»Bist du schon mal in Europa gewesen?«, erkundigte sich Han und warf ihr einen flüchtigen Blick zu.

»Nein, bisher noch nicht. Und du?«

»Ja, schon einige Male, aber seit ein paar Jahren nicht mehr. Ich darf nicht mehr ins Ausland reisen.«

Maria überlegte kurz, nach dem Grund zu fragen, entschied sich dann aber dagegen. Stattdessen wollte sie wissen: »Und wie ist es dort?«

»Sehr abwechslungsreich, viele verschiedene Sprachen, aber in manchen Dingen sehr rückständig.« Die Erinnerung ließ ihn lächeln.

»Was meinst du?«

»Ihr Mobilfunknetz ist wie unseres vor zehn, fünfzehn Jahren, und viele bezahlen noch mit Geld, mit richtigem, meine ich. Scheine und Münzen und so.«

»Echt jetzt?«, fragte Maria, ihre Stimme klang vor Verwunderung ein wenig schrill. Niemand, den sie kannte, bezahlte noch bar, alles nur per Handy. Seltsam, dachte sie, als Kind war ihr Europa noch unfassbar modern vorgekommen. Die Popgruppen, die damals aus Europa ins Land kamen, waren wie von einem anderen Stern.

»Wie ist meine Tante eigentlich an euch geraten?«

»Durch einen gemeinsamen Freund.«

Maria wartete auf eine Fortsetzung, doch anscheinend wollte Han ihr nicht mehr erzählen.

»Du und meine Tante«, hakte sie trotzdem nach. »Ihr habt gemeinsame Freunde?«

»Ja.«

Für einen Augenblick war sie geneigt weiterzubohren, überlegte es sich aber anders und fragte stattdessen: »In dem Video meinte meine Tante, dass es bei uns Konzentrationslager gibt. Stimmt das?«

»Ja, allerdings. In der Provinz Xinjiang.«

»Warum?«

»Weil unser Präsident psychisch gestört ist!«, entgegnete er mit angestauter Heftigkeit.

Maria zuckte zusammen. Selbst in ihrem Freundeskreis hatte noch nie jemand gewagt, den Präsidenten so zu nennen.

»Wie kommst du da drauf?«

»Er ist 2014, kurz nach seinem Amtsantritt, zum ersten Mal nach Xinjiang gereist und hat plötzlich realisiert: ›Oh, hier gibt es ja Menschen, die benutzen eine eigene Sprache und leben eine eigene Kultur. Das muss aufhören, die müssen sprechen wie wir. Wie Han-Chinesen.‹«

Hans Imitation von Xis Stimme ließ ein Lächeln über Marias Gesicht huschen, bevor sie fragte: »Woher weißt du das jetzt schon wieder?«

»Von jemandem, der dabei war«, entgegnete er ernst und warf ihr einen Blick zu, der weitere Nachfragen ausschloss.

»Xi versteht sich als Angehöriger eines überlegenen Volkes. Nach seinem Besuch hat unsere Regierung auf Xis Veranlassung ihre Minderheitenpolitik überarbeitet. Weg von einer verfassungsmäßigen Tolerierung hin zu einer Assimilierung. Zu einer erzwungenen Assimilierung, um genau zu sein. Aber die uigurische Kultur und Sprache ist von der chinesischen etwa so weit entfernt wie …«

Han verstummte und überlegte.

»Wie die amerikanische«, fügte er schließlich hinzu.

»Echt, jetzt? In Xinjiang bin ich noch nie gewesen.«

»Stell dir vor, ein Amerikaner kommt zu dir nach Hause, nistet sich bei dir ein, um dir zu zeigen, wie man als richtiger Amerikaner lebt, damit du es zukünftig auch so machst. Du musst Football spielen, Mickey-Mouse-Filme gucken, Countrymusik hören, Hamburger essen …«

»Dagegen hätte ich nichts. Ich liebe Hamburger«, sagte Maria. »Ich könnte jetzt einen verdrücken.«

Han grinste schief. »Klar, ich mag sie auch, aber du weißt, was ich meine.«

»Natürlich. Und das passiert tatsächlich in Xinjiang?«

»Ja. Uigurische Familien müssen über längere Zeiträume Han-Chinesen bei sich unterbringen und mit ihnen leben. Um zu lernen, wie Han-Chinesen leben. Unsere Sprache, unser Essen, unsere Kultur. Alles, was zur jahrtausendealten uigurischen Kultur gehört, soll ausgemerzt werden. Uigurische Archive werden systematisch zerstört. Xis Plan ist, das uigurische Volk seiner Sprache, Traditionen und Religion zu berauben.«

»Geht das überhaupt?«

»Natürlich nicht, kannst du einem Menschen das Ureigenste wegnehmen?« Han machte eine kurze Pause. »Daran kannst du erkennen, wie verrückt unser Präsident ist. Aber jeder, der in Xinjiang gegen diese Auslöschung aufbegehrt, wird als Terrorist gebrandmarkt und gnadenlos verfolgt. Etwa eine Million der rund zehn Millionen Uiguren sind in den Lagern interniert, die deine Tante erwähnt hat. Die Inhaftierten müssen Zwangsarbeit leisten, Folter und Erschießungen sind an der Tagesordnung. Es gibt grausame medizinische Experimente an Gefangenen, vor allem an Frauen. Sie werden in den Lagern gegen ihren Willen sterilisiert. Die Geburtenrate wird künstlich gesenkt. Zusätzlich werden immer mehr Han-Chinesen in der Provinz angesiedelt.

Schon bald werden die Uiguren in ihrem eigenen Gebiet in der Minderheit sein.«

»Und das hat alles unser Präsident befohlen?«

»Ja. Verstehst du jetzt, warum ich ihn einen psychisch schwer gestörten Mann nenne?«

Maria ließ die Frage unbeantwortet im Raum stehen. Stille breitete sich aus. Beide starrten auf die einsame Straße vor ihnen in die Nacht hinein. Das Licht der Scheinwerfer wischte über den Asphalt; die Reifen summten ein monotones Lied dazu.

»Bin ich hier eigentlich sicher?«, fragte Maria und schreckte Han aus seinen Gedanken auf.

»Solange es dunkel ist, ja. Noch können die Kameras nachts auf den Landstraßen keine Gesichter erkennen, doch die nächste Generation wird das können. Sie wird bereits auf bestimmten Strecken getestet.«

»Und woher weißt du das schon wieder?«

Han blickte starr geradeaus. Maria ahnte, dass er überlegte, was er ihr erzählen durfte und was nicht. Schließlich sagte er: »Wir haben zahlreiche Unterstützer, die uns mit Informationen versorgen. Sie sitzen in Behörden und Unternehmen, in Universitäten und sogar in der Partei.«

Ein Gedanke schoss Maria durch den Kopf und fand einen direkten Weg zu ihrem Mund: »Was bedeutet CRA?«

Han warf ihr einen verwunderten Blick zu.

»Woher kennst du diese Bezeichnung?«

»Yangs zweite Nachricht trug den Absender CRA.«

Han wollte gerade antworten, doch ein gleißendes Licht ließ ihn verstummen. Ein entgegenkommendes Fahrzeug näherte sich ihnen mit hoher Geschwindigkeit und eingeschaltetem Fernlicht. Maria und Han kniffen die Augen zusammen.

»Hey«, rief Han laut, als ob der andere Fahrer ihn hören konnte. Er zog dabei mehrmals hektisch am Hebel seiner Fernlichthupe und entriss die Bäume und Sträucher am Straßenrand für kurze Augenblicke der Dunkelheit. Doch der entgegenkommende Wagen schaltete sein Fernlicht nicht aus. Maria hob den rechten Arm vor die Augen, und Han trat auf die Bremse; sie waren so geblendet, dass sie kaum noch den Straßenrand ausmachen konnten. Dann sauste eine große dunkle Limousine an ihnen vorbei.

»Du Arschloch!«, schrie Han dem Wagen hinterher. Als seine Wut verraucht war, fragte Maria: »Was bedeutet CRA?«

Han sah sie durchdringend an.

»Chinese Resistance Army«, antwortete er leise, als fürchtete er, jemand könnte mithören. »Eigentlich benutzen wir diesen Namen nur intern, aber vielleicht ahnte Yang, dass du zu uns gehören wirst. Freiwillig oder gezwungenermaßen.«

Die Ereignisse der letzten Stunden trafen Maria auf einmal mit voller Wucht. Fragen stapelten sich in ihr wie bei diesem Spiel, in dem man Klötzchen aufeinanderschichten musste, bis der Stapel kollabierte. Irgendwann brach alles unter der Last der Fragen zusammen, ohne dass sie einen Deut schlauer war. Sie saß regungslos da, während die Gedanken durch sie hindurchrauschten wie Windböen in einem Sturm. Manchmal flachten sie kurz ab, um dann umso stärker aufzubrausen. Während der ganzen Zeit bewegte sie keinen Muskel.

»Was heißt das alles für mich?«, fragte sie schließlich.

»Weißt du das nicht selbst?«

Doch, sie kannte die Antwort, fürchtete aber, sie auszusprechen.

»Dein altes Leben ist tot«, meinte er lapidar. »Du kannst mit niemandem mehr in Kontakt treten.«

Maria nickte einige Male nachdenklich; alle ihre Freundschaften und Beziehungen, ihre Kontakte und Verflechtungen nur noch Sedimente einer abgestorbenen Existenz. Ihr neues Leben der Negativabzug ihres alten: Was vorher erlaubt war, war jetzt verboten, und was vorher verboten war, war jetzt egal.

»Das ist doch alles Wahnsinn.« Sie spürte, wie ihr eine Träne die Wange herunterlief.

Sie blickte Han an, als hoffte sie auf Mitgefühl, doch sie sah, wie er angestrengt in den Rückspiegel schaute. Maria beugte sich nach vorn, bis sie auf ihrer Seite in den Außenspiegel blicken konnte. Von hinten näherte sich mit hoher Geschwindigkeit ein Scheinwerferpaar, verlangsamte sich und hielt gleichbleibenden Abstand. Die Straße vor ihnen war schnurgerade.

»Nun mach schon«, murmelte Han. »Überhol uns.«

Doch der Wagen blieb hinter ihnen. Plötzlich tanzten rotblaue Lichter auf dem Autodach. Eine Sirene heulte los. Marias Herz fing an zu rasen.

»Fuck«, fluchte Han auf Englisch.

Eine Megafonstimme forderte sie auf, am Straßenrand anzuhalten. Han bremste ab, betätigte den rechten Blinker, und der alte Cadillac kam mit quietschenden Bremsen zum Stehen.

»Cool bleiben«, sagte er.

Maria war alles andere als das. Ihr Herz schlug so laut, dass sie befürchtete, man könnte es hören. Han beobachtete in seinem Außenspiegel, wie sich der Fahrer des Polizeifahrzeugs dem Leichenwagen näherte und kurz danach an seiner Fahrertür auftauchte. Der Polizist leuchtete mit einer Taschenlampe ins Wageninnere. Maria drehte sich erschrocken weg. Han fuhr das Fenster herunter.

»Guten Abend«, sagte Han. »Was kann ich für Sie tun?«

Der Polizist, ein kleiner Mann mit feistem Gesicht und einem Doppelkinn, leuchtete von einem Gesicht zum anderen. Und wieder zurück. Marias Blut rauschte in ihren Ohren, ihr Herz hämmerte unter der Brust. Sie spürte, wie ihre Achseln feucht wurden. Oh, bitte nicht, betete sie innerlich, bloß nicht im Gesicht schwitzen.

»Ich habe Sie angehalten, weil Ihr rechtes Rücklicht defekt ist.«

»Oh«, meinte Han erstaunt, und seine Verwunderung klang echt. »Dann muss es eben auf der Fahrt ausgefallen sein. Als wir losfuhren, funktionierte es noch. Ich achte immer darauf, dass bei diesem alten Wagen alles in Ordnung ist.«

»Ihre Papiere, bitte«, sagte der Polizist. Im Gegensatz zu der Kontrolle vorhin war sein Tonfall freundlich. Han beugte sich zu Marias Seite hinüber, öffnete das Handschuhfach und holte die Fahrzeugpapiere hervor.

»Haben Sie einen Toten da drin?«, fragte der Polizist und deutete mit der Taschenlampe kurz Richtung Laderaum.

»Das ist das, was meine Frau glaubt«, entgegnete Han und ließ die Worte einige Augenblicke im Raum stehen, bevor er hinzufügte: »Ich wäre Ihnen dankbar, wenn Sie in Ihrem Bericht die Anwesenheit der jungen Frau verschweigen würden.«

Mit den drei letzten Worten reichte er dem Polizisten die Papiere. Der öffnete sie und starrte für einen Moment auf den Inhalt. Sein Gesicht zeigte keinerlei Reaktion. Er leuchtete erneut in Marias Gesicht, die sich dieses Mal nicht wegdrehte. Sie kniff die Augen zusammen und hielt dem Lichtstrahl stand. Schließlich ließ er die Lampe sinken. Maria sah, wie er blitzschnell den Papieren etwas entnahm. Seine Hand verschwand damit im Dunkeln.

»Dann also gute Fahrt«, meinte er und reichte die Papiere zurück. »Und lassen Sie schnellstmöglich das Rücklicht reparieren.«

»Jawohl, das mache ich morgen sofort«, antwortete Han, während er den Knopf des Fensterhebers bediente. Die Scheibe fuhr surrend nach oben. Der Polizist entfernte sich. Seine Stiefel polterten auf dem Asphalt, bis das geschlossene Fenster seine Schritte verschluckte. Han gab Gas, und der schwere Leichenwagen setzte sich in Bewegung. Keiner sagte ein Wort. Han beobachtete im Rückspiegel, wie das Polizeifahrzeug wendete und in der Gegenrichtung in der Dunkelheit verschwand.

Maria ließ hörbar Luft aus ihren Lungen. »Scheiße, das war knapp.«

»Manchmal ist es doch gut, dass wir in einem durch und durch korrupten System leben«, sagte Han mit Sarkasmus in der Stimme. Dann wurde er wieder ernst. »Ich glaube, es ist besser, du kletterst wieder hinten rein.«

優越性

Mittwoch, 3. Juni, 15:21, Flughafen, Berlin

Der feuchte Atem eines nächtlichen Gewitters hing im Morgenlicht als Dunst über der Landebahn, als die Boeing 747 mit Lee an Bord in Berlin aufsetzte. Trotz des bequemen Bettes in der Ersten Klasse hatte er kaum geschlafen. Die Worte des Präsidentenberaters waren in Dauerschleife durch seine Gehirnwindungen marschiert. Er wusste, dass sie keine leere Drohung waren; die Partei zog sowieso schon immer mehr die Zügel an. Jedes größere Unternehmen musste inzwischen einen offiziellen Vertreter der Partei beschäftigen. Alle unternehmerischen Entscheidungen mussten mit ihm abgestimmt werden. Ein enger Freund von Lee, Inhaber eines selbst aufgebauten Immobilienkonzerns, hatte es letztens in einem vertraulichen Gespräch so ausgedrückt: Für die Parteioberen seien Unternehmer wie Küchenschaben. Wenn sie dich leben lassen wollen, dann lassen sie dich leben, und wenn sie dich zertreten wollen, dann zertreten sie dich. Lee konnte ihm nur zustimmen, schließlich hatte er in dem Gebirgsgefängnis auch schon einmal die Sohle der Partei dicht über seiner Schädeldecke verspürt.

Es führte kein Weg daran vorbei, dachte er, das Berliner Projekt musste ein Erfolg werden. Wenigstens hatte er jetzt einen Namen dafür. Aufgetaucht als plötzliche Eingebung. Genau in dem Moment, als die Maschine durch die dichte Wolkendecke über Shanghai stieß und die Sonne über der Wolkenlandschaft thronend auf seinen Sitzplatz schien.

Happy Genes.

Ein Produktname, der Hoffnung machte. Mehr noch, ein Versprechen auf eine unbeschwerte Zukunft. Und ein Name, der in allen Kulturen ohne Übersetzung funktionierte. Besser geht's nicht, dachte Lee, als die Stewardess am Ausgang sich verbeugte und ihm einen schönen Aufenthalt in Berlin wünschte.

Während des Fluges hatten nach und nach düstere Gedanken die Oberhand gewonnen. Zu viel stand auf dem Spiel. Seine Unwissenheit hob auch nicht gerade die Stimmung. Im Gegenteil, inzwischen rechnete er mit der Möglichkeit, dass alle seine Telefonate und E-Mails mitgehört und mitgelesen wurden; deshalb gab es keinerlei Kommunikation über das Projekt zwischen Shanghai und Berlin. Jede offizielle Kommunikation betraf die Forschungen zur Krankheit seines Sohnes. Da kamen sie gut voran, waren kurz davor, die gewonnenen Erkenntnisse an Mäusen auszuprobieren. Die Berliner Forscher glaubten, innerhalb der nächsten zwei Jahre eine erfolgreiche Therapie anbieten zu können. Doch wie es um *Happy Genes* stand, wusste Lee nicht. Er konnte es kaum abwarten, den Bericht der beiden *GenTech*-Geschäftsführer zu hören. Bis zum Staatsbesuch blieben nur noch wenige Tage. Zwar wusste er immer noch nicht, ob er Xi würde treffen können, aber er wollte vorbereitet sein. Er wusste nur, dass ihm *Happy Genes* die Chance zur Wiedergutmachung bot. Vielleicht konnte er sogar unantastbar werden, wenn er es richtig anstellte. Den Vorteilen von *Happy Genes* für Chinas zukünftige Position in der Welt würde sich Xi nicht entziehen können, sie waren einfach zu gewaltig. Natürlich würde er den Präsidenten an den Erlösen beteiligen müssen, wahrscheinlich auch die restlichen Mitglieder des Ständigen Ausschusses. Lee seufzte, die sieben Mitglieder des höchsten und wichtigsten politischen Gremiums der KP Chinas waren für ihre Gier berüchtigt. In sehr privaten Gesprächen versah er den Begriff »Ständiger Ausschuss« unter dem

Gelächter seiner Gesprächspartner gerne mit dem Zusatz »zur hemmungslosen Bereicherung«. Wie sonst hätten fast alle Mitglieder Dollar-Milliardäre werden können?

Lee erreichte die Passkontrolle. Als Passagier der Ersten Klasse durchlief er sie vor allen anderen. Den Polizisten, der in seinem Kabuff den Pass unter einer Scheibe hindurch annahm und aufschlug, beobachtete er aufmerksam. Lee wartete auf eine Reaktion – ein Zucken der Augenbrauen, ein Stirnrunzeln. Ein Indiz dafür, dass der Mann seinen Namen kannte, vorgewarnt war. Einer seiner Kontaktleute beim chinesischen Geheimdienst hatte Lee kurz vor dem Abflug eine Warnung zukommen lassen. Die deutschen Behörden würden ihn in Berlin wahrscheinlich observieren. Ob Polizei oder Geheimdienst wusste seine Quelle nicht zu sagen, aber Lee war auf der Hut. Der Beamte blätterte seinen Pass durch und stempelte das Einreisedatum auf die Seite mit dem neunzigtägigen Touristenvisum. Der Polizist blickte Lee ausdruckslos an und schob den Pass unter der Scheibe hindurch. Wenige Schritte später klingelte Lees Handy, das Gesicht von Jeff Hutton, dem Geschäftsführer der englischen Niederlassung von *SHIZIYAN*, erschien auf dem Display.

»Guten Morgen, Mr. Lee, ich habe leider schlechte Nachrichten für Sie.«

Hutton wusste wie alle, die häufiger mit Lee zu tun hatten, wie sehr Lee Small Talk und unnütze Wortgeplänkel hasste, daher kam er direkt zu Sache.

»Wir sind von der Ausschreibung ausgeschlossen worden.«

»Meinten Sie nicht, wir hätten die fortschrittlichste Technik zum günstigsten Preis?«

»Ja, haben wir auch«, wandte Hutton ein. »Mein Kontaktmann bei der Stadt hat mich die Angebote der Konkurrenz sehen lassen. Hat mich ein kleines Vermögen gekostet.«

Lee ignorierte die letzte Bemerkung. Stattdessen fragte er: »Von wem kommt das?«

»Vom Bürgermeister«, antwortete Hutton und legte eine kleine Pause ein. »Oder von noch weiter oben.«

»Downing Street?«

»Könnte sein.«

Oder von noch weiter oben, echoten Huttons Worte in Lees Kopf. Verfluchte Amerikaner. Statt es auszusprechen, meinte er nur: »Gut, ich sehe, was ich tun kann.«

Ohne Verabschiedung legte Lee auf. So eine Scheiße, fluchte er innerlich, während er den Gepäckbereich des Berliner Flughafens betrat. London war die am besten videoüberwachte Stadt der westlichen Welt, und der Bürgermeister wollte die Technik auf den neuesten Stand bringen. Ein Milliardenauftrag. Hatten die Amerikaner ihr Veto eingelegt? Auf allen Gebieten versuchten sie, chinesische Tech-Unternehmer wie ihn zurückzudrängen. Bei sich und im Rest der Welt. Präsident Xi hatte recht, dachte Lee, und schnappte sich von Gepäckband 13 seinen Koffer, es würde irgendwann Krieg mit den Amerikanern geben. Geben müssen. Sie oder wir. Sollte er versuchen, über die Partei und ihre internationalen Organisationen Einfluss auf Downing Street zu nehmen? Aber dann wäre er ein Bittsteller. Ein Bückling. Das konnte er sich so kurz vor *Happy Genes* nicht leisten. Bückling und Visionär passten nicht zueinander. Mit einem Seufzer verabschiedete er sich von dem Londoner Auftrag und lief Richtung Ausgang.

優越性

Mittwoch, 3. Juni, 15:31, Flughafen, Berlin

Der dunkelblaue Mercedes bewegte sich seit einer guten halben Stunde nicht von der Stelle. Niemand stieg ein oder aus, das konnten nur die Wachhunde vom BND sein. Sie warteten auf Tom Lee. So wie Robert. Seinen BMW hatte er im Schatten des Terminals im Halteverbot geparkt, der Mercedes stand rund fünfzig Meter entfernt im prallen Sonnenschein. Robert beobachtete die Ausgänge des Terminals und verglich alle Asiaten, die das Terminal verließen, mit dem Bild von Tom Lee auf dem Display seines Handys. In den letzten Minuten hatte kaum noch ein Flugreisender das Terminal verlassen. Roberts Konzentration ließ nach, und die Bilder der letzten Nacht drängten sich in sein Bewusstsein. Seine nächtlichen Aufenthalte im Darknet waren inzwischen eine Obsession, das war ihm klar. Er versuchte, die Bilder mit einem Kopfschütteln loszuwerden. Keine Tierart tat so etwas, dachte er, keine Spezies folterte die Brut ihrer eigenen Art, in dem sie alles Mögliche in alle erdenklichen Körperöffnungen schob. Noch mehr als die oft schmerzverzerrten Gesichter gingen ihm die Blicke der Jungen und Mädchen durch Mark und Bein. Der Schrecken. Die Angst. Am stärksten erschütterte es ihn, wenn sie teilnahmslos schauten. Wenn der Körper noch lebte, aber die Seele längst abgestorben war. Wie konnte man so etwas nur geil finden, fragte er sich, während er das Radio einschaltete, um sich auf andere Gedanken zu bringen. Es nutzte nichts. Die Bilder waren stärker. Der Ekel über das Gesehene und die Erleichterung darüber, Aylien auch dieses Mal nicht gefunden zu haben, ergaben in seinem Inneren ein fieses Gebräu; den Geschmack konnten selbst Whiskey und Valium nicht wegspülen.

Thorwetter aus der Abteilung LB zur Erstellung von Lagebildern in bestimmten Ländern und Regionen hatte Robert auf die Spur gebracht. In der Kantine. An dem Tag, an dem er seinen Auflösungsvertrag unterschrieb, hatte ihn der Hunger dorthin getrieben. Thorwetter hatte sich mit einem Begleiter an den Nebentisch in Roberts Rücken gesetzt und ihn nicht bemerkt. Über einem Teller Spaghetti bolognese berichtete Thorwetter von drei Fällen von verschollenen Mädchen und Jungen, alles Kinder von afghanischen Frauen, die mit Ausländern liiert waren. Die Taliban mussten überall in der Stadt Spitzel gehabt haben, vermutete Thorwetter, sie hätten regelrecht Jagd auf Frauen gemacht, die Beziehungen und Kinder mit Ungläubigen hatten. Nach der Einnahme Kabuls durch die Taliban wurden die Frauen häufig ermordet und ihre Kinder verschwanden einfach. Sie waren wie vom Erdboden verschluckt, aber drei von ihnen hatte man auf Kinderpornoseiten im Darknet wiedergefunden. Ohne eine Ahnung, wo sie jetzt steckten. Die Taliban machten alles zu Geld, was sie konnten, hatte Thorwetter noch gesagt, und Kinder von Ungläubigen an den Meistbietenden zu verkaufen, erschien ihm logisch. Robert hatte mit wachsendem Entsetzen gelauscht. Mit jedem Wort war er mehr erstarrt. Es ergab alles einen Sinn. Soraya hatte als eine der bekanntesten Radiostimmen des Landes auf der Hassliste der Taliban ganz oben gestanden, weil sie die afghanischen Frauen in ihren Sendungen ermutigte, ihren eigenen Weg zu gehen und sich nicht von Männern das Leben bestimmen zu lassen. Dazu die Liaison mit einem Ungläubigen und das gemeinsame Kind. Soraya hatte beides so gut es ging zu verbergen versucht. Nur ihr engstes Umfeld wusste davon. Sie kannte die Gefahr, in der sie sich befand, und agierte dementsprechend. Ihr Haus wurde von schwer bewaffneten Sicherheitsleuten bewacht, die Scheiben ihres Mercedes waren abgedunkelt, und ihr Fahrer nahm jeden Morgen einen anderen Weg zum Sender. Robert und sie hatten in getrennten Häusern gewohnt, aber die häufigen gegenseitigen Besuche waren wahrscheinlich auch Leuten aufgefallen, die es besser nicht gewusst hätten. Das in der jeweiligen Nachbarschaft erst fremde, bald vertraute Auto verschwand zwar in beiden Anwesen in Innenhöfen hinter blickdichten Toren, doch Gerüchte flatterten wie Schmetterlinge durch die Luft und waren wahrscheinlich irgendwann bei den Taliban gelandet.

Seit dem belauschten Gespräch in der Kantine fürchtete Robert das Schlimmste für seine Tochter. Whiskey und Valium halfen ihm, das Ganze durchzustehen. Einmal hatte er gestern Nacht geglaubt, sie gefunden zu haben, aber das erging ihm eigentlich bei jeder Darknet-Suche so. Schließlich waren es alles andere als Beauty-Shots, die er zu sehen bekam. Manche Mädchen sahen Aylien verflucht ähnlich. Außerdem konnten sich Kinder in ihrem Alter von Jahr zu Jahr stark verändern. Ihr Foto stand auf seinem Schreibtisch neben dem Bildschirm. Immer wieder verglich er das, was die Hölle des Darknets ihm offenbarte, mit ihrem Antlitz. Wie sah sie jetzt überhaupt aus? Würde er sie noch erkennen? Was, wenn ihre Peiniger ihr Aussehen verändert hatten? Und was, wenn er sie dort fand? Ein schwer traumatisiertes Kind, das seine Eltern verloren und Gott weiß was erlebt hatte? Das Schuldgefühl schoss wie glühende Lava eruptionsartig hervor, und der Ascheregen verdüsterte seine Seele.

Robert war zu spät gekommen.

Als er in Kabul sein Haus erreicht hatte, war es menschenleer. Keine Aylien, keine Soraya, ihr Handy tot. Robert war kreuz und quer durch die Stadt gerast. Ganz Kabul schien in Auflösung. Sämtliche Straßen waren verstopft. Der größte Treck bewegte sich Richtung Flughafen. Dazwischen überall Taliban mit ihren langen Gewändern und Bärten, die Maschinenpistolen im Anschlag. Das Geknatter der Waffen kam aus allen Richtungen. Der Staub und die Hitze drangen durch die kleinsten Ritzen in Roberts Geländewagen. Wild hupend, brüllend und fluchend verscheuchte er jeden, der sich ihm in den Weg stellte. Zuerst suchte er Soraya und Aylien in der Wohnung seiner Schwiegermutter. Er fand die alte Frau wie versteinert auf dem mit bunten Decken bedeckten Sofa, vor sich eine Tasse Tee. Robert wusste aus Sorayas Erzählungen, wie sehr ihre Mutter als Lehrerin in einer Mädchenschule unter der ersten Herrschaft der Taliban zur Jahrtausendwende gelitten hatte, und er fühlte sich machtlos, ihr die Angst vor der neuen zu nehmen. Er raste weiter zum Sender, zu Ayliens Schule, ihren Freunden, doch seine Frau und Tochter blieben verschollen. Mit jedem Fehlschlag stieg seine Wut. Nach seiner letzten Station kochte er innerlich. Er jagte den Toyota zum Hauptquartier, stürmte vorbei an den Wachen in das Gebäude und vorbei an der verdutzten Sekretärin in Loderers Büro. In Roberts Augen war alles seine Schuld. Er hatte Loderer die Fresse poliert. So richtig.

Zurück in Berlin hatten sie erst ein Verfahren gegen ihn eingeleitet, doch irgendwann überwog in den oberen Etagen die Angst vor peinlichen Enthüllungen den Durst nach Vergeltung.

Man bot ihm einen Deal an.

Schweigen gegen Versorgung.

Doch kein Geld der Welt konnte ihn trösten.

Robert kaute bereits so lange auf seiner Trauer herum, dass sie jeden Geschmack verloren hatte. Er spürte, wie sein Herz zu einer immer kälteren Höhle wurde, in der sich Bitterkeit ihr Nest baute. Ein Schwelbrand schwindender Hoffnung verkokelte sein Inneres.

Die Arbeit verschaffte ihm Abhilfe. Zumindest zeitweise. Mithilfe des Weckers war sein Bewusstsein am späten Vormittag aus einem komatösen Schlaf zurück ins Leben gestottert. Der Whiskey und die Valium der letzten Nacht vernebelten noch ein wenig seine Sinne. Doch plötzlich war Robert hellwach.

優越性

Mittwoch, 3. Juni, 15:37, Flughafen, Berlin

Beim Verlassen des Terminals zischte die automatische Glastür leise einen Abschiedsgruß. Draußen empfing Lee ein großer weiter Himmel, die Sonne posierte als gleißender Punkt über der Stadt, und die Luft war weich wie der Sommer, doch nichts davon nahm er wahr. Zu sehr war er in seine Gedanken vertieft.

In zweiter Reihe parkend wartete Juan Wang, der Geschäftsführer von *GenTech*, mit einer schwarzen S-Klasse auf ihn. Wang trug eine schwarze Sonnenbrille und lehnte rauchend an der Beifahrerseite. Als er Lee bemerkte, schmiss er die Kippe weg, setzte rasch die Brille ab, öffnete die Tür zum Fond des großen Mercedes und murmelte unter einer Verbeugung eine Begrüßung. Mit einem Kopfnicken erwiderte Lee sie und stieg ein.

»Achten Sie bitte darauf, ob uns jemand folgt«, wies Lee Wang an, kurz nachdem sich der Wagen in Bewegung setzte. Wangs Antwort war ein Kopfnicken, gefolgt von suchenden Blicken in den Rückspiegeln. Lee wartete, bis sich der Mercedes auf der Stadtautobahn in den Verkehr eingefädelt hatte, bevor er meinte: »Wie Sie wissen, kommt nächstes Wochenende unser Präsident hierher. Ist unser Produkt so weit, dass wir es ihm präsentieren können?«

»Ja, wir müssen noch ein paar Feinjustierungen am Transportmittel vornehmen«, antwortete Wang und klappte die Sonnenblende herunter; die Sonne kam jetzt direkt von vorn. »Morgen kommen die Leute aus Shenzen und bringen die neueste Version mit.«

Lee schauderte kurz. Wangs Stimme war ihm von Beginn an unangenehm gewesen. Zu dünn, zu weich, irgendwie schwul, auch wenn er nicht genau definieren konnte, was das bedeutete. Doch hinter dem soften Auftreten verbarg sich ein knallharter Typ; das hatte er ihm in den letzten Jahren mehrfach bewiesen.

»Wie konnte das mit Jun Ji Bao passieren?«

»Sie war kurz davor, alles zu verraten.«

»Ja, das habe ich gesehen, aber woran ist sie gestorben?«

»Sie hat aus Versehen ein falsches Produkt benutzt.«

»Aus Versehen?«, fragte Lee entgeistert. »Mann, hören Sie auf, in Rätseln zu sprechen.«

»Sie hat sich mit dem E-Virus infiziert.«

Das E-Virus war Wangs Herzensprojekt. Im Keller des *Gen-Tech*-Firmensitzes gab es ein geheimes Hochsicherheitslabor, in dem Wang das Ebolavirus, eingeschmuggelt aus der chinesischen Heimat, gentechnisch verändert hatte. Es war nicht mehr ansteckend, dafür umso tödlicher. Es genügte, das Opfer mit einer geringen Virenlast zu infizieren. Die Viren veränderten in den Blutzellen bestimmte Enzyme, um sich zu vermehren, ohne dass die Immunabwehr es mitbekam. Sobald die Virenlast eine kritische Masse überschritten hatte, schlug das Virus los. Es fiel über die inneren Organe her wie Heuschrecken über ein Getreidefeld. Binnen weniger Minuten war alles zerfressen. Warum er daran arbeite, hatte Lee ihn gefragt, als Wang ihm das Projekt vor einiger Zeit vorstellte. Weil ich es kann, hatte er schulterzuckend geantwortet. Bisher hatte Wang das Virus nur an Mäusen ausprobiert. Dass sich so schnell eine Möglichkeit für die Erprobung an einem Menschen bieten würde, damit hatte Wang nicht gerechnet. Lee vermutete, dass er mit dem Ergebnis hochzufrieden war.

»Aber Jun Ji Bao hat doch gar nicht am E-Virus gearbeitet«, meinte Lee.

»Sie dachte auch, in der Ampulle sei Produkt X.«

Lee brauchte einen Moment, bis der Groschen fiel.

»Verstehe. Hat sie in ihren Plan noch andere eingeweiht?«

»Ja. Martin Zuber.«

»Wie kommen Sie darauf?«

»Jun Ji Bao hat sich in den letzten Wochen merkwürdig verhalten. Sie war misstrauisch geworden, ahnte etwas von Produkt X. Ich habe auf ihrem deutschen Handy heimlich eine Spionage-Software installiert. Sie hat in der Woche vor ihrem Auftritt im Fernsehen unzählige Male mit Martin Zuber telefoniert.«

»Wussten Sie im Vorfeld von ihrem Auftritt?«

»Leider nein, sonst hätte ich ihn verhindert. Es war großes Pech, dass das Virus genau in dem Moment seine Wirkung entfaltete, als sie im Fernsehen auftrat. In ihren Telefonaten mit Zuber sprach sie nur von ihrem Vorhaben, Produkt X der Öffentlichkeit bekannt zu machen. Nicht aber vom Wie, Wann und Wo. Dann habe ich heimlich ein paar Ampullen ausgetauscht.«

Wang sah Lee im Rückspiegel an. Ihre Blicke trafen sich. Lee verstand.

»Hätte sie nicht schwanger sein müssen, um der Welt unseren Plan zu verraten?«

»Ja, eigentlich schon.«

»Und, war sie es?«

Wang zuckte mit den Schultern. »Keine Ahnung.«

Gut, dachte Lee, er weiß weniger als ich. Sein Kontaktmann beim Geheimdienst hatte ihn nicht nur vor einer möglichen Observierung gewarnt, sondern auch die Ergebnisse der chinesischen Obduktion von Jun Ji Bao verraten. Nachdem Mitarbeiter der Botschaft den Leichnam aus der Charité geholt und in die chinesische Botschaft gebracht hatten, wurde er dort sofort von chinesischen Ärzten obduziert. Die Schwangerschaft hatten sie entdeckt, alles andere nicht. Der Obduktionsbericht rätselte noch über die genaue Todesursache.

»Haben Sie mit Zuber über all das gesprochen?«

»Nein.«

»Wieso nicht?«

»Er ist verschwunden.«

»Wie bitte?«, fragte Lee laut. Was für ein beschissener Tag! Eine schlechte Nachricht jagte die nächste. Noch bevor Wang antworten konnte, schickte Lee hinterher: »Was, wenn er alles verrät?«

Wangs Antwort kam schnell und hart: »Ich habe zügig gehandelt. Es wird vorerst keine Probleme geben.«

»Was heißt vorerst?«, fragte Lee misstrauisch.

»Das heißt, dass Sie in Kürze die finale Entscheidung treffen müssen, wie das Problem zu behandeln ist.«

Sein Tonfall schloss einen unsichtbaren Vorhang zwischen ihnen; er verriet Lee, dass es besser sei, momentan nicht dahinter zu schauen. Vom Beifahrersitz schnappte Wang sich ein Tablet und reichte es nach hinten. »Jun Ji Bao hat übrigens das hier aufgenommen.«

Schweigend schaute sich Lee das im Hotelzimmer aufgenommene Handyvideo mit der Nachricht an die Nichte an. Ihm wurde heiß und kalt zugleich. Es gab eine Kopie! Tausend Fragen schossen ihm durch den Kopf; als erste drängelte sich in seinen Mund: »Wer ist diese Nichte?«

»Ihr Name ist Maria Lin. Juni Ji Bao war die Schwester ihrer Mutter. Die lebt auch nicht mehr. Sie ist an Corona gestorben. Maria Lin scheint eine Rebellin zu sein. Sie ist Künstlerin und in der Techno-Szene aktiv. Die Behörden haben sie schon länger im Visier.«

»Haben Sie ein Foto von ihr?«

»Ja, aus den sozialen Medien«, antwortete Wang, holte sein Handy aus der Mittelkonsole und bediente es mit einer Hand, während er den Mercedes mit der anderen Hand steuerte.

»Ich habe es Ihnen gerade geschickt«, sagte er. Ein Wimpernschlag später vibrierte Lees Handy.

»Wissen wir, ob diese Maria Lin das Video überhaupt gesehen hat?«, fragte Lee, während er das Foto betrachtete.

»Leider nein, aber ich habe ein paar Erkundigungen über sie eingezogen. Ihr Sozialkonto ist so niedrig, dass sie kein Flugzeug mehr benutzen darf. Sie kann die Kopien hier nicht ans Tageslicht befördern.«

»Gut«, antwortete Lee.

Wenn der Präsident Gefallen an *Happy Genes* findet, dachte er, wird Maria Lin sowieso für immer zum Schweigen gebracht. Lee ging in Gedanken alles noch einmal durch. Noch war nichts verloren. Wenn sie klug handelten, konnte immer noch alles zu einem Erfolg werden.

»Okay«, meinte er und lehnte sich dabei nach vorn. »Ich werde mich jetzt erst im Hotel ein wenig frisch machen und dann mit einem Taxi zur Firma kommen. Sie werden mir dann detailliert erläutern, welches Problem mit Martin Zuber behoben werden muss und wo wir bei *Happy Genes* stehen.«

»*Happy Genes*?« Wang warf Lee im Rückspiegel einen fragenden Blick zu.

»Ach so, ja, Produkt X wird *Happy Genes* heißen.«

Wang schwieg für einige Augenblicke, dann sagte er mit seiner dünnen Stimme: »Brillanter Name.«

»Das finde ich auch.«

Stille setzte ein. Lee hing seinen Gedanken nach. Er musste mehr über diese Maria Lin wissen. Was plante sie? Hatte sie das Video gesehen? Wollte sie trotzdem versuchen, nach Deutschland zu kommen? Er beschloss, seinen Kontaktmann beim Geheimdienst mit der Suche nach Informationen über sie zu beauftragen.

Die nachmittägliche Rushhour verdichtete sich, je mehr sie sich dem Stadtzentrum näherten. Die Fahrzeuge kamen auf der dreispurigen Stadtautobahn nur noch schleppend voran. In weiter Entfernung funkelte die silberne Kugel des Alex im Sonnenlicht. Die in den Auspuffgasen flirrende Luft über dem Asphalt verriet die Hitze draußen. In regelmäßigen Abständen kontrollierte Wang in seinen Rückspiegeln die Umgebung auf verdächtige Fahrzeuge.

»Sie haben Recht«, meinte Wang plötzlich. »Wir werden verfolgt. Ein dunkelblauer Mercedes ist seit dem Flughafen an uns dran.«

Der anthrazitgraue BMW, der den beiden Mercedes seit dem Flughafen folgte, entging auch jetzt Wangs Radar.

優越性

Mittwoch, 3. Juni, 16:03, Stadtautobahn, Berlin

Die Sonne am tiefblauen Himmel ließ den Lack der Autos glitzern. Berlins Betonwüste, die sich hier am Rand der Stadtautobahn oftmals von ihrer hässlichen Seite zeigte, mit Fassaden, an denen die Farbe abblätterte, leer stehenden Gebäuden mit eingeschmissenen Scheiben und brachliegendem Gelände, auf denen sich allerlei Unrat ansammelte, rauschte in Roberts Augenwinkeln vorbei, ohne dass er sie richtig wahrnahm. Hinter dem Tempelhofer Feld wechselte die S Klasse die Spur und reihte sich in den Stau Richtung Zentrum ein. Robert überholte den Mercedes und drängelte sich weiter vorne unter dem Gehupe seiner Nebenleute in die Schlange. Auf dem vierspurigen Tempelhofer Damm bemühte er sich in der langsameren Spur zu bleiben. Kurz hinter dem Terminal des ausrangierten Flughafens überholte ihn der schwarze Mercedes. Robert hängte sich in größerer Entfernung wieder dahinter. Er ahnte bereits, wo die Fahrt enden würde.

Die Ankunft des Mercedes vor der prächtigen Fassade des Hotels Adlon am Berliner Platz beobachtete er durch das Teleobjektiv seiner Kamera von einer Parkbucht am Straßenrand aus. Er sah, wie Lee ausstieg und im Inneren des Hotels verschwand. Kurze Zeit später rauschte die S-Klasse in Gegenrichtung an Robert vorbei. Er wartete, bis der Mercedes außer Sichtweite war. Dann gab er die Adresse von *GenTech* ins Navi ein und machte sich auf den Weg.

Sein Ziel entpuppte sich als vierstöckiges Bürogebäude mit einer bläulich glänzenden, halbrunden Glasfassade zur Straße hin. Ein Edelstahlschild mit eingravierten Buchstaben verkündete mit kühler Eleganz den Eigentümer des Gebäudes: *GenTech AG*. Robert parkte auf einem der mit »Besucher« beschilderten Parkplätze direkt vor dem Gebäude und stieg aus.

Der große Mercedes war nirgends zu sehen. Robert vermutete den Wagen in einer Tiefgarage. Durch eine Drehtür betrat er den Eingang. Dahinter erwartete ihn ein Foyer mit hellem Marmorfußboden, eine Empfangstheke aus dunklem Holz sowie eine Sitzgruppe für Besucher mit cognacfarbenen Corbusier-Sesseln.

Eine schlanke, hübsche Frau mit Pagenschnitt saß am Empfang. Sie musterte Robert mit einem professionellen Lächeln. Gerade wollte er den Mund aufmachen, als er hinter sich das Geräusch eines heranbrausenden Wagens hörte. Er drehte sich um und sah, wie die S-Klasse vor dem Eingang direkt neben Roberts Wagen hielt. Noch bevor Wang ausgestiegen war, war Robert draußen und zückte seinen Ausweis.

Wang verließ den Wagen und bemerkte Robert erst, als der ihn ansprach: »Guten Tag, Herr Wang, mein Name ist Robert Forster, ich bin vom Tagesspiegel. Ich hätte ein paar Fragen an Sie.«

Wang blickte Robert an, dann den Ausweis, einen missbilligenden Zug um den Mund.

»Dann machen Sie bitte einen Termin«, antwortete Wang und wollte sich an ihm vorbeidrängeln.

Robert machte instinktiv einen Schritt zur Seite, um ihm den Weg zu versperren. »Was können Sie mir zum Verschwinden Ihres Kollegen sagen?«

»Gehen Sie mir aus dem Weg, sofort!«, bellte Wang mit seiner Fistelstimme.

Robert tat, wie befohlen. Noch bevor Wang an ihm vorbei

war, wiederholte er: »Was können Sie mir zum Verschwinden Ihres Kollegen sagen?«

Er sah von hinten, wie Wang den Kopf schüttelte.

»Nichts!«, entgegnete er laut und ging durch die Drehtür.

Robert lächelte in sich hinein. Selten hatte ein einziges Wort so sehr nach seinem Gegenteil geklungen. Er ging zurück zu seinem Wagen und verließ mit dem BMW den Parkplatz. Ein Stück weit die Straße herunter fand er eine Hofeinfahrt und steuerte den Wagen auf das Firmengelände von *Metallbau Bergmann*, wo sich hinter Parkplätzen ein zweigeschossiges graues Verwaltungsgebäude mit Flachdach und roten Fensterumrandungen im Schatten einer doppelt so hohen Wellblechhalle duckte. Robert fand einen freien Platz zwischen einem roten Golf und einem grauen Passat und stieg aus. Aus dem Kofferraum schnappte er sich seinen Rucksack und lief mit energischen Schritten zurück auf die Straße. Vor dem Bürogebäude von *GenTech* war niemand zu sehen. Robert warf einen Blick durch die gläserne Drehtür ins Foyer. Die junge Frau am Empfang starrte auf ihren Monitor. Robert lief weiter bis zu den Besucherparkplätzen. Am Heck von Wangs Mercedes kniete er sich hin und tat so, als binde er sich die Schuhe zu. Verstohlen sah er sich in alle Richtungen um. Die Bahn war frei.

Er öffnete den Reißverschluss des Rucksacks und holte den kleinen Sender hervor. Wenn Wang nicht mit ihm reden wollte, dann musste es sein Wagen tun, dachte Robert, und schob die Hand mit dem Sender unter den hinteren rechten Radlauf des Mercedes. Mit einem leisen Klacken bestätigte der Magnet an der Unterseite des Senders seinen Kontakt zur Karosse. Auf dem Rückweg zu seinem Wagen schaltete Robert die dazugehörige Überwachungs-App ein.

優越性

Mittwoch, 3. Juni, 20:39, Parkplatz, Shenzhen

Zu seinen Füßen lag ein Friedhof von platt getretenen Zigarettenkippen. Han schnippte eine weitere Kippe in die Dunkelheit. Sie erlosch im Nieselregen wie ein sterbendes Glühwürmchen. Seit knapp zwei Stunden warteten sie am vereinbarten Treffpunkt. Nichts geschah. Der Parkplatz am Rande des Bijiashan Parks im Süden der Stadt wurde von einer einzelnen Straßenlaterne an der Einfahrt erleuchtet. Außerhalb ihres Lichtkegels stand der auffällige Leichenwagen, sein schwarzer Lack von der Nacht verschluckt. Nur die Zierelemente aus Chrom schimmerten leicht in der Dunkelheit. Han lehnte am Wagen, steckte sich die nächste Zigarette an. Die Glut leuchtete im Rhythmus seiner Atemzüge hell auf. Hans Nervosität flatterte durch das halb geöffnete Beifahrerfenster zu Maria ins Wageninnere. Mit den Eckzähnen kaute sie auf dem Nagel ihres linken kleinen Fingers herum. Die Luft war angenehm warm, trotz des Regens.

Ein dunkler Kleintransporter bog auf den Parkplatz. Das Licht der Scheinwerfer wischte durch die Fahrerkabine des alten Cadillacs. Der Transporter bremste abrupt; der Fahrer schien ihren Wagen bemerkt zu haben. Er wendete den Transporter und hielt mit eingeschaltetem Fernlicht direkt auf sie zu. Maria fluchte in Gedanken und schirmte ihre Augen mit der Hand ab. Kurz vor ihnen schaltete der Fahrer Motor und Scheinwerfer aus. Alles um sie herum verschwand in tiefschwarzer Nacht. Maria konnte nichts mehr erkennen, hörte aber zweifaches Türenschlagen.

Für das Treffen hatte Han ihr einige Instruktionen erteilt. Sie sollte im Wagen warten, bis er sie aufforderte auszusteigen. Dann hatte er ein kleines Prepaidhandy aus dem Handschuhfach hervorgeholt und ihr gesagt, es sei nur für den Notfall. Auf ihre Nachfrage meinte er nur: »Steck es einfach ein, okay?«

Jetzt wartete sie auf sein Kommando, doch er blieb stumm. Sie sah, wie Han sein Smartphone aus der Hose holte, die Taschenlampe einschaltete und in die Gesichter der beiden Besucher leuchtete. Zwei Männer, keine dreißig. Der eine klein und untersetzt, mit der schiefen Nase eines Boxers, und der andere massig mit breiten Schultern und einem fleischigen Gesicht.

»Wo ist Tian Li?«, wollte Han wissen.

»Er konnte nicht. Wir sind der Ersatz«, antwortete der Kleinere.

»Was heißt das, er konnte nicht?«

»Keine Ahnung, Mann. Uns wurde nur gesagt, wir sollten hierherfahren und die Fracht abholen.«

»Wer hat euch das gesagt?«, fragte Han streng.

»Tian Li. Er meinte, es gäbe einen Notfall, darum müsse er sich kümmern. Wir müssten ihn hier vertreten.«

»Warum hat er uns das nicht selbst gesagt?«

»Hör zu, Mann, ich weiß es nicht, aber mir reicht's gleich. Behalte deine Ware und sieh zu, wie du sie loswirst.«

Er drehte sich um und sagte zu seinem Partner: »Komm, wir gehen.«

»Nein, wartet«, hörte sie Hans Stimme hinter dem Lichtschein der Taschenlampe. Er schaltete das Display seines Handys ein und tippte darauf herum. Aus dem Lautsprecher klang das Läuten eines anderen Telefons. Nach dem vierten Klingeln schaltete sich eine Mailbox ein: »Hier ist Tian Li, bitte Nachricht hinterlassen«.

»Steig aus, Maria.«

Maria öffnete die Tür und verließ den Beifahrersitz. Die beiden Männer blickten in ihre Richtung.

»Warte am Wagen, Maria. Wo bringt ihr sie hin?«

»Hey, was soll das ganze Misstrauen? Über die Grenze, wie vereinbart.«

»Und wann?«

»Heute Nacht noch.«

Han nickte Maria im Schein seines Displays zu, sie lief los. Auf dem Weg zu den beiden Männern wandte sie ihren Kopf in Hans Richtung und sagte: »Danke für alles.«

Sie erreichte die beiden Männer, und der Größere forderte sie auf, ihm zu folgen. Aus den Augenwinkeln sah sie, wie Han in den Leichenwagen einstieg. Sie liefen um den Transporter herum. Ihr Begleiter öffnete die Hecktür und griff hinein. Seine Hand kam mit Handschellen wieder hervor.

»Los, Hände hinter den Rücken.«

»Was? … Wieso?«, fragte Maria erschrocken. Sie wich einen Schritt zurück und wollte laut nach Han rufen. Er sah es und fügte schnell hinzu: »Falls etwas schiefgeht, können wir sagen, wir hätten dich geschnappt und wollten dich gerade der Polizei ausliefern. Dann hängen wir nicht mit drin.«

Das leuchtete ihr ein; trotzdem meinte sie: »Ich dachte, ihr bringt mich jetzt über die Grenze.«

»Nicht gleich«, antwortete er. »Erst in ein paar Stunden, wenn die Wachen müde sind. Bis dahin bringen wir dich an einen sicheren Ort.«

Sie drehte sich um, und er fesselte ihr die Hände hinter dem Rücken zusammen. Dann spürte sie einen festen Griff an ihren Oberarm. Er half ihr, in den Transporter zu steigen. Mit einer Taschenlampe leuchtete er in den Laderaum. Maria entdeckte an der Wand zur Fahrerkabine ein waagerecht verschraubtes Holzbrett als Sitzgelegenheit. Hinter ihr wurde die Tür zugeschmissen. Es war stockdunkel. Maria tastete sich bis zur Sitzbank vor. Sie vernahm das Geräusch des startenden Motors, und der Wagen setzte sich in Bewegung. In schnell gefahrenen Kurven war es schwierig, das Gleichgewicht zu halten. Sie rutschte auf dem glatten Holz hin und her und versuchte, sich mit den Händen hinter dem Rücken irgendwo festzuhalten, doch sie fühlte nur glattes, lackiertes Blech.

Die Fahrt dauerte keine halbe Stunde, schätzte sie jedenfalls. Die Hecktür wurde aufgerissen, und Maria musste die Augen zusammenkneifen; das kalte Licht einer Straßenlaterne schien ihr direkt ins Gesicht und blendete sie. Nur langsam gewöhnten sich ihre Augen an die Helligkeit. Der Mann mit der schiefen Nase stieg zu ihr in den Laderaum. Im Gegenlicht sah sie etwas in seiner rechten Hand baumeln. Kurz bevor er sie erreichte, entdeckte sie, was es war, doch es war zu spät. Blitzschnell zog er ihr einen schwarzen Sack über den Kopf.

»Hey, was soll das?«, protestierte Maria und hörte, wie dumpf ihre Stimme unter dem Stoff klang. Sie fühlte Panik in sich aufsteigen. Hier stimmte etwas nicht. Durch Kopfschütteln versuchte sie den Sack loszuwerden.

»Halt still«, befahl ihr der Mann und griff mit seinen Händen nach Marias Kopf unter dem Stoff. »Unser Chef will nicht von dir gesehen werden.«

Sein Griff war unbarmherzig. Ihr Kopf saß fest wie in einem Schraubstock. Marias Herz raste.

»Ich lasse jetzt los«, knurrte der Mann. »Keine Mätzchen mehr, verstanden?«

Maria nickte unter dem Sack, der Stoff kratzte in ihrem Gesicht. Sie spürte seine Hand an ihrem Oberarm; sein Griff war gröber als der des anderen Mannes, und er zerrte sie von der Ladefläche herunter. Sie wurde eine Treppe heruntergeführt und hörte eine schwere Tür beim Öffnen quietschen. Die Tür fiel hinter ihr mit einem satten Geräusch ins Schloss. Der Griff am Oberarm lockerte sich erst, als sie auf einen Stuhl gesetzt wurde. Maria bat darum, ihr die Handschellen abzunehmen, doch sie erhielt keine Reaktion. Sie hörte, wie die Tür geöffnet wurde und jemand mit schweren Schritten den Raum betrat. Zwei Männerstimmen flüsterten miteinander. Plötzlich wurde ihr mit einem Ruck der Sack vom Kopf gerissen. Kalte Augen aus einem feisten Gesicht starrten auf sie hinab. Vor ihr stand ein Mann groß wie ein Bär. Sie schätzte ihn auf knapp zwei Meter. Sein mächtiger Bauch wölbte sich über der Hose. Das Licht der Neonröhre an der Decke spiegelte sich auf seiner Glatze. Maria blickte sich rasch um. Sie befand sich in einem fensterlosen Raum; nackte Betonwände verliehen ihm den Charme eines Bunkers. Am Kopfende des Raums zog ein großes Filmposter in Schwarz-Weiß die Aufmerksamkeit auf sich: Robert De Niros zerschlagenes Gesicht aus *Wie ein wilder Stier*. Davor ein mächtiger Schreibtisch aus dunklem Holz. Den Ausgang mit seiner grauen Stahltür bewachte der Mann mit der Boxernase.

»Steh auf«, befahl ihr der Riese und zog Maria mit einem Griff am Oberarm in den Stand. Seine Stimme war genauso kalt wie seine Augen. Er musterte Maria. Sie hielt seinem Blick stand und fragte: »Warum nehmt ihr mir nicht die Handschellen ab? Hier sind wir doch nicht in Gefahr.«

»Dreh dich um«, sagte er eisig, wobei sein rechter Zeigefinger eine Kreisbewegung vollführte. Seine Hände waren groß wie Pranken.

Wut stieg in Maria auf. Was soll das? Was wird das hier? Sie wollte protestieren, doch er griff ihr mit seiner rechten Hand fest ans Kinn. Daumen und Zeigefinger bohrten sich in ihre Wangen. Sie konnte ihren Mund nicht mehr bewegen.

»Du bist hübsch, viel zu hübsch, um dich an die Polizei zu verkaufen, ich kenne jemand, der deutlich mehr für dich bezahlt.«

Sein fleischiger Mund verzog sich zu einem breiten, bösen Lächeln. Seine Zähne waren gelb und unregelmäßig, sein Atem stank nach Rauch. Maria wurde übel. Ihr Herz setzte aus. Jetzt verstand sie. Die Angst öffnete die Poren; sie spürte, wie ihr der Schweiß ausbrach. Hatte Han sie verraten? Gar verkauft?

優越性

Mittwoch, 3. Juni, 21:28, Wohngebiet, Berlin

Direkt über Haus Nummer dreiundvierzig hing der Mond als dünne durchscheinende Sichel. Der Abendhimmel dahinter war glutrot. Von der Straße aus wirkte das würfelförmige Haus mit seiner glatten weißen Fassade und den schmalen hohen Fenstern im Schießscharten-Stil wie eine Mischung aus Festung und Bunker. Robert beobachtete das Grundstück aus rund fünfzig Metern Entfernung von der gegenüberliegenden Straßenseite aus. Von hier aus sah er nur den zweiten Stock des Gebäudes. Eine Hecke und ein massives breites Stahltor vor der Einfahrt verdeckten das Erdgeschoss. Roberts BMW stand halb auf dem Bürgersteig, halb auf der Straße, wie alle Wagen in der Wohngegend. Ein Taxi fuhr suchend die Straße herunter. Hoffnung keimte in Robert auf. Kam noch jemand?

Seit heute Nachmittag war er an Wang dran. Irgendwann war Lee mit einem Taxi bei *GenTech* vorgefahren, im Schlepptau den dunkelblauen Mercedes des BND. Zwei Stunden später war Lee zusammen mit Wang wieder aufgetaucht. Robert hatte mit seinem BMW die Straße herunter gestanden und alles durch das Teleobjektiv seiner Kamera beobachtet. Lee und Wang waren in die S-Klasse gestiegen und nach Dahlem gefahren, gefolgt vom Wachhund des BND. Robert ließ sich dahinter in einigem Abstand von der Überwachungs-App zum Ziel führen und testete die Abhörfunktion der App. In dem Sender, den Robert an Wangs Mercedes versteckt hatte, war ein Mikrofon installiert.

»Israelischer High-Tech-Shit«, hatte Mohrmann letztes Jahr bei der Übergabe in seinem Büro gemeint, das gäbe es nirgendwo zu kaufen, er habe seine Beziehungen spielen lassen. Das Mikro zeichnete sämtliche Gespräche im Wageninneren auf. Eine Software filterte alle Fahr- und Umweltgeräusche heraus: Das Gesagte kam klar und deutlich rüber. Und egal in welcher Sprache es stattfand, es wurde in der App auf seinem Bildschirm ins Englische übersetzt. Lee und Wang hatten auf der Fahrt nur wenige Worte miteinander gewechselt und über nichts geredet, das Robert einen Hinweis zum Grund ihres Ausflugs gab. Nur den Zielort verriet die App. Dahlem. In dem Wohnviertel mit seinen herrschaftlichen Villen fand Robert die beiden Mercedes rund einhundert Meter voneinander entfernt geparkt. Als Robert Wangs S-Klasse passierte, war sie leer. Er entdeckte Lee und Wang am Ende der Straße. Sie waren zu Fuß unterwegs, kurz darauf in die Querstraße abgebogen und in Hausnummer dreiundvierzig verschwunden.

Vor etwa zehn Minuten.

Das Taxi hielt vor dem Nachbargrundstück. Doch keine Action, dachte Robert, nicht so wie in Filmen, wo der Job des Privatermittlers aufregend war. Die Warterei begann ihm auf die Nerven zu gehen. Wenn er doch nur wüsste, wer in dem Haus wohnte. Warum suchte Lee ihn gleich am ersten Tag auf? Und warum parkten sie den Wagen nicht direkt vor der Tür? Roberts Instinkt sagte ihm, dass der Bewohner irgendwo in den Datenbanken des BND auftauchte. Leider hatte er mobil keinen Zugriff darauf. Zu unsicher, hatten die IT-Experten des BND ihm erklärt.

Ihm blieben nur die klassischen Methoden eines Schnüfflers. Robert stieg aus und lief auf dem Bürgersteig Richtung Nummer dreiundvierzig. Die Lichter in den Villen auf beiden Seiten der Straße schimmerten durch das Blätterwerk der Hecken. In den Einfahrten glänzten Sportwagen und Luxus-SUVs im Schein von dezenten Bodenlampen. Die Luft war warm und still, auch die Vögel schwiegen. Die Straßenlaternen flackerten plötzlich auf und schalteten sich ein. Direkt unter der ersten stand eine grauhaarige, hagere Frau in einem eleganten blauen Kostüm und blickte auf ihren Dackel an der Leine herab. Der Hund schnupperte an einer Hecke und setzte seine Duftmarke. Die Frau hob den Kopf, als sie Robert kommen hörte. Robert setzte ein Lächeln auf und fragte: »Entschuldigung, wohnen Sie hier in der Gegend?«

»Ja, wieso?«, entgegnete die Frau. Sie erwiderte Roberts Lächeln nicht und musterte ihn von oben bis unten.

Robert zückte seinen Presseausweis und hielt ihn der Frau vor die Nase: »Robert Forster vom Tagesspiegel. Wussten Sie, dass dort manchmal ein berühmter chinesischer Filmstar wohnt?«

Er zeigte der Frau ein Foto von Lan Bing auf dem Display seines Handys und fragte: »Haben Sie diese Frau dort schon einmal gesehen? In China ist sie einer der größten Stars überhaupt.«

»Nein«, antwortete sie. »Die Frau habe ich dort noch nie gesehen. Nur einen Mann hin und wieder, aber der grüßt nie zurück. So ein bulliger, unfreundlicher Typ.«

Robert wischte auf seinem Display ein Foto weiter und zeigte der Frau ein Bild von Lee. »Ist das der hier?«

»Nein, das ist er nicht, der sieht doch ganz nett aus.«

»Aber es ist auch ein Chinese, oder?«

»Ein Asiate, ja.«

»Dann haben Sie mir jetzt wahrscheinlich geholfen, ihren Liebhaber zu entdecken«, meinte Robert mit gespielter Aufgeregtheit und schenkte der Frau sein freundlichstes Lächeln.

»Der, der da wohnt«, erwiderte die Frau unvermittelt im Flüsterton, als habe sie Angst, von ihm gehört zu werden. »Der hat etwas Düsteres an sich. Ich kann mir nicht vorstellen, dass er der Liebhaber eines Filmstars ist.«

Sie zerrte mit der Leine ihren Dackel von der Hecke weg und

ließ Robert ohne ein weiteres Wort stehen. Robert blickte ihr nach und konnte sich ein Schmunzeln nicht verkneifen. Mit Tratsch bekam man sie alle, dachte er, egal wie vornehm. Gemächlich schlenderte er an Grundstück Nummer dreiundvierzig vorbei und versuchte einen Blick ins Innere zu werfen. Die Thujahecke entlang des Gartens war blickdicht, mehr als zwei Meter hoch und verlief bis zum Eingangsbereich. Direkt vor dem Haus sah es nicht besser aus. Ein mattgraues breites Stahltor ließ selbst an seinen Rändern keinen Blick ins Innere zu; es schloss zu beiden Seiten hermetisch mit einer gemauerten, weiß gestrichenen Säule ab, auf der jeweils zwei Überwachungskameras thronten. Eine zielte auf die Straße, die andere nach innen auf den Garten. Nichts entging den Sichtfeldern der vier Kameras, weder vor noch hinter der Einfahrt. Die rechte Säule trug in Brusthöhe eine 43 aus poliertem Edelstahl, darunter ein Klingelknopf. Ein Namensschild suchte Robert beim Vorbeigehen vergeblich.

Anonym und gesichert wie Fort Knox, dachte Robert, aber warum?

優越性

Mittwoch, 3. Juni, 21:36, Keller, Berlin

Seine Schritte hallten von den nackten Betonwänden wider; hektisch rannte er den halbdunklen Gang entlang. Eine düstere Vorahnung scheuchte ihn vorwärts. Im Laufen kramte er nach dem Schlüssel, konnte ihn aber nicht finden. Mit den Fäusten hämmerte er gegen die Kellertür. Niemand öffnete. Er schrie ihren Namen. Keine Reaktion. Er nahm Anlauf und warf sich mit voller Wucht gegen die Tür. Sie erzitterte in ihren Angeln, aber sprang nicht auf. Rasch rannte er in den Gang zurück und nahm mehr Anlauf. Diesmal klappte es. Krachend flog die Tür aus ihren Angeln. Das Bild, das sich ihm bot, raubte ihm den Atem. Auf dem Boden lag Helena. Blut sickerte aus ihrem Körper. Über ihr stand breitbeinig ein muskulöser Mann mit einem Tattoo im Gesicht. Er blickte auf und lächelte höhnisch. Seine Lippen formten einen Satz, den Martin Zuber nicht hören konnte, den er aber trotzdem verstand: Du kommst zu spät. Ständig wiederholte der Mann ihn und lachte dabei. Blind vor Wut wollte sich Zuber auf den Mann stürzen, doch mit jedem Schritt auf ihn zu entfernte er sich von ihm. Und Helena mit ihm. Zuber hörte hinter sich das Öffnen eines Schlüssels. Wie konnte das sein, die Tür stand doch offen?

Ein Schwall eiskaltes Wasser holte Martin Zuber aus seinem fiebrigen Traum.

»Bitte …«, flehte er benommen unter dem schwarzen Sack. Er hatte nicht mal mehr die Kraft, laut zu sprechen oder zu schreien.

»Maul halten!«, befahl die Stimme mit dem chinesischen Akzent.

Sie weckte ihn endgültig auf. Erst jetzt bemerkte er den dumpfen Schmerz in seinem Genitalbereich. Schlagartig kehrte die Erinnerung an die Folter zurück. Und damit die Panik in seinem Inneren. Sie schäumte hoch wie überkochende Milch.

Das würde er nicht noch einmal aushalten.

Martin Zuber begann am ganzen Körper zu zittern.

Und wollte am liebsten sterben.

»Bitte«, wimmerte er.

Der nasse Sack klebte an seinem Kopf.

»Maul halten, habe ich gesagt«, herrschte ihn sein Folterer an. Der Mann griff an seinen rechten Oberarm. »Los, steh auf.«

Martin Zuber erhob sich mithilfe des Mannes; seine Beine waren weich wie Pudding.

»Lauf!«

Mit zittrigen Knien setzte er einen Schritt vor den anderen. Beim dritten wurde ihm bewusst, dass man ihn dieses Mal nicht aus dem Raum schliff, sondern er gehen durfte.

Hoffnung keimte in ihm auf. Vielleicht war sein Martyrium ja beendet. Er zählte die Schritte auf dem Weg wohin auch immer; es half ihm, Kontrolle über seine Gedanken zu bekommen. Den dumpfen Schmerz weiter unten versuchte er zu ignorieren und damit die Panik im Zaum zu halten – sie schwappte immer noch dicht unter der Oberfläche seines Bewusstseins hin und her, bereit, jederzeit wieder an die Oberfläche zu schießen.

Sechsundzwanzig Schritte geradeaus, dann hörte er: »Halt!«

Eine Tür wurde geöffnet, und er wurde seitlich in einen Raum gezogen. Der eiserne Griff um seinen Oberarm führte ihn zu einem Stuhl und drückte ihn darauf nieder. Die Erwartung von Fesseln an Armen und Beinen wirbelte sein Inneres auf. Schaumkronen der Panik kräuselten die Oberfläche seines Bewusstseins.

»Bleib ruhig sitzen, dann passiert dir nichts, aber wehe, du bewegst dich!« Er hörte, wie der Mann den Raum verließ. Die Tür wurde geschlossen, ein Riegel vorgeschoben.

Langsam verstand er: Sein Folterer wartete auf jemanden. Aber auf wen? Den zweiten Mann? Oder noch weitere?

Der nasse Sack machte das Atmen schwer, trotzdem versuchte er mit kontrollierten Atemzügen, sich zu beruhigen. Und klar zu denken.

Keine Fesseln. Gut. Vielleicht hatten sie endlich verstanden, dass er tatsächlich nichts wusste. Wer konnte *das* auch aushalten, ohne zu reden? Er jedenfalls nicht. Und so hatte er geredet. Dass Jun Ji Bao ihn unzählige Male angerufen hatte, um von ihm zu erfahren, was bei *GenTech* vor sich ging. Warum man sie aus bestimmten Abläufen ausschloss, was es mit Produkt X auf sich hatte. Aber er hatte doch von alldem genauso wenig Ahnung wie sie. Wang enthielt auch ihm alles vor.

Da!

Ein Geräusch!

Oder doch nicht?

Bewegungslos saß er da und lauschte. Nur das Summen einer Klimaanlage verhinderte vollkommene Stille.

Nein, da war nichts, er hatte sich getäuscht und nahm den Faden wieder auf. Er musste jetzt klug vorgehen, sagte er sich und legte sich in Gedanken eine Strategie zurecht. Ja, das könnte klappen. Er musste vor allem die Tatsache ausnutzen, dass er seine Entführer und Folterer bisher nicht gesehen hatte. Sie überzeugen, dass er keine Gefahr darstellte, sie ihn ohne Risiko gehen lassen konnten. Sollten sie doch mit Produkt X machen, was sie wollten. Was immer es auch war. Wenn er hier raus war, würde er seine *GenTech*-Anteile verkaufen und mit Helena irgendwo ein neues Leben beginnen. Und diese Typen von der Polizei erbarmungslos jagen lassen. Wang, Lee, oder wer auch immer alles dahintersteckte. Wo kam man denn hin, wenn Chinesen auf deutschem Boden ungestraft deutsche Bürger entführen und foltern konnten? Das war doch hier keine Bananenrepublik, verflixt noch mal!

Schritte vor der Tür rissen Martin Zuber aus seinen Gedanken. Er straffte seinen Oberkörper und legte sich seine ersten Worte zurecht.

優越性

Mittwoch, 3. Juni, 21:41, Keller, Shenzhen

Der Riese wandte sich an Boxernase: »Habt ihr sie vor der Fahrt hierher durchsucht?«

Sein schlecht riechender Atem direkt vor ihrem Gesicht widerte Maria an. Am liebsten hätte sie ihn von sich gestoßen, doch die auf dem Rücken gefesselten Hände ließen ihr keine Chance. Boxernase schüttelte den Kopf.

»Gut, dann muss ich das wohl tun«, sagte der Riese.

Seine rechte Pranke schoss hervor und umschloss Marias linke Brust unter der weißen Bluse. Sie zuckte zusammen und versuchte sich wegzudrehen. Seine linke Hand packte ihre rechte Schulter und drehte sie zurück. Mit Daumen und Zeigefinger strich er über den weichen Stoff der Bluse. Als er ihre Brustwarze erspürte, kniff er fest zu. Maria schrie auf.

»Ah, das gefällt dir, du magst es gerne ein bisschen härter?«

Maria stand wie gelähmt da. Ihr Herz hämmerte wild. Wieder dieses gemeine Lächeln. Er blickte ihr direkt in die Augen und fuhr seine Hand an ihrem Körper entlang nach unten. Instinktiv spannte sie jeden Muskel an, den er berührte. Die Panik ließ keinen klaren Gedanken zu. Sie suchte fieberhaft nach Möglichkeiten zur Flucht, doch mehr als wirres Zeug schoss ihr nicht durch den Kopf. Er betatschte ihren Hintern und wurde in der hinteren rechten Tasche fündig. Er zog den Umschlag mit dem Geld hervor. Ein fieses Lächeln meißelte sich in sein Gesicht, als er den Inhalt entdeckte.

»Die Braut bringt ihre Mitgift gleich mit, wie nett«, sagte er mit Ironie in der Stimme und warf den Umschlag auf den Tisch. Seine rechte Hand setzte ihre Suche fort und seine Hand fuhr um ihre Hüfte. Verdammt, schoss es Maria durch den Kopf, der Stick! Und der Schlüssel! Sie hielt den Atem an, als seine Finger der Vorderseite immer näher kamen. Nur noch wenige Zentimeter. Dann stieß er auf den Knubbel. Aber auf den größeren in der rechten Vordertasche unterhalb der kleinen Jeanstasche. Er zwängte seine große Hand in ihre Jeans und zerrte das kleine Handy ans Tageslicht.

»Das brauchst du nicht mehr«, meinte er und warf es Boxernase zu. »Schalte es aus.«

Sein Gesicht näherte sich ihrem. Sie drehte ihren Kopf schnell zur Seite. Er griff ihr hart zwischen die Beine. Sie zuckte zusammen. Die Panik schwappte wie ein Tsunami durch ihren Kopf. Sie ahnte, was ihr bevorstand.

»Ich werde dich für deinen neuen Job schon einmal vorbereiten.«

Er zog den Reißverschluss ihrer Jeans herunter und zwängte seinen rechten Zeigefinger erst in ihren Slip und dann in ihren Schritt.

Der Schmerz schoss ihr als Tränen in die Augen. Er bewegte seinen Finger grob in ihr hin und her. Maria riss ihr rechtes Knie nach oben, doch sie verfehlte ihr Ziel, sie traf nur die Innenseite seines linken Oberschenkels. Ruckartig zog er den Finger aus ihr heraus. Sein Blick ließ ihr das Blut in den Adern gefrieren. Sie wusste sofort, dass sie einen Fehler gemacht hatte.

»Oh, du willst es auf die ganz harte Tour«, sagte er. Dieses Mal ohne Lächeln. »Mach sie los.«

Boxernase trat hinter sie und öffnete an der linken Hand die Handschellen. Der Riese zerrte sie zu seinem Schreibtisch. Die Handschellen klirrten an ihrer Hand. Er drückte sie von hinten mit der Hüfte an der Längsseite des Schreibtisches. Seine riesige Pranke griff ihr in den Nacken und zwang ihren Oberkörper flach auf den Schreibtisch. Ihr Kopf hing auf der anderen Seite über den Rand hinaus. Boxernase kam, griff nach ihrem rechten Arm und zog ihn seitlich in die Länge. Sie hörte, wie die Handschelle an Metall befestigt wurde. Boxernase ging auf die andere Seite, zog ihren linken Arm in die Länge und befestigte ihn mit einer weiteren Handschelle am anderen Ende des Tisches. Ihr Oberkörper lag auf dem Schreibtisch wie gekreuzigt. Auf einmal begriff sie: Das passierte hier und so nicht zum ersten Mal.

»Jetzt werde ich dir zeigen, wie man eine gute Hure wird«, sagte er kalt. »Erst ich und dann mein Freund.«

Sie hörte Boxernase kichern.

Der Riese griff ihr von rechts unter dem Bauch hindurch und fummelte am Schloss ihres Gürtels herum.

»Ich habe noch eine bessere Idee«, meinte er, als er den Gürtel geöffnet hatte. »Beide gleichzeitig. Du fickst sie von vorn«, befahl er Boxernase.

Die Panik in ihrem Innern wurde übermächtig. Sie konnte keinen klaren Gedanken mehr fassen.

Plötzlich ein Knall.

Direkt danach noch einer. Irgendwo draußen.

»Was ist da …?« Weiter kam der Riese nicht.

Die Stahltür flog auf.

»Los, von der Frau wegtreten.«

Maria brauchte einen winzigen Augenblick, bis sie die Stimme erkannte.

Han!

Sie versuchte ihren Kopf zur Seite zu drehen, doch sie konnte Han nicht sehen.

»Von der Frau wegtreten, habe ich gesagt. Sofort!«

Boxernase trat einen Schritt zurück.

»Du auch, Dicker. Setz dich da auf den Stuhl!«

Der Riese fand seine Stimme wieder. »Du bist ein toter Mann«, knurrte er.

»Du bist ein toter Mann, wenn du nicht die Klappe hältst, Arschloch. Setz dich auf den Stuhl da.«

Maria hörte, wie der Riese in ihrem Rücken vom Schreibtisch wegtrat und sich auf den Stuhl setzte, der unter dem Gewicht knarrte.

»Und du, mach sie los.«

Boxernase lief zur Seite des Schreibtisches und löste die linke Handschelle. Dann zurück an ihr vorbei zur rechten. Maria richtete sich auf und schloss den Gürtel ihrer Jeans. Sie drehte sich um. Han stand mit einer Pistole im Anschlag neben der Tür. Der Riese saß auf dem Stuhl, auf dem sie vorhin gesessen hatte, und funkelte sie böse an.

»Ihr kommt hier nicht lebend raus.«

Han ignorierte ihn. »Hol die Handschellen, Maria.«

Mit schnellen Schritten lief Maria zurück zum Schreibtisch und sammelte alles ein. Handschellen. Umschlag. Handy.

»Hände hinter den Rücken, alle beide!«, befahl Han ruhig und zielte erst auf den Kopf des Riesen, dann auf den Kopf des zweiten Mannes. »Und versucht bloß keine Tricks.«

Die beiden Männer gehorchten. Maria verstaute Umschlag und Handy in ihren Jeanstaschen, ging schnell von einem zum anderen und fesselte die Hände.

»Wer hat die Schlüssel für den Transporter draußen?«

Der Dicke warf dem anderen Mann einen fragenden Blick zu.

»Der Typ vor der Tür.«

»Gut. Los, Maria, wir müssen weg.«

Han öffnete die Tür. Maria blickte in einen schmalen Gang, in dem zwei Wandleuchten auf jeder Seite ihr schummriges Licht auf dunkelrote Tapeten und einen Teppichboden in der gleichen Farbe warfen. Am Ende führten Stufen nach oben. Kurz vor der Treppe lag ein Körper. Er bewegte sich nicht. In der Ferne klangen Polizeisirenen. Sie kamen näher. Maria sperrte die Tür auf. Han lief an ihr vorbei. Sie folgte ihm und schmiss die Tür hinter sich zu. Auf halbem Weg zur Treppe bückte sich Han und hob etwas auf. Er hielt ihr eine Pistole hin und deutete auf den Mann vor der Treppe. Eine Pfütze aus Blut schimmerte unter dem Körper im Halbdunkel. Aus der Hosentasche des Mannes holte Han ein kleines Schlüsselbund und stürmte die Stufen nach oben. Die Sirenen wurden lauter. Oben stand die Eingangstür offen. Han stellte sich in den Schatten der Tür, Maria sich ihm gegenüber. Beide lugten sie zeitgleich nach draußen. Keine zwanzig Meter zur Rechten stand der weiße Lieferwagen. Die Sirenen fuhren in ihre Richtung. Galten sie ihnen? Hatte jemand die Schüsse gehört? Han rannte zur Fahrertür, Maria zur anderen Seite, und beinahe zeitgleich stiegen sie ein. Die zuschlagenden Türen hallten durch die enge Gasse. Mit aufheulendem Motor fuhr Han los und bog am Ende der Gasse nach links ab. Eine Straße in einem modernen Gewerbegebiet. Wie ausgestorben. Dunkle Glasfassaden schimmerten auf beiden Seiten im Licht der Straßenlaterne. Nur in wenigen Gebäuden war noch Leben. Die wenigen hellen Quadrate in den Fassaden verrieten die letzten fleißigen Bienen. Eine rote Ampel an einer Kreuzung zwang sie zum Anhalten. Die Sirenen waren jetzt in unmittelbarer Nähe. Irgendwo vor ihnen. Die dazugehörigen beiden Fahrzeuge rasten an der Kreuzung von rechts kommend hinter einem Bürokomplex hervor, bogen mit hoher Geschwindigkeit und quietschenden Reifen um die Ecke und sausten an dem weißen Lieferwagen in Gegenrichtung vorbei. Als die Ampel auf Grün schaltete, sah Maria im Rückspiegel, wie die Bremsleuchten der beiden Polizeifahrzeuge aufleuchteten und sie rechts in der schmalen Gasse verschwanden. Han bog an der Kreuzung nach links ab, und sie tauchten im Gewühl des nächtlichen Verkehrs unter.

Maria zerriss die einsetzende Stille.

»Ich dachte, du hättest mich verraten«, sagte sie. Mit jedem

Wort, das sie aussprach, fing sie stärker an zu zittern. Die Angst und Anspannung der letzten Stunde fielen von ihr ab. Tränen liefen ihr die Wange herunter. Der Negativabzug ihres Lebens war bittere Realität geworden. Von nun an gab es endgültig kein Zurück mehr.

»Danke«, sagte sie schluchzend, jede Faser ihres Körpers stimmte in das Zittern ein. Han legte ihr beruhigend eine Hand auf den Oberarm. Langsam ebbte das Vibrieren der Muskeln ab; ihr Körper beruhigte sich.

»Wie hast du mich gefunden?«, fragte sie und wischte sich eine Träne aus dem rechten Augenwinkel.

»Auf deinem Handy ist eine Tracking-App installiert. Nicht lange nachdem du weg warst, erhielt ich von unseren Leuten einen Anruf. Sie haben Tian Li gefunden. Er ist tot. Da wusste ich, dass du in Gefahr bist. Hast du Stick und Schlüssel noch?«

»Ja. Wer waren diese Leute?«

»Keine Ahnung, irgendwelche Gangster«, antwortete Han. »Aber die entscheidende Frage ist: Wie haben sie von dir erfahren?«

Hans Frage war nicht an Maria gerichtet, sie schwebte zwischen ihnen auf der Suche nach einer passenden Antwort. Schließlich meinte Han: »Vielleicht haben wir irgendwo einen Maulwurf.«

Er steuerte den weißen Kleintransporter auf den Parkplatz eines Supermarktes und suchte sich eine abseits gelegene Parktasche.

»Maria, steig aus, wir müssen das Fahrzeug wechseln, nach diesem wird vielleicht schon gefahndet.«

Sie verließen den Parkplatz und überquerten die Straße. Auf der gegenüberliegenden Seite warfen Straßenlaternen ihr Licht auf eine Reihe von sechsstöckigen Bürogebäuden. Nirgends brannte noch ein Licht. Auch die Geschäfte und Läden im Erdgeschoss waren alle dunkel. Han steuerte auf eine Baulücke zwischen zwei Gebäuden zu. Dahinter öffnete sich ein riesiges, planiertes Areal. Im Halbdunkel versteckten sich Baumaschinen; Maria erkannte Bagger, Raupen und einen Kran. Han zog sie in den Schatten eines der mehrstöckigen Gebäude. An der Rückwand eines Lebensmittelgeschäfts fanden sie eine weiße Bank aus Plastik neben der Hintertür. Als sie sich darauf niederließen, fegte ein kühler Wind über das Areal. Maria schlang die Arme um ihren Körper und rieb die Gänsehaut auf ihren Armen. Han holte sein altes Handy hervor, tippte kurz darauf herum und steckte es wieder ein.

»Und jetzt?«, fragte Maria.

»Wir warten hier, bis wir abgeholt werden.«

»Warum hier?«

»Hier sind keine Kameras.«

»Kommst du aus Shenzhen?«, fragte sie unvermittelt.

»Nein, wieso?«

»Weil du scheinbar überall Orte kennst, die nicht überwacht werden.«

Er wandte seinen Kopf von ihr ab und starrte in die Dunkelheit. Ohne sie anzusehen, meinte er: »Wir aktualisieren ständig unsere Karten, die Lücken in der Überwachung werden immer kleiner, aber noch gibt es sie.«

Han drehte sich zu ihr um und blickte ihr direkt ins Gesicht. »Haben die Männer im Keller dir gesagt, was sie von dir wollten? Außer dich zu vergewaltigen, meine ich.«

»Sie wollten mich verkaufen, wahrscheinlich an einen Zuhälter. Da bekämen sie mehr für mich als bei der Polizei.«

»Gut.«

»Gut?«

»Entschuldige, das habe ich nicht so gemeint. Ich wollte damit sagen, dass sie anscheinend nicht wussten, warum du eine Illegale bist. Und das ist gut.«

Sie schwiegen für eine Weile, beide hingen ihren Gedanken nach.

»Das wäre beinahe übel ausgegangen«, sagte Maria schließlich, während sie weiterhin in die Dunkelheit starrte.

»Ich will ehrlich zu dir sein«, entgegnete Han. Seine Stimme hatte plötzlich einen düsteren Klang. »Wahrscheinlich ist das, was der Zuhälter dir angetan hätte, nichts im Vergleich zu dem, was unser Staat dir antut, wenn er dich in die Finger kriegt.«

Maria schaute ihn erschrocken an. »Wie kommst du darauf?«

»Du hast doch den Auftritt deiner Tante im deutschen Fernsehen gesehen, oder?«

»Natürlich.«

»Mit den Unterlagen, die in Berlin auf dich warten, bist du jetzt vielleicht das, was deine Tante zu werden glaubte.«

Sie brauchte einen Augenblick, bis sie Hans Satz entschlüsselt hatte, dann murmelte sie erschrocken vor sich hin: »Oh nein, Staatsfeind Nummer eins!«

優越性

Mittwoch, 3. Juni, 21:57, Keller, Berlin

Lee erschrak, als er Martin Zuber wiedersah. Nackt auf einem Stuhl, Oberkörper und Beine von dunklen Blutergüssen übersät, die Genitalien knallrot, sein Kopf von einem schwarzen Sack verhüllt. Es war zwar nicht sein erster Gefolterter, aber in den Lagern der Regierung in Xinjiang hatte er sie nur über Monitore aus einem Kontrollraum heraus betrachtet. Sein Besuch damals bei der Eröffnung des ersten sogenannten Schulungszentrums war unumgänglich, wollte er sich Folgeaufträge sichern. Voller Stolz hatten seine Experten den Parteiverantwortlichen die lückenlose Überwachung der Inhaftierten präsentiert, die selbst vor den intimsten Örtlichkeiten nicht zurückschreckte. In den Befragungsräumen, in denen auch viele Folterungen stattfanden, wurde alles gleich aus mehreren Perspektiven aufgenommen. Einige der Inhaftierungsgründe fand Lee ziemlich übertrieben, hatte aber natürlich nichts gesagt und nur gelächelt, als Chen Quanguo, der Parteichef der Provinz Xinjiang, ihm die Gründe auflistete. Der Besitz eines Korans reichte schon, um für viele Jahre weggesperrt zu werden. Lee war Chen zuvor noch nie begegnet, aber sein legendärer Ruf eilte ihm voraus, seitdem er als Parteichef von Tibet die Unabhängigkeitsbestrebungen der Einheimischen im Auftrage Pekings genauso brutal wie erfolgreich unterdrückt hatte. Nur die spärlich gewordenen Selbstverbrennungen meist junger Tibeter zeugten noch von den kargen Überresten ihres Widerstandsgeistes. Doch über die sah man in Peking mit einem Achselzucken hinweg, wie ein hoher Parteikader Lee bei einem Sektempfang in der Shanghaier KP-Zentrale anvertraut hatte. Chens Tibet-Mission galt als großer Erfolg. Nun sollte er ihn bei den Uiguren wiederholen.

Damals auf den Monitoren waren die Gefolterten Lee beinahe wie Figuren aus einem Videospiel vorgekommen, zumal der Ton ausgestellt war. Jetzt einen Gemarterten im direkten Angesicht vor sich zu haben, war schon etwas anderes.

»Ich möchte etwas sagen«, erklang Zubers Stimme dumpf unter dem Sack und holte Lee aus seinen Erinnerungen.

Sofort erhielt Zuber von dem Mann, in dessen Haus sie sich befanden, einen Schlag gegen den Hinterkopf. »Maul halten.«

Gleich bei der Vorstellung am Nachmittag hatte Lee den Hausherren Chen Yun unsympathisch gefunden. Den bulligen Schädel mit Haaren schwarz wie Krähenfedern. Die kalten Augen, die schlechten Zähne. Wenn er sprach, wurden seine Worte vom fiesen Atem eines starken Rauchers begleitet. Von Wang wurde er als ehemaliger Schulkamerad und befreundeter Unternehmer vorgestellt.

Lee kannte diese für Geheimdienstler typische Attitude. Immer nur das Nötigste preisgeben, und wenn, dann nur Falschinformationen. Auch der Kellerraum erzählte keine Unternehmergeschichte. Nackte Betonwände, an der Decke zwei kalte helle Neonröhren. Dazwischen hing eine Kette herab, an dessen Ende Handfesseln baumelten. Mit einem Flaschenzug ließ sich die Kette in die Höhe ziehen. Auf einem Edelstahltisch an der Seitenwand stand ein schwarzer Kasten mit einer Voltanzeige. Seitlich ragten zwei lange Kabel mit Elektroden an den Enden heraus, eines rot, das andere schwarz. Sie lagen in ungeordneter Drapierung auf dem Tisch. Daneben aufgereiht Knüppel in harter und weicher Ausführung, Zangen, Skalpelle und weitere Folterinstrumente, die Lee nicht kannte. Den Abschluss der Reihe bildete eine Pistole. Das schwarze Metall schimmerte bläulich im Neonlicht. Zuber saß auf einem Metallstuhl, direkt unter ihm das quadratische Metallgitter eines Abflusses im Betonboden. Lee hatte schon davon gehört, dass bei extremer Angst die Schließmuskeln nachgaben. Hatte sich Zuber unter der Folter vollgepisst? Doch die viel wichtigere Frage war: Wie viel würde hiervon nach Peking dringen?

Wang hatte ihm heute Nachmittag das Zuber-Problem ausführlich geschildert. Was der Mann unter Folter gesagt hatte und was nicht. Dass er bedeutend weniger wusste, als sie zunächst vermutet hatten. Aber doch genug, um ihnen Probleme zu bereiten. Lee hatte nachgefragt, ob er sicher sei, dass Zuber nichts verberge. Martin Zuber sei ein Weichei und kein James Bond, hatte Wang gemeint, selbst den hätten sie wohl mit ihren Methoden zum Reden gebracht. Lee war klar, warum Wang ihn in die Zuber-Sache mit reinzog. Selbstschutz. Sollten sie auffliegen, konnte Wang nicht mehr als alleiniger Sündenbock vorgeschoben werden. Mit falscher Demut hatte Wang gesagt, dass die Entscheidung über Zubers Zukunft seine Befugnisse überschritten hätte und nur er, Lee, diese treffen könnte.

Zu Hause hatte Lee für alles irgendeinen Problemlöser, doch hier war er auf sich gestellt. Niemand würde die Zuber-Sache für ihn bereinigen. Das musste er schon selbst tun. Er führte Daumen und Zeigefinger seiner rechten Hand mehrmals schnell aneinander und zeigte dann auf Zuber. Chen verstand die Geste und meinte: »Okay, rede!«

»Ihr könnt mich doch gehen lassen«, begann Zuber sofort und drehte dabei den Kopf ein wenig hin und her, als wolle er alle im Raum damit ansprechen. »Ich habe kein Gesicht gesehen. Ich weiß nicht, wer ihr seid oder wo ich bin. Betäubt mich und setzt mich irgendwo aus. Ich vergesse das alles hier einfach. Okay?«

Bereits heute Nachmittag hatte es ein stillschweigendes Einvernehmen über die einzig mögliche Entscheidung gegeben. Weder Wang noch Lee hatten sie ausgesprochen, sich stattdessen nur angestarrt. Und zugelächelt.

Wang ging zu dem Metalltisch, schnappte sich die Pistole, kam zu Lee und reichte sie ihm. Lee starrte auf die Waffe in Wangs Hand. Er hatte noch nie einen Menschen getötet. Nur Tiere. Auf der Jagd. Sein ältester Freund hatte ihn einmal flüsternd gefragt, während sie auf einem Hochsitz auf der Lauer lagen, ob er sich schon einmal vorgestellt hätte, auf einen Menschen zu schießen. Als Lee stumm geblieben war, hatte sein Freund gesagt: »Wir sind doch auch nur Tiere, bloß intelligentere.«

Der Mann mit dem schwarzen Sack über dem Kopf verwandelte sich für Lee gerade in ein Tier.

Ein Tier, das allem im Weg stand, was ihm wichtig war.

Lan Bings Liebe, Chinas glorreiche Zukunft, vor allem aber seine Unantastbarkeit.

Es musste weg.

Lee nahm Wang die Waffe aus der Hand und zielte auf Martin Zubers Kopf.

優越性

Mittwoch, 3. Juni, 22:11, Keller, Berlin

Stille kann ohrenbetäubend sein. Martin Zuber spürte die Spannung in der Luft, auch wenn er nichts sehen konnte. Sie dachten vermutlich über seinen Vorschlag nach. Noch hatte er keine Antwort erhalten.

Auf einmal war er sich sicher. Sie würden ihn laufen lassen. Ganz bestimmt. Plötzlich wusste er, dass Wang hier im Raum war.

Vielleicht sogar Lee.

Ja, sie würden ihn laufen lassen.

Denn wenn nicht, gab es nur eins, aber das würden sie nicht tun. Ganz sicher nicht. Wang war ein Arschloch, das ja, aber ein Mörder? Gut, er hatte gehört, dass in China ein Menschenleben nicht viel wert war, aber ein Mord auf deutschem Boden? Von seinem Geschäftsführerkollegen? Das konnte er sich beim besten Willen nicht vorstellen. Nicht bei einem Mann mit einer solchen Stimme. Der letzte Gedanke ließ Zuber unter dem schwarzen Sack lächeln. Und Lee? Einer der reichsten Männer Chinas? Befiehlt oder begeht einen Mord in einem fremden Land?

Nein, das würde nicht passieren.

»Okay?«, fragte er erneut.

Für einen Augenblick sah sich Zuber mit Helena auf der Terrasse seiner zukünftigen Villa auf seiner Lieblingsinsel Kos sitzen, jeder ein Glas gekühlten Sauvignon Blanc in der Hand, und vor ihnen ging im Meer die Sonne unter. Doch statt eines sanften

Wellenrauschens hörte er das leise Klacken beim Umlegen eines Sicherungsbügels.

Es war das letzte Geräusch in seinem Leben.

Den Schuss hörte er nicht mehr. Als die Schallwelle sein Gehör erreichte, hatte ihm die Kugel bereits das Gehirn zerfetzt.

優越性

Mittwoch, 3. Juni, 22:12, Keller, Berlin

Chen ließ die Waffe sinken, nachdem sein Schuss verhallt war.

»Ich kann mir leichter einen Diplomatenausweis besorgen als Sie, falls es hart auf hart kommt«, meinte er an Lee gewandt, dem er die Waffe aus der Hand genommen hatte. Lee starrte auf Zubers Leiche; sie war nach dem Schuss vom Stuhl gefallen, eine rote Lache breitete sich unter dem schwarzen Sack aus. Lee stand erstarrt da, er hatte noch nie einen Menschen sterben sehen. Chen steckte sich eine Zigarette an und blies den Rauch in die Luft.

»Ihr beiden verschwindet jetzt, und ich entsorge das hier«, meinte er und entblößte dabei seine vergilbten Zähne, während sein rechter Fuß gegen Zubers Leiche tippte. Das Tier ist erledigt, schoss es Lee durch den Kopf. Der Gedanke löste ihn aus seiner Erstarrung. Er schaute Wang an, der kreidebleich war. Lee straffte seinen Oberkörper und wandte sich an Chen: »Martin Zuber gehörte zu meiner Firma. Deshalb werde ich Peking hiervon unterrichten, nicht Sie«, sagte Lee scharf und blickte dem Mann vom Geheimdienst direkt in die Augen. »Ist das klar?«

Der zuckte nur mit den Schultern.

»Von mir aus«, erwiderte er und legte die Pistole auf den Tisch. »Peking erwartet schon lange keine Berichte mehr von mir. Nur Ergebnisse.«

Lee sah, wie die Blutlache sich seinen Schuhen näherte.

»Los, gehen wir«, meinte er und verließ den Raum. Er hörte, wie Wang ihm folgte.

Oben im Flur hinter der Eingangstür wartete Lee, bis Wang ihn erreicht hatte. Sein Blick ging immer noch ins Leere.

»Gehen wir nach draußen«, sagte Lee und öffnete die Tür. »Frische Luft wird Ihnen guttun.«

Im Vorgarten der Villa empfing sie laue Luft und der Ruf eines Uhus. Die mit hellem Stein gepflasterte Einfahrt säumten zu beiden Seiten bunt blühende Beete. Bodenleuchten tauchten sie in warmes Licht. Es war jetzt fast Nacht. Nur ein letztes rotes Glimmen über den Bäumen erinnerte noch an den Tag.

»Reißen Sie sich zusammen, Mann«, flüsterte Lee. »Sie haben die richtige Entscheidung getroffen. Zuber war eine Gefahr für uns alle.«

Wang nickte mit nachdenklicher Miene im Schein der Lampe über der Eingangstür.

»Ist er zuverlässig?«, schob Lee immer noch flüsternd hinterher und deutete mit dem Kopf in Richtung der Haustür.

Wang fand seine Stimme wieder.

»Ja, er weiß, was er tut«, antwortete er leise.

»Gut, wir müssen als Erstes schnell einen neuen deutschen Sprecher der Geschäftsführung finden. Es ist wichtig, dass *GenTech* in der öffentlichen Wahrnehmung ein deutsches Unternehmen ist.«

»Jetzt schon?«, fragte Wang verwundert. »Ist das nicht ein bisschen früh?«

»Seien Sie diskret. Gehen Sie über Headhunter, das wird sowieso einige Zeit in Anspruch nehmen. Bis dahin wird Zuber schon so lange verschollen sein, dass die Verkündung eines neuen Sprechers nur logisch erscheinen wird.«

Lee konnte sehen, wie Wang nachdachte. Vermutlich ging er die Liste der infrage kommenden Headhunter durch. Schließlich fragte er: »Kann ich sonst noch etwas tun?«

»Ja, bringen Sie mich jetzt ins Hotel.«

優越性

Mittwoch, 3. Juni, 22:29, Wohngebiet, Berlin

Unter der schimmernden Sternendecke saß Robert in seinem BMW und zermarterte sich den Kopf. Hatte er tatsächlich einen Schuss gehört, oder bildete er sich das nur ein? Auf dem Rückweg zu seinem Auto war er erneut an Grundstück Nummer dreiundvierzig vorbeigelaufen, und plötzlich war da dieses Geräusch gewesen. Robert hatte schon genug Schüsse in seinem Leben gehört. Dieser klang extrem gedämpft, wie hinter sehr dicken Mauern abgefeuert, aber Robert hätte schwören können, dass es ein Schuss war.

Oder doch nicht? Spielte sein Hirn ihm ein Streich?

Eine Bewegung riss ihn aus seinen Gedanken. Im Licht der Straßenlaternen sah er, wie das Eingangstor von Grundstück dreiundvierzig sich öffnete. Er schnappte sich die Kamera vom Fahrersitz, richtete das Teleobjektiv auf die Einfahrt und fotografierte Lee und Wang, als sie auf den Bürgersteig traten. Sie überquerten die Straße, liefen auf dem Bürgersteig ein Stück die Straße entlang, bis sie die erste Querstraße erreichten und dort aus Roberts Blickfeld verschwanden. Er hatte schon den Finger auf dem Starterknopf, als ihn ein Gedanke durchzuckte. Wenn es ein Schuss war, dann würde die Action hier spielen.

Die Optionen wehten in seinen Gedanken hin und her. Am Ende entschied er sich für sein Bauchgefühl und nahm den Finger vom Knopf. Er schaute auf das Display seines Handys und gab sich bis genau null Uhr. Bis dahin musste der Bewohner von Nummer dreiundvierzig aufgetaucht sein.

Noch achtundachtzig Minuten.

Er stellte die Stoppuhr seines Handys ein und legte sich auf die Lauer.

Die Uhr hatte erst wenige Minuten heruntergezählt, als die Lichter im Vorgarten von Hausnummer dreiundvierzig erloschen. Kurz danach leuchtete im Obergeschoss das mittlere der drei Fenster auf. Robert versuchte durch das Teleobjektiv mehr zu erfahren, doch Gardinen verwehrten ihm den Einblick. Dann war plötzlich alles dunkel und still. Dabei blieb es.

Robert hasste das Nichtstun, das Schweigen. Zu viel Schweigen führte nur zu Grübeleien, nährte das Dunkel in seiner Seele, in dem die Zeit langsamer floss und vor Angst stockte. Die Bilder der letzten Nacht klopften an die Pforten seiner Erinnerung. Er sehnte sich nach einem Drink, aber er hatte nie Alkohol im Auto. Egal, wie sehr er sich auch gegen die Pforten lehnte, die Bilder waren stärker. Sie drängten hinein und seine Gedanken in einen dichten Dschungel diffuser Hoffnungslosigkeit. Was, wenn Aylien in irgendeinem Verlies hauste und darum betete, von ihm gerettet zu werden? Doch er kam nicht. Was, wenn sie ihn inzwischen dafür hasste?

Sein Blick ging zum Timer des Handys. Noch vierundsechzig Minuten. Die Langeweile ließ seine Gedanken schweifen, und Robert übermalte die Leinwand seiner Fantasie. Er sah Aylien auf einem Schulhof. Sie trug eine Schuluniform wie alle anderen und spielte mit ihren Freundinnen Fangen. Er hörte die juchzenden Schreie der Kinder. Eine mächtige Rotbuche spendete ihnen Schatten. Der Himmel war blau. Gleich würde ihre neue Mama kommen und sie von der Schule abholen. Sie umarmen. Sie mitnehmen in ihr neues Zuhause. Als Aylien die Haustür öffnete, pinkelte ihr neuer Hund, ein wenige Wochen alter Labrador, vor Freude auf den Boden. Robert lächelte in sich hinein. Der Hund war das letzte Mal hinzugekommen. Jedes Mal, wenn er den inneren Projektor anschmiss, kamen neue Details hinzu. Manchmal war es einfach besser, sich in die warme Decke einer Lüge zu hüllen, als fröstelnd durch die kalte Wahrheit zu laufen.

Im Haus dreiundvierzig ging im ersten Stock hinter einem kleinen Fenster Licht an, und die Kinovorstellung war zu Ende. Robert starrte gebannt auf das Haus. Passierte endlich etwas? Nach kurzer Zeit erlosch das Licht wieder. Robert wartete auf das Aufleuchten weiterer Fenster oder gar der Außenbeleuchtung, doch Fehlanzeige. Alles blieb ruhig und dunkel. Verdammt. Ein Gedanke ploppte an der Oberfläche seines Bewusstseins auf, ein Gedanke, der in letzter Zeit immer häufiger aufgetaucht und letztendlich zu einer Erkenntnis geworden war, gegen die er sich aber wehrte: Er würde Aylien im Darknet nicht finden. Inzwischen war zu viel Zeit vergangen. Die Wahrscheinlichkeit, dass sie dort noch aufzuspüren war, nahm mit jedem Tag ab. Das zu erkennen war die eine Sache. Damit zu leben eine ganz andere. Die Hoffnung, ein wie auch immer versehrtes Kind zu finden, war ihm insgeheim lieber, als die Aussicht, nicht den geringsten Ansatzpunkt für eine Suche zu haben. Dass sie noch lebte, spürte er mit jeder Faser seiner Seele. Daran gab es für ihn nichts zu rütteln. Eine Träne lief ihm die linke Wange herunter. Mit einer unwirschen Handbewegung wischte er sie weg. Doch es kamen immer mehr, sie strömten sein Gesicht herunter, und er war machtlos, sie aufzuhalten, so als ob sie den ganzen angesammelten Schmutz der letzten Jahre aus ihm rauswaschen wollten, während sein Körper gleichzeitig von einem Schluchzen aus tiefster Seele überwältigt wurde. Als er sich beruhigt und die feuchten Wangen mit einem Taschentuch getrocknet hatte, fühlte er sich wie von einer Last befreit. Beinahe unbeschwert. Ein Zustand, den er schon lange nicht mehr kannte. Er beschloss, die Darknet-Suche ein für alle Mal zu beenden.

Robert blickte auf die Uhr im Armaturenbrett; die Hälfte der anvisierten Observierungszeit war vergangen. Bei Minute siebenundvierzig beschlich ihn zum ersten Mal das Gefühl, dass seine Intuition ihn betrogen hatte.

優越性

Mittwoch, 3. Juni, 22:55, Keller, Shenzhen

Eine Berührung an der Schulter ließ Maria hochschrecken; sie war eingenickt. Benommen blickte sie sich um und entdeckte Han. Er stand vor dem Sofa und schaute auf sie herab. Nur die Konturen seines Gesichts zeichneten sich ab. Die einzige Lichtquelle war das Leuchten der zahlreichen Monitore am Ende des Raums, begleitet von dem monotonen Surren der Computer. »Entschuldige, ich wusste nicht, dass du geschlafen hast.«

Trotz einer Klimaanlage war die Luft stickig und feucht. Han holte sein Handy hervor und schaltete die Taschenlampe ein.

»Hier ist Essen für dich«, sagte er und leuchtete mit dem Handy auf den flachen Tisch vor dem Sofa.

»Danke. Wie spät ist es?«

»Kurz vor elf.«

Sie hätte gerne länger geschlafen; die Aufregung der letzten Stunden forderte ihren Tribut. Ein dunkler SUV hatte sie von dem Baugrundstück abgeholt und eine Viertelstunde später in einer schmalen Gasse vor einer Wäscherei abgesetzt, umgeben von zweistöckigen lang gestreckten Mietskasernen mit schmutzigen Fassaden. An manchen bröckelte der Putz. Armut hing über dem Viertel wie eine dunkle Wolke. Ein junger hübscher Kerl um die zwanzig mit schmalem Gesicht, zurückgekämmten Haaren und durchdringenden Augen hatte die Tür der Wäscherei geöffnet und geflüstert: »Los, rein mit euch, schnell.«

Der junge Mann hatte sich draußen rasch nach allen Seiten

umgeschaut, bevor er die Tür schloss. Im Schein seiner Taschenlampe waren sie in den hinteren Bereich gelaufen. Dort wischte der Lichtschein über eine Reihe mannshoher Waschmaschinen, bevor er auf der zweiten von rechts verharrte. Auf der runden Waschmaschinentür sahen sie ein aufgeklebtes Blatt Papier im Licht. Große Schriftzeichen wiesen die Maschine als defekt aus. Der junge Mann öffnete die Tür, beugte sich in die Maschine und schob den unteren Teil der silbern glänzenden Trommel zur Seite. Eine dunkle Öffnung kam zum Vorschein. Mit der Taschenlampe strahlte er in das Loch; im Lichtschein waren die Sprossen einer Leiter zu erkennen. Er kletterte voran und leuchtete den anderen von unten den Weg. Hinter ihnen schob er das bewegbare Trommelstück von unten wieder in seine ursprüngliche Position. Mit der Taschenlampe wies er Han und Maria einen Platz auf einem fleckigen braunen Ledersofa zu und setzte sich vor die Bildschirme. Kaum hatte Maria sich auf das Sofa fallen lassen und ihren Kopf angelehnt, war sie eingeschlafen.

Der Geruch von gebratenem Gemüse mit Reis ließ Maria jetzt das Wasser im Mund zusammenlaufen. Gierig schob sie sich mit den Stäbchen das Essen in den Mund.

»Und nun?«, fragte sie nach dem letzten Bissen, während sie aufstand und zu dem jungen Mann lief. Auf den Bildschirmen vor ihm rauschten Zahlenfolgen wie Wasserfälle in die Tiefe, mit unablässigem Nachschub vom oberen Bildrand.

»Netter Screensaver«, meinte Maria und setzte sich neben den jungen Mann. »Ich heiße Maria«, fuhr sie fort und streckte ihm die Hand hin.

»Keine Namen«, brummte er zurück und sah sie ein wenig länger an, als es für den kurzen Satz nötig gewesen wäre.

»Du kennst meinen doch auch.«

»Das ist etwas anderes.«

»Ist schon okay«, meinte Han von hinten. »Denk dir einen aus.«

Sein Blick hing für kurze Zeit in der Luft, dann sagte er todernst: »Jackie Chan Junior. Es ist mir ein Vergnügen, Maria.«

Maria lachte auf. Ihr Gelächter hallte von den nackten Betonwänden wider. Das Lachen tat ihr gut, und sie merkte, wie lange sie schon nicht mehr gelacht hatte. »Okay, dann bin ich Maria Callas, Jackie.«

Jackie warf ihr einen Blick voller Fragezeichen zu. Anscheinend hatte er den Namen noch nie gehört.

»Was machst du hier mit den ganzen Computern?«, schob Maria rasch hinterher. Die Fragezeichen verflüchtigten sich.

»Ich kämpfe«, entgegnete Jackie mit stoischer Miene. »Wenn unsere Regierung einen Krieg gegen ihr eigenes Volk mit digitalen Mitteln führt, dann muss auch unser Abwehrkampf hauptsächlich digital erfolgen. Die Kommunistische Partei versucht mit ihren Algorithmen die perfekte digitale Sklaverei zu erschaffen, und unsere Algorithmen suchen die Fehler und Schwachstellen in ihren.«

Er schaute Maria an, als erwartete er ihre Zustimmung. »Wir versuchen überall, in ihre Systeme einzubrechen. Uns Informationen zu holen.« Seine Finger flogen über die Tastatur. »Ich versuche gerade herauszufinden, ob du schon gesucht wirst.«

Wenige Augenblicke später verschwanden auf dem mittleren Bildschirm die Zahlenkaskaden. Ihr Bild erschien, aufgenommen von der Kamera schräg gegenüber von dem vergitterten Eingangstor ihres Hauses in Wuhan. Maria trug das blaue Sommerkleid; das Foto stammte also von gestern. Jackie zoomte auf ihr Gesicht, es war gestochen scharf.

»Mist, du stehst auf den Fahndungslisten ganz oben. Das System kennt sogar dein Bewegungsprofil.«

Maria drehte sich hilfesuchend zu Han um, doch Han hatte sein Handy am Ohr. Er redete so leise, dass Maria es nicht verstehen konnte. Sie wandte sich wieder Jackie zu. »Haben die Kameras in dieser Straße nicht gesehen, wie ich hier angekommen bin?«

Jackie grinste. »Nein, wir haben Videosequenzen in ihr System geschleust, auf denen in unserer Straße immer alles ganz harmlos ist.«

Maria hörte, wie sich Han von hinten näherte.

»Wir müssen dein Aussehen verändern«, meinte Han, während er sich mit seinen Armen auf der Rückenlehne von Marias Bürostuhl abstützte. »Und deinen Gang.«

Maria schaute zu ihm hoch. »Wie soll das gehen?«

»Das wirst du gleich sehen.«

Gut zehn Minuten später meldete ein Glockenton das Eintreffen einer Nachricht auf Hans Handy. »Okay, sie ist da.«

Jackie kletterte in die Trommel und kehrte nach einer Weile mit zwei kleinen, würfelförmigen Koffern zurück. Hinter ihm stieg eine zierliche, grauhaarige Frau die Stufen herunter. Sie ging schnurstracks zu Maria und setzte sich auf Jackies Stuhl. Sie sah Maria an, als wollte sie mit einem einzigen Blick alles erfassen. Ihre Augen waren von Lachfältchen umzingelt.

»Gut, das sollte gehen«, sagte sie mehr zu sich selbst als an Maria gerichtet.

Und öffnete ihre Koffer.

優越性

Mittwoch, 3. Juni, 23:56, Wohngebiet, Berlin

Nach sechsundachtzig Minuten fühlte Robert sich wie der Trainer einer Mannschaft, dessen Gegner das Spiel bestimmte, in Führung lag und den Ball besaß. Die Sekunden tickten erbarmungslos herunter. Robert betrachtete mit einem Auge seine Uhr, während er mit dem anderen das Geschehen in der Straße überwachte. Fünf, vier, drei, zwei, eins, null Uhr. Verloren. Die Beschattung war beendet. Ohne Erfolg.

Aus dem Radio ertönte der Jingle der stündlichen Nachrichten, gefolgt von der sonoren Stimme des Sprechers: »Es ist null Uhr. Die Nachrichten im Überblick. Berlin. Der Staatsbesuch des chinesischen Präsidenten Xi Jinping am kommenden Wochenende sorgt für Streit in der Koalition. Manila. Bei den vorgezogenen Präsidentschaftswahlen auf den Philippinen ist es zu schweren Auseinandersetzungen zwischen Demonstranten und Si... Robert wechselte zu seinen gespeicherten Playlists. Deep House drang aus den Lautsprechern.

Er startete den Elektromotor und schaltete das Licht ein. Langsam setzte sich der Wagen in Bewegung, Robert passierte die Einfahrt von Hausnummer dreiundvierzig. Im linken Augenwinkel sah er, wie sich ein Licht einschaltete. Er riss den Kopf herum und trat auf die Bremse. Die Beleuchtung des Vorgartens hatte sich eingeschaltet. Wegen ihm? Ein Bewegungsmelder? Nein, das ergab keinen Sinn. Robert gab Gas, überholte einen am Straßenrand geparkten Porsche und hielt dahinter an. Sofort schaltete er den Motor, das Radio und die Scheinwerfer aus. Im äußeren Rückspiegel sah er, wie sich das Eingangstor in Bewegung setzte.

Ein großes dunkles SUV schlich mit ausgeschalteten Scheinwerfern aus der Einfahrt und bog in Roberts Richtung auf die Straße ein. Der Wagen beschleunigte nur langsam und fuhr an Robert vorbei. Im Licht einer Straßenlaterne glitzerten vier Audi-Ringe auf der Heckklappe. Der Audi bog in die erste Querstraße ein. Kurz bevor das SUV aus Roberts Blickfeld verschwand, schaltete der Fahrer die Scheinwerfer ein. Robert zählte bis fünf, dann startete er den Wagen und nahm die Verfolgung auf. Robert blickte auf den Bildschirm seines Navis; der Audi konnte am Ende der Straße nur nach rechts in die vierspurige Hauptstraße abbiegen. Robert fuhr an der Einmündung zur ersten Querstraße vorbei und bog in die Parallelstraße dahinter ein. Die Grundstücke rechts und links der Straße waren wie ausgestorben. Hin und wieder tauchte eine der alten Villen im Halbschatten einer Straßenlaterne auf, aber alle Fenster waren dunkel. Robert versuchte zu erahnen, wie schnell der Audi in der Parallelstraße fuhr, er wollte unbedingt als Zweiter die Hauptstraße erreichen. Er drosselte sein Tempo und schlich durch Dahlem. Endlich erreichte er die Einmündung zur Hauptstraße und blickte nach rechts. In einiger Entfernung huschte der große Audi unter den Straßenlaternen von Lichtkreis zu Lichtkreis. Robert wartete, bis der Abstand groß genug war, dann nahm er die Verfolgung auf.

Die Fahrt führte Richtung Stadtautobahn. Um diese Uhrzeit waren nur wenige Fahrzeuge unterwegs. Robert hielt mehrere Hundert Meter Abstand, die Rücklichter des Audi waren nur noch kleine Punkte. Als er sah, wie der Audi den Blinker zur Auffahrt zur A100 Richtung Norden setzte, bemerkte er seinen Fehler. Der Abstand war zu groß. Robert drückte das Gaspedal durch, er musste die Grünphase schaffen und war noch ein ganzes Stück entfernt. Wenn ihn jetzt eine Polizeistreife sah, war er geliefert. Die Tachonadel stand bei über neunzig. Der Audi war bereits verschwunden. Noch zweihundert Meter. Komm schon. Keine hundert Meter vor ihm sprang die Ampel auf Gelb. Beim Erreichen der Kreuzung sah er in den Augenwinkeln, wie die Ampel auf Rot umsprang.

Erst jetzt bemerkte er, dass er die Luft angehalten hatte, und ließ sie entweichen.

Wo wollte der Fahrer zu dieser Uhrzeit bloß hin?

優越性

Donnerstag, 4. Juni, 00:20, Keller, Shenzhen

Die Uhr auf Hans Display zeigte 00:20, als die Frau ihre Koffer wieder schloss. Maria starrte ihr Spiegelbild an, sie erkannte sich nicht wieder. Aus ihr war eine ergraute, verhärmte Frau geworden. Die Haut fahl. Dunkle Ringe unter den Augen. In den nächsten Minuten wechselte sie in die Kleidung einer Bäuerin, graue Schlabberhose, langärmliges geringeltes T-Shirt und ein großkrempiger Strohhut. Dann übten sie den passenden Gang dazu. Währenddessen erklärte ihr Han den Plan. Maria würde an der Grenzstation Lok Ma Chau mit dem Bus die Grenze passieren. An der Station trat in einer halben Stunde ein Beamter seinen Dienst an, der auf ihrer Seite stand. Genauer, dafür bezahlt wurde, es zu tun. Han und Jackie übernahmen den Transport ihres Geldes und des Sticks, überquerten mit dem Auto an einer anderen Stelle die Grenze nach Hongkong und warteten außerhalb der Grenzstation von Lok Ma Chau auf Maria.

»Was passiert mit mir, wenn ich in Hongkong bin?«

»Wir schmuggeln dich auf einem Frachter nach Bangkok«, erwiderte Han. »Dort erhältst du ein gefälschtes Touristikvisum für Deutschland und kannst offiziell als Touristin mit dem Flieger weiter nach Berlin reisen.«

»Seid ihr bereit?«, fragte Jackie und stand an der Leiter zur Waschtrommel. Bevor er die Wäscherei verließ, sah er sich nach allen Seiten um. Er winkte Maria und Han ins Freie. Draußen war die Luft feucht und warm. Jackie führte sie zwei Gebäude weiter zu einer verlassenen Werkstatt. An der großen doppelflügeligen Holztür blätterte die weiße Farbe ab. Die Scharniere quietschten beim Öffnen. Beim Einschalten des Lichts spielten die Neonröhren erst Disko, bevor sie gleichmäßig leuchteten. Ihr Licht spiegelte sich im schwarzen Lack eines alten VW Santana.

»Schicker Fluchtwagen«, sagte Maria.

»Lach nicht«, erwiderte Jackie. »Der Wagen wird unsere Rettung sein, sollten wir in Schwierigkeiten geraten.«

»Wieso das?«

Statt zu antworten, fragte Jackie: »Hast du ein Auto?«

»Nein.«

»Die heute verkauften Autos sind per Gesetz verpflichtet, alle dreißig Sekunden eine Nachricht über ihren Standort in das digitale Netzwerk zu senden. Das tun diese alten Autos nicht.«

»Verstehe.«

»Deshalb gibt es auch seit Jahren diese großen Werbekampagnen der Regierung, in der uns Prämien angeboten werden, damit wir unsere alten Autos verschrotten lassen. Angeblich wegen der Umwelt und der Sicherheit.«

»Nur eine weitere Lüge«, brummte Han neben ihr.

»Ja, unsere Regierung hasst diese alten Karren, weil sie sie nicht überwachen können.«

Jackie verschwand in einer dunklen Ecke der Garage und kehrte mit zwei länglichen Folien zurück. Am Heck des Wagens ging er in die Hocke und zog von einer Folie die Rückseite ab.

»Ist das dein Wagen?«, fragte Maria.

»Jetzt nicht mehr«, grinste Jackie und klebte die Folie über das bisherige Nummernschild. »Jetzt gehört er einem Prinzling.«

Maria lächelte in sich hinein. Niemand mochte Prinzlinge, die Söhne hoher Parteikader. In der Grundschule hatte sie einen Prinzling in ihrer Klasse. Ein großer, muskulöser Junge, der

Sohn des örtlichen Vize-Parteichefs. Seine körperliche Stärke überragte die geistige um Längen. Er war einer der Schlechtesten der Klasse, und seine Versetzung stand jedes Jahr auf der Kippe, doch am Ende eines jeden Schuljahres stattete der Vater dem Schuldirektor ein Besuch ab, und der Sohn wurde versetzt.

»Ein Prinzling fährt einen solchen Wagen?«, fragte Maria verblüfft.

Jackie hockte inzwischen vor der Front des Wagens und überklebte das vordere Nummernschild. Er zuckte mit den Schultern.

»Manche Menschen hegen nostalgische Gefühle für die ersten Autos, in denen sie chauffiert wurden.«

Durch Jackies Worte kam eine Erinnerung an den Prinzling in Marias Schulklasse angeschneit. Mit arrogantem Blick und feistem Grinsen war er morgens vor der Schule einem schwarzen VW Santana entstiegen. Er war damals der Einzige in der Klasse, dessen Eltern ein Auto besaßen.

Jackie öffnete für Maria die hintere Beifahrertür.

»Durch die abgedunkelten Scheiben nützen auch ihre Kameras nichts, und da ihr keine Handys bei euch tragt, seid ihr für das digitale System unsichtbar.«

»Und du?«

»Mein Gesicht gehört im System zu dem Prinzling, zumindest für heute Nacht.«

Maria stieg hinter dem Beifahrersitz ein, Han folgte ihr auf der anderen Seite, Jackie schwang sich ans Steuer und startete den Motor.

Hinter den geschwärzten Scheiben fühlte Maria sich sicher, während sie am Huangchao Busterminal auf das Eintreffen ihres Busses wartete. Strahler erleuchteten von Masten aus das Areal taghell. Unterhalb der Strahler hingen Überwachungskameras. Jackie hatte den alten VW am Rande des Areals im Schatten von riesigen Wohntürmen geparkt. Maria beobachtete die ein- und abfahrenden Busse. Ihr Bus nach Lok Ma

Chau würde an der nächstgelegenen Haltebucht abfahren; ihr Weg war nicht weit.

»Vergiss deinen neuen Gang nicht«, meinte Jackie und suchte im Rückspiegel Augenkontakt mit ihr. »Es gibt immer noch zahlreiche Leute vom Land, die noch nicht digital erfasst wurden und auch kein Handy besitzen. Sie werden zwar immer weniger, aber noch gibt es sie. So jemand bist du. Die Kameras dürfen auf keinen Fall dein Bewegungsprofil erkennen.«

Mit dem nächsten Wimpernschlag kehrte in Maria die Angst zurück. Ihre Fantasie galoppierte davon und mit ihr die Atmung. Ihr Blick wurde starr, vor ihrem inneren Auge sah sie sich scheitern, verhaftet, verhört, gefoltert, exekutiert. Han griff vom Nebensitz nach ihrem Handgelenk, um sie durch Körperkontakt wieder zu erden.

»Maria, keine Angst, du schaffst das. Unser Mann bei den Kontrollen wird dich durchwinken.«

Ihre Atmung verlangsamte sich, ihr Blick kehrte ins Hier und Jetzt zurück.

Endlich kam der Bus. Maria atmete dreimal tief durch, dann stieg sie aus dem Auto. Langsam, beschwerlich, eine durch Arbeit bucklig gewordene Frau.

»Wir warten hier, bis der Bus abgefahren ist«, hörte sie Han sagen, kurz bevor sie die Tür zuschlug. Sie schlurfte zum Bus, so wie sie es in Jackies Keller geübt hatten. Vor ihr stieg ein junges Paar mit Rucksäcken ein. Erst im letzten Moment vor dem Einsteigen setzte Maria den großkrempigen Strohhut ab. Mit gesenktem Kopf und gekrümmten Rücken betrat sie den Bus und suchte sich einen Sitzplatz. Das Paar ließ sich im hinteren Bereich nieder. Dort saßen auch die restlichen, wenigen Fahrgäste. Die vorderen Reihen waren alle leer. Maria nahm in der dritten Reihe Platz und legte den großen Strohhut auf den Nebensitz. Ihr Gesicht war jetzt den Überwachungskameras im Bus schutzlos ausgeliefert; mit klopfendem Herzen wartete sie auf das Heranstürmen von Sicherheitsleuten. Darauf, dass die Kameras schlauer waren als die Maskenbildnerin.

Sie waren anscheinend schlauer.

Plötzlich flogen die gläsernen Eingangstüren des rund hundert Meter entfernten Terminalgebäudes auf, und drei Männer in dunklen Uniformen rannten auf ihren Bus zu. Marias Herz blieb stehen. Panisch suchte sie den Augenkontakt mit Jackie, doch sein Wagen stand zu weit entfernt. Wie gelähmt starrte sie auf die heraneilenden Männer. Noch fünfzig Meter. Ihre Gedanken überschlugen sich, stolperten übereinander. Nur noch zwanzig Meter. Sie starrte auf die heraneilenden Männer wie ein Verurteilter auf seinen Henker.

Zischend öffnete sich die Bustür, und die drei Männer stürmten in den Bus.

»Los, mitkommen!«, befahl der Anführer, während er sich ihrer Sitzreihe näherte. Maria schaute wie benommen auf den Strohhut neben ihr und griff danach. Ihr Herz klopfte unter ihrem Busen, als wollte es den Brustkorb sprengen. In den Augenwinkeln nahm sie etwas wahr und hielt abrupt inne.

Der Anführer lief an ihr vorbei.

»Ja, ihr zwei, sofort mitkommen!«, hörte sie seine Stimme in ihrem Rücken. Eine nie gekannte Euphorie flutete als Hitzewallung durch Maria hindurch. Ihre Kopfhaut kribbelte wie verrückt. Am liebsten hätte sie laut losgelacht. Sie schaute aus dem Fenster und versuchte den inneren Sturm zu besänftigen.

Hinter ihr erklang Rascheln, dann gedämpfte Schritte. Das junge Paar schritt an ihr vorbei zum Ausgang, dicht gefolgt vom Anführer. Die drei Polizisten verließen den Bus. Mit einem Zischen schloss sich die Tür hinter ihnen. Die beiden niederrangingen Polizisten führten das junge Paar in Richtung des Terminalgebäudes. Der Anführer schlenderte hinter ihnen her, in den Händen ein Tablet.

Maria sank in den Sitz zurück und blickte der Gruppe nach. Auf halbem Weg zum Gebäude blieb der Anführer plötzlich stehen und tippte auf dem Tablet herum. Dann drehte er sich rasch um und blickte zu der Stelle, an der Maria saß.

優越性

Donnerstag, 4. Juni, 00:27, Stadtautobahn, Berlin

Robert verkürzte den Abstand zu dem großen Audi, als dessen Fahrer den Blinker setzte, von der Stadtautobahn abfuhr und sich nach links Richtung Tegeler See einordnete. In der Gegend wirkte die Bebauung wie hingewürfelt, schmucklose drei- und viergeschossige Wohnwaben, die Fassaden ergraut. Die geparkten Fahrzeuge zu beiden Seiten der Straße waren meist klein und alt. Ohne zu blinken, bog der Audi plötzlich nach rechts ab. Robert wartete vor der Einmündung einige Sekunden, bevor er ihm folgte. Einige Hundert Meter weiter verschwanden die Rücklichter des Audi nach einem Linksknick im Dunkel der Nacht. Robert beschleunigte den BMW. Die Bebauung wurde weniger und hörte kurz vor dem Linksknick auf. Hinter der Kurve stieß er einen Fluch aus. Der Audi war verschwunden. Keine fünfzig Meter weiter endete die Straße an einer Querstraße. Dort blickte Robert zuerst schnell nach links. Nichts. Dann nach rechts. Die Straße zog sich in einer lang gestreckten Rechtskrümmung am Ufer des Tegeler Sees entlang. Ein schmaler Waldstreifen trennte die Straße vom Ufer. Robert kannte die Gegend. Als Kind hatte er im Sommer an den Wochenenden mit seinen Eltern oft Ausflüge zum Tegeler See unternommen. Nur noch das linke Rücklicht des Audi war zu sehen; die Krümmung drohte, den Audi zu verschlucken. Rasch sah Robert sich um, die Gegend war menschenleer. Vermutlich waren sie bald am Ziel. Er schaltete die Scheinwerfer aus, stellte die Musik leise, wendete den BMW nach rechts und folgte dem Audi. Die Krümmung hielt an, und Robert hatte Mühe, dem Audi mit ausreichend Abstand zu folgen, ohne ihn aus den Augen zu verlieren. Plötzlich leuchteten die Bremslichter auf, und das SUV blieb stehen. Robert bremste scharf ab und stoppte am Straßenrand. Er sah, wie im Audi die Fahrertür geöffnet wurde und die Innenraumbeleuchtung sich einschaltete. Robert nahm die Kamera vom Beifahrersitz und richtete das Teleobjektiv auf den Fahrer. Eine Straßenlaterne kurz vor der Brücke gab ihm ausreichend Licht. Robert brauchte einen winzigen Augenblick, bis er den Fahrer erkannte.

Dann gefror ihm das Blut in den Adern.

Cino!

Das leise Klacken des Auslösers erfolgte im Stakkato, als er Cino dabei fotografierte, wie er die Heckklappe des Audi öffnete, einen großen Koffer herauszog, mit schnellen Schritten über die Straße lief, den Koffer über ein brusthohes Geländer wuchtete und ihn fallen ließ. Das Gleiche wiederholte Cino mit zwei weiteren, identisch aussehenden Koffern. Erst beim dritten Koffer bemerkte Robert die schwarzen Handschuhe an Cinos Händen, begleitet vom unaufhörlichen Klicken seiner Kamera. Anschließend sprang Cino in den Wagen und düste davon. Robert wartete, bis der Audi im Dunkel der Nacht verschwunden war, dann fuhr er zu der Brücke und stieg aus. Links der See als tiefschwarze Fläche, rechts ein Hafenbecken, an dessen Ufer sich im Halbdunkel von Straßenlaternen Bürogebäude und Industriehallen abwechselten. Robert schätzte die Entfernung auf einhundertfünfzig bis zweihundert Meter. Zu weit entfernt für Zeugen. Von der Brücke aus war von den Koffern nichts zu sehen. Robert lief zum Ende der Brücke, dann die Böschung herunter. Mit der Taschenlampe seines Handys suchte er das Ufergelände ab. Von den Koffern keine Spur. Cino hatte die Stelle klug gewählt, dachte Robert, eine Hafenausfahrt war tief ausgebaggert. Selbst wenn die Koffer eines Tages wieder auftauchen sollten, wäre ihr

Inhalt vermutlich schon bis zur Unkenntlichkeit zerfressen. Von irgendwelchen Spuren des Täters ganz zu schweigen.

Robert holte sein Handy hervor und wählte den Notruf der Polizei. Nach den zwei Einsen hielt er plötzlich inne. Was, wenn Cino im Verhör unter Druck geriet? Und den Ermittlern Informationen anbot?

Quid pro quo.

Nein, das Cino-Problem musste er anderweitig lösen. Dem armen Kerl in den Koffern nutzte ein Anruf bei der Polizei sowieso nichts mehr.

Ein Gedanke ließ Robert unwillkürlich kurz lächeln.

Wenigstens war er Cino jetzt nicht mehr schutzlos ausgeliefert.

優越性

Donnerstag, 4. Juni, 01:12, Busbahnhof, Shenzhen

Maria erstarrte in ihrem Sitz.

Mit forschen Schritten lief der Polizist zum Bus zurück und machte dem Busfahrer von außen ein Zeichen, die Tür zu öffnen. Das Zischen der Tür begleitete seine Ankunft.

»Würden Sie bitte aussteigen?«, fragte er und schaute dabei Maria direkt an.

Mit müden Bewegungen griff sie nach dem Hut, setzte ihn auf und stand langsam auf.

»Warten Sie noch mit der Abfahrt, es wird nicht lange dauern«, meinte der Polizist und verließ den Bus. Maria schlurfte zum Ausgang und stieg mühsam die Stufen herunter. Die ganze Zeit hielt sie den Kopf gesenkt. Der Polizist stand wenige Schritte vom Bus entfernt. Er schaute auf sein Tablet.

»Sie haben kein Handy, oder? Hier wird jedenfalls keines angezeigt«, sagte er freundlich, als Maria ihn erreichte.

Sie schüttelte den Kopf und blickte weiter zu Boden.

»Meine siebenundachtzigjährige Oma hat auch noch keins. Diese moderne Welt ist nichts für sie. Kann ich bitte Ihren Personalausweis sehen?«

Sie hatte keinen, auch keinen gefälschten. Richtig kontrolliert zu werden sah der Plan nicht vor. »Ich habe ihn nicht dabei«, entgegnete sie leise und versuchte, ihre Stimme brüchig klingen zu lassen.

»Sie wissen, dass es die Pflicht eines chinesischen Bürgers

ist, einen bei sich zu tragen«, meinte er und ließ es wie eine Mischung aus Frage und Feststellung klingen.

Sie nickte, hielt die Augen weiterhin gesenkt.

»Würden Sie mich bitte einmal ansehen?«

Sie hob den Kopf. Ihre Blicke trafen sich. Er brauchte einen Bruchteil, bis er verstand. Alte Frau, junge Augen. Diesen Moment nutzte sie aus. Blitzschnell trat sie mit ihrem rechten Fuß in seine Genitalien. Volltreffer. Mit einem Stöhnen sank der Polizist zu Boden. Maria rannte los. Der VW startete den Motor. Han stieß von innen die hintere Beifahrertür auf. Kurz bevor Maria den Wagen erreichte, hörte sie hinter sich einen Knall, dann noch einen. Als sie in den Wagen sprang, sah sie in den Augenwinkeln, wie die Scheibe neben ihr zersplitterte. Der VW setzte sich mit durchdrehenden Reifen in Bewegung und raste in nördlicher Richtung davon. Jackie starrte immer wieder auf das Display seines an der Mittelkonsole befestigten Handys, während er auf eine Kreuzung zuschoss. Die Ampel stand auf Grün. Der Wagen jagte mit hoher Geschwindigkeit auf sie zu. Durch das zerschossene Fenster toste die Luft herein. Die Ampel sprang auf Gelb. Der Wagen passierte sie im letzten Moment, bevor sie Rot zeigte, und schlitterte mit quietschenden Reifen nach links in die Fuqiang Road. Keine anderen Autos zu sehen. An der nächsten Kreuzung schaltete die Ampel auf Rot. An der dahinter auch. Und an der übernächsten auch. Soweit man schauen konnte, alles auf Rot.

»Sie haben uns jetzt auf dem Schirm«, schrie Jackie gegen den Lärm des Windes an und griff mit der rechten Hand zwischen die Vordersitze. Er holte zwei Masken hervor, eine warf er nach hinten zu Han, die andere setzte er auf. Es war die weiße Anonymous-Maske mit dem breiten Grinsen und schmalen Schnäuzer.

»Du bist geschützt, Maria«, schrie er und jagte den VW über die erste rote Ampel nach rechts. »Außerdem habe ich nur zwei.«

Sein Blick wechselte jetzt dauernd zwischen Straße und der

Karte auf dem Handy hin und her. Maria hatte noch nie eine solche Karte gesehen. Überall rote Markierungen, dazwischen eine grüne Stelle, Jackie stieg hart auf die Bremse, Maria musste sich am Vordersitz abstützen, dann zog er den Wagen scharf nach rechts. Sie näherten sich der grünen Stelle.

»Gleich stoppe ich, dann laufen wir zu dem Gebäude links. Rennt so schnell ihr könnt.«

Zu beiden Seiten der Straße tauchten im Licht von Straßenlaternen lang gezogene Wohnblöcke auf. Marias Blick wanderte die Fassaden hoch. Sieben Geschosse, vielleicht acht, eher wenig für das moderne Shenzhen.

Der schwarze Wagen kam mit blockierenden Rädern zum Stehen, und Maria wurde in den Gurt gedrückt. Sie sprangen aus dem Wagen und rannten hinter Jackie her. Er steuerte auf einen bestimmten Eingang zu. Mit keuchendem Atem erreichten sie die Tür. In der Ferne ertönten Polizeisirenen. Sie wurden schnell lauter. Jackie hielt seinen Daumen auf ein kleines Touchpad neben der Tür, und das Schloss sprang mit einem Klacken auf. Innen schaltete sich automatisch die Beleuchtung ein. Links waren zwei Aufzüge, rechts eine Tür zum Treppenhaus.

»Versucht, so leise wie möglich die Treppen hochzulaufen«, meinte Jackie, und seine Augen wanderten unruhig hin und her. »Aber auch so schnell wie möglich.«

Jackie öffnete die Tür zum Treppenhaus und stürmte voran. Maria dahinter, Han bildete den Abschluss. Er fiel immer mehr zurück. Auf der vierten Etage wartete Maria auf ihn. Hechelnd bog er um die Ecke.

»Ich bin langsam zu alt für diesen Scheiß«, sagte er unter stoßweisem Atem.

Maria lief ein paar Stufen die Treppe herunter. »Warte, ich helfe dir.«

Sie hakte sich bei ihm unter. Am Ende der siebten Etage wartete Jackie schon ungeduldig auf sie. Wie ein Tier im Käfig lief er auf dem letzten Absatz hin und her und tippte auf der Tastatur seines Handys herum.

»Wo bleibt ihr denn?«, flüsterte er. In seiner Stimme lag Missmut. Dann sah er Hans schweißnasses Gesicht und schwieg. Durch die Mauern zur Straße konnten sie die Sirenen der Polizei hören. Sie klangen bedrohlich nah. Rasch sah Maria sich um. Direkt gegenüber befanden sich die beiden Fahrstühle, links eine Wohnungstür, rechts eine steile Stahltreppe zum Dach. Jackie deutete mit dem Zeigefinger auf die Treppe und kletterte sie hoch. Maria hörte ein leises Klacken und spürte einen Windzug. Sie kletterte Jackie nach und trat ins Freie. Vor ihr lag ein lang gestrecktes Flachdach. Entlang der beiden Längsseiten des Gebäudes erhoben sich in regelmäßigen Abständen die Treppenhäuser als Zugänge zum Dach. Analog zu dem, aus dem sie gerade gekommen war. Sie wirkten wie hochkant stehende große Streichholzschachteln. Darüber leuchtete am Himmel das cremige Licht des Mondes. Han trat schwer keuchend aus der Tür.

»Und jetzt?«, flüsterte Maria.

»Kriegt ein Prinzling gleich mächtig Ärger«, erwiderte er leise. »Seine Geliebte wohnt hier, und er ist bei ihr.«

»Der, dem der Santana gehört?«

»Ja, das gibt uns einen Vorsprung. Bis der Irrtum aufgeklärt ist, sind wir längst weg.«

Vom Rand des Daches aus blickte Maria nach unten. Vor dem Haus standen zwei Streifenwagen im Alarmmodus und warfen blaues Licht auf die Gesichter der ersten Gaffer. Zwei Männer in Uniformen stürmten gerade ins Gebäude. Zwei weitere Polizisten näherten sich mit gezückten Waffen dem am Straßenrand stehenden VW.

»Los, kommt mit«, forderte Jackie sie auf und lief zur Streichholzschachtel auf der anderen Seite des Gebäudes. Von dort blickten sie auf die Parallelstraße hinunter.

»Wenn mein Handy gleich brummt, verschwinden wir durch dieses Treppenhaus.«

Kaum hatte er es ausgesprochen, ertönte das Geräusch. Am Fuße des Treppenhauses warteten sie, bis draußen das Motorgeräusch eines Lastwagens erklang. Es näherte sich dem Eingang. Als der Motor erstarb, gab Jackie ihnen ein Zeichen. Er öffnete die Haustür, und Maria schaute in den Laderaum eines blauen Transporters. An den Seitenwänden waren Regale montiert, darin Pakete in unterschiedlichen Größen. Der Fahrer holte zwei kleine Pakete aus dem rechten Regal und winkte sie zu sich. Die offen stehenden Flügeltüren boten Sichtschutz beim Einsteigen. Der Fahrer verließ mit den beiden Paketen den Laderaum und schmiss die Türen von außen zu.

»Setz dich auf den Boden, und halt dich am Regal fest«, sagte Han und ließ sich nieder. Jackie saß schon. Der Wagen fuhr los.

»Wie komme ich jetzt nach Hongkong?«, fragte Maria in die sich ausbreitende Stille hinein.

»Gar nicht«, erwiderte Jackie.

»Und wie komme ich dann nach Berlin?«, schob Maria rasch hinterher.

Jackie und Han sahen sich an.

»Was?«, fragte Maria.

Han schaute ihr direkt in die Augen. »Wir haben noch eine allerletzte Option.«

Er zögerte, und sie konnte an seinem Mienenspiel sehen, wie er nach den passenden Worten suchte. Anscheinend entschied er sich am Ende für die Wahrheit, denn er sagte: »Aber sie könnte dich dein Leben kosten.«

優越性

Donnerstag, 4. Juni, 09:38, Wohngebiet, Berlin

Es goss in Strömen aus einem Himmel wie dunkelgrauer Samt. Der Regen klatschte gegen die Scheiben. Robert hatte das Fenster der Fahrertür einen Spalt breit geöffnet und ließ frische Luft von draußen herein. Eine Gewitterfront hatte in der Nacht Berlin erreicht und für Abkühlung gesorgt. Robert bediente regelmäßig den Scheibenwischer, um Grundstück Nummer dreiundvierzig die Straße hinunter im Auge zu behalten. In einem Fenster im ersten Stock brannte Licht.

Das Miauen in dem Umzugskarton auf dem Rücksitz begann ihm auf die Nerven zu gehen. Dazu noch der Gestank von Katzenpisse. Wo blieb Cino nur? Oder hatte er ihn heute Morgen verpasst und nur vergessen, das Licht auszuschalten? Was, wenn Cino das Haus heute nicht verließ, und Robert hier umsonst die Zeit totschlug?

Unter der Dusche war ihm der Einfall gekommen; er wusste gleich, wie verrückt er war. Es war eine Gleichung mit zu vielen Unbekannten und doch die einzige Lösung. Die erste Unbekannte war die Wahl des Tieres. Zuerst hatte er an Hunde gedacht, doch dann entschied er sich für eine andere Spezies. Die Auswahl in den örtlichen Kleinanzeigen im Internet war groß. Sein Ziel lag nur drei Straßen weiter. Um Punkt acht Uhr hatte er die Verkäuferin angerufen und war kurz darauf bei ihr aufgekreuzt. Die korpulente blondierte Mittfünfzigerin im Blümchenkleid hatte ihn schräg angeschaut, als er ihr alle vier annoncierten Katzen abnahm, aber nichts gesagt und das Geld eingesteckt.

Hoffentlich reichten vier.

Eine weitere Variable.

Beim nächsten Wischer tat sich endlich etwas. Das Licht im ersten Stock erlosch. Kurz darauf setzte sich das Eingangstor in Bewegung. Der große Audi verließ die Einfahrt und verschwand in der Seitenstraße schräg gegenüber. Im Spiegel der Sonnenblende kontrollierte Robert sein Aussehen. Der angeklebte Schnauzbart eines Siebzigerjahre-Pornodarstellers und die dick gerahmte schwarze Hornbrille eines Neunzigerjahre-Werbefuzzis passten zwar nicht zueinander, erfüllten aber ihren Zweck. Robert holte den Karton vom Rücksitz und öffnete ihn. Acht Katzenaugen blickten ihn erwartungsvoll an. Er schnappte sich die größte Katze, schob sie unter seinen Blouson und zog den Reißverschluss hoch, bis nur noch der Kopf der Katze daraus hervorlugte. Er stieg rasch aus, stellte sich mit dem Rücken zu den Kameras vor Cinos Haus und öffnete den Regenschirm. Wenn er den Schirm dicht über seinem Kopf hielt, würden die Kameras sein Gesicht nicht sehen können, und wenn, dann nur die untere Hälfte mit dem Bart. Hoffentlich hält der Kleber, dachte er und strich mit den Fingern seines schwarzen Lederhandschuhs über den Schnäuzer. Mit der anderen Hand stützte er die Katze unter dem Blouson ab; ein leises Schnurren war der einzige Laut.

Regentropfen groß wie Bonbons trommelten auf den Schirm und platzten auf dem Gehweg auf wie kleine Wasserbomben. Im Nu waren seine Schuhe durchweicht. Verborgen unter dem Regenschirm lief er zu Cinos Haus. Das Gebäude lag verlassen da. Das Tor war verschlossen. Rasch sah sich Robert nach allen Seiten um. Niemand zu sehen. Mit der freien Hand griff er in die Jackentasche und holte die Spraydose hervor. Die Linsen der beiden zur Straße gewandten Kameras besprühte er mit Mattierungslack. Erneut checkte er die Umgebung. Niemand hatte ihn beobachtet. Er riss den Reißverschluss auf, holte die Katze hervor und warf sie über das Tor in das Sichtfeld der nach innen gerichteten Kameras. Robert lauschte nach einem Geräusch von der anderen Seite. Ein dumpfer Aufschlag oder ein schmerzvolles Miauen. Aber alles blieb ruhig. Die Katze war anscheinend geschmeidig auf ihren Pfoten gelandet.

Mit schnellen Schritten hastete er zurück zu seinem BMW. Den Wagen hatte er sicherheitshalber hinter einem blauen Golf geparkt. Sein Nummernschild war für die Kameras vor Cinos Haus nicht zu erkennen. Wahrscheinlich stand er sowieso zu weit weg, aber sicher war sicher. Der Wind trieb den Regen gegen seinen Kopf, als er den Schirm vor dem Einsteigen schloss. Im Fahrzeuginneren wischte er sich die Tropfen vom Gesicht und schaute auf die Uhr. Wie viel Zeit sollte er ihnen geben? Zehn Minuten? Fünfzehn?

Robert trommelte ungeduldig mit den Fingern auf das Lenkrad. Er verlor langsam die Hoffnung, als nach zwölf Minuten immer noch niemand aufgetaucht war. Vielleicht war sein Plan auch nur vollkommen idiotisch, wahrscheinlich gab es gar keine Bewegungsmelder auf dem Grundstück, die Alarm auslösten. Was sollte er jetzt mit den Katzen machen?

Ein dunkler Wagen, verzerrt vom Wasser auf der Windschutzscheibe, riss ihn aus seinen Gedanken. Er kam aus der Seitenstraße schräg gegenüber von Cinos Haus und stoppte vor der Einfahrt. Rasch bediente Robert den Scheibenwischer. Der weiße Schriftzug einer Sicherheitsfirma auf einem grauen VW Polo meißelte ein Grinsen in sein Gesicht. Ein Mann in einer dunklen Uniform entstieg dem Wagen und lief mit eingezogenem Kopf zum Tor. Der Regen prasselte auf ihn nieder, während er darauf wartete, dass sich das Tor in Bewegung setzte. Sobald der Spalt groß genug war, schlüpfte der Sicherheitsmann hindurch. Robert stoppte die Zeit. Nach drei Minuten dreiundzwanzig tauchte der Mann wieder auf, mit dem Handy am Ohr.

Robert beobachtete ihn durch das Teleobjektiv seiner Kamera. Der Mann stieg in den Wagen, und der Polo verschwand in der selben Seitenstraße, aus der er gekommen war, während sich das Tor wieder schloss.

Robert holte eine zweite Katze aus dem Karton, stopfte sie unter den Blouson, stieg aus und wiederholte seine Aktion. Nur das Besprühen der Kameras sparte er sich.

Dieses Mal dauerte es nur gut neun Minuten, bis der Wagen auftauchte. Und nur zwei Minuten sechsundvierzig, bis der Mann aus dem Haus zurückkam, mit dem Telefon am Ohr durchs halb offen stehende Tor schlüpfte und samt seinem Wagen verschwand.

Hoffentlich reichten die vier Katzen, dachte Robert, als er sich Nummer drei schnappte und erneut den Wagen verließ.

Der Regen hatte nachgelassen. Trotzdem hielt Robert den Schirm dicht über dem Kopf. Als er das durch eine Hecke abgeschirmte Nachbargrundstück von Nummer dreiundvierzig erreichte, öffnete sich einige Meter vor ihm ein schmiedeeisernes Gartentor in einer Lücke. Ein Dackel stürmte auf den Bürgersteig, gebremst von der straffen Leine an seinem Hals.

»Moritz, du sollst nicht so rennen«, hörte Robert eine weibliche Stimme hinter der Hecke.

Der Dackel zerrte eine Frau in einem grauen Regenmantel auf den Bürgersteig. Es war dieselbe Frau, die er gestern angesprochen hatte. Sie schaute Robert ins Gesicht. Er ignorierte sie und starrte stur geradeaus, beobachtete sie aber aus den Augenwinkeln. Ihre Miene blieb ausdruckslos; unter dem Bart und der Hornbrille erkannte sie ihn nicht. Der Hund blieb stehen und schnupperte. Die Katze unter Roberts Blouson fauchte und fing an zu strampeln. Ihre Krallen stachen Robert in den Bauch. Er unterdrückte einen Schmerzenslaut. Die Blicke der Frau suchten irritiert nach der Quelle des Fauchens. Dann zerrte sie ihren Hund an der Leine in die Gegenrichtung und ging davon.

Robert streichelte der Katze den Kopf, und sie beruhigte sich. Er lief an Cinos Einfahrt vorbei, bis er sich zwei Grundstücke weiter hinter einem am Straßenrand geparkten schwarzen SUV verstecken konnte. Er sah sich um. Die Frau mit dem Dackel war die einzige Passantin und am Ende der Straße nur noch ein kleiner Punkt. Mit flinken Schritten lief Robert zurück zu Cinos Einfahrt, öffnete im Gehen den Reißverschluss, holte die Katze hervor und warf sie mit Schwung über das Tor durch das Sichtfeld der Kameras.

Dieses Mal kam niemand. Als nach zwanzig Minuten der VW Polo immer noch nicht aufgetaucht war, wusste Robert, dass er gewonnen hatte. Zur Sicherheit wartete er noch weitere fünf Minuten, dann griff er sich den kleinen blauen Rucksack vom Beifahrersitz und stieg aus.

Der Regen hatte aufgehört. Nicht gut. Hoffentlich kamen jetzt die Leute nicht aus ihren Häusern. Zum Shoppen oder was auch immer. Er ging, so schnell er konnte, ohne zu rennen. Vor dem Metalltor zu Cinos Haus schaute er sich rasch nach allen Seiten um. Niemand zu sehen. Aus der Jackentasche holte er die schwarze Skimaske und zog sie sich hastig über den Kopf. Er warf den kleinen Rucksack über das Tor, nahm einige Schritte Anlauf, sprang am Tor hoch, klammerte sich am oberen Rand mit den Händen fest, zog den Körper auf die obere Kante und sprang auf der anderen Seite wieder herunter. Bewegungslos verharrte er in der Hocke und lauschte auf das Rufen einer Stimme von der Straßenseite oder das Erklingen eines Alarms auf dieser Seite. Alles blieb ruhig. Von den Katzen war nichts zu sehen. Hunde hätten den Plan vermasselt, dachte er, hätten angefangen zu kläffen oder wären einfach sitzen geblieben. Hätte der Sicherheitsdienst erst einen Hund gefunden und dann noch einen, hätte er geahnt, dass etwas faul war. Katzen waren gewohnt, auf die Pfoten zu fallen und herumzustreunen. So war die Alarmanlage scheinbar ohne Grund angegangen. Nach dem zweiten Mal hatte der Sicherheitsmann sie nach Rücksprache mit dem Hausherrn abgestellt und den Servicetechniker informiert.

Hoffentlich.

Zwei weitere Variablen.

Robert erhob sich und ging vorsichtig um das Haus herum. Die Steinplatten der Einfahrt endeten und wurden von Rasen abgelöst. Seine Schritte machten auf dem nassen Gras saugende Geräusche. Hinter dem Haus dominierten zwei mächtige Eichen einen großzügigen Garten, der nur aus Rasen bestand. Keine Beete oder Sträucher. Er suchte nach der besten Einstiegsmöglichkeit. Gleichzeitig behielt er die Nachbargrundstücke auf der Suche nach unerwünschten Beobachtern im Blick. Doch Nummer dreiundvierzig war uneinsehbar; alle Mauern und Hecken waren auf die Abwehr fremder Blicke ausgerichtet. Tatsächlich gesichert wie Fort Knox, dachte er und spürte ein Kribbeln im Bauch. Diese Mischung aus Neugier und Nervosität, die sich im Magen ihr Bett baute. Plötzlich war er sich sicher, im Inneren des Hauses Antworten zu finden, nur nicht genau, auf welche Fragen.

Bald erreichte er eine in hellem Sandstein gepflasterte Terrasse und blieb davor stehen. Aus dem Rucksack holte er eine Rolle Küchenpapier, wischte sich sorgfältig den rechten Schuh ab und trat mit dem rechten Fuß vom Gras auf die Steine. Dann kam der linke Schuh an die Reihe. Er näherte sich dem Haus und überprüfte dabei, ob seine Schritte Spuren hinterließen. Fehlanzeige. Eine bodentiefe Fensterfront gab den Blick ins Wohnzimmer frei. Den Abschluss bildete eine gläserne Terrassentür. Robert zuckte gedanklich mit den Schultern und entschied sich für die einfachste Lösung. Sein nächster Griff in den Rucksack brachte einen Glasschneider hervor. Er schnitt neben dem Türgriff einen Kreis aus der Glasscheibe und öffnete von innen die Tür. Für einen Augenblick verharrte er regungslos auf der Türschwelle und wartete auf das Einsetzen eines Alarms.

Nichts geschah. Die nächste Variable ging auf.

Er schlüpfte ins Innere des Hauses und sah sich im Wohnzimmer um. Europäische Strenge mischte sich mit chinesischer Verspieltheit. Ein riesiger Flatscreen hing vor einer goldfarbenen Seidentapete, geradlinige Sitzmöbel gruppierten sich um einen hölzernen Couchtisch voller Schnörkel und Verzierungen.

Die Räume im Erdgeschoss gingen nahtlos ineinander über; Robert lief durch ein Esszimmer weiter zur offenen Küche mit einem Marmorblock als Kochinsel und von dort hinein in einen großzügigen Flur mit einer massiven schwarzen Eingangstür am Ende. Links führte eine breite Steintreppe in den ersten Stock. Gegenüber lagen zwei Türen dicht nebeneinander. Die linke Holztür führte in die Gästetoilette, die rechte Metalltür war verschlossen. Aus dem Rucksack fischte Robert den Bund mit den Dietrichen. Keine dreißig Sekunden später hatte er das Schloss geknackt. Die Tür öffnete sich mit einem saugenden Geräusch. Ihre Rückseite war dick gepolstert. Eine Neonröhre flackerte oberhalb der Tür ins Leben und erhellte eine schmale Kellertreppe. Am Fuße der Treppe endete der Lichtschein. Als Robert dort ankam, schalteten sich automatisch Strahler ein. Sie erleuchteten einen schmalen Gang. Weiß gestrichener Beton, die Wände unterbrochen von grauen Metalltüren. Robert öffnete die erste Tür auf der linken Seite und blickte ins Dunkel. Ein ekliger Geruch schlug ihm entgegen. Er tastete nach einem Schalter. Eine nackte Glühbirne ging an, sie baumelte an einem Kabel in der Mitte der Decke. Robert schätzte den Raum auf drei mal vier Meter. Die Rückwand der Tür und die Wände waren wie die Kellertür oben schallisoliert gepolstert. Das einzige Möbelstück in dem fensterlosen Raum war eine Matratze auf dem Boden, übersät von Flecken unterschiedlicher Größe und Färbung. Robert verband die Flecken mit dem Geruch und ahnte, was hier passiert war. Er zückte sein Handy und machte etliche Fotos.

Hinter der gegenüberliegenden Tür verbarg sich parallel

zum Gang ein lang gestreckter fensterloser Raum. Das Zimmer wurde dominiert von einer großen Wanne. Rechts und links Edelstahltische mit diversen Werkzeugen. Knochensägen, Beile und Jagdmesser schimmerten im Licht. Ein Schlauch zum Abspritzen lag zusammengerollt auf dem Boden. Vor der rechten Stirnseite stand ein Holzregal, auf fünf Ebenen gefüllt mit Plastikwannen, sortiert nach Größe. Ein schwacher Geruch nach Eisen hing in der stickigen Luft. Nicht die einzige Geruchsnote. Unter einem der Tische entdeckte Robert einen Mülleimer, vollgestopft mit leeren blauen Plastikflaschen. Die Etiketten verrieten den ehemaligen Inhalt: Desinfektionsmittel. Robert stellte den Rucksack auf den Boden und kramte nach der Speziallampe. Mit der Lampe in der Hand fuhr er im Abstand von wenigen Zentimetern über sämtliche Oberflächen. Ihr bläuliches Licht reflektierte kühl auf dem Edelstahl. Cino hatte ganze Arbeit geleistet. Nirgends zeigte die Lampe Dinge, die dem menschlichen Auge verborgen blieben. Nach den Tischen nahm Robert sich die Wanne vor. Keine Treffer. Auch der Boden war klinisch rein. Zum Schluss kam das Regal an die Reihe. Er holte jede Wanne aus dem Regal, stellte sie auf den Metalltisch und scannte ihre Oberflächen mit der Lampe. Auch die Wannen lieferten keinen Treffer. Blieb nur noch das Regal selbst. Er bewegte die Hand mit der Lampe über die Holzbretter, beginnend mit dem obersten Brett. Erstes Brett: sauber, zwei und drei auch. Er war gerade dabei, die Hoffnung zu verlieren, als der Lichtschein über etwas hinweghuschte. Robert hielt schlagartig inne und bewegte sich zurück. In seinem Bauch kribbelte es. An der Ecke zwischen dem Brett und dem äußerem Regalpfosten befanden sich dunkle Flecken. Du bist gefickt, Cino, dachte er, zog sein Handy aus der Jacke und fotografierte den Raum und die Fundstelle. Dann holte er aus dem Rucksack eine Lupe, eine Pinzette und einen kleinen Tiefkühlbeutel. Mit der Lupe vor dem rechten Auge näherte er sich der Fundstelle. An dem Pfosten klebten nicht nur

Blutflecken, sondern auch winzige Partikel. Robert hoffte auf Gewebepartikel, löste sie mit einer Pinzette und verstaute sie im Tiefkühlbeutel. Zur Sicherheit schnitzte er noch ein paar Holzsplitter aus dem Regal, auf denen Blutstropfen klebten, steckte sie in einen separaten Beutel und brachte alle Utensilien im Rucksack unter.

Er lief zurück in den Gang und öffnete die nächste Tür ein paar Meter weiter. Sie war nur angelehnt. In der Mitte des Raums standen drei Tische voller Monitore, u-förmig angeordnet und gruppiert um einen zentralen Bürostuhl. Robert zählte neun Bildschirme. Keiner zeigte ein Bild. Er ging zu dem mittleren Tisch und drückte auf einer Tastatur die Leertaste. Augenblicklich schalteten sich die Monitore ein. Sie zeigten die Bilder sämtlicher Videokameras, die am und im Haus installiert waren. Die verschwommenen Aufzeichnungen der Straße zauberten ein Lächeln in Roberts Gesicht. Seine Augen sprangen von Bildschirm zu Bildschirm. Am zweiten von links blieben sie abrupt hängen. Er erkannte sofort, was er sah. Eine Folterkammer. Er hatte nur wenige Augenblicke auf den Bildschirm geblickt, als ein Geräusch ihn erstarren ließ. Angestrengt lauschte er in die Stille. Doch, da war etwas.

Eine Variable, die nicht aufging.

優越性

Donnerstag, 4. Juni, 10:03, Bürogebäude, Berlin

Es regnete ununterbrochen, der Himmel war dunkel und undurchdringlich. Lee stand am Fenster von Wangs Büro und blickte in den bepflanzten Hinterhof, dominiert von einem Rhododendron. Blütenblätter lagen durchnässt im Regen: pinke Farbtupfer auf dunklem Asphalt. Aus dem Lautsprecher ertönte die Stimme von Wangs Assistentin Mona, sie kündigte ihnen die erwarteten Besucher an. Die Uhr auf Wangs Schreibtisch zeigte drei Minuten nach zehn.

Mona geleitete die beiden Herren in den Raum. Als Lee sie vor einem halben Jahr das erste Mal gesehen hatte, hätte er beinahe schallend gelacht. Beide waren um die fünfzig und trugen schwarze Anzüge mit identischen Krawatten. Die Komik resultierte aus ihren unterschiedlichen Körpermaßen. Sie wirkten wie ein Komikerpaar aus amerikanischen Schwarz-Weiß-Filmen zu Beginn des letzten Jahrhunderts. Hans Seliger war über zwei Meter groß, hatte ein längliches Gesicht, dunkle Augen mit buschigen Brauen, eine Hakennase und eine Halbglatze. Er war extrem schlank, wirkte beinahe unterernährt, mit überlangen Armen und riesigen Händen. Bei ihrer ersten Begegnung war das Bild eines Totengräbers durch Lees Gehirn gehuscht. Sebastian Uhlig wirkte dagegen beinahe nur halb so groß. Sein Aussehen erinnerte an den Schauspieler Danny De Vito. Die gleiche Physiognomie, ein ähnliches hintergründiges Lächeln.

Auf ihrem Gebiet zählten sie zu den Fähigsten im ganzen Land.

In ihren Dreißigern hatten sie das Meinungsforschungsinstitut *NOPINION* gegründet, es in kurzer Zeit zu einem der führenden in Deutschland gemacht und sich später in alle wichtigen europäischen Märkte ausgedehnt. Sie galten als absolut unbestechlich. Mit ihrer neu entwickelten Marktforschungsmethode war es ihnen gelungen, etliche namhafte Unternehmen an sich zu binden.

Lee hielt zwar Meinungsforschung für eine Mischung aus Statistik, Psychologie und Alchemie, bei der die richtige Fragestellung die gewünschten Ergebnisse erzielte, oder wenigstens eine gewünschte Interpretation der Ergebnisse zuließ, trotzdem brauchte er die Dienste von *NOPINION* für die optimale Positionierung von *Happy Genes* am Markt. Als Wang die beiden beauftragt hatte, gab es den Produktnamen noch nicht. Ihre Aufgabe bestand darin, den optimalen Preis für ein Produkt herauszufinden, das von den Anwenderinnen aus eigener Tasche bezahlt werden musste.

Die nächste Viertelstunde folgte Lee den Ausführungen der beiden Herren, zumindest versuchte er es. Allerdings hatte er Schwierigkeiten, sich durchgehend auf sie zu konzentrieren. Seine Gedanken schweiften häufig ab. Immer wieder kehrten sie zu dem Geschehen am gestrigen Abend zurück. War er ein zu hohes Risiko eingegangen? Hatte er in Chens Haus irgendwelche Spuren hinterlassen, die ihn mit der Ermordung Zubers in Verbindung bringen konnten? In seinem Kopf spulte er die Ereignisse vor und nach der Tat ab, konnte aber keinen Fehler entdecken. Ein befreundeter Unternehmer hatte einmal die Tötung eines Menschen zur Durchsetzung eigener Ziele mit einer feindlichen Firmenübernahme verglichen. Die Tötung eines wirtschaftlichen Gegners als die ultimative Maßnahme kapitalistischen Strebens. Wenn ein Gegner nicht freiwillig verkaufen, sich nicht freiwillig geschlagen geben wollte, musste er vernichtend besiegt, gegebenenfalls liquidiert werden. Ob es sich dabei nun um eine

Firma oder eine Einzelperson handelte, hatte für ihn keinen Unterschied gemacht. Wenn man alles gut vorbereitete und selbst im Hintergrund blieb, konnte man den Überraschungseffekt nutzen und die Aktion schnell und geräuschlos vollziehen. Es war vorbei, bevor der Feind überhaupt wusste, was geschah.

Lee konzentrierte sich wieder auf die Besucher. Seliger kam zum entscheidenden Punkt der Studie. Das nächste Chart behandelte die Korrelation zwischen Preis, Käuferschicht und Profit. Der Punkt in der Kurve, der den größten Profit einbrachte, war rot markiert. Daneben fett gedruckt der Preis: 129,90 Euro. Uhlig tippte mit einem Zeigestock darauf. Die wohlhabendsten dreißig Prozent der deutschen Bevölkerung würden bei diesem Preis *Happy Genes* verwenden, meinte er. Doch für Lees Ziele war der Preis zweitrangig. Im Vordergrund stand die prozentuale Nutzung durch die Bevölkerung. Laut den Berechnungen seiner Experten musste sie zur Erlangung seines eigentlichen Ziels knapp fünfzig Prozent betragen. Lees Blick wanderte zu der Stelle, an dem die Käuferschicht diesen Wert hatte. Preis 69,90 Euro. Wahrscheinlich würde er *Happy Genes* in den meisten afrikanischen Ländern beinahe verschenken müssen, um fünfzig Prozent zu erreichen. Vielleicht konnte er den Präsidenten davon überzeugen, bei künftigen Abkommen mit afrikanischen Ländern *Happy Genes* als subventioniertes Geschenk der chinesischen Führung unterzubringen.

»Haben Sie noch Fragen?« Seliger riss Lee aus seinen Gedanken.

Lee und Wang verneinten; kurze Zeit später war der Vortrag beendet. Seliger überreichte Wang mehrere Handbücher, in denen die Erkenntnisse und Charts aufgeführt waren. Wang rief Mona herein, sie geleitete die beiden Herren hinaus. Lee konnte sich ein Lächeln nicht verkneifen, als er dieses seltsame Paar durch die Tür entschwinden sah. Aber sie nahmen sein Grinsen nicht wahr. Ihre Blicke waren von Monas wiegenden Hüften gefesselt, die ihnen voran Richtung Ausgang schritt.

優越性

Donnerstag, 4. Juni, 10:16, Keller, Berlin

Von der Treppe am Ende des Ganges hallte das saugende Geräusch der sich öffnenden Kellertür zu Robert, gefolgt von den Schritten schwerer Stiefel. Robert versteckte sich schnell hinter der Tür des Kommandoraums und ließ sie einen Spalt offen. Unter der Tür sah er, wie sich das Licht im Gang einschaltete. Er saß in der Falle. Sobald Cino die Tür öffnete, sah er die erleuchteten Monitore und wusste, dass er ungebetenen Besuch hatte. Das Poltern der Stiefel kam schnell näher. Dann blieb Roberts Herz beinahe stehen. Ein Handy klingelte. Mit seinem Klingelton. War es seins? Gedämpft durch die Jacke? Hektisch fummelte er in der Jackentasche nach dem Aus-Knopf, als er von der anderen Seite der Tür eine bekannte Stimme hörte: »Hallo?«

Stille.

»Nein, alles okay, es wird keine Probleme geben.«

Kurze Pause.

»Okay, auf Wiedersehen.«

Roberts Nerven waren zum Zerreißen gespannt. Er stützte sich mit dem Rücken an der Wand ab, bereit, die sich öffnende Tür mit einem beherzten Tritt gegen Cino zu schleudern. Und zu flüchten. Jeden Moment würde die Tür aufgehen.

»Hallo? Herr Chen?«, erklang plötzlich eine unbekannte Stimme. Sie schien von der Kellertür zu kommen.

»Ja?«, erwiderte Cino.

»Ich habe etwas entdeckt«, sagte die Stimme schnell. »Das müssen Sie sich ansehen. Sie wurden Opfer eines Einbruchs.«

Robert hörte, wie Cino den Gang entlang und die Treppe hochrannte. Als er im Erdgeschoss verschwunden war, verließ Robert sein Versteck. Im Gang holte er aus dem Rucksack seine Pistole, eine Walther PPK. Er kontrollierte den Sitz der Skimaske und achtete darauf, möglichst geräuscharm zu laufen. Rasch erreichte er die Treppe. Der Lichtschein der Lampe über der Kellertür reichte bis vor seine Füße. Die Treppe war frei. Die Kellertür stand halb offen. Robert schlich die Stufen hoch, die Pistole vor der Brust, auf die Kellertür gerichtet. Drei Stufen vor dem Ende der Treppe blieb er stehen und wartete. Die Rechnung war plötzlich eine andere, mit neuen Variablen wie dem Servicetechniker.

»Herr Chen, wollen Sie nicht die Polizei rufen?«

»Ja«, entgegnete er. »Das mache ich gleich. Ich danke Ihnen für Ihre Hilfe. Bitte lassen Sie mich jetzt allein.«

»Und die Alarmanlage?«, fragte der Techniker, und die Verwunderung in seiner Stimme war unüberhörbar.

»Darum kümmern wir uns ein anderes Mal.«

»Aber ich bin sicher, dass die Polizei mich als Zeugen vernehmen will.«

Robert hörte, wie die Eingangstür geöffnet wurde. Ein kühler Lufthauch wehte durch die halb geöffnete Kellertür.

»Ich werde Ihnen von Ihrer Anwesenheit hier erzählen und Ihre Nummer weiterleiten. Okay?«

»Ja, aber …«

»Kein Aber«, entgegnete Cino, und seine Stimme klang wie das Knurren eines Kampfhundes.

Robert hörte die sich schließende Haustür und die Wut in Cinos Schritten auf dem Weg zurück. Er hob die Pistole und zielte auf die Mitte der Tür. Die Schritte polterten auf dem Fliesenboden im Flur. Sie kamen schnell näher. Die Kellertür wurde aufgerissen, und Cinos untersetzter Körper erschien als Scherenschnitt im Gegenlicht des Flures. Ruckartig blieb er stehen. Im letzten Augenblick sah Robert die metallischen Reflektionen vor Cinos Bauch. Intuitiv warf er sich nach links gegen die Wand. Ein Schuss krachte ohrenbetäubend, die Kugel pfiff an Roberts Kopf vorbei. Cino rannte die drei Stufen herunter und warf sich mit seinem Körper gegen Roberts. Kurz vor dem Zusammenprall konnte Robert seinen Körper von der Wand lösen. Sie krachten zusammen, aber durch Roberts Bewegung ging Cinos Aufprall halb ins Leere, und Cino verlor das Gleichgewicht. Doch auch Robert konnte sich durch Cinos Stoß nicht auf den Beinen halten. Beide flogen polternd die Treppe herunter. Getrennt und doch gemeinsam. Roberts Finger umklammerten die Pistole. In den Augenwinkeln sah er, wie Cinos Kopf kurz vor Ende der Treppe hart gegen die Wand schlug, bevor der Körper noch einmal herumwirbelte und am Fuße der Treppe flach auf dem Rücken liegen blieb. Robert stürzte seitlich auf Cinos Körper und rammte ihm dabei seinen rechten Ellbogen in den Bauch. Mit einem schmerzvollen Stöhnen wachte Cino wieder auf. Doch er war benommen. Robert sprang auf die Füße. Sie blickten sich an. Robert sah, wie Cinos Blick klar wurde. Cino riss seine Pistole nach oben. Robert trat mit voller Wucht gegen Cinos Handgelenk. Die schwarze Pistole flog im hohen Bogen durch die Luft, krachte zuerst gegen eine Wand und polterte dann zu Boden. Robert trat blitzschnell zwei Schritte zurück und damit außer Reichweite von Cinos Beinen. Er richtete die Pistole auf Cinos Kopf.

»Bleib liegen und du überlebst«, knurrte er und imitierte dabei mit einem rollenden »R« einen russischen Akzent.

Mit der Waffe auf Cinos Kopf gerichtet lief er langsam rückwärts drei Stufen hoch. Plötzlich durchzuckte ihn ein Gedanke. Eleganter konnte er das Cino-Problem nicht lösen. Sein Blick fiel auf die Tür zum Raum mit der fleckigen Matratze. Von außen steckte ein Schlüssel im Schloss.

»Wo ist dein Handy?«, fragte Robert.

Cino griff im Liegen in die Vordertasche seiner Hose.

»Schön langsam. Dann das Telefon in den Gang legen.«

Cino befolgte die Anweisung.

»Los, aufstehen!«, befahl Robert.

Cino rappelte sich hoch. Robert ahnte, dass Cino seine Chancen kalkulierte. Auf einen Angriff. Den er überlebte. Und gewann.

»Vergiss es!«, sagte Robert grollend. »Oder du fängst dir eine Kugel in den Kopf ein. Rein da!«

Er wedelte mit der Walther zu der Tür zum Matratzenzimmer. »Reingehen und Tür hinter dir schließen.«

Cino folgte seinem Befehl. Die Tür schloss sich hinter ihm mit einem saugenden Geräusch. Jetzt kam der heikelste Part. Robert musste nahe an die Tür, um sie abzuschließen. Das gab Cino eine letzte Möglichkeit zum Angriff. Robert schlich zur Tür, griff nach dem Schlüssel und drehte ihn blitzschnell um. Schon wurde die Klinke von innen nach unten gerissen, doch Robert war schneller gewesen.

Die Tür blieb zu.

Robert verstaute die Waffe in der Außentasche seiner Jacke, rannte die Treppe hoch und durch den Flur bis zur Eingangstür. Vorsichtig öffnete er sie und blickte nach draußen. Es nieselte. Das metallene Rolltor stand einen Spalt offen. Robert zog die Tür hinter sich zu, lief zum Tor und lugte durch den Spalt auf die Straße. Der Weg zu seinem Wagen war frei, drei Häuser weiter stand ein Paketzulieferer mit eingeschaltetem Warnblinklicht halb auf dem Bürgersteig. Während Robert durch den Spalt schlüpfte, zog er sich die schwarze Maske vom Gesicht. Gerade als er den Transporter erreichte, kam der Paketzusteller in seiner braunen Uniform zurück aus dem Haus. Er schenkte Robert keinerlei Beachtung, stieg ein und fuhr davon. Endlich erreichte Robert den BMW. Der Golf, hinter dem er geparkt hatte, war verschwunden. Egal, Cinos Kameras konnten ihm nichts mehr anhaben.

Erst drei Straßen weiter ebbte das Adrenalinrauschen in Roberts Körper langsam ab. Der Geruch von Katzenurin drang zu seinen Sinnen durch. An einer Bushaltebucht in der Clayallee stoppte er und stieg aus. Der Niesel hatte aufgehört; die Wolken hingen aber noch tief und düster über der Stadt. In dem gläsernen Wartehäuschen der Bushaltestelle saß eine stämmige junge Frau mit blau gefärbten kurzen Haaren. Sie trug abgeschnittene Jeans, ein Metallica-T-Shirt und massige silberne Kopfhörer. Kaugummikauend beobachtete sie Roberts Aktionen. Robert beachtete sie nicht, zog den Pappkarton von der Rücksitzbank ins Freie und öffnete ihn. Die verbliebene Katze sah ihn aus großen Augen an. Die untere Hälfte des Kopfes war weiß, die obere Hälfte in einem hellen Braunton gescheckt, wie der Rest des Körpers auch. Unbewusst hatte er sich die hübscheste Katze bis zum Schluss aufgespart. Ein klagendes Miauen erklang. Robert hob die Katze aus der Kiste, stellte den Karton neben den Mülleimer der Bushaltestelle und stieg mit der Katze im Arm zurück in den Wagen.

Ein Name sauste durch seine Gedanken, als die Katze ihm vom Beifahrersitz aus ansah.

»Also, Bella«, sagte er und startete den Motor. »Ich denke, wir beide kaufen jetzt erst einmal ein bisschen Futter für dich, was?«

Als Antwort erhielt er ein weiteres Miauen.

優越性

Donnerstag, 4. Juni, 10:32, Büro, Berlin

Kaum hatte Wangs Assistentin das Eintreffen der beiden Wissenschaftler aus Shenzen angekündigt, klingelte Lees Handy. Wang verließ sein Büro, um sie im Foyer zu begrüßen, während Lee im schwarzen Besuchersessel sitzen blieb. Auf Lees Display leuchtete die Nummer seines Kontaktmanns beim chinesischen Geheimdienst. Er überbrachte schlechte Neuigkeiten. Maria Lin war untergetaucht. Sie wurde im Zusammenhang mit einem bewaffneten Angriff auf Mitarbeiter eines privaten Sicherheitsdienstes landesweit gesucht. Sein Kontaktmann war sich sicher, dass man sie bald dingfest machen würde.

»Sonst noch etwas?«, fragte Lee.

»Ja, in den gespeicherten Informationen über Maria Lin gibt es eine seltsame Lücke.«

»Eine Lücke?«

»Sie ist ein uneheliches Kind, der Vater unbekannt.«

Lee versuchte die aufkommende Erinnerung zu verscheuchen. Vergebens. Das Bild der halb verfallenen Hütte am Rande des Dorfes, in der er aufgewachsen war, flackerte durch seine Gehirnwindungen. Nachdem seine Mutter ihn unehelich zur Welt gebracht hatte, hatte der örtliche Parteibonze sie und das Neugeborene aus der Dorfgemeinschaft dorthin verbannt. Lee hatte viel Geld investiert, um diesen Teil seiner Vita für immer aus dem Internet verschwinden zu lassen.

»Was ist daran ungewöhnlich?«, fragte Lee scheinbar arglos.

»Die Mütter unehelicher Kinder wurden damals von der Partei bestraft.«

»Ja, und?«

»Ist bei Maria Lins Mutter nie passiert.«

»Das heißt?«, fragte Lee. Ihm ging langsam auf die Nerven, dass er seinem Gesprächspartner jede Information einzeln entlocken musste.

»Jemand muss eine schützende Hand über sie gehalten haben. Jemand mit Einfluss. Ich werde versuchen, mehr darüber herauszufinden.«

Lee bedankte sich für die Informationen und legte auf. Er starrte auf das Telefon in seiner Hand. Es war, als sei er nur halb da, die andere Hälfte schwebte in fernen Gefilden auf der Suche nach Antworten.

Wo war Maria Lin?

Und was hatte sie bloß vor?

優越性

Donnerstag, 4. Juni, 11:10, Lagerhalle, Quanzhou

Das vereinbarte Klopfzeichen holte Maria aus einem Schlaf so tief und unendlich wie das Universum. Sie öffnete die Augen, doch um sie herum war nur Dunkelheit. Für einen Augenblick wusste sie nicht, wo sie sich befand. Das Geräusch der sich öffnenden Tür des Laderaums brachte sie zurück in die Realität. Licht strömte durch die Ladeluke herein und ließ Maria die halbhohe Wand aus Kartons erkennen, hinter der sie seit Stunden auf einer Matratze gelegen hatte.

Mühsam räumte sie die schweren Kartons mit den Abbildungen von Computermonitoren zur Seite, verließ ihr Versteck und kletterte aus dem Lastwagen. Sie stand inmitten einer großen Lagerhalle. Flutlichter unter der Decke beleuchteten das Innere taghell. Han stand neben einem Mann an einem zweiten Lastwagen in der Mitte der Halle. Sie hatten ihr den Rücken zugewandt und diskutierten. Der zweite Mann gestikulierte lebhaft mit seinen Armen, während er redete. Han schüttelte immer wieder den Kopf. Maria war zu weit weg, um verstehen zu können, worum es ging. Sie lief auf die beiden Männer zu. Auf halbem Wege hörte sie Han sagen: »Nein, es muss heute sein.«

Als die beiden Männer ihre Schritte auf dem Betonboden der Halle hörten, drehten sie sich um und verstummten. Unwillkürlich verlangsamte Maria ihren Gang, als sie den zweiten Mann besser erkennen konnte. Er sah furchterregend aus. Bullig wie ein Stier, mit einem Nacken so breit wie der Kopf,

Oberarmen dicker als ihre Oberschenkel und der Körper übersät mit Tattoos. Bis hoch zum Hals, wo sich zwei Flügel vom Adamsapfel bis zu den Ohren ausbreiteten. Schwarze Jogginghose, schwarzes T-Shirt. Auf der linken Wange seines kantigen Schädels prangte eine wulstige Narbe. Er starrte sie an, Augen dunkel wie bodenlose Löcher. Der Mund ein schmaler Strich, die Haare raspelkurz.

»Was muss heute sein?«, fragte Maria und wandte den Blick von dem zweiten Mann ab.

»Deine Flucht nach Taiwan. Das Wetter ist nicht ideal, trotzdem muss es heute sein.«

Maria sah, wie der zweite Mann Han einen verwunderten Blick zuwarf. Oder bildete sie sich das nur ein? Han stellte ihn nicht vor, und der Tattoo-Mann, wie Maria ihn gerade getauft hatte, sagte kein Wort, sondern fixierte sie nur von oben bis unten. Dann verschwand er im hinteren Teil der Halle.

»Wer ist das?«, fragte Maria, und der Schrecken in ihrer Stimme war nicht zu überhören.

»Er wird dich nach Taiwan bringen.«

»Wo sind wir?«

»In der Nähe von Quanzhou, an der Meerenge gegenüber von Taiwan.«

Dass Hans Untergrundorganisation sie nach Taiwan bringen wollte, wusste sie schon, aber Details hatte er ihr vor ihrer Abfahrt nicht verraten. In Shenzhen hatte der blaue Transporter sie zu einem Großhandelslager gefahren. Dort waren Han und sie in einen Lastwagen voller Elektronikartikel umgestiegen. Er vorne auf dem Beifahrersitz, sie hinten im Laderaum. Nachdem der Wagen die Stadt verlassen hatte und die Fahrgeräusche monotoner wurden, war sie eingeschlafen.

»Wie spät ist es?«

Han schaute auf seine Armbanduhr. »Viertel nach drei.«

Sie musste fast sieben Stunden geschlafen haben. Der Tattoo-

Mann kehrte zurück. In der rechten Hand trug er eine große Papiertüte.

»Du solltest dich jetzt fertig machen«, meinte Han. »Du willst in Taiwan sicher nicht wie eine alte Bäuerin aussehen.«

Der Tattoo-Mann reichte Maria die Papiertüte. Darin befanden sich Jeans, T-Shirt, ein Pullover, eine Windjacke und feste Schuhe. Han lief zur Beifahrertür des Lastwagens, öffnete sie und holte eine Plastiktüte aus dem Innenraum.

»Was ist darin?«, fragte Maria, als Han ihr die Tüte entgegenstreckte.

»Klebeband, ein Gefrierbeutel, der Stick, der Schlüssel und dein Geld.«

Maria schaute in die Tüte. Der Umschlag war merklich ausgedünnt, nur noch halb gefüllt, wenn überhaupt. »Wo ist der Rest?«

Han deutete mit einer Kopfbewegung auf den Tattoo-Mann, der erneut auf dem Weg in den hinteren Teil der Halle war. Han bat sie, Stick, Schlüssel und Geld wasserdicht in dem Beutel zu verstauen und ihn an ihren Körper zu kleben.

»Sollte es in Taiwan Probleme geben«, fügte er zum Schluss hinzu, »dann zeig ihnen das Video deiner Tante.«

Maria fragte nach einem Waschraum, schminkte sich dort die alte Frau aus dem Gesicht, nahm eine Dusche und zog sich um. Bei ihrer Rückkehr erwarteten sie die beiden Männer am Heck des zweiten Lastwagens. Über dem linken Arm des Tattoo-Manns baumelte ein Overall. Der Stoff glänzte im Schein des Flutlichts. Ohne ein Wort streckte er ihn Maria entgegen.

»Was ist das?«, fragte Maria und sah, wie der Tattoo-Mann Han verblüfft anschaute.

»Das ist ein wasserdichter Overall. Er wird dich mit einem Boot nach drüben bringen.«

Sie hatte noch nie von einer erfolgreichen Flucht per Schiff nach Taiwan gehört. »Habt ihr das schon mal gemacht?«

Han nickte, doch zögerlich. Log er, um mich zu beruhigen, fragte sie sich, oder hatte er nur gezögert, mir die Wahrheit zu sagen? Beides wirkte nicht gerade beruhigend. Sie streifte den Overall über, der sich als zu klein entpuppte. Der Tattoo-Mann lief in den hinteren Teil der Halle und kehrte mit einem größeren Modell zurück. Während sie sich anzog, stellte sie so viele Fragen wie möglich. Sie erfuhr von Han, dass die einhundertachtzig Kilometer breite Meerenge die meistbefahrene Meeresstraße der Welt war, in der es von Containerriesen, Fischerbooten und Kriegsschiffen nur so wimmelte.

»Es ist auch die bestüberwachte Meeresstraße der Welt«, beendete Han seinen kleinen Vortrag.

Maria schloss die Klettverschlüsse an Hals, Armen und Beinen, die dafür sorgen sollten, dass möglichst wenig Wasser in den Overall eindringen konnte. Er saß perfekt.

»Und wie sollen wir da durchkommen?«, fragte sie.

»Zeig ihr das Boot«, bat Han den Tattoo-Mann.

Dieser drehte sich um und öffnete die Ladeluke des Lastwagens. Im Licht der Halle kam der mattschwarze, sehr spitze Bug eines Boots zum Vorschein. Sie kletterten in den Lastwagen. Der Tattoo-Mann bediente irgendwo einen Lichtschalter, und das Innere des Laderaums wurde erhellt. Maria schätzte die Bootslänge auf rund zehn Meter. Die Form erinnerte sie an eine spitz zulaufende Zigarre. Der komplette Rumpf war mattschwarz und schien das Licht zu verschlucken. Sie strich mit ihrer Hand seitlich am rauen Rumpf entlang. Ab der Mitte des Decks begann der offene Steuerstand. Darüber zog sich bis zum Heck ein Metalldach, ebenfalls mattschwarz und genauso breit wie der Rumpf.

»Mit diesem Ding kommen wir nach Taiwan?«, fragte Maria ungläubig.

»Ja«, erwiderte Han. »Wenn das Wetter günstig ist, sogar in einer guten Stunde. Es ist eins der schnellsten Boote, das man kaufen kann.«

Der Tattoo-Mann unterstich Hans Worte mit einem Kopfnicken.

»Farbe und Form sorgen dafür, dass es fürs feindliche Radar nahezu unsichtbar ist«, fügte Han hinzu. »Trotzdem ist es ziemlich gefährlich. Bist du sicher, dass du es machen willst?«

Sie dachte kurz nach. »Habe ich eine Alternative?«

»Nicht wirklich. Komm mit«, entgegnete er und kletterte aus dem Lastwagen.

Maria zog den Overall wieder aus und folgte den beiden Männern in die hinterste Ecke der Halle zu einem Klapptisch. Darauf standen lauter Pappschachteln, aus denen es dampfte. Es roch nach Gewürzen, vor allem Curry und Ingwer. Han wies mit dem Arm auf einen der freien weißen Plastikstühle.

»Du solltest jetzt so viel essen, wie es geht, damit dein Körper es noch verdauen kann, bevor es losgeht.«

»Wann wird das sein?«

»Heute Abend, wenn es dunkel ist.«

優越性

Donnerstag, 4. Juni, 12:36, Wohngebiet, Oranienburg

Die hohen Pinien standen wie ein Schutzwall um das zweistöckige Haus am Ende der Sackgasse. Robert parkte seinen Wagen am Straßenrand kurz vor dem Grundstück und checkte die Überwachungs-App auf seinem Handy. Wangs Mercedes hatte seinen Standort nicht verändert, er parkte seit dem Vormittag vor der *GenTech AG*. Robert steckte sein Handy ein und stieg aus. Er war umgeben von einem Wald. Nur für die schmalen Zufahrtsstraßen und die meist kleinen Häuser auf großen Grundstücken waren Bäume gefällt worden. Die Gewitterfront hatte sich verzogen, die Sonne blinzelte vereinzelt durch die Baumkronen und sprenkelte helle Flecken auf den Boden. Auf einigen Grundstücken waren die alten Häuser durch klobige Neubauten im Bauhausstil ersetzt worden. Stefan Leibold wohnte in einem der alten Gebäude.

Bei Mohrmann hatte Robert sich Leibolds private Telefonnummer besorgt. Während ihrer aktiven Zeit hatten sie sich kaum gekannt, waren sich aber bei den wenigen Begegnungen sympathisch gewesen. Bei einem Betriebsfest hatten sie sich einmal zusammen ordentlich die Kante gegeben.

Als Leibold die Tür öffnete, dachte Robert, dass dieser sich besser gehalten hatte als er. Die Figur schlank, das graue Haar voll, das Lächeln schelmisch und sympathisch wie eh und je. Nur der graue Vollbart war neu, stand ihm aber gut, wie Robert fand.

»Herr Forster, schön, dass Sie da sind.«

Das gemeinsame Besäufnis hatte fürs Duzen nicht ausgereicht.

»Kommen Sie herein«, sagte Leibold und trat beiseite.

»Danke, dass Sie mich empfangen. Sie wohnen schön hier«, erwiderte Robert und sah sich im Inneren des Hauses um. Es war größer, als es die Front vermuten ließ. Das Wohnzimmer des ursprünglichen Hauses war zum Garten durch einen Anbau mit großen Fensterflächen verlängert worden. Die Einrichtung mit einer cremefarbenen Schrankwand, dem obligatorischen Flachbildschirm, einer braunen Ledergarnitur und einem kniehohen Glastisch davor wurde aufgepeppt durch zwei Gemälde in knalligen Farben über der Couch.

Leibold bat Robert auf dem Sofa Platz zu nehmen und unterstrich seine Worte mit einer Handbewegung, während er sich gegenüber in einen Sessel setzte. Robert versank tief in weichen Lederpolstern.

»Seit wann leben Sie hier?«, fragte Robert. Er rutschte näher an die Vorderkante der Couch und brachte sich auf Augenhöhe.

»Wir haben das Haus vor einundzwanzig Jahren gekauft«, antwortete Leibold und drehte dabei mit der rechten Hand den Ringfinger an seiner linken.

»War das hier früher nicht eine bevorzugte Wohngegend hoher Parteifunktionäre?«

»Ist es noch«, erwiderte Leibold. »Jedenfalls für die, die die Wende halbwegs unbeschadet überstanden haben und noch nicht gestorben sind. Sie wohnen meist in den alten kleinen Häusern. In den letzten Jahren sind immer mehr junge Berliner zugezogen. Sie reißen oft die alten Häuser ab und stellen dann diese Klötze hin.«

»Lebt hier jeder für sich allein, oder kommt man hier mit seinen Nachbarn in Kontakt?« Robert merkte gerade, wie er das typische Verhalten des Nachrichtendienstlers an den Tag legte.

Finde so viel heraus, wie du kannst, aber gib nichts preis. Doch Leibold scherte sich nicht darum.

»Das kommt darauf an, wo der Nachbar sozialisiert wurde. Man erkennt immer sofort, wer aus dem Osten kommt und wer aus dem Westen.«

»Woran?«

»Die Alteingesessenen unterhalten sich mit einem nur über den Zaun hinweg. Sie sind nett und freundlich, aber sie laden einen nie in ihr Haus ein. Das alte Misstrauen vor Ausspähung sitzt immer noch tief. Die Zugezogenen kennen diese Ängste nicht.«

»Verstehe«, sagte Robert.

Eine unangenehme Stille entstand.

»Sie wollten doch bestimmt nicht mit mir über meine Nachbarschaft plaudern«, meinte Leibold. »Also, was kann ich für Sie tun?«

»Ich war erstaunt, als ich heute von Ihrem Abschied hörte. Warum sind Sie gegangen?«

»Ich bin gegangen worden«, entgegnete Leibold düster.

»Wann war das?«

»Juli 2021, wenige Monate vor Ihrem Abschied.«

»Sie wissen davon?«

Leibold lächelte. »Nur weil man ausgeschieden ist, heißt das nicht, dass man keine Informationen mehr bekommt. Was Ihnen in Kabul widerfahren ist, tut mir wirklich leid.«

Robert lächelte schwach zurück. »Danke. Aber warum mussten Sie gehen?«

»Merkel wollte meine ewigen Warnungen nicht mehr hören.«

»Warnungen wovor?«, fragte Robert und lehnte sich nach vorn.

»Vor der langfristigen Strategie Xi Jinpings.«

»Das heißt?«

»Wie viel Zeit haben Sie?«, fragte Leibold und erhob sich. »Kann ich Ihnen etwas zu trinken anbieten?«

Robert bat um einen Kaffee und ein Glas Wasser. Sein Handy verkündete mit einem Glockenton das Eintreffen einer Nachricht. Einer der Lover von Jun Ji Bao hatte sich auf Roberts Kontaktaufnahme bei Facebook gemeldet. Robert hatte sich als Journalist ausgegeben, der zum Tod der Wissenschaftlerin recherchierte. Der Mann bot an, mit Robert zu telefonieren, und fragte nach seiner Telefonnummer. Bevor Robert antworten konnte, kehrte Leibold mit den Getränken zurück. Er platzierte die Tassen und Gläser auf dem Tisch und sagte, während er sich wieder setzte: »Warum fragen Sie mich danach?«

Robert entschied sich für die Wahrheit: »Ich untersuche den Fall der toten Wissenschaftlerin. Die aus dem Fernsehen.«

»Ah, verstehe. In wessen Auftrag?«

Robert übermittelte seine Antwort mit einem schiefen Lächeln. Leibold verstand sie, hakte nicht weiter nach und fragte stattdessen: »Woran ist sie eigentlich gestorben?«

»Das wissen wir nicht. Bevor sie richtig obduziert werden konnte, tauchten Mitarbeiter der chinesischen Botschaft auf, präsentierten einen Diplomatenausweis der Toten und nahmen den Leichnam mit.«

Leibold dachte kurz nach. »Das hört sich nach einem Cover-up an.«

»Ja, für mich auch, aber von was? Ich bin hier, weil ich zu wenig über China weiß. Warum wendet sich eine treue Dienerin des Systems plötzlich dagegen?«

»Sie erhoffen sich darauf Antworten von mir?«, fragte Leibold verdutzt.

»Kaum jemand kennt China so gut wie Sie. Jedenfalls keinen, den ich kenne.«

»Danke für die Blumen.« Leibold blickte verlegen zur Seite. »Was wissen Sie über China?«

»Ehrlich gesagt, für einen Mann aus unserer Branche wahrscheinlich erschreckend wenig.«

»Keine Sorge«, erwiderte Leibold. »Bei mir sieht's beim Mittleren Osten nicht besser aus. Wir waren ja darauf getrimmt, länderspezifische Fachidioten zu sein.«

»Ja, das stimmt. Aber dass der BND freiwillig auf Sie verzichtet, erscheint hirnrissig. Also, was ist passiert?«

Leibold schaute auf den Kaffeebecher, den er mit beiden Händen umklammert hielt. Erinnerungen verdüsterten sein Antlitz. Schließlich hob er den Kopf und schaute Robert an.

»Ich habe die Kanzlerin ständig davor gewarnt, dass Xi Jinping ein falsches Spiel spielt, aber Merkel wollte davon nichts hören. Genauso wenig wie bei Putin. Das war zwar nicht meine Baustelle, aber ich weiß, dass Schuster auf genauso taube Ohren gestoßen ist wie ich. Sie erinnern sich an Wilfried Schuster?«

»Nein, der Name sagt mir nichts.«

»Er war für Russland zuständig.«

»Okay, verstanden. Aber was heißt falsches Spiel?«

Leibold sah Robert durchdringend an. »Die chinesische Regierung hat im letzten Vierteljahrhundert den größten Raubzug der Menschheitsgeschichte geplant und durchgeführt, ohne auch nur einen Schuss abfeuern zu müssen.«

»Was meinen Sie damit?«

»Na, weil wir ihnen freiwillig die Tresortüren geöffnet haben. Die Kommunistische Partei Chinas wusste zu Beginn des neuen Jahrtausends, dass China es nie aus eigener Kraft schaffen würde, technologisch zum Westen aufzuschließen oder ihn gar zu überholen. Also musste eine neue Strategie her. Es gibt diesen schönen englischen Satz: *For the Chinese the copyright is the right to copy*. Das ist zwar amüsant, aber auch die sehr britische Art, beschissene Dinge auszudrücken. Es ging nicht ums Kopieren, sondern ums Stehlen. Die chinesische Regierung scheißt auf alle internationalen Abmachungen zum geistigen Eigentum. Sie haben die Technologien definiert, die sie haben wollten, und dann ihre Armeen losgeschickt.«

»Ihre Armeen?«

Leibold lachte bitter. »Ja, ich nenne es so, weil es eine Invasion war. Zwei Armeen, eine verborgene Untergrundarmee und eine sichtbare, aber verkleidete an der Oberfläche. Erst einmal haben sie die größte und schlagkräftigste Hackerarmee der Welt aufgebaut und in Marsch gesetzt. Ihre Untergrundarmee. Sie sollte überall eindringen, ohne Spuren zu hinterlassen: bei Firmen, Institutionen, Organisationen, Universitäten und Behörden. Wie ein Staubsauger alles an digitalen Informationen absaugen, was sie kriegen konnten. Wir halten hier die russischen Hacker für talentiert, aber dafür fliegen die ziemlich oft auf. Wann sind das letzte Mal chinesische Hacker aufgeflogen?«

Nach einer kurzen Pause fuhr Leibold fort: »Bei der Oberflächenarmee mussten auf Anweisung der Partei alle mitwirken, die in irgendeiner Form mit dem Westen zu tun hatten. Dass ihre Geheimdienste dabei an vorderster Front standen, ist logisch. Aber auch Staatsbetriebe, private Unternehmen, Universitäten, Kulturschaffende, Forscher und Wissenschaftler, chinesische Auslandsprofessoren und -studenten wurden insgeheim verpflichtet mitzumachen. Alle sollten Teil des Raubzuges sein, und nahezu jeder gehörte dabei irgendeiner staatlichen Organisation an, wie der CSSA, der Vereinigung der chinesischen Studenten und Wissenschaftler. Es gibt etliche dieser Organisationen mit meist harmlos klingenden Namen wie bei der CPAFFC, der Gesellschaft des Chinesischen Volkes für Freundschaft mit dem Ausland, oder der COEA, der Chinesischen Vereinigung für Auslandsaustausch. All diese Organisationen erhielten von der Kommunistischen Partei ihre Instruktionen, ohne dass das für die ausländischen Partner erkennbar war. Es war von vorneherein ein abgekartetes Spiel. Mit einem Lächeln haben die Chinesen ihre westlichen Gesprächspartner aufgefordert, zum Wohl aller zusammenzuarbeiten.«

»Und wir sind darauf hereingefallen, oder?«, warf Robert ein.

Leibold nickte und trank einen Schluck Kaffee. »Bei den

westlichen Unternehmen kam dann zusätzlich noch Gier hinzu. Die Firmen sahen nur den riesigen Absatzmarkt für ihre Produkte. In ihren Augen leuchteten die Eurozeichen. Dass sie immer Partnerschaften mit chinesischen Firmen, Organisationen oder wem auch immer eingehen mussten, schien sie nicht zu stören. Sie merkten häufig nicht, wie sie von den Chinesen leer gesaugt wurden, oder wenn sie es merkten, standen sie meist mit der Faust in der Tasche daneben und ließen es geschehen. Sobald die Chinesen hatten, was sie wollten, kündigten sie die Zusammenarbeit auf und schlossen die Türen für die westlichen Partner. Nachdem dieser gigantische Raubzug dazu geführt hat, dass sie ihren Rückstand in Rekordgeschwindigkeit aufholen konnten, ist unter Xi Jinping eine neue Phase eingeläutet worden. 2015 hat die Führung der Kommunistischen Partei den Plan *China 2025* aufgestellt. Schon mal davon gehört?«

»Ja, darüber habe ich gelesen. Wurden da nicht all jene Bereiche definiert, in denen China 2025 Technologieführer sein will?«

Robert erhielt ein anerkennendes Nicken. »Ja, genau. Es wird unweigerlich Technologien geben, in denen China weltweit führend sein wird.«

»Warum unweigerlich?«

»Nehmen wir die Überwachungstechnik. Kein Bürger der westlichen Länder würde sich eine so allumfassende Überwachung wie in China gefallen lassen. Deshalb werden bei uns die entsprechenden Technologien gar nicht erst entwickelt. Die chinesische Regierung will das Netz der Überwachung immer lückenloser machen und ist an einer stetigen Verbesserung der Technologie interessiert. Der Etat für die innere Überwachung ist mit rund dreihundertfünfzig Milliarden Dollar sogar größer als ihr Verteidigungshaushalt. Inzwischen gibt es auch andere Bereiche, in denen chinesische Forscher im Wettbewerb mit dem Westen an der Spitze sind.«

»Zum Beispiel?«

»In der Miniaturisierung. Wussten Sie, dass chinesische Forscher 2022 ein Patent für einen Transmitter angemeldet haben, der die Länge eines Kohlenstoffatoms hat?«

»Nein, davon habe ich nichts mitbekommen. Ein Transmitter groß wie ein Kohlenstoffatom?«

»Ja, unfassbar winzig. Im Grunde heißt das, er ist unsichtbar, und man findet ihn nur, wenn man um seine Existenz weiß.«

In Robert blitzte eine Erinnerung auf. »Kam in China nicht vor einigen Jahre sogar das erste genmanipulierte Baby zur Welt?«

»Das stimmt. Die Babys sollten durch die genetische Veränderung gegen das AIDS-Virus geschützt sein. Die Eizellen der Mutter wurden außerhalb des Körpers mit der Genschere verändert, befruchtet und dann den Müttern wieder eingesetzt. Wir haben nur davon erfahren, weil das Ego des ausführenden Wissenschaftlers mit ihm durchgegangen war.«

»Was meinen Sie damit?«

»He Jiankui, so hieß der Typ, stellte ein Video auf YouTube online, in dem er mit seiner wissenschaftlichen Leistung und der Geburt der genmanipulierten Babys prahlte.«

»Wurde er nicht von der chinesischen Führung zurückgepfiffen?«

»Korrekt. Nachdem sich vor allem im Westen Entsetzen breitgemacht hatte und sich weltweiter Protest erhob, wurde sein Vorgehen von der Partei im Verbund mit anderen chinesischen Wissenschaftlern verurteilt. Sie haben ihn sogar zu einer dreijährigen Gefängnisstrafe verurteilt. Damit konnte China sein Gesicht wahren. Ich war mir damals sicher, dass man ihn vor allem deshalb zurückgepfiffen hat, weil er das Video ohne Wissen und Zustimmung der Partei veröffentlicht hat.«

»Wenn das zutrifft«, meinte Robert nachdenklich und schaute an Leibold vorbei in den Garten, »dann stellt sich doch die Frage: Was brüten sie noch alles in ihren Laboren aus?«

優越性

Donnerstag, 4. Juni, 12:48, Bürogebäude, Berlin

Die dunklen Punkte bewegten sich in der Flüssigkeit wie ein Schwarm im Wasser. Acht Augen blickten gebannt auf den Monitor in Keller der *GenTech AG*. Lee saß in der Mitte, flankiert von den beiden Wissenschaftlern aus Shenzen, die wie Vater und Sohn wirkten, wobei der Sohn den Vater um einen Kopf überragte. Der Ältere galt als Chinas Steve Jobs der Miniaturisierung, der Jüngere war einer der besten Ingenieurstudenten des Landes gewesen. Seit drei Jahren standen sie auf Lees Gehaltsliste. Hinter Lee stand Wang; seine Hände ruhten scheinbar gelassen auf dem oberen Ende der Rückenlehne von Lees Stuhl, doch Lee spürte an der Lehne, wie Wangs Hände zitterten. Seit einer Stunde wusste Lee, dass die Dinge doch nicht so glatt liefen wie geplant. Wang hatte ihm gestern nicht alle Fakten auf den Tisch gelegt. Die Genschere funktionierte, aber das Andocken der Nanopartikel an den Zielzellen im Embryo nicht. Die Zellen stießen die Partikel jedes Mal als Fremdkörper von sich. Vater und Sohn hatten aus Shenzen die neueste Version mitgebracht. Vor Beginn des heutigen Tests hatten sie detailliert erklärt, wie sie mit einem Trick hofften, die Hülle der Zellen im Embryo zu überlisten. Lee hatte schon nach wenigen Minuten abgeschaltet. Details interessierten ihn nicht, nur Erfolge.

Die Klimaanlage surrte leise vor sich hin. Das Dröhnen der massigen, neu entwickelten Nano-Videokamera im Nebenraum, unter deren Objektiv die Probandin mit ihrem Bauch lag, kam hier nur als leises Brummen an.

»Gleich erreichen die Partikel den Embryo«, sagte Wang mit seiner hohen Stimme.

Die Probandinnen fanden sie durch Annoncen im Internet, meist junge Frauen aus dem Prekariat, manchmal auch Studentinnen, all jene Schwangeren, für die dreitausend Euro ein Angebot waren, das sie nicht ausschlagen konnten. Die Tests wurden bei den Behörden angemeldet und waren genehmigt. Jedenfalls die offizielle Version der Tests.

Von dem Einsatz von Nanopartikeln wussten sie nichts.

Plötzlich erschien der Embryo auf dem Monitor und wirkte riesig. Die vier Männer sahen nur einen kleinen Ausschnitt der Außenhülle. Wang hatte Lee die Größenverhältnisse vorher erklärt. Wenn er den ganzen Embryo auf dem Monitor sehen würde, könnte er die Nanopartikel nicht mehr erkennen, weil sie im Verhältnis viel zu klein seien. Die Partikel seien nur millionstel Millimeter große Fetttröpfchen. Durch die Nabelschnur strömte der Schwarm gerade ins Innere des Embryos. Die Partikel dockten an ihren Zielzellen an, jeder einzelne federte leicht nach, als ob er auf ein Kissen fiel. Bis dahin hatten sie es auch schon bei früheren Versuchen geschafft. Im Raum herrschte absolute Stille. Keiner bewegte auch nur einen Muskel. Selbst das Atmen schien eingestellt. Für kurze Zeit schien der Partikel auf der Oberfläche zu schwimmen wie auf einem Pudding. Plötzlich begann die gallertartige Umgebung den Partikel zu umschließen. Vater und Sohn begannen, begeistert in die Hände zu klatschen. Wang stieß einen Freudenschrei aus. Wenig später waren sämtliche Partikel vom Inneren ihrer Zellen verschluckt.

»Und jetzt?«, fragte Lee und drehte sich zu Wang um.

»Beginnt die Genschere mit ihrer Arbeit«, erwiderte Wang und verzog keine Miene, bevor er hinzufügte: »Falls es welche zu verrichten gilt.«

Das galt den beiden Wissenschaftlern und war so zwischen Lee und Wang abgesprochen. Die beiden Männer aus Shenzhen sollten sehen, dass ihre Forschung erfolgreich, aber nicht wissen, für welchen Einsatz sie geplant war. Sie leiteten die Forschung bei einem Unternehmen für Nano-Medizin mit Sitz in Chinas High-Tech-Metropole Shenzen; die Firma galt auf diesem Gebiet weltweit als führend. Lee hatte sie mit Wissen und Genehmigung der Partei vor zwei Jahren erworben, als sich Nanopartikel als ideales Transportmittel für die Genschere abzeichneten. Während Berlin sich um die Perfektionierung der Genschere kümmerte, suchte Shenzen die Lösung für das Transportproblem. Vor gut sechs Monaten hatte Wang die Arbeiten zusammen und heute zum Erfolg geführt.

»Das ist sehr beeindruckend«, meinte der Vater und riss seinen Blick vom Monitor los. Er sah Lee an. »Danke, dass Sie uns diese Forschung ermöglicht haben.«

»Ich danke Ihnen für Ihre bahnbrechende Arbeit«, erwiderte Lee und erhob sich. »Dank Ihrer Arbeit können wir ein neues Kapitel in der Medizin aufschlagen. Und nicht nur dort. Die Einsatzmöglichkeiten für diese neue Technologie sind beinahe grenzenlos.«

Ein Lächeln schwappte von Gesicht zu Gesicht. Sie schüttelten einander die Hände und gratulierten sich mit freundlichen Worten zum gemeinsamen Erfolg. Doch dann verdarb Lee mit seinen nächsten Worten das Spiel.

»Dass wir alle hierüber absolutes Stillschweigen bewahren müssen, versteht sich hoffentlich von selbst«, sagte er und blickte ernst von einem zum anderen. Das Lächeln der beiden Wissenschaftler erlosch genauso schnell, wie es erstrahlt war. »Ich bin mir bewusst, dass Sie Ihre wissenschaftliche Leistung möglichst schnell publiziert sehen wollen, doch ohne ein Patent kann ich keine Veröffentlichung zulassen.«

Mit jedem Wort waren die Mundwinkel der beiden Wissenschaftler tiefer gesackt. Eine Patenterteilung konnte lange dauern.

»Außerdem muss ich unseren Erfolg erst noch mit der Partei besprechen«, fügte Lee hinzu. »Ohne die Zustimmung der Partei können wir nichts veröffentlichen. Wir alle erinnern uns, was mit dem Kollegen He Jiankui passiert ist, oder nicht?«

Synchron wackelten Vater und Sohn beim Nicken mit den Köpfen, ihre Gesichter von Furcht verschattet.

Lee schaltete sein Lächeln wieder ein.

»Deshalb möchte ich Ihnen die Wartezeit ein wenig versüßen«, meinte er, zog aus der Innentasche seines Jacketts zwei Umschläge hervor und überreichte sie.

Damit war alles gesagt.

Wang wies seine Assistentin telefonisch an, zwei Taxis zu bestellen. Eins zum Flughafen und das andere zum Hotel Adlon.

優越性

Donnerstag, 4. Juni, 13:32, Wohngebiet, Oranienburg

Roberts letzte Frage hallte in ihm nach, er starrte immer noch in den Garten. Vor seinem inneren Auge marschierten unheimliche menschliche Kreaturen auf, erschaffen in chinesischen Geheimlaboren. Er sah, wie Leibold ins Leere starrte; auch in ihm arbeitete es. Robert beendete die Stille. »Aber was hat das alles mit Ihrem Rausschmiss zu tun?«

Leibolds Gedanken kehrten ins Wohnzimmer zurück. Er nippte an seinem Kaffee, bevor er sagte: »Entschuldigung, ich bin ein bisschen abgeschweift.« Er trank einen weiteren Schluck Kaffee und stellte die Tasse auf den Tisch. »Über *China 2025* und was das für die deutsche Industrie bedeutet, wurde natürlich im Kanzleramt gesprochen, aber der Raubzug, der das erst ermöglicht hat, war ja gar nicht das größte Problem.«

»Nicht?«

»Was ist der größte Drang des Menschen?«, fragte Leibold unvermittelt und sah Robert an.

»Ähh, Sex?«, entgegnete Robert unsicher. Er hatte keine Ahnung, worauf Leibold hinauswollte.

Leibold lachte auf. »Nein, ich meine nicht die körperlichen Triebe, sondern die psychischen.«

»Frei zu sein?«

»Genau. Diesen Drang will Xi Jinping vernichten. Und das weltweit.«

»Wie kommen Sie darauf?«

»Woran ist die DDR gescheitert?«

Robert gefiel dieses Frage-Antwort-Spiel nicht, aber wenn er mehr über China erfahren wollte, musste er wohl oder übel mitspielen. »Ich verstehe nicht, worauf Sie hinauswollen, aber bei mir würde auf Platz eins ihr wirtschaftlich unterlegenes System stehen.«

»Ja, das natürlich auch, aber vor allem auch an West-Berlin.«

»West-Berlin?«, echote Robert, um Zeit zum Nachdenken zu gewinnen.

»Sechzehn Millionen Deutsche wussten, dass es in ihrem Land eine Insel gab, auf der zwei Millionen Deutsche Freiheiten und Möglichkeiten hatten, die sie selbst nicht besaßen. Das galt zwar auch für das damalige Westdeutschland, aber diese Insel der Freiheit direkt neben ihrer Hauptstadt hatte noch einmal eine andere Qualität. Ein permanenter Sehnsuchtsort in ihrer Mitte, gegen den keine Propaganda etwas ausrichten konnte.«

»Okay, verstehe.«

»Und das Gleiche trifft auch auf Taiwan zu. 1,3 Milliarden Chinesen können sehen, dass man als Chinese nicht zwingend in einer Diktatur unter der Knute der Kommunistischen Partei leben muss, dass knapp fünfundzwanzig Millionen Han-Chinesen es nicht tun und dabei alle Freiheiten genießen, die die Festland-Chinesen nicht haben. Deshalb will Xi Jinping unbedingt das demokratische Taiwan vernichten. Natürlich hätte die Einnahme Taiwans unbestreitbare geostrategische Vorteile: Die Amerikaner dürften nicht mehr mit ihren Kriegsschiffen durch die Formosastraße fahren …«

»Formosastraße?«, unterbrach Robert Leibolds Redefluss. »Meinen Sie die Meerenge zwischen China und Taiwan?«

»Entschuldigung, ich dachte, das wäre ein geläufiger Begriff«, antwortete Leibold, während seine Stirn sich in Falten legte.

»Wie gesagt, hier sitzt ein ziemlicher Fachidiot«, erwiderte Robert mit einem entschuldigenden Lächeln.

»Also, mit der Einnahme Taiwans wäre die Formosastraße für ausländische Schiffe geschlossen und China unumschränkter Herrscher im südpazifischen Meer. Aber die Vernichtung persönlicher Freiheit der Taiwaner steht für Xi über allem. Deshalb ist er auch so brutal in Hongkong vorgegangen, obwohl die internationalen Verträge das demokratische System dort bis 2047 festgeschrieben hatten. Jetzt fehlt nur noch Taiwan. Xis ständiger Bezug auf die Geschichte, dass Taiwan schon immer ein untrennbarer Teil von China sei, ist kompletter Bullshit. Selbst für Mao war Taiwan Ausland, das hat er mehrmals öffentlich erklärt. Aber davon weiß die chinesische Bevölkerung nichts und wird es auch nie erfahren.«

»Wegen der Zensur?«

»Was die chinesische Regierung macht, geht weit über Zensur hinaus«, wandte Leibold ein und schenkte beiden Wasser nach. »Bei Zensur denkt man vor allem an aktuelle Ereignisse. Die Kommunistische Partei Chinas ändert jedoch permanent die Vergangenheit, damit sie zu den heutigen Aussagen der chinesischen Führung passt. Alle Archive werden dementsprechend manipuliert und damit das, was die chinesische Bevölkerung über die Vergangenheit erfahren kann. Maos Aussagen zu Taiwan existieren in chinesischen Archiven ebenso wenig wie die Ereignisse am Tian'anmen-Platz 1989 oder das Verhungern von rund vierzig Millionen Chinesen durch Maos Politik. Für die chinesische Bevölkerung heißt das: Das hat alles nie stattgefunden.«

»Aber hat Stalin das nicht auch schon gemacht? Personen, die in Ungnade gefallen waren, aus gemeinsamen Fotos retuschieren und ihre Namen aus Dokumenten und Büchern entfernen lassen?«

»Das ist richtig, aber das musste damals alles per Hand gemacht werden. Wer Widerstand leisten wollte, versteckte ein Originalnegativ oder ein Buch in seiner Originalfassung. Heute schickt man mit einem Klick einen Algorithmus los, und der geht im gesamten Internet auf die Jagd. Vernichtet alle Spuren, die es von einer Person gibt. Oder er schreibt historische Ereignisse in allen digitalen Archiven so um, wie es der Partei gefällt. Dagegen ist Widerstand nahezu unmöglich.«

Robert schaute zum Fenster hinaus, gebannt durch Erinnerungen.

Leibold bemerkte es und stutzte. »Woran denken Sie gerade?«

»An meine Schulzeit«, entgegnete Robert und sah Leibold an. »Wir mussten George Orwells *1984* lesen, und das Wahrheitsministerium hat mich damals schwer beeindruckt. Wenn aus einem Feind ein Freund wurde, wurden alle Dokumente aus der Vergangenheit so umgeschrieben, als ob der neue Freund schon immer ein Freund war. Dass er bisher ein Feind war, wurde aus der Geschichtsschreibung getilgt. Oder wenn eine Person in Ungnade gefallen war und zur Unperson erklärt wurde, wurde die Geschichte so umgeschrieben, als ob diese Person nie existiert hat. Das fand ich damals richtig unheimlich.«

»Das passiert in China auch. Und die Gedankenkontrolle, die Orwell beschrieben hat, versucht die Kommunistische Partei durch ihr Überwachungssystem ebenfalls zu implementieren.«

Robert blickte skeptisch. »Kann man Gedanken kontrollieren?«

»Vermutlich ja. Wenn Sie heute in einer chinesischen Stadt über eine rote Ampel gehen, haben Sie durch die allgegenwärtige Überwachungstechnik wenige Sekunden später den Strafbefehl auf Ihrem Handy, und das Geld wird sofort von Ihrem Konto eingezogen. Ihr Sozialkonto verliert auch gleich Punkte. Wenn aber die Verschlechterung Ihres Sozialkontos dazu führt, dass Sie bei der Bank keinen Kredit mehr bekommen, nicht mehr befördert werden, die Wunschwohnung nicht kaufen können, nicht mehr reisen dürfen oder Ihre Kinder nicht mehr studieren können, werden Sie dann noch über eine rote Ampel gehen?«

»Wohl eher nicht.«

»Genau, und relativ schnell werden Sie überhaupt nicht mehr daran denken, es zu tun. Wenn Sie wissen, dass Ihnen ähnliche Konsequenzen bei Äußerungen drohen, die gegen die offizielle Parteilinie verstoßen, egal ob Sie sie im Netz oder gegenüber Nachbarn oder Berufskollegen tätigen, werden Sie dann diese Gedanken noch äußern?«

»Ich verstehe, worauf Sie hinauswollen.«

»Vermutlich werden Sie zukünftig solche Gedanken unterdrücken, bis sie gar nicht erst auftauchen. Die Kommunistische Partei Chinas will ihren Bürgern auch noch diese letzte Freiheit nehmen: frei zu denken. Jeder Gedanke, der gegen die Partei gerichtet ist, soll schon im Keim erstickt werden, und damit sollen natürlich auch Äußerungen und Handlungen unterbunden werden, die auf diesen Gedanken beruhen. Die Überwachung mit Kameras und Mikrofonen ist in zahlreichen Gegenden heute schon lückenlos. Jede Ihrer Bewegungen wird registriert und überwacht. Weil jeder chinesische Bürger das perfekte Überwachungstool permanent in der Hosentasche hat.«

Leibolds Blick wanderte zu Roberts Handy auf dem Tisch.

»Aber das haben wir doch auch«, protestierte Robert und hob das Handy von der gläsernen Tischplatte. »Wir werden von den großen Tech-Firmen ebenfalls permanent überwacht. Vielleicht hören sie uns sogar gerade zu.«

»Da haben Sie natürlich recht, aber Sie haben die Freiheit, Ihr Handy einfach zu Hause zu lassen. Das kann man im modernen China nicht. Selbst die Kartoffeln auf dem Markt bezahlt man mit dem Handy. Die Benutzung von öffentlichen Verkehrsmitteln, der Eintritt ins Kino oder Museum, das Öffnen der Haustür, die Stechuhr in der Fabrik, die Zulassung des Fahrzeugs, das Anmelden der Kinder auf der Schule, alles ist bewusst über dieses kleine Gerät gesteuert. Die Kommunistische Partei unter Xi versucht, eine perfekte IT-Diktatur zu erschaffen, aus der es kein Entkommen gibt. Und die will Xi auf die gesamte Welt ausdehnen.«

Leibold nahm den Kaffeebecher vom Tisch und trank einen Schluck. Auf dem Glas hatte sich ein runder Abdruck gebildet.

»Oh, mein Gott«, meinte er mit einem schelmischen Unterton und stand auf. »Das gibt Ärger mit der Ministerin für Sauberkeit.«

Mit einem feuchten Küchenpapier kehrte er zurück und wischte den Fleck weg. Das Papier ließ er zusammengeknüllt neben dem Becher liegen. Mit ernster Stimme nahm er den Faden wieder auf: »Xi hat die weltweite Abschaffung der Freiheit angekündigt. Er hat es natürlich verklausuliert getan. Bei seiner großen Rede beim jährlich stattfindenden Volkskongress hat er vor wenigen Jahren verlautbart, China strebe weltweit eine Reform der Regierungssysteme an. Xi will, dass sich weltweit das autokratische Modell gegen die Demokratie durchsetzt, dass die Demokratie mit ihren individuellen Freiheiten verschwindet.«

Robert nickte nachdenklich. »Ja, ich weiß. Und sie befindet sich schon auf dem Rückzug: Lebte zur Jahrtausendwende noch jeder Zweite in einer Demokratie, so ist es heute nur noch jeder Fünfte.«

»Sie kennen also den Bericht?«, fragte Leibold.

Robert nickte.

»China hat seine Überwachungstechnologie bereits in mehr als siebzig Länder exportiert«, fuhr Leibold fort. »Bei den Putins und Orbans dieser Welt ist sie natürlich hochwillkommen, um ihre autokratische Macht zu festigen. Xis Strategie ist, erst die USA als wirtschaftlich stärkstes und militärisch mächtigstes Land der Welt abzulösen und dann der Welt Chinas Willen aufzuzwingen. Der Zeitpunkt, bis wann das alles abgeschlossen sein soll, ist auch schon definiert: 2049, zum einhundertsten Jahrestag der Gründung des kommunistischen Chinas.«

Die letzten Worte hingen eine Weile unkommentiert in der Luft.

»Ich wollte ja nur«, fügte Leibold plötzlich hinzu, und ein Schatten legte sich auf sein Gesicht, »dass die Kanzlerin Xis Worte ernst nimmt. Vor einhundert Jahren hat das Ausland Hitlers Worte über die Vernichtung der Juden lange nicht ernst genommen, und vor einigen Jahren hat der Westen Putins Worte über seine imperialen Gelüste nicht ernst genommen. Die Resultate sind in beiden Fällen bekannt. Unsere Politiker müssen endlich begreifen, dass für unsere Art zu leben China der Endgegner ist. Zumindest, solange Xi an der Macht ist.«

Robert ließ Leibolds letzte Worte unkommentiert. Draußen verschwand die Sonne aus dem Garten. Erste Regentropfen klopften gegen die Fenster. Wenige Sekunden später prasselte es. Aprilwetter im Juni, dache Robert, bevor er leise sagte: »Und dann hat man im Kanzleramt entschieden, den nervenden Mahner aufs Abstellgleis zu stellen?«

»Ja, man wollte mich in ein anderes Ressort versetzen. Alternativ legte man mir eine Frühpensionierung nahe.«

Roberts Handy auf dem Couchtisch brummte. Ein weiterer von Jun Ji Baos Liebhabern meldete sich über Facebook. Er wandte seinen Blick vom Display ab und sah Leibold in die Augen. »Halten Sie es für denkbar, dass der chinesische Geheimdienst auf deutschem Boden einen Mord begeht?«

Robert sah die Neugierde in Leibolds Augen aufblitzen, bevor er fragte: »An einem chinesischen Dissidenten? Ja, durchaus.«

»Nein, an einem deutschen Staatsbürger.«

Leibold sog hörbar die Luft ein, während er nachdachte. Schließlich meinte er: »Dann müsste schon sehr viel auf dem Spiel stehen.«

優越性

Donnerstag, 4. Juni, 14:28, Hotel, Berlin

Auf den Fenstern seines Hotelzimmers wanderten Regentropfen umher. Lee blickte von seiner Suite im sechsten Stock auf den Pariser Platz herunter. Die Finger seiner herunterhängenden Arme tippelten ungeduldig auf beiden Seiten gegen die Oberschenkel. Auf dem nassen Asphalt wandelten zahlreiche Sechsecke umher, zumeist grau oder schwarz, unter denen sich die Menschen vor dem Regen versteckten. Lee nahm sie genauso wenig wahr wie die Stimme des Nachrichtensprechers im Fernseher, der leise im Hintergrund lief. Seine Gedanken waren auf den Anruf fokussiert, den er erwartete. Sein Verbindungsmann zum Umfeld des Präsidenten müsste sich jeden Moment melden. Hoffentlich konnte er endlich Fortschritte vermelden. Morgen würde Xi in Berlin sein und damit Lees Unantastbarkeit zum Greifen nah. Vor seinem geistigen Auge sah Lee das Treffen bereits vor sich. Wie würde der Präsident ihn begrüßen? Mit freundlicher Miene? Oder zurückhaltend? Seit seinem Aufenthalt im Gebirgsgefängnis hatten ihn der Präsident und sein Umfeld ignoriert. Aber das würden sie nach seinem Vortrag nicht mehr tun. Sie werden mich lieben, dachte Lee, mich bewundern für meine strategische Weitsicht. Xis Traum von der Wiederauferstehung Chinas zu nie gekannter Größe konnte endlich in Erfüllung gehen. Und er mittendrin. Vielleicht bald sogar zum engsten Kreis des Präsidenten gehörend. Und damit unantastbar sein.

Das Klingeln seines Handys riss ihn aus den Gedanken.

Mit hastigen Schritten lief er zum Nachttisch. Das Handy lag mit dem Display nach unten. Vorfreude auf gute Nachrichten und Angst vor schlechten erzeugten ein nervöses Kribbeln in Lees Magen. Schnell nahm er das Telefon vom Nachttisch und schaute aufs Display. Mist, nur seine Frau. Kurz dachte er daran, sie wegzudrücken, doch dann entschied er sich dagegen. Er hörte ihr nur mit halbem Ohr zu, wenn überhaupt. Sie berichtete ihm von ihrem Treffen mit dem Produzenten ihres nächsten Films. Sie mischte eine herzhafte Prise Bosheit in ihre Worte, als sie Lee beschrieb, wie er sie mit den Augen ausgezogen hatte. Als sie den mächtigsten Filmproduzenten des Landes einen kleinschwänzigen Gorilla nannte, lachte Lee kurz auf. Sie fragte nach, ob er seine Probleme in Berlin lösen konnte. Sie war also auf der Hut, dachte Lee. Oder schon vor dem Absprung? Er versicherte ihr, alles im Griff zu haben und bald zurückzukehren. Nach einigen gegenseitigen Liebesbeteuerungen war das Telefonat beendet. Lee begann, in der Suite herumzutigern. Um seine Gedanken auf Trab zu bringen. Plötzlich musste er an Martin Zuber denken. Noch so ein ungelöstes Problem. In Berlin war die Sache zwar erledigt, nicht aber in Peking. Lee wusste immer noch nicht, wie er es übermitteln sollte. Ein Mord auf deutschem Staatsgebiet an einem deutschen Staatsbürger. Er hatte zwar nicht abgedrückt, aber trotzdem. Der Präsident mag es nicht, in Verlegenheit gebracht zu werden, echoten die Worte von Xis persönlichem Assistenten in Lees Kopf. Das konnte ihn endgültig zur Persona non grata machen.

Verfluchte Scheiße!

Das Treffen mit dem Präsidenten hier in Berlin musste einfach klappen. *Happy Genes* würde die Krönung für Xis klandestine Strategie sein, die Lee vor einiger Zeit bei einem Geheimtreffen erläutert worden war. Schon die Einladung war konspirativ übermittelt worden. Ein schwarz gekleideter Bote hatte ihn abends beim Verlassen des Rings abgefangen und ihm zugeflüstert: »Nur für Ihre Augen bestimmt.« In dem versiegelten Kuvert fand Lee eine Einladung. Oder eher einen höflich formulierten Marschbefehl. Neun Tage später. Peking. Eine Adresse in der Verbotenen Stadt. Einladung gleich Passierschein stand auf der Rückseite. Darunter Xis Unterschrift, die in China jedes Kind kannte. Als der Tag gekommen war, entdeckte Lee beim Betreten des Veranstaltungssaals ein gutes Dutzend der mächtigsten Unternehmenschefs des Landes. Niemand wusste, worum es ging, aber allen war klar, dass etwas Bedeutendes in der Luft lag. Xi erschien nicht selbst, sondern schickte seinen engsten ideologischen Berater Wang Huning, der seit dem letzten Volkskongress ebenfalls Mitglied im Ständigen Ausschuss war. In dem knapp dreißigminütigen Vortrag erläuterte Wang den angeordneten Strategiewechsel für die heimischen Unternehmensführer. Zusammengefasst unter einer markanten Losung: China braucht nur China. Die anwesenden Unternehmensleiter sollten sich nur noch auf den heimischen Markt konzentrieren und alle Abhängigkeiten von ausländischen, insbesondere westlichen Partnern auf ein Minimum reduzieren, wenn möglich auf null herunterfahren. Verkäufe ins Ausland waren zwar weiterhin gestattet, aber ein plötzlicher Wegfall des Auslandsgeschäfts müsste bei zukünftigen Unternehmensentscheidungen einkalkuliert werden und durfte das Unternehmen nicht in Gefahr bringen. Wang erwähnte Taiwan mit keinem Wort, aber allen war klar, dass sie sich auf westliche Sanktionen nach einer Invasion des Landes vorbereiten sollten. China war als Markt groß genug, um sich selbst zu genügen, um vom Ausland völlig unabhängig zu werden, hatte Wang mit seiner sonoren Stimme gesagt. Um sich von niemandem mehr Frechheiten gefallen lassen zu müssen. Vor allem nicht von den Amerikanern. Gleichzeitig sah die neue Strategie vor, die ausländischen Staaten immer abhängiger von China zu machen. Zugang zum bald größten Konsumentenmarkt der Welt erhielt nur noch, wer China nicht kritisierte und seine führende Rolle nicht infrage stellte. Seine Überwachungstechnik implementierte und sein politisches System änderte, genauso wie Präsident Xi es auf dem Volkskongress angekündigt hatte. Lee sah es vor sich, wie die Staatsführer bei künftigen Weltgipfeln den chinesischen Führer hofierten, wie er bei jedem Gruppenbild in der Mitte stand und den Platz einnahm, der dem Land gebührte.

Das vibrierende Handy zappelte auf dem Nachttisch herum und beendete abrupt Lees Gedankenstrom. Er stürmte zum Bett. Das Display zeigte die richtige Nummer. Endlich. Lee nahm ab.

»Herr Lee, Sie baten um Rückruf. Was kann ich für Sie tun?«, fragte die Stimme am anderen Ende der Leitung.

Das weißt du genau, Arschloch, dachte Lee, schließlich bezahle ich dich fürstlich dafür, doch stattdessen meinte er: »Ich wollte mal hören, wie der Stand der Dinge ist. Wird der Präsident während seines Berlinaufenthalts Zeit für mich haben?«

»Das ist noch nicht ausgemacht. Er hat sich Zeit für Persönliches blockiert, aber es ist noch nicht entschieden, was er in dieser Zeit machen wird.«

»Dann sorgen Sie bitte dafür, dass er das Richtige tut.« Lee hatte Mühe, seinen Zorn zu unterdrücken. »Schließlich profitieren Sie auch davon.« Lee hatte ihm eine zusätzliche Summe versprochen und die nicht zu knapp.

»Ich habe gehört, man ist momentan nicht gut auf Sie zu sprechen«, erklang die Stimme seines Gesprächspartners kühl aus dem Lautsprecher des Handys.

Lee dachte einen Augenblick nach, dann setzte er alles auf eine Karte. »Bitte sagen Sie dem Präsidenten Folgendes: Unsere Erfindung wird ihm helfen, zum bedeutendsten Herrscher in der Geschichte Chinas zu werden.«

優越性

Donnerstag, 4. Juni, 20:47, Strand, Quanzhou

Das Rauschen des Meeres klang beruhigend, aber bei Maria verfehlte es seine Wirkung. Sie vibrierte vor Aufregung. Und Angst. Sie wusste nicht, vor wem sie sich mehr fürchtete: vor der Fahrt oder dem Tattoo-Mann, mit dem sie seit einigen Minuten allein auf dem Schnellboot war.

Eine tief hängende Wolkendecke verschluckte jedes Mondlicht. Vor wenigen Minuten hatte es begonnen zu regnen. Die Luft war warm und feucht wie in einer Waschküche. Vom Wasser her zog eine schwache Brise über das Boot. Das Meer verschwand hinter dem Bug in der Schwärze der Nacht. Eine kleine Lampe im Führerstand war die einzige Lichtquelle, ihr Schein reichte kaum über die Rückenlehne des Steuersitzes hinaus. Der Tattoo-Mann zog unter der Sitzbank, auf der Maria saß, eine Schwimmweste hervor und reichte sie ihr. Nachdem Maria sie im Stehen übergestreift hatte, überprüfte der Tattoo-Mann die Verschnürung der Weste an ihrem Körper, zog sie hier und da fester. Er stand so nah, dass sie seinen Atem hören konnte, doch er vermied, ihr in die Augen zu schauen. Ein Gedanke ließ sie ihre Mundwinkel zu einem kaum wahrnehmbaren Lächeln heben. Plötzlich wusste sie, dass sich hinter dem martialischen Äußeren ein schüchterner Mann verbarg, zumindest was Frauen betraf. Er würde ihr nichts tun. Sie entspannte sich ein wenig. Sonst schien er offensichtlich bereit, das Leben, oder wie in ihrem Fall, das Meer bei den Hörnern zu packen.

Maria blickte über die Schulter und sah nach Han, doch er war bereits mit dem Lastwagen in der Dunkelheit verschwunden. Seine Umarmung bei ihrer Verabschiedung war ernst gewesen. Als sie sich von ihm löste, strich er ihr über den Arm wie einem Hund, der zum Einschläfern gebracht werden soll. Jedenfalls kam es ihr so vor. Sie hatte ihm ein letztes Mal in die Augen sehen wollen, doch er wandte seinen Blick rasch ab. Sie meinte Feuchtigkeit in seinen Augen entdeckt zu haben.

Der Tattoo-Mann zog einen länglichen Stab aus der Brusttasche ihrer Weste und hielt ihn vor ihre Augen.

»Falls du über Bord gehst, knicken, dann leuchtet er, und ich kann dich finden.« Es waren seine ersten Worte. Seine Stimme war tief, aber sanft.

Auf der Fahrt von der Lagerhalle zum Meer hatte Maria geredet wie ein Wasserfall, hatte dem Tattoo-Mann unzählige Fragen gestellt, nach dem Wetter, dem Zustand des Meeres, der Haltbarkeit des Bootes, der Überwachung durch Polizei und Militär, ihren Überlebenschancen und vieles mehr, doch er hatte von seinem Fahrersitz nur stur geradeaus auf die Straße geschaut und war stumm geblieben, bis Han schließlich ihre Hand genommen und gedrückt hatte. »Schhhhh«, hatte er gesagt. »Alles wird gut gehen, beruhige dich.«

Mit einem Wimpernschlag kehrte jetzt die Angst zurück.

»Warum sollte ich über Bord gehen?«, fragte sie reflexartig, doch er hatte sich schon umgedreht und auf dem Steuersitz Platz genommen.

»Setz dich hin, und halt dich gut fest«, rief er ihr über die Schulter zu. Die Regentropfen prasselten auf das schwarze Stahldach über ihrem Kopf. Plötzlich hörte sie ihn leise fluchen, gefolgt von dem Geräusch von klopfenden Fingerknöcheln auf Glas.

»Alles okay?«, fragte Maria.

Er antwortete nicht. Ein infernalischer Lärm zerriss die Stille.

Der Tattoo-Mann hatte die Motoren gestartet. Das ganze Boot erzitterte. Dann senkte sich das Motorgeräusch wieder ab; es klang wie das Knurren eines Ungeheuers.

Maria setzte sich in die Mitte der Sitzbank. Zu beiden Seiten ihrer Hüfte gab es Haltegriffe in der Sitzfläche, sie klammerte sich mit den Händen daran fest. Der Tattoo-Mann wandte sich um und nickte ihr zu. Dann gab er Gas, und das Boot setzte sich langsam in Bewegung.

Die Lichter an Land wurden immer kleiner und verschwanden bald in der Dunkelheit. Das Rauschen des Bootes im Wasser übertönte das Prasseln des Regens auf dem Dach. Plötzlich schwoll das Motorengeräusch an. Maria wurde in ihren Sitz gedrückt. Es schien plötzlich waagerecht zu regnen. Die Regentropfen trafen ihr Gesicht wie winzige Geschosse. Bald begannen ihr die Haare am Kopf zu kleben. Das Brüllen der Motoren war höllisch laut. Das Boot schoss übers Meer.

Mit jedem Kilometer wurde der Regen dichter und die Sicht schlechter. Wind kam auf, und das Meer wurde unruhiger. Das Boot begann über die schwachen Wellen zu hüpfen. Maria klammerte sich fester an die Haltegriffe. Ihre Knöchel schimmerten weiß im Lichtschein der Cockpitbeleuchtung. Plötzlich schoss der Bug des Bootes über eine hohe Welle steil nach oben. Maria wurde gegen die Rückenlehne gepresst. Das Motorengeräusch erstarb. Das Boot kippte zurück in die Horizontale, schien für einen Augenblick in der Luft zu schweben, bevor es dann genauso steil nach unten ging. Ihr Oberkörper schleuderte nach vorn. Sie klammerte sich verzweifelt an die Haltegriffe. Das Tuten einer Schiffssirene in unmittelbarer Nähe ließ sie zusammenzucken, laut wie eine Pressluftfanfare direkt am linken Ohr. Das Boot erreichte das Wellental. Gelangte für einen kurzen Moment wieder in die Horizontale, bevor es erneut steil nach oben ging. Jetzt verstand sie: Die zweite Bugwelle am Heck eines riesigen Schiffes. Maria flog mit dem Rücken gegen die Lehne der Sitzbank. Ein Wirbel krachte gegen die ungepolsterte Oberkante der Lehne. Sie schrie vor Schmerz auf. Ihre linke Hand verlor den Halt. Ihr Körper schleuderte nach links. Ihr Kopf wurde herumgewirbelt. Links neben ihr tanzten rote Positionslichter des riesigen Schiffes durch den nächtlichen Regen. Nur ihre rechte Hand hielt sie noch. Das Boot erreichte den nächsten Wellenkamm und blieb für einen Augenblick in der Waagerechten. Gerade genug Zeit für Maria, ihre linke Hand zurück an den zweiten Griff zu bekommen. Dann kippte das Boot mit dem Bug nach unten, ihr Oberkörper wurde heftiger als zuvor wieder nach vorne geschleudert. In ihren Schultern explodierte ein Schmerz, als ob jemand versuchte, ihre Arme aus den Gelenken zu reißen. Wenn sie losließ, war sie verloren. Trotz des stechenden Schmerzes widerstand sie dem Impuls loszulassen. Das Boot verließ die zweite Bugwelle und gelangte zurück in die Horizontale. Maria fiel zurück auf die Sitzbank. Das Motorgengeräusch schwoll an, und das Boot jagte weiter durch die Nacht. Der Tattoo-Mann versicherte sich mit einem Blick über die Schulter von Marias Anwesenheit. Erst jetzt merkte sie, dass ihr das Herz bis zum Hals klopfte. Das Blut rauschte in ihrem Kopf. Von ihrem Gesicht tropfte eine Mischung aus Regen und Schweiß. Maria hatte jegliches Zeitgefühl verloren. Wie lange waren sie schon unterwegs? Und wie lange brauchten sie noch zum Ziel? Sie hätte gerne den Tattoo-Mann gefragt, doch gegen den Wind und den Motorlärm anzubrüllen war zwecklos. Um nahe genug an ihn heranzukommen, hätte sie ihren Platz verlassen müssen. Nach dem Erlebnis eben traute sie sich das nicht.

Das Boot raste übers Meer, sprang von Welle zu Welle. Der Tattoo-Mann stand vorgebeugt im Cockpit und starrte angestrengt in die Nacht. Mit jeder Minute wuchs Marias Hoffnung. Alles schien glattzugehen. Bestimmt waren sie bald da. Was hatte Han gesagt? In einer guten Stunde? Die müsste eigentlich bald herum sein. Das monotone Brüllen der Motoren machte sie trotz der Aufregung schläfrig. Ihr Körper verlor Spannung, und ihre Hände lockerten unbewusst ihren Klammergriff.

Ein Fehler.

Im letzten Augenblick bemerkte Maria die Gefahr: eine riesige graue Stahlwand direkt vor ihnen. Aufgetaucht wie aus dem Nichts. Der Tattoo-Mann riss das Steuer bei voller Fahrt hart nach links. Das Boot kippte fast um neunzig Grad zur Seite. Durch die fehlende Körperspannung riss es Maria wie einen schlaffen Sack aus dem Sitz. Ihre Hände verloren sofort den Halt an den Griffen. Sie flog nach links in die Dunkelheit. Ihr Kopf knallte gegen etwas Hartes. Der Schmerz explodierte oberhalb ihrer linken Schläfe. Dann klatschte ihr Körper ins Wasser. Der Schock raubte ihr den Atem. Gleichzeitig nahm ihr der Schlag gegen den Kopf beinahe die Besinnung und jegliche Orientierung. Sofort ging sie unter. Etwas zog sie in die Tiefe. Trotz Schwimmweste. Ihr Körper wurde wie durch eine unsichtbare Hand herumgewirbelt. Sie war in einem Strudel. Vollkommene Dunkelheit umgab sie. Benommenheit und Panik kämpften in ihrem Kopf miteinander. Sie strampelte wild mit Armen und Beinen. Hoffte irgendwie, die Oberfläche zu spüren. Nichts. Wie tief bin ich?, schoss es ihr durch den Kopf. Sie hatte keine Ahnung, wo die Oberfläche war.

Erst jetzt bemerkte sie das Geräusch.

Ein Hubschrauber.

Unter Wasser?

Die Antwort flutete ihr Inneres mit nackter Angst.

Todesangst.

Eine Schiffsschraube!

Verzweifelt strampelte sie mit den Beinen. Die Schiffsschraube würde sie in Stücke reißen. Das Geräusch kam schnell näher. Das Wasser um sie herum wühlte sich immer mehr auf. Verbissen hielt sie die Luft an. Sie strampelte mit aller Kraft, wurde aber weiter herumgeschleudert wie in einer Waschtrommel. Das Geräusch war jetzt ganz nah. Sie schloss die Augen. Hörte auf zu strampeln. Das war das Ende. Ein seltsamer Frieden breitete sich in ihr aus. Sie war kurz davor den Mund aufzumachen. Sich zu ergeben. Das Wasser in ihre Lungen strömen zu lassen. Sie wartete auf den tödlichen Schlag der Schraube wie auf den Säbelhieb eines Henkers. Das Geräusch der Schraube war direkt vor ihr. Auf einmal entfernte es sich. Maria riss die Augen auf. Sofort war der Überlebenswille zurück. Ihre Lungen brannten und verlangten nach Sauerstoff. Sie presste die Lippen aufeinander. Ihr wurde schwarz vor Augen. In den Augenwinkeln tanzten plötzlich Lichtreflexionen. Sie richtete ihren Blick dahin. Auf einmal war sie aus dem Strudel heraus. Der Auftrieb der Weste führte sie zu den Reflexionen, gleichzeitig paddelten ihre Füße ihren Körper in dieselbe Richtung. Mit letzter Kraft kraulte sie mit ihren Armen durchs Wasser. Und stieß endlich an die Oberfläche. Sofort riss sie den Mund auf. Die Luft strömte mit einem saugenden Geräusch in ihre Lungen. Sie hatte den Mund sperrangelweit offen. Dann kam die Bugwelle, überraschte sie, überschwemmte sie. In ihren offenen Mund strömte salziges und nach Schweröl schmeckendes Wasser. Die Welle gab Maria frei, und sie hustete wie verrückt das eklige Gemisch heraus. Es dauerte eine Weile, bis ihr Körper sich beruhigt hatte. Erst jetzt wurde sie sich bewusst, dass sie allein auf weiter Flur war. Sie spürte die Wellen, die ihren Körper mal hoben, mal senkten, und sah sich in alle Richtungen um. Vom Boot des Tattoo-Mannes nichts zu sehen. Sie lauschte nach dem Brüllen der Motoren, doch der prasselnde Regen mit seinen zerplatzenden Tropfen übertönte alles.

Eine Erinnerung blitzte in ihr auf. Mit ihrer rechten Hand riss sie die Brusttasche ihrer Weste auf und zog den Stab hervor. Sie knickte ihn; mit einem Zischen entzündete sich das Feuer. Wild wedelte sie damit in der Luft herum und sah sich hektisch in alle Richtungen um. Nur Dunkelheit.

Endlich hörte sie ein tiefes Brummen. Sie verstärkte ihre wedelnden Armbewegungen, und plötzlich tauchte das schwarze Boot neben ihr auf. Der Tattoo-Mann ging vom Gas, und sein Gesicht erschien über dem Bootsrand. Im Schein ihrer Fackel sah sie seinen sorgenvollen Blick. Er streckte ihr die Hand entgegen und fischte sie mit einem Arm wie Treibgut aus dem Wasser. Der Tattoo-Mann warf die Fackel ins Wasser, die zischte, aber nicht erlosch.

Auf wackeligen Knien wankte Maria zur Sitzbank und setzte sich hin. Ihre Beine zitterten. Zu viele Botenstoffe rauschten durch ihren Körper, ließen sie nicht klar denken.

»Bist du okay?«, hörte sie die Stimme des Tattoo-Mannes wie durch Watte.

Als Antwort stürmte sie zur Reling und erbrach sich ins Meer. Zurück auf der Sitzbank beruhigte sich ihr Körper. Mit den Fingerspitzen betastete sie ihren Kopf und fühlte eine warme Flüssigkeit an der linken Schläfe. Im Schein der Cockpitbeleuchtung betrachtete sie ihre Fingerspitzen voller Blut. Der Tattoo-Mann reichte ihr ein Handtuch und eine Flasche Wasser. Begierig trank sie sie halb leer.

»Jetzt geht's«, erwiderte sie leise, während sie das Handtuch an die Schläfe presste. »Hat dieses Scheißding eigentlich kein Radar?«

Sein schuldvoller Blick verriet ihr mehr, als sie hören wollte. Auf einmal verstand sie seine Klopfgeräusche von vorhin, die Diskussion zwischen ihm und Han in der Lagerhalle. Es war nicht ums Wetter gegangen. Das Radar funktionierte nicht. Sie waren blind für andere Schiffe.

»Arbeiten denn überhaupt irgendwelche Instrumente?«, fragte sie und sah ihn an.

»Nein, die Sicherung für die Instrumente ist heute durchgebrannt«, erwiderte er. »Ich steuere per Kompass, der funktioniert mechanisch, aber ich kann nur auf Sicht fahren.«

Er drehte sich um und stellte sich wieder ins Cockpit. Ein Gedanke wühlte Maria auf. Hektisch tastete sie den Overall ab. Sie suchte den Knubbel unter ihrer Kleidung, die Stelle am Bauch mit dem angeklebten Geldumschlag samt Stick und Schlüssel. Erst da spürte sie Nässe unter dem Overall. Die Klamotten waren klatschnass. Schlagartig wurde ihr kalt; sie zitterte plötzlich. Endlich ertasteten ihre Fingerspitzen den Umschlag.

»Wie weit ist es noch?«, rief sie in seinen Rücken. Ihre Stimme vibrierte hörbar.

Der Tattoo-Mann beugte sich über seine Instrumente und erwiderte, ohne sich umzudrehen: »Ich weiß es nicht, vermutlich noch zehn Minuten, maximal fünfzehn.«

In Maria keimte Hoffnung auf. Das Gros hatten sie geschafft.

Der Regen wurde schwächer. Das Trommeln der Tropfen auf dem Dach war inzwischen nur noch ein Rascheln. Auch die Sicht schien besser zu werden. Um sie herum war zwar alles schwarz, aber es kam ihr so vor, als ob man tiefer in die Schwärze hineinschauen konnte.

Die nächsten Minuten verliefen reibungslos, Maria sah sich schon am Ziel ihrer Träume. Doch plötzlich tauchten zu ihrer Rechten wie aus dem Nichts rotierende blaue Lichter auf. Eine Stimme aus einem Lautsprecher zerriss die Stille: »Hier ist der Grenzschutz der Volkrepublik China. Nehmen Sie die Hände hoch, und ergeben Sie sich.«

優越性

Donnerstag, 4. Juni, 20:11, Tiefgarage, Berlin

Auf der weißen Bluse unter dem dunkelblauen Businesskostüm stach Lee das Namensschild der jungen Frau gut leserlich entgegen: Gülcan Demir.

»Diese Tiefgarage ist nur für die Mieter des großen Konferenzraums in der zweiundvierzigsten Etage«, meinte sie und tippte auf ihrem iPad herum. »Sie garantiert Ihnen und Ihren Besuchern höchste Diskretion. So gibt es hier bewusst keine Videokameras.«

Ihre Worte hallten von den Betonwänden der kleinen Tiefgarage wider. Lee zählte rund zwanzig Stellplätze.

»Wenn ich richtig informiert bin, haben Sie den Konferenzraum bis einschließlich Montag reserviert. Korrekt?«

»Ja, das ist richtig.«

Die Reservierung hatte er Wang schon vor Wochen vornehmen lassen. Die junge Frau mit dem stark geschminkten Gesicht unter einem aufgebauschten Haarturm führte Lee zu dem einzigen Fahrstuhl der Tiefgarage. Ihre Stöckelschuhe klackten auf dem Betonboden.

»Genauso exklusiv wie die Tiefgarage ist auch der Fahrstuhl«, sagte sie und drückte auf einen rot leuchtenden Knopf neben der Fahrstuhltür. Sie öffnete sich und gab den Blick frei in eine große holzgetäfelte Kabine mit einem bodentiefen Spiegel am hinteren Ende. Indirektes warmes Licht und entspannte Lounge-Musik umschmeichelten die Insassen. Die auf der linken Seite in die Holzvertäfelung eingelassene Fläche aus Edelstahl für die Fahrstuhlknöpfe war ungewöhnlich klein, sie enthielt nur drei Knöpfe: P, E und 42. Neben der Zahl befand sich ein kleines schwarzes Quadrat, in dessen Mitte ein kleiner roter Punkt leuchtete.

»Dieselbe Karte, die Ihnen den Zugang zu dieser Parkgarage ermöglicht«, meinte Demir und hielt eine schwarz glänzende Plastikkarte vor das Quadrat, »bringt Sie auch in den Konferenzraum.«

Der rote Punkt wurde grün, und die Tür schloss sich.

»Wie viele Karten benötigen Sie?«, fragte sie, kurz nachdem sich der Fahrstuhl in Bewegung setzte.

»Zwei«, erwiderte Lee und nannte der jungen Frau den Namen sowie die Adresse des Empfängers der zweiten Karte. Er bat sie, die Karte schnellstmöglich an den Adressaten zu schicken. Demir notierte eifrig alles auf ihrem iPad.

Im zweiundvierzigsten Stock endete die Fahrt in einem kleinen Vorraum. Der Sitzungssaal lag getrennt hinter einer schwarzen Glastür. Dort präsentierte Demir mit einer ausschweifenden Armbewegung stolz die Aussicht. Eine Längsseite des Raums besaß eine durchgehende Glasfront. Berlin lag ihnen in der Abenddämmerung gut einhundertfünfzig Meter tiefer zu Füßen. Wie von Lee erwartet schwärmte sie von Berlins neuem Wahrzeichen und vergaß nicht zu erwähnen, dass sie sich im höchsten Hochhaus der Stadt befanden.

»In meiner Stadt hat das höchste Hochhaus einhundertachtundzwanzig Etagen und ist rund dreieinhalb Mal so hoch«, erwiderte Lee trocken, und die Frau verstummte.

»Bitte zeigen Sie mir, wie die Videotechnik funktioniert«, fügte er hinzu und deutete auf den riesigen Bildschirm, der flach unter der Decke hing.

Sie ging zu einem Tablet, das neben der schwarzen Glastür in einer Halterung steckte, zog es heraus und demonstrierte Lee, wie sich damit alles zentral steuern ließ. Fahrstuhl. Klimaanlage. Jalousien. Videotechnik. Mit einem leisen Surren senkte sich der Screen in die Senkrechte bis auf Augenhöhe herab, gehalten von einem massiven Edelstahlarm. Er erreichte seine Endposition vor dem Kopfende des langen Konferenztisches, und das Surren erstarb.

»Die Fernbedienung steckt in einer Halterung auf der Rückseite«, sagte Demir, während sie zu dem großen Flachbildschirm lief und dahinter griff. Ihr rechter Arm hielt die Fernbedienung anschließend wie eine Trophäe in die Höhe. Sie schaltete den Bildschirm ein.

»Sie können natürlich jedes beliebige Gerät daran anschließen«, sagte sie mit einem Lächeln, als das Bild eines Nachrichtensenders erschien. Ein weißer Jumbojet mit einem großen Air-China-Schriftzug und einer roten Flagge daneben setzte in der morgendlichen Dämmerung gerade seine Räder auf eine Landebahn. Der Fernseher war auf lautlos gestellt.

»Halt, warten Sie!«, meinte Lee schnell, als die junge Frau die Fernbedienung Richtung Fernseher hielt, um ihn wieder auszuschalten.

Das Flugzeug parkte auf dem Rollfeld, kurze Zeit später wurde die Tür geöffnet. Präsident Xi erschien und winkte in die Menge. Ein Begrüßungskomitee erwartete ihn am Fuße der Rolltreppe, an vorderster Front der französische Präsident. Im orangefarbenen Bildband las Lee: »Chinesischer Präsident startet Europareise in Paris«. Xi Jinping schritt händchenhaltend mit seiner Ehefrau die Treppe herunter und begrüßte den Präsidenten und dessen Frau.

»Hier ist Ihre Karte«, sagte Demir und reichte sie Lee zusammen mit der Fernbedienung. »Die zweite geht gleich per Kurier raus. Kann ich sonst noch etwas für Sie tun?«

»Ja, mich allein lassen«, entgegnete er.

»Oh, natürlich, aber gern«, meinte sie und lief zum Fahrstuhl. Bevor sich die Tür hinter ihr schloss, fügte sie hinzu: »Wenn ich unten bin, schicke ich Ihnen den Fahrstuhl wieder hoch.«

Lee schaltete den Fernseher aus und ließ seinen Blick durch den elegant eingerichteten Konferenzraum schweifen. Zwanzig cognacfarbene Lederstühle gruppierten sich um einen gläsernen Konferenztisch. An den beiden Stirnseiten des Raums befanden sich identische weiße Sideboards mit Gläsern und Getränken, darüber hingen jeweils großformatige, aber dezente abstrakte Gemälde. Es war die perfekte Location für die Präsentation von *Happy Genes*. Niemand würde Xi kommen und gehen sehen. Außerdem war es hier abhörsicher. Wang hatte sich ausführlich informiert: Metallgittergeflechte in Wänden, Fußboden und Decke sowie hauchdünne Metallfäden in der Fensterfront schufen einen faradayschen Käfig, und an der Vierfachverglasung scheiterten selbst die sensibelsten Lasermikrofone.

In dem Raum war es vollkommen ruhig. Von außen drang kein Laut herein. Die Stille ließ die Störgeräusche in Lees Innerem lauter werden. Was, wenn das hier alles umsonst war? Wenn der Präsident gar nicht kam? Wenn man in Peking längst den Daumen über ihn gesenkt hatte?

Mit einem energischen Kopfschütteln versuchte er die Quälgeister zu verscheuchen. Ihn packte plötzlich eine wütende Entschlossenheit; wie eine Gewitterwolke hing sie über seinem Kopf. Nein, Xi würde kommen. Die Aussicht, zum bedeutendsten Führer in Chinas Geschichte zu werden, würde er sich nicht entgehen lassen. Alles wird gut. Und Lee zu einem der Unantastbaren.

Lee suchte auf seinem Handy die Nummer seines Verbindungsmanns zum Präsidenten. Nach dem vierten Klingeln wurde abgenommen. Es gab immer noch keine Neuigkeiten. Lee wies ihn an, die Informationen über den möglichen Treffpunkt und die Gründe für dessen Auswahl weiterzugeben. Die benötigte Karte für den Zugang sei bereits unterwegs. Kurz danach war das Gespräch beendet.

Mit einem dezenten Glockenton kündigte der Fahrstuhl sein Eintreffen an. Lee stieg ein und fuhr nach unten. Draußen wartete Wang mit der schwarzen S-Klasse auf ihn. Dunkle Wolken drohten mit Regen. Lee flüchtete sich in den Fond des Wagens und wies Wang an, ihn ins Hotel zu fahren.

Auf halber Strecke klingelte sein Handy über die Freisprechanlage. Die chinesische Nummer auf dem Display beschleunigte Lees Pulsschlag.

»Herr Lee?«

»Ja?«

»Samstag, achtzehn Uhr.«

»Kommt der Präsident allein?«

»Samstag, achtzehn Uhr.«

Dann war die Leitung tot.

優越性

Donnerstag, 4. Juni, 20:43, Speedboot, Formosastraße

»Hier ist der Grenzschutz der Volkrepublik China. Nehmen Sie die Hände hoch, und ergeben Sie sich.«

Der Tattoo-Mann gab bereits bei den ersten Worten Vollgas. Maria wurde in ihren Sitz gepresst und klammerte sich an den Haltegriffen fest. Das Boot schoss durch die Nacht. Plötzlich spritzte direkt neben ihr Wasser auf. Schüsse! Der Tattoo-Mann zog das Boot sofort nach rechts, dann nach links. Maria klammerte sich an den Haltegriffen der Sitzbank fest. Der Tattoo-Mann jagte das Boot im Zickzack ihrem Ziel entgegen. An der Reling spritzten Funken, begleitet von Stakkato-Geräuschen. Metall auf Metall. Maschinengewehrfeuer! Maria ging sofort in Deckung, schmiss sich auf den Boden. Der Tattoo-Mann fuhr eine scharfe Rechtskurve. Ihr Körper rutschte über dem glatten Boden. Sie knallte mit der Hüfte gegen die Bordwand. Der Schmerz ließ sie aufstöhnen. Jetzt legte der Tattoo-Mann das Boot zur anderen Seite. Wieder rutschte sie haltlos umher. Sie sauste mit dem Kopf voraus an der Sitzbank entlang. Sie riss den rechten Arm nach oben und bekam mit der Hand einen der Haltegriffe zu fassen. Endlich fand sie Halt. Sie drehte sich auf den Rücken, riss die linke Hand hinter den Kopf und klammerte sich an den zweiten Griff. Ihr Körper schlingerte auf dem Boden hin und her, während der Tattoo-Mann seinen wilden Zickzackritt fortsetzte. Maria hob den Kopf und sah zu ihm. Er stand geduckt im Cockpit; sein Umriss ein Scherenschnitt im Licht des

Cockpits. Plötzlich wurde sein Kopf zur Seite gerissen. An seiner linken Schläfe spritzte etwas heraus. Die Hand verlor den Halt am Gasgriff. Der Körper sackte in sich zusammen und polterte zu Boden. Das Motorgeräusch erstarb. Das Boot verlor schnell an Geschwindigkeit. Der Bug senkte sich ins Wasser. Der Lichtkegel eines Suchscheinwerfers flitzte übers Wasser, erreichte das Boot. Maria ließ die Griffe los, presste ihren Rücken auf den Boden.

»Hier spricht die chinesische Volksbefreiungsarmee«, ertönte erneut die Lautsprecherstimme. »Kommen Sie mit erhobenen Händen raus. Sonst werden wir das Boot versenken.«

In Maria tobten die Gedanken wie eine Horde Hooligans. Am liebsten hätte sie vor Wut und Enttäuschung laut geschrien. Panisch suchten ihre Gedanken nach einer Möglichkeit zur Flucht. Ins Wasser springen, ins Cockpit stürmen, irgendetwas.

Dann sah sie es ein. Es war zwecklos.

Sie hob die Hände in die Höhe und stand auf. Der Suchscheinwerfer strahlte ihr direkt ins Gesicht, sie kniff die Augen zusammen.

Plötzlich ertönte eine zweite Stimme. »Sie befinden sich in den Gewässern der Republik Taiwan. Verlassen Sie sofort das Territorium. Oder wir schießen.«

Stille.

Maria traute sich kaum zu atmen. Plötzlich erlosch der Scheinwerfer. Durch die vorherige Blendung konnte sie nichts erkennen, hörte nur, wie das Meer aufschäumte, sich ein Boot in Bewegung setzte.

Ihr ganzer Körper begann zu kribbeln. Glück, Freude und Euphorie fluteten ihr Inneres. Unwillkürlich musste sie grinsen. Breit grinsen. Ihr Boot geriet ins Wanken, schnell setzte sie sich auf die Bank und klammerte sich an die Griffe. Nur langsam gewöhnten sich ihre Augen an die Dunkelheit. Vor ihr bewegte sich eine Metallwand. Es schien ewig zu dauern, bis sie an ihr vorbei war. Dann gab sie den Blick frei auf ein zweites, noch größeres Schiff dahinter. Es stand mit dem Bug direkt in Marias Richtung. Auf der Bugspitze erstrahlte ein Suchscheinwerfer und nahm sie ins Visier. Marias Boot schaukelte heftig über die Bugwellen des ersten Schiffes. Sie hörte einen Bootsmotor aufheulen, und bald darauf tauchte ein Beiboot auf, das direkt auf sie zuhielt.

»Knien Sie sich hin!«, befahl die Lautsprecherstimme, nachdem sich das Meer wieder beruhigt hatte. »Und verschränken Sie die Hände hinter dem Kopf!«

Maria tat wie ihr befohlen. Das Beiboot machte an ihrer Seite fest. Zwei Soldaten mit grimmigen Gesichtern enterten ihr Boot, zogen sie an den Armen in die Höhe und fesselten ihr die Hände mit Handschellen auf dem Rücken. Sie entdeckten den Leichnam des Tattoo-Mannes.

»Was ist passiert?«, fragte der Größere der beiden Soldaten.

»Wir wurden von dem anderen Schiff beschossen.«

Die beiden Soldaten tauschten Blicke aus und führten sie aufs Beiboot. Dort platzierte man sie auf eine harte Sitzbank aus Plastik. Die Soldaten setzten sich neben sie, flankierten sie zu beiden Seiten. Der Bootsführer nahm sie kurz in Augenschein, bevor er das Boot wendete. Die Euphorie flaute ab, und Maria wurde sich erneut ihrer nassen Klamotten bewusst. Sie zitterte unter dem Overall. Niemand sagte ein Wort, bis sie das Militärschiff erreichten.

Maria wurde zum Kommandanten in eine fensterlose Kajüte geführt. Der Mann mit einer hohen Stirn, einem kantigen Gesicht und einer schmalen Nase saß in einer weißen Uniform hinter einem Schreibtisch und musterte sie von oben bis unten. Mit einer knappen Kopfbewegung wies er die Soldaten an, die Handschellen zu lösen. Maria rieb sich die schmerzenden Gelenke.

»Wie heißen Sie?«, fragte der Kommandant.

»Maria Lin.«

»Sind Sie Bürgerin der Volksrepublik China?«

»Ja, das bin ich.«

Der Kommandant zögerte einen Augenblick, bevor er meinte: »Wir schicken alle Flüchtlinge der Volksrepublik sofort zurück.«

Maria wurde kreidebleich. Das hatte ihr niemand gesagt. Plötzlich schossen ihr Hans Worte durch den Kopf.

»Bevor Sie das tun, möchte ich, dass Sie sich etwas anschauen.«

優越性

Freitag, 5. Juni, 09:01, Wohnung, Berlin

Robert erwachte an einem Tag, an dem die Sonne nicht aufging. Der Sommer hatte einen kurzen heißen Tanz aufs Parkett gelegt, sich aber fürs Erste ausgelaugt. Regen klatschte gegen die Fenster, und der Wind pfiff ein düsteres Lied dazu. Sein Blick ging zum leeren Kissen auf der anderen Seite des Bettes. Für einen winzigen Moment lag dort Soraya, die Augen geschlossen, der Atem ruhig, einen süßen Traum auf den lächelnden Lippen.

Ihr Gesicht war von einer erstaunlichen Symmetrie gewesen, für die er sich manchmal morgens nach dem Aufwachen mit einer Mischung aus Liebe und Neugier interessierte. Er betrachte sie im Schlaf und stellte sich vor, wie ihr Gesicht wohl aussähe, wenn man die jeweiligen Hälften spiegeln würde. Nur ein kleiner Leberfleck oberhalb ihres linken Mundwinkels fand keine Entsprechung auf der anderen Seite, verstärkte aber den Reiz ihres Gesichts. Doch für Robert lag das Geheimnis nicht nur in der Symmetrie. Waren es die Augen? Oder die Lippen? Oder der Abstand der beiden voneinander? Unzählige Gesichter hatte er in seinem Leben gesehen. Warum war es gerade dieses eine, das seine Augen, sein Herz und nicht zuletzt sein Genital derart in den Bann gezogen hatte?

Sorayas Gesicht auf dem Kissen war plötzlich bleich. Und erinnerte ihn an all das, was er so verzweifelt zu vergessen versuchte.

Das Eintreffen einer Nachricht auf seinem Handy, genau in dem Moment, als er Loderer in dessen Kabuler Büro den zweiten Faustschlag verpasste. Soraya? Robert hatte von Loderer abgelassen und sich sein Telefon geschnappt. Keine Soraya. Ein befreundeter Kollege vom britischen MI6 schrieb ihm, sie sei ins Jamhuriat Krankenhaus eingeliefert worden. Robert ließ den aus Mund und Nase blutenden Loderer auf dem Boden seines Büros liegen und stürmte zu seinem Wagen. Auf der ganzen Fahrt murmelte er: »Lieber Gott, lass sie leben«. Noch nie zuvor hatte er gebetet, mit Gott hatte er normalerweise nichts am Hut. Adrenalin floss in Strömen durch seine Blutbahnen. Peitschte ihn vorwärts. Ganz Kabul schien auf den Beinen, alle wollten raus aus der Stadt, weg von den Taliban. Der Verkehr war ein wütendes Chaos. Abgase. Dreck. Hitze. Klapprige Autos mit turmhoch beladenen Dachgepäckträgern kämpften mit Bussen, in denen sich die Insassen stapelten, altersschwachen Eselskarren, knatternden Mopeds und abziehenden Militärfahrzeugen der internationalen Schutztruppen um jeden Zentimeter. Robert mittendrin. Schließlich erreichte er das Krankenhaus. Draußen brannte die Sonne gnadenlos vom Himmel. Überall Staub, Lärm, Menschen. Ein kaum zu durchdringendes Gewühl, die Menschen strömten in ebenso großer Zahl in das Krankenhaus hinein wie hinaus. Robert boxte und schubste sich durch die Menge. Die Rezeption war verwaist. Vom Pult schnappte er sich die schwarze große Kladde mit dem Patientenverzeichnis. Seine Augen flogen über die Namen. Seite für Seite. Keine Soraya. Um ihn herum tausend Stimmen, brüllend, flehend, fordernd. Draußen knatterten Maschinengewehre. Robert stürmte durch die Gänge, riss jede Krankenzimmertür auf. Nichts. Schließlich rannte er ins Untergeschoss. Zu den Leichen und dem Geruch des gereinigten Todes. Er hetzte durch die Räume, Krankenschwestern hetzten in die Gegenrichtung, eine rief ihm zu, er solle verschwinden, es sei hier nicht mehr sicher. Das nächste Zimmer. Leichenfach für Leichenfach. Mit jedem Fach wuchs seine Hoffnung. Der letzte Raum. Inzwischen war er überzeugt, dass sein englischer Kollege eine Falschinformation erhalten hatte. Die letzten vier Leichenfächer. Aufziehen, Tuch zurückreißen. Ein Junge mit dunklen Locken und einem Loch mitten in der Stirn. Nächstes Fach. Ein Greis ohne sichtbare äußere Verletzungen. Vorletzte Schublade. Noch bevor er das Tuch wegzog, wusste er, dass sie es war. Der Stoff lag eng auf ihrem Gesicht, zeichnete ihr Antlitz nach. Behutsam hob er das Tuch in die Höhe. Es war, als ob sie schlief. Die Augen geschlossen, die Lippen mit den aufwärtsgerichteten Mundwinkeln scheinbar lächelnd. Nur die kalkweiße Haut passte nicht. Robert spürte Feuchtigkeit auf seinen Wangen und bemerkte die Tränen.

»Es tut mir so leid, Soraya«, flüsterte er. Er zog den Stoff von ihrem Leib. Zwei Löcher in ihrer Brust. Robert verlor die Kontrolle über seinen Körper. Ein unkontrolliertes Zittern. Vor Hass. Und Scham. Über sein Versagen. Er konnte sie nicht hierlassen, niemand würde sich um sie kümmern. Mit flinken Bewegungen schnappte er sich von einem Metalltisch einen Stapel Tücher und wickelte ihren Körper komplett ein. Wie eine Mumie trug er sie über der Schulter nach draußen. Niemand beachtete ihn. Alle scherten sich nur noch ums eigene Überleben. Vorsichtig verstaute er Sorayas Leichnam im Kofferraum, als könnte er sie verletzen. Dann startete er den Wagen. Umfuhr alle Straßensperren und erreichte in der Abenddämmerung endlich sein Haus. Sorgfältig verriegelte er das Metalltor und machte sich an die Arbeit. Bis tief in die Nacht bearbeitete er den ausgetrockneten Boden im Patio mit einem Spaten und einer Spitzhacke. Bis das Grab groß genug war.

Mit ihrem eingewickelten Leichnam auf den Armen kletterte er in die Grube. Vorsichtig legte er sie auf den Boden und kniete sich neben sie.

Er wickelte ihren Kopf wieder aus und verabschiedete sich mit einem Kuss auf ihre kalten Lippen endgültig von ihr.

Es kam ihm immer noch vor, als ob es gestern war.

Er hatte nie aufgehört, sie zu lieben. Allerdings hatte seine Trauer einen eigenen Kompass. Sie lehrte ihn, seine Gefühle in verschlossene Kisten zu packen.

Nach einem Wimpernschlag war Sorayas Gesicht verschwunden. Robert starrte auf das leere Kissen.

優越性

Freitag, 5. Juni, 10:23, Bürohochhaus, Taipeh

Furcht lag auf Marias Seele wie ein dunkles Tuch und ließ sie ihre Zukunft in düsteren Farben sehen. Sie hatte keine Ahnung, was eine Geflüchtete bei ihrer Rückkehr in die Volksrepublik erwartete, aber sicher nichts Gutes. Sie sah sich wahlweise einem sadistischen Folterer in einem Verhörraum, einem gnadenlosen Richter vor Gericht oder einem kaltblütigen Exekutionskommando in einem Gefängnishof ausgesetzt. Ihr Magen war säureüberflutet, im Mund der Geschmack von Galle.

Der Verkehr weit unter ihren Füßen war für sie nur ein tonloses Gewusel. All das Hupen und Knattern, das Schimpfen und Rufen kam hier nicht an. Durch die Fahrt im Fahrstuhl wusste sie, dass sie sich im achtzehnten Stock befand, nicht aber in welchem Gebäude und auf wen sie wartete. Die Sonne strahlte von einem wolkenlosen Himmel auf die Stadt, sie hinterließ mit jeder Minute kürzere Schatten. In dem Konferenzraum surrte leise eine Klimaanlage. Maria wartete seit einer guten Stunde darauf, wie es mit ihr weitergehen würde.

Nachdem sie dem Kommandeur des Schiffes das Video ihrer Tante aus dem Berliner Hotelzimmer gezeigt hatte, holte er sein Handy hervor und verließ den Raum. Nach seiner Rückkehr musste sie sich bis auf die Unterwäsche ausziehen. Den an ihrem Körper angeklebten Geldumschlag samt Stick und Schlüssel hatte man ihr abgenommen und ihr trockene Kleidung gebracht. Hose und Hemd einer Männeruniform, die an ihrem

Gelenken schlackerte und mit einem Gürtel vorm Abrutschen bewahrt wurde. Schuhe hatte man keine passenden auftreiben können, und so war sie barfuß an Land in einen fensterlosen Raum gebracht worden. Ohne Handschellen. Nach einer Weile erschien eine korpulente Frau mit einem freundlichen Gesicht, fragte sie nach ihren Kleidergrößen und verschwand wieder. Maria konnte nicht sagen, wie viel Zeit verstrichen war, als die Frau mit dunkelblauer Hose, weißer Bluse, Unterwäsche, flachen Schuhen sowie einer Nudelsuppe und einer Flasche Mineralwasser zurückkehrte. Nachdem Maria sich angezogen und gegessen hatte, waren zwei Männer in schwarzen Anzügen erschienen und hatten sie aufgefordert mitzukommen. Sie eskortierten sie zu einer schwarzen Limousine mit abgedunkelten Scheiben und platzierten sie auf der Rücksitzbank. Die beiden Männer hatten ihre Sonnenbrillen aufgesetzt und waren vorne eingestiegen. Die ganze Fahrt hatten sie geschwiegen, obwohl Maria ihnen unzählige Fragen stellte: Was passiert mit mir? Wo bringt ihr mich hin? Werde ich zurückgeschickt? Wo ist der Stick? Der Schlüssel? Und der Umschlag mit meinem Geld? Nach einer Weile gab sie es auf und ergab sich ihrem Schicksal.

Das monotone Rauschen der Reifen hatte Maria irgendwann in den Schlaf geführt. Eine scharfe Bremsung und das Fluchen des Fahrers weckten sie wieder auf. Sie blinzelte gegen das Sonnenlicht an und sah die Silhouette einer Großstadt vor sich. An dem riesigen grünen Wolkenkratzer, der alle anderen Gebäude der Stadt weit überragte, identifizierte sie die Hauptstadt Taipeh. Die Fahrt endete in der Tiefgarage eines Hochhauses, wo man sie bereits erwartete. Ein Mitarbeiter im weißen Kittel über dunklem Anzug führte sie in den labyrinthartigen Katakomben des Gebäudes durch endlose Gänge und zahlreiche Sicherheitsschleusen zu Stationen, an denen weitere Mitarbeiter in Kitteln Fotos von ihr machten und ihre Fingerabdrücke nahmen. Am Ende hatte man sie mit dem Fahrstuhl in den achtzehnten Stock in einen Konferenzraum gebracht und dort sich selbst überlassen. Die Tür des Zimmers hatten ihre Begleiter hinter sich abgeschlossen. Der längliche Raum wurde von einem ovalen Holztisch samt zehn schwarzen Ledersesseln dominiert. Der Form des Tisches folgend waren in die Decke Spot-Leuchten integriert, für jeden Sitzplatz eine. An der Wand gegenüber den bodentiefen Fenstern hingen zwei Kunstwerke. Abstrakte Bilder, die aufgrund ihres Malstils und der verwendeten Farben offensichtlich vom selben Künstler stammten und in irgendeiner Beziehung zueinander stehen, aber Maria hatte keine Ahnung, in welcher. Sie fand die Bilder nichtssagend; vermutlich vollkommen überteuert von irgendeinem ahnungslosen Behördenheini eingekauft. Um sich von ihrer Furcht abzulenken, versuchte sie eine Zeitlang, den Zusammenhang der Gemälde zu entschlüsseln, gab es aber irgendwann auf und widmete sich stattdessen der grandiosen Aussicht über die Stadt. Doch egal, was sie tat, nichts zog das das dunkle Tuch von ihrer Seele.

Was würde mit ihr geschehen?

優越性

Freitag, 5. Juni, 10:38, Wohnung, Berlin

Beim Frühstück strich Bella in der Wohnküche auf dem Fliesenboden mit Schachbrettmuster um seine Beine herum. Mit regelmäßigem Miauen buhlte sie um Roberts Aufmerksamkeit. Nach seinem Entschluss, die Katze zu behalten, hatte er die nötigen Utensilien im Fachhandel eingekauft, und das beigefarbene Katzenklo auf der Gästetoilette untergebracht. Robert konnte sich schon nicht mehr erinnern, wann er das letzte Mal Gäste bewirtet hatte. Auf der verwaisten Gästetoilette musste er in regelmäßigen Abständen die Spülung bedienen, um unangenehme Gerüche aus dem Abfluss zu vermeiden. Bella brachte ein wenig Leben in seine Bude, sie beobachtete gerade mit großen Augen in der Küche, wie Robert den Blechnapf mit Katzenfutter aus einer Dose füllte.

Um kurz nach elf machte er sich auf den Weg und klapperte die Stationen der Reihe nach ab. Sein erster Stopp galt den Zubers. Dieses Mal öffnete Magdalena Zuber persönlich die Tür. Sie trug einen dunkelblauen Tennisrock und ein weißes Poloshirt, die langen Haare wurden von einem dunkelblauen Stirnband gebändigt. Stirnband und Rock waren farblich perfekt aufeinander abgestimmt, dazu weiße Tennisschuhe passend zum Shirt. Über ihr ungeschminktes Gesicht huschte ein Ausdruck des Schreckens, als sie Robert erkannte. Er versuchte sie zu beruhigen: Man wisse noch nichts Genaues, er bräuchte aber eine DNA-Probe, um für Eventualitäten gerüstet zu sein. Sein Aufenthalt endete dieses Mal im Entree der Villa, wo Magdalena Zuber ihn bat, zu warten, während sie ins Obergeschoss eilte. Robert blickte ihr nach. Ihre Beine nahmen mit jedem Schritt zwei Stufen auf einmal. Keine dreißig Sekunden später kehrte sie mit dem Rasierapparat ihres Mannes zurück. Robert verstaute ihn in einem durchsichtigen Beutel und meinte: »Sobald es Neuigkeiten gibt, hören Sie von mir, einverstanden?«

Sie hatte nur wortlos genickt und hinter ihm leise die Tür geschlossen. Robert stieg in seinen Wagen und verstaute den Beutel mit dem Rasierapparat im Handschuhfach. Der Rucksack mit der DNA-Probe aus Cinos Keller lag im Kofferraum. Die Abgabe der Proben samt Rasierapparat musste bis Montag warten. Keines der zahlreichen Berliner DNA-Labore hatte ihm einen Termin für heute anbieten können. Frühestens Montag lautete bei zweien die Antwort. Die anderen hielten noch spätere Termine bereit.

Robert steuerte sein nächstes Ziel an: das *Café au Lait* in der Kantstraße. Das Navi meldete ihm eine Fahrzeit von achtzehn Minuten. Der Verkehr floss an diesem späten Vormittag träge unter einem grauen Himmel durch die Stadt. Robert schwamm gemächlich mit. Er stellte das Radio an und summte leise mit, als Adele von ihren Liebesnöten in *Someone like you* sang. Schräg gegenüber vom Café fand er einen Parkplatz und erreichte sein Ziel zehn Minuten vor der vereinbarten Zeit.

Es waren nur wenige Tische belegt. Robert suchte sich in dem gemütlichen Café mit den groben Holzdielen und der großen Fensterfront zur Straße einen Platz am Ende des Raums. Von hier aus konnte er alles beobachten. Sein Gesprächspartner erschien sieben Minuten zu spät und sah sich unsicher im Café um. Paul Warnke war größer, als Robert von den Fotos her vermutet hatte. Er hatte eine athletische Statur, seine blonden Haare waren zurückgekämmt und an den Seiten kurz geschoren. Stahlblaue Augen leuchteten in seinem kantigen Gesicht. Kein Wunder, dass Jun Ji Bao ihn für einen One-Night-Stand ausgewählt hatte, dachte Robert, als er ihn zu sich winkte. Sie schüttelten einander die Hände, und Robert bat ihn, Platz zu nehmen. Noch während Warnke sich setzte, fragte er: »Für welche Zeitung arbeiten Sie.«

»Für keine.«

Warnke benötigte einen Moment, um seine Verblüffung zu überwinden. Jetzt beäugte er Robert misstrauisch. »Sie sind doch Journalist, oder?«

Robert schüttelte leicht den Kopf, den Blick starr auf sein Gegenüber gerichtet. Paul Warnke rutschte auf seinem Stuhl unruhig hin und her.

»Was sind Sie dann?«, fragte er unsicher. Als Robert stumm blieb, fügte er hinzu: »Ich möchte schon wissen, mit wem ich es zu tun habe.«

In dem Moment kam eine Bedienung an ihren Tisch und fragte nach der Bestellung. Die schlaksige Frau, Robert schätzte sie auf höchstens zwanzig, war auffallend dünn. Ihre Schultergelenke ragten unter der Haut wie Straßenpoller hervor. Ihre blonden Haare waren raspelkurz, eine Augenbraue gepierct. Warnke bestellte einen Cappuccino und Robert ein Mineralwasser.

»Wer sind Sie?«, fragte Warnke, nachdem die Frau sich hinter die Theke zurückgezogen hatte.

Robert dachte einen Augenblick nach, dann entschied er sich für die Wahrheit, zumindest die halbe. »Sie wissen, was mit Jun Ji Bao passiert ist?«

»Ja, natürlich.«

»Und Sie haben mitbekommen, dass sie eine hochdekorierte Wissenschaftlerin in China war?«

»Ja, auch das.«

»Die Behörde, für die ich arbeite, will wissen, welches Geheimnis Frau Jun enthüllen wollte.«

»Sind Sie von der Polizei?«

»Sehen Sie, die Polizei musste ihre Ermittlungen einstellen, nachdem die chinesische Botschaft die Leiche konfisziert hat, noch bevor sie obduziert werden konnte.«

Es dauert einen Moment, bis der Groschen fiel. »Sind Sie vom Geheimdienst?«

Robert kannte diese Reaktion. Schon allein die Vermutung, es mit dem Geheimdienst zu tun zu haben, erzeugte eine Ehrfurcht, die sich gerade in Warnkes Tonfall ausgedrückt hatte. Für Roberts Gegenüber kamen damit Mächte ins Spiel, die über die Lebenswelten eines Normalbürgers hinausgingen.

Robert lächelte vielsagend.

Bei Warnke folgte der Ehrfurcht plötzlich die Furcht. »Jun Ji Bao hat mir ihr Geheimnis nicht verraten!«, sagte er schnell mit einem gehetzten Unterton.

Robert blickte ernst. »Bitte schildern Sie mir die Vorgänge Ihres Treffens so genau wie möglich.«

Die Furcht lockerte die Zunge des Mannes. Er berichtete von jenem Abend vor gut sechs Wochen im Kreuzberger Club *Watergate*, als ihn Jun Ji Bao an der Theke angesprochen hatte. Es war der 27. April, kurz nach eins. Eigentlich sei er mit einem Freund verabredet gewesen, der sich aber kurz vorher gemeldet hatte. Ihm ginge es nicht gut, er würde vermutlich krank und käme nicht. Ob er ihr einen Drink empfehlen könnte, hatte Juni Ji Bao ihn gefragt, während er auf seinem Handy eine Antwort an seinen Freund schrieb. Ihr Akzent hatte ihn erstaunt aufblicken lassen. Vor ihm stand eine zierliche Asiatin mit einem hübschen Gesicht, die ihn anlächelte. Er bestellte zwei Espresso Martini und war so mit ihr ins Gespräch gekommen. Sie habe ihm übrigens einen falschen Vornamen genannt, meinte Warnke. Jinjin. Nach ein wenig Small Talk zog sie ihn auf die Tanzfläche und ging erstaunlich schnell auf Tuchfühlung. Als Warnke erzählte, wie sie an die Bar zurückkehrten, um sich neue Drinks zu besorgen, kam die Bedienung mit den bestellten Getränken an ihren Tisch. Warnke verstummte und wartete, bis Tasse, Glas und Flasche auf dem Tisch platziert waren und die Bedienung sich entfernt hatte, bevor er den Faden wieder aufnahm. Die Asiatin hatte ihm ins Ohr geflüstert, sie hätte jetzt Lust auf etwas anderes als Tanzen. Dann hatte sie ihn geküsst. Die Frau wusste wirklich, was sie wollte, meinte Warnke und nippte an seinem Cappuccino, er stehe eh auf Asiatinnen. Sie waren dann in seinem Apartment gelandet und relativ schnell im Bett.

In Robert keimte ein Verdacht.

»Haben Sie ein Kondom benutzt?«, fragte er und schaute Warnke in die Augen.

»Warum fragen Sie?«

»Ist es Ihnen unangenehm, darüber zu sprechen?«

»Nein.«

»Also, haben Sie?«, fragte Robert erneut.

»Ich wollte, aber sie meinte, sie mache es lieber ohne, dann könnte sie mich besser spüren.« Warnke hielt kurz inne. »Ich mache es auch lieber ohne, also nein.«

»Und dann?«

»Haben wir gevögelt.«

»Das ist mir schon klar, aber war dabei irgendetwas ungewöhnlich?«

Warnke dachte einen Moment nach. »Als sie spürte, dass ich kam«, meinte er schließlich, »hat sie mich mit ihren Beinen umklammert und mir ihre Hände auf den Hintern gedrückt. So als ob sie unbedingt wollte, dass ich in ihr komme.«

»Und?«

»Ist dann so passiert.«

»Und dann?«

»Ist sie verschwunden. Kaum war ich gekommen, ist sie aus dem Bett gesprungen, hat sie sich angezogen und war weg. Das war wirklich strange.«

Robert schwieg gedankenverloren.

»Ich hoffe, ich konnte Ihnen damit weiterhelfen«, sagte Warnke nach einer kleinen Pause und machte Anstalten zu gehen.

»Ja, vielen Dank«, antwortete Robert und war wenige Augenblicke später allein. Rasch überprüfte er auf seinem Handy die israelische Überwachungs-App. Die S-Klasse hatte am Morgen auf dem Weg von Wangs Wohnung zur *GenTech AG* einen Abstecher zu Berlins neuem Wahrzeichen gemacht. Selbst war Robert noch nicht in dem rombusförmigen Glasturm an der Sonnenallee gewesen, er kannte nur die euphorischen Medienberichte zu dessen Eröffnung vor wenigen Monaten. Den Geräuschen nach war Lee dort in den Mercedes eingestiegen. Ein Dialog zwischen Lee und Wang kurz nach Fahrtbeginn weckte Roberts Neugier. Lee lobte den von Wang ausgewählten Konferenzraum ob seiner Diskretion und Abhörsicherheit. Wang bedankte sich und meinte, es freue ihn, dass Lee mit der Wahl zufrieden sei. Dann wurde es still im Mercedes. Irgendwann klingelte in der Aufnahme ein Telefon. Aufgrund der Freisprechanlage hörte Robert den kompletten Dialog. Lee würde den Präsidenten treffen. Samstag, achtzehn Uhr. In Roberts Bauch kribbelte es; Vorfreude und Anspannung gingen dort gerade zusammen ins Bett. Er spürte, dass das Treffen der Schlüssel zu allem war. Doch wie sollte er auch nur ansatzweise in dessen Nähe kommen? Er schob die Frage beiseite und konzentrierte sich auf seine zweite Verabredung hier im Café, die kurz danach eintraf: Salvatore Gallo, einunddreißig, laut seinem Facebook-Profil Galerist. Er war weniger attraktiv, aber nicht minder sympathisch, und er hinterfragte Roberts Status als Journalist nicht.

Seine Geschichte spielte sich nur einen Tag später ab. Andere Location, dieses Mal der Treptower *Club der Visionäre*. Ähnliche Uhrzeit, aber identische Vorgehensweise. Jun Ji Bao hatte ihn an der Bar angesprochen, sich als Jinjin vorgestellt, ihn erst auf die Tanzfläche und dann in seine Wohnung gelotst. Kurzer, heftiger

Sex ohne Kondom bis zu seinem Orgasmus, dann fluchtartiges Verlassen seiner Wohnung.

Nachdem Gallo seinen Bericht beendet und das Café verlassen hatte, bezahlte Robert seine Getränke und rief draußen auf der Straße seine dritte Verabredung an. Der Himmel war aufgeklart, Sonnenlicht spiegelte sich in den Pfützen auf dem Bürgersteig. Thomas Crampe, laut Facebook-Profil fünfunddreißig Jahre alt, ledig, Immobilienmakler, hatte sich in der letzten Nacht auf Roberts Anfrage gemeldet. Aus der nächtlichen Nachricht wusste Robert, dass Crampe Jun Ji Bao am 29. April im Kreuzberger Club *Aeden* getroffen hatte. Am anderen Ende der Leitung läutete es ewig, und Robert wollte gerade auflegen, als sich jemand meldete.

»Hallo?«

»Herr Crampe?«

»Ja?«

»Mein Name ist Robert Forster, wir sind um vierzehn Uhr verabredet.«

»Ja, genau.«

Robert entschied sich für die Überfallvariante.

»Sind Sie in der damaligen Nacht von einer Jinjin angesprochen, anschließend auf die Tanzfläche und später in Ihr Bett gelockt worden, wo es dann zu Sex ohne Kondom kam?«

Bevor Crampe seine Verblüffung überwinden und antworten konnte, schob Robert eine weitere Frage hinterher: »Ist Jinjin nach Ihrem Orgasmus unverzüglich abgehauen?«

Crampe blieb für einige Sekunden still, bevor er leise fragte: »Woher wissen Sie das alles?«

Robert meinte nur, ihr Treffen habe sich erledigt, bedankte sich und legte auf.

Die Frau war schwanger, echoten die Worte der Charité-Ärztin in seinem Kopf. Die Sache war sonnenklar. Jun Ji Bao hatte unbedingt schwanger werden wollen. Egal von wem. Nur warum? Robert sah sich erneut das Video ihres TV-Auftritts an. Er stoppte bei der Szene, in der sie sich mit dem Finger auf den Bauch tippte. »Hier drin steckt das größte Geheimnis der chinesischen Regierung«, tönte es aus dem Lautsprecher seines Handys.

Plötzlich begriff er: Er war die ganze Zeit auf der falschen Spur. Es ging weder um das Heilen einer genetisch bedingten Muskelkrankheit noch um einen geheimnisvollen neuen Erreger.

Die Schwangerschaft war das Entscheidende.

Und das Geheimnis hatte sich in ihrem Embryo befunden.

優越性

Freitag, 5. Juni, 12:04, Bürohochhaus, Taipeh

Das Geräusch eines sich im Schloss drehenden Schlüssels brachte Maria dazu, den Blick vom Verkehrsgewühl zu ihren Füßen abzuwenden und sich umzudrehen. Ein groß gewachsener Mann mit Brille und akkurat gescheiteltem dunklem Haar betrat den Raum. Lachfalten um die Augen machten seinen strengen Blick sanfter, als er war. An den Schläfen des schmalen, kantigen Gesichts waren die ersten grauen Haare zu erkennen. Er trug einen dunkelgrauen Anzug mit einer grau-weiß gestreiften Krawatte und mochte Mitte vierzig sein, vielleicht auch schon ein wenig älter. Ihm folgten zwei Frauen in dunkelblauen Kostümen in das Konferenzzimmer. Vom Alter her hätten sie Mutter und Tochter sein können. Das hübsche Gesicht der Jüngeren wurde von einer großen Hornbrille dominiert, das der Älteren von einer breiten Nase und einem schmalen Mund. Die Jüngere hielt ein Tablet in der Hand, die Ältere eine braune Ledermappe. Der Mann stellte sich als Herr Shi vor, er sei Mitarbeiter des taiwanesischen Geheimdienstes und bat Maria, Platz zu nehmen. Ihr brannten tausend Fragen auf der Zunge, doch sie beschloss, erst einmal zu schweigen. Sie setzte sich in die Mitte der ovalen Längsseite des Tisches, die Fensterfront im Rücken, und legte ihre Hände vor sich auf den Tisch. Shi nahm ihr gegenüber Platz, flankiert von den beiden Frauen. Er fixierte Maria für eine Weile, ohne ein einziges Mal zu blinzeln. Schließlich fragte er: »Wie sind Sie an das Video Ihrer Tante gelangt?«

Maria erzählte ihm die ganze Geschichte oder zumindest die wesentlichen Teile davon. Von ihrer Tätigkeit als Techno-DJ, von der Party in Wuhan, von ihrer Flucht mit Yang – die gemeinsam verbrachte Nacht ließ sie aus –, von dem überraschenden Polizeitermin am nächsten Morgen, der Nachricht vom Tod ihrer Tante und dem Stick im Briefkasten bei ihrer Rückkehr.

»Kennen Sie den Auftritt meiner Tante im deutschen Fernsehen?«

Shis Antwort war ein kurzes Kopfnicken, gefolgt von der Bitte fortzufahren. Die nächsten Minuten redete sie in einem fort, erzählte vom zweiten Treffen mit Yang und Jun Ji Baos Videonachricht, vom Schließfachschlüssel und dem Geldumschlag, von Yangs Tod und Hans Leichenwagen, von Jackie Chan Junior, dem gescheiterten Fluchtversuch per Bus nach Hongkong und dem Höllenritt per Schnellboot Richtung Taiwan. Ihre Schilderung endete mit dem Auftauchen der Küstenwache. Während sie sprach, hatte sie die Angst nicht mehr gespürt, nun kehrte sie mit einem Augenblinzeln zurück. Bevor ihr Gegenüber etwas sagen konnte, schob sie schnell eine Frage hinterher: »Werden Sie mich zurückschicken?«

Zum ersten Mal huschte die Andeutung eines Lächelns über Shis Gesicht. »Nein, aber Sie bleiben nicht hier.«

»Wo bringt ihr mich hin?«, fragte sie, und jeder im Raum konnte die Furcht in ihrer Stimme hören.

Shi streckte rasch seinen Arm aus und griff nach ihren Händen. Sie hätte beinahe vor Schreck aufgeschrien, konnte sich aber im letzten Moment zurückhalten. Ein kaum merkliches Zucken ihrer Hände war die einzige Abwehrreaktion.

»Sie müssen keine Angst vor uns haben«, sagte Shi und sein Blick wurde weich. »Wir tun Ihnen nichts.«

Er blickte nach rechts zu der älteren der beiden Frauen und streckte die Hand in ihre Richtung aus. Sie schob ihm die braune Ledermappe zu. Shi öffnete sie und holte ihren Geldumschlag samt Stick und Schlüssel sowie einen himmelblauen Pass hervor. Auf der Deckseite funkelten zwei Worte in goldenen Buchstaben, sowohl in chinesischen als auch in lateinischen Schriftzeichen.

Taiwan Passport.

»Sie heißen ab jetzt Maria Li und sind taiwanesische Staatsbürgerin«, meinte er und klappte den Pass auf. Er schob das aufgeklappte Dokument auf ihre Seite des Tisches. Sie erkannte das vorhin im Keller gemachte Foto.

»Wir haben einen Namen gewählt, der nah an Ihrem alten ist. Unerfahrene Menschen verplappern sich schnell.« Er blickte auf seine Armbanduhr. »In gut acht Stunden geht Ihr Flug nach Berlin.«

Shi ließ ihr einen Moment, um die Informationen zu verarbeiten, dann fügte er hinzu: »Wir beschützen Sie dabei. Auch wir wollen wissen, was es mit dem größten Geheimnis der chinesischen Regierung auf sich hat.«

優越性

Freitag, 5. Juni, 14:15, Park, Berlin

Nachdem sein Gesprächspartner aufgelegt hatte, starrte Lee auf sein Handy und stieß in Gedanken übelste Verwünschungen aus.

Die Dinge liefen aus dem Ruder, daran gab es keinen Zweifel. Maria Lin war auf dem Weg nach Berlin. Der Anruf seines Kontaktmannes beim chinesischen Geheimdienst, der ihn bereits über die Obduktionsergebnisse von Jun Ji Baos Leichnam informiert hatte, hatte ihn beim Spazierengehen im Park überrascht. Lee wollte den Kopf freibekommen und war dafür in den Tiergarten gelaufen, als sein deutsches Handy klingelte. Wenn er in Berlin war, leitete er alle Anrufe auf seinem chinesischen Handy an sein deutsches weiter, um der heimischen Überwachung zu entgehen. Das chinesische Handy lag während seines ganzen Aufenthaltes in der Stadt unberührt in seinem Hotelzimmer.

Auf Lees Nachfrage, woher die Informationen seines Gesprächspartners stammten, sprach dieser von einer verlässlichen Quelle beim taiwanesischen Geheimdienst, ohne ins Detail zu gehen. »Ist das Video der Tante bekannt?«, war Lees letzte Frage, bevor das Telefonat endete. Sein Gesprächspartner hatte einen Augenblick gezögert, bevor er »Welches Video?« erwiderte.

Fieberhaft dachte er über die Konsequenzen nach. Kannten sie das Video beim Geheimdienst tatsächlich nicht? Oder wusste nur sein Kontaktmann nichts davon? Falls nein, welche Schlüsse zogen sie aus dem Umstand, dass die Nichte einer Frau, die unter mysteriösen Umständen gestorben war, in einer halsbrecherischen Flucht das Land verlassen hatte? Inzwischen musste allen klar sein, dass es mit dem von Jun Ji Bao angekündigten größten Geheimnis der chinesischen Regierung zusammenhing, das dort aber niemand kannte. In Peking herrsche helle Aufregung, hatte sein Gesprächspartner gesagt, bis in höchste Kreise. Wusste der Präsident schon davon? Auch von der Flucht der Nichte? Würde das morgige Treffen wieder abgesagt? Fühlte sich Xi erneut in Verlegenheit gebracht? Ein weiteres Mal wird Konsequenzen habe, echote zum x-ten Mal die Aussage des Assistenten in seinem Kopf.

Lee fluchte laut; eine gerade an ihm vorbeilaufende Joggerin drehte sich erschrocken nach ihm um. In den letzten fünfzehn Jahren hatte er die Decke des Lebens immer höher gehängt. Nichts fürchtete er mehr, als dass sie bald wieder knapp über seinem Kopf enden könnte.

In irgendeinem rattenverseuchten Loch, wie in seiner Kindheit und Jugend.

Der Schatten eines Baumes am Wegesrand im Park war plötzlich kalt wie ein eisiger Vorhang, während die Erinnerung an die Gefängniszelle in den Bergen durch seinen Kopf sauste. Würde man ihn bei seiner Ankunft direkt in Gewahrsam nehmen? Und dann? Wo würden sie ihn dieses Mal hinbringen? Würde Lan zu ihm stehen? Und was würde mit seinem Sohn passieren? Die Fragen verkeilten sich in seinem Kopf ineinander, sie waren untrennbar miteinander verstrickt. Lee spürte Panik in sich aufsteigen wie heiße Lava kurz vor einem Ausbruch. Sein Kopf glühte.

Er setzte sich auf die erstbeste Parkbank und versuchte, das verschlungene Wollknäuel seiner Gedanken zu entwirren, die Fäden seines Lebens wieder sauber aufzurollen.

Er konnte es nicht leugnen: Er war nur noch ein Getriebener der Ereignisse. Er saß gefesselt auf dem Beifahrersitz eines führerlosen Wagens, der auf einen Abgrund zuraste. Er musste sich irgendwie von den Fesseln befreien und auf den Fahrersitz klettern, die Kontrolle zurückerlangen. Schnellstmöglich. Plötzlich war er sich sicher: Die Videonachricht der Tante an ihre Nichte kannte man in Peking noch nicht. Sie wussten nichts von irgendwelchen Kopien. Oder von den ganzen Experimenten hier. Noch konnte alles gut werden. Es gab immer noch die Chance, dem Präsidenten *Happy Genes* vorzustellen. Hier in Berlin. Während seines Staatsbesuchs. Plötzlich wusste er, wie er das Steuer herumreißen konnte. Im Verzeichnis seines Handys suchte er Wangs Nummer. Nach dem vierten Klingeln wurde abgenommen.

»Herr Lee, was kann ich für Sie tun?«

»Wir müssen uns treffen, sofort!«

»Wo?«

»Am besten bei Ihnen.«

Bevor Wang mit seiner hohen Stimme antworten konnte, setzte Lee hinzu: »Und holen Sie Ihren Freund dazu.«

»Okay, aber lassen Sie mich erst checken, ob er verfügbar ist. Ich rufe gleich zurück.«

Der Anruf erfolgte keine zwei Minuten später. Als Lee in Wangs Penthouse mit Blick auf den Treptower Park eintraf, warteten die beiden Männer bereits auf ihn. Lee fand Chen noch genauso unsympathisch wie bei ihrem letzten Aufeinandertreffen. Ihn umwehte bei der Begrüßung der Geruch nach einer kurz zuvor gerauchten Zigarette. Auf der Balustrade der Dachterrasse stand ein Aschenbecher, die Schiebetür stand halb offen. Die Inneneinrichtung war modern, aber ohne Herz. Sie kam Lee vor wie zusammengestellt nach Bildern aus Wohnzeitschriften. Lee nahm auf einem kantigen schwarzen Ledersofa Platz. Die Polsterung grenzte mit ihrer Härte an Unbequemlichkeit. Wang fragte nach Getränkewünschen, doch Lee lehnte ab. Er wollte schnell zur Sache kommen.

»Morgen früh landet diese Frau hier in Berlin«, sagte er und zeigte Chen das Foto von Maria Lin auf dem Display seines Handys. »Diese Frau ist für uns und unser Land hochgefährlich.

Sie wird hier Dokumente in Empfang nehmen, deren Veröffentlichung unbedingt verhindert werden muss. Sie können unserem Land großen Schaden zufügen.«

Chen fixierte Lee mit seinen kalten Augen. »Soll die Frau vor Empfang der Dokumente ausgeschaltet werden, oder geht es auch darum, die Dokumente zu sichern?«

»Beides. Vom Flughafen wird sie wahrscheinlich direkt zur Sparkasse in der Badstraße fahren und dort die Dokumente holen. Danach müssen wir zuschlagen.«

»Das heißt, die Frau wird die Dokumente bei sich tragen, wenn wir angreifen?«, fragte Chen, ließ es aber eher nach Feststellung klingen.

»Davon ist auszugehen«, bestätigte Lee.

»Reist sie allein?«

»Nein, sie wird vom taiwanesischen Geheimdienst begleitet und beschützt. Wie viele Personen vermag ich nicht zu sagen.«

Chens Mundwinkel zuckten hin und her, während er nachdachte. Sein Blick hing in der Luft. »Das macht es aufwendiger. Dann gilt es, erst ihre Bewacher zu eliminieren, um anschließend die Frau samt Dokumente in Gewahrsam zu nehmen. Korrekt?«

Lees Antwort war ein knappes Kopfnicken.

»Einhunderttausend«, sagte Chen.

»Wie bitte?«

»Die Sicherstellung der Dokumente kostet Sie einhunderttausend.«

»Okay«, antwortete Lee. »Kein Problem.«

»Ist Peking informiert?«

»Ja«, log Lee schnell. »Woher sollte ich sonst die Informationen über ihre Pläne haben?«

Das schien Chen einzuleuchten, sein Kopf nickte einige Male leicht auf und ab, bevor er fragte: »Soll die Frau sterben, wenn die Dokumente in ihrem Besitz sind?«

Vier Augen ruhten auf Lee. Mit einem einmaligen Nicken seines Kopfes gab er die Antwort.

»Ich möchte es hören«, meinte Chen. »Soll die Frau getötet werden?«

Lee räusperte sich, dann sagte er deutlich: »Ja.«

»Gut«, entgegnete Chen nach einer Weile und schaute Lee direkt in die Augen. »Ich werde ein Team zusammenstellen. Ab jetzt führe ich hier das Kommando. Ist das klar?«

Lee blieb keine Wahl.

»Ja«, antwortete er vernehmlich.

優越性

Samstag, 6. Juni, 05:14, Wohnung, Berlin

Das Leuchten des Displays mit dem dazugehörigen Warnsignal weckte Robert auf. Die Überwachungs-App hatte sich automatisch eingeschaltet, als Wangs Mercedes sich in Bewegung setzte. Robert tastete nach dem Handy und hielt es sich vors Gesicht. Der Wagen war schon seit geraumer Zeit unterwegs; die bereits gefahrene Strecke war auf der Karte rot markiert. Nach einem Zwischenstopp am Berliner Platz vorm Hotel Adlon fuhr er gerade in südöstlicher Richtung stadtauswärts. Durch einen Spalt in den schweren Vorhängen vor dem Schlafzimmerfenster drängte die morgendliche Dämmerung herein. Die Uhr auf dem Nachttisch zeigte 5:14. Um diese Uhrzeit war das mit Sicherheit kein Wochenendausflug, dachte Robert, wo wollten Wang und Lee hin? Er schaltete die Abhörfunktion der App ein und lauschte für eine Weile ins Wageninnere, doch die Insassen blieben stumm. Plötzlich hörte er Wangs hohe Stimme aus seinem Handy: »An welchem Terminal kommt sie an?«

Sie erwarteten jemanden. Eine Frau. Am Flughafen. Aber wen? Robert sprang ungeduscht in die Klamotten des Vortages und weiter in seinen Wagen. Sämtliche Geschwindigkeitsbegrenzungen ignorierend erreichte er in Rekordgeschwindigkeit den BER. Parkhaus 3 war nur spärlich belegt, und er suchte sich einen Platz nahe der Ausfahrt. Aus dem Kofferraum holte er Verkleidungsutensilien. Neben dem Porno-Schnäuzer und der Werber-Brille half ihm heute zusätzlich eine graue Schiebermütze, seine Identität zu verbergen.

In der riesigen Glasfassade des Ankunftsterminals spiegelte sich der Morgenhimmel, während Robert mit einem kleinen Rucksack über der Schulter zum Gebäude lief. Über einem schmalen glutroten Streifen türmten sich am Horizont dunkle Wolken auf. Kurz vor der Eingangstür des Terminals riss eine kräftige Windböe an der Schiebermütze. Mit einem schnellen Griff verhinderte er ihren Abflug.

Im Inneren des Terminals brauchte Robert eine Weile, bis er Wang und Lee entdeckte. Statt des erwarteten Duos fand er ein Trio. Robert blieb beinahe das Herz stehen. Cino war auch dabei. Der Scheißkerl hatte sich irgendwie befreien können. Die drei saßen in einem Café. Robert suchte sich einen Beobachtungsposten auf einer polsterlosen Metallbank, keine fünfzig Meter entfernt. Von hier aus hatte er sowohl einen guten Blick auf das Café als auch auf die Schiebetüren, hinter dem sich der Sicherheitsbereich mit den Gepäckbändern verbarg. Robert holte aus dem Rucksack ein Taschenbuch und gab vor, darin zu lesen. In Wahrheit beobachtete er die drei Chinesen aus seinen Augenwinkeln. An ihrem runden Tisch im hinteren Bereich des Cafés sagte niemand ein Wort. Wang und Cino konnte Robert gut erkennen. Lee verschwand hinter einer runden Säule, kam aber immer dann in Roberts Sichtfeld, wenn er sein Getränk vom Tisch nahm. Alle drei beschäftigten sich mit ihren Handys, hin und wieder unterbrochen von einer kurzen Bemerkung, die von den anderen meist wortlos zur Kenntnis genommen wurde, oder einem Blick zur Anzeigetafel.

Für Roberts Geschmack war in dem Terminal zu wenig los. Er fühlte sich zwar durch seine Verkleidung sicher, aber mehr Gewusel hätte ihn noch besser geschützt. Robert vermutete die Frau an Bord einer der in der nächsten Stunde ankommenden

Flieger – New York, Basel, Helsinki, Izmir, Frankfurt und Doha belegten die obersten Plätze auf der Anzeigetafel.

Als hinter Frankfurt »gelandet« aufleuchtete, kam Unruhe in das Trio. Wang zeigte auf die Anzeigetafel, und die anderen beiden folgten mit ihren Blicken. Sie steckten ihre Handys ein und schauten zu den Schiebetüren des Sicherheitsbereiches. Milchglas schützte die Reisenden an den Gepäckbändern vor neugierigen Blicken sowie winkender Kontaktaufnahme von Verwandten und Bekannten im Außenbereich. Eine Absperrung hielt die Abholer rund zwei Meter von den Türen entfernt. In unregelmäßigen Abständen öffneten sich die Türen und spuckten die Reisenden mit ihren Gepäckwagen aus. Inzwischen war der Außenbereich gut gefüllt. Izmir war mit Verspätung unmittelbar vor Frankfurt gelandet. Rund die Hälfte der Frauen in der wartenden Menge trug Kopftücher. Es war oft ein großes Hallo. Hände wurden geschüttelt, Umarmungen und Küsse ausgetauscht. Ein vielstimmiges, häufig lautes Reden und Lachen erfüllte den Wartebereich. Die Sicht auf die Schiebetüren war inzwischen durch die Menschenmenge stark eingeschränkt. Wang sagte etwas zu Lee, erhielt als Antwort ein Nicken, erhob sich und verließ das Terminal, während Cino sich näher an den Schiebetüren positionierte, es aber vermied, sich direkt an die Absperrung zu stellen. Lee blieb im Halbschatten der Säule des Cafés im Verborgenen. Roberts Blick heftete sich an Cino. Wenn seine Zielperson eintraf, würde Cino die Verfolgung aufnehmen. Und Robert die seine.

Keine fünf Minuten später war es so weit. Cino setzte sich in Bewegung und verließ seinen Platz hinter der Absperrung, blieb aber in der Menschenmenge in Deckung. Robert konnte nicht erkennen, wen er verfolgte. Sein Blick scannte die Menge. Er konzentrierte sich auf die Personen, die sich durch die Menschentraube hinter der Absperrung schlängelten. Plötzlich trat ein stämmiger, finster dreinblickender Asiate mit Glatze in einem schwarzen Anzug hervor. Er pflügte durch die Menge wie ein Eisbrecher durch Eisschollen. In seinem Kielwasser folgte eine mit Jeans und weißer Bluse bekleidete, hübsche Halbasiatin mit großen hellen Augen, dahinter ein weiterer schwarz gekleideter, drahtiger Asiate mit raspelkurzem Militärhaarschnitt. Alle drei zogen kleine Rollkoffer hinter sich her. Die beiden Männer schauten sich immer wieder nach allen Seiten um. Allen dreien stand eine nervöse Anspannung im Gesicht, während sie zum Ausgang strebten. Erst als sie kurz davor waren, das Terminal zu verlassen und ins Freie zu treten, verließ Cino die Menschenmenge vor der Absperrung und nahm die Verfolgung auf, dahinter Lee, der Abstand hielt und so tat, als gehörte er nicht dazu. Robert erhob sich, als Lee den Ausgang erreichte.

Draußen erwartete ihn ein Himmel grau und feucht wie ein Spültuch. Der Asphalt am Ende der Überdachung vor dem Terminal war nass. Die vorbeifahrenden Autos wirbelten Gischt auf. Die feuchte Luft fühlte sich kühler an, als sie war. Robert sah sich schnell nach allen Seiten um. Etwa fünfzig Meter entfernt zu seiner Rechten stieg die Asiatin in einen dunklen VW-Van mit abgedunkelten Scheiben. Ihre beiden Begleiter überprüften mit ihren Blicken die Umgebung, bevor auch sie im Inneren des Vans verschwanden. Das Geräusch der sich schließenden Schiebetür hallte bis zu Robert. Währenddessen lief Cino mit eiligen Schritten zu seinem schräg gegenüber im Halteverbot geparkten Audi. Robert sah, wie er einen Strafzettel unter dem Scheibenwischer hervorfischte und zu Boden warf, bevor er einstieg und dem Van hinterherfuhr. Von links rauschte Wangs S-Klasse heran und hielt keine zwanzig Meter entfernt am Bordstein. Lee löste sich aus dem Schatten des nächsten Eingangs zum Terminal, näherte sich mit flinken Schritten dem Wagen und verschwand im Fond. Robert wandte sich schnell ab und blickte durch die gläsernen

Eingangstüren ins Innere des Terminals, als die S-Klasse in seinem Rücken mit aufheulendem Motor an ihm vorbeisauste. Er wartete, bis der Mercedes außer Sicht war, dann rannte er zu seinem Wagen im Parkhaus.

優越性

Samstag, 6. Juni, 09:02, Bank, Berlin

Maria reichte der blassen jungen Frau mit der Hochsteckfrisur im dunkelblauen Kostüm hinter dem Bankschalter ihren chinesischen Pass. Oder besser, die täuschend echte aussehende Kopie, die sie von dem bulligen Herrn Sun vom taiwanesischen Geheimdienst erhalten hatte, kurz bevor sie aus dem Van ausgestiegen war.

»Ohne den kommen Sie nicht an die Kopien heran«, hatte Shi bereits im Konferenzraum in Taipeh zu ihr gesagt, während Maria den roten Pass von allen Seiten inspizierte. Die Abnutzungserscheinungen wirkten authentisch: Hier eine abgescheuerte Ecke, dort eine fleckige Stelle, und die glänzende Kunststoffseite innen war mit einer leichten Krümmung versehen. Das Foto war das gleiche wie in ihrem taiwanesischen Pass.

»Der ist vom Original kaum zu unterscheiden, jedenfalls nicht für die Angestellten einer Bank in Berlin«, hatte Shi im Konferenzraum in Taipeh hinzugefügt und Maria ihre Begleiter für den Berlin-Trip vorgestellt. Der bullige Herr Sun und der sehnige Herr Bhao. Keine Ahnung, ob das ihre echten Namen waren, aber es war ihr auch egal. Hauptsache, sie war nicht allein. Vor dem Flug hatte man ihr nur den taiwanesischen Pass ausgehändigt. Die Fälschung hatte Herr Sun eingesteckt. Ihre Begleiter hatten während des Fluges kaum ein Wort gewechselt, weder untereinander noch mit ihr. Die meiste Zeit hatten sie in den bequemen Sitzen der Businessclass von Taiwans zweitgrößter Fluggesellschaft Eva Air geschlafen.

Maria hatte vor Aufregung kaum ein Auge zubekommen.

»Meine Tante Jun Ji Bao hat hier ein Schließfach eingerichtet, für das ich eine Vollmacht habe«, meinte sie und wunderte sich, wie flüssig ihr der Satz von den Lippen kam. Auf dem Weg vom Flughafen hatte sie ihn im Van einige Male geübt. Ihre letzte Konversation auf Deutsch war ewig her. Mit dem Klang der Worte im Bus waren die Erinnerungen aufgetaucht. An das Deutsch-Spiel. So hatte es ihre Mutter immer genannt, wenn sie meist beim Abendessen versuchten, die deutsche Familie zu imitieren, bei der sie arbeitete. Insgeheim hatte ihre Mutter versucht, Maria auf ein Leben in dem fremden Land vorzubereiten. Maria hatte nichts von den Auswanderungsplänen ihrer Mutter gewusst, auch, wie ihre Mutter ihr später gestand, damit sie sie nicht an Mitschüler oder Freundinnen verraten konnte. Die kleine Küche mit ihren bis unter die Decke vollgestopften Regalen voller Küchenutensilien und eingelegten Lebensmitteln hatte sich in den ausladenden holzgetäfelten Ess-Salon der Lauensteins verwandelt, wenn sie das Essen mit Messer und Gabel sowie die dazugehörige Konversation geübt und dabei oft Tränen gelacht hatten über die steife, förmliche Art, wie sie in der deutschen Familie mit ihren beiden Töchtern herrschte.

Das Lachen ihrer Mutter hatte in Marias Kopf gerade noch nachgehallt, als der Van vor der Sparkasse gestoppt und Sun sie zum Aussteigen aufgefordert hatte.

»Sie können nicht mit hereinkommen«, sagte die Bankangestellte zu Bhao, der Maria in die Bank begleitet hatte. Sie standen vor der schweren Metalltür zum Tresorraum. Die Frau hielt ein schwarzes Lederetui in ihrer linken Hand. »Nur der Inhaber des Schließfachs oder ein Bevollmächtigter haben Zutritt.«

Bhao starrte Maria fragend an. Sie übersetzte rasch auf Mandarin. Die Miene ihres Begleiters verfinsterte sich. Sein grimmiger Blick huschte zwischen den beiden Frauen hin und her. Am Ende fügte er sich und suchte sich einen Platz in einer

Sitzgruppe aus schwarzen Ledersesseln einige Meter den Gang herunter.

»Bitte folgen Sie mir«, forderte die junge Frau Maria mit einem angedeuteten Lächeln auf und öffnete die Tür zum Tresorraum. Ihre Stöckelschuhe hallten bei jedem Schritt, während sie eine mit grauen Steinen geflieste Treppe herunterstieg. Marias Turnschuhe waren kaum zu hören. Am Fuße der Treppe schaltete sich das Licht im Tresorraum automatisch ein. Maria blickte in einen quadratisch wirkenden Raum mit Schließfächern bis unter die Decke in unterschiedlicher Größe – die kleinsten mit einer Tür in Taschenbuchgröße, die größten hoch wie ein Reisekoffer. Eine mobile Leiter aus mattem Edelstahl gewährte Zugang zu den obersten Schließfächern. Fach Nummer 543 gehörte zur Kategorie Taschenbuch und lag auf Hüfthöhe.

»Ich lasse Sie dann allein«, meinte die Frau, nachdem sie ihren Teil zur Öffnung des Schließfachs beigetragen hatte. »Wenn Sie fertig sind, klingeln Sie bitte. Dann schließen wir Ihr Fach zusammen wieder zu.«

Maria antwortete mit einem Nicken und wartete, bis die Schritte der Bankangestellten von der sich schließenden Eingangstür verschluckt wurden, bevor sie ihren Schlüssel hervorholte, sich herunterbeugte und den Schlüssel in das zweite Schloss des Schließfachs steckte.

Vorsichtig öffnete sie die geräuschlos aufschwingende Tür. Mit der Taschenlampe ihres Handys leuchtete sie in das Innere des Schließfachs. Ein Bündel Bargeld, zwei USB-Sticks, ein Briefumschlag und eine Packung Tampons. Sie holte zuerst den Umschlag hervor. Er war beschriftet.

Für Maria. Sofort zu öffnen.

優越性

Samstag, 6. Juni, 09:06, Geschäftsviertel, Berlin

Kurz nachdem die Frau mit ihrem Begleiter in der Bank verschwunden war, hatte Robert den BMW verlassen und war zu dem vor der Bank im Halteverbot stehenden VW gelaufen. Die Sonne leuchtete durch die Frontscheibe ins Wageninnere. Auf dem Fahrersitz saß ein junger Asiate vornübergebeugt und starrte auf sein Handy. Den zweiten, stämmigen Begleiter der Frau konnte er nur schemenhaft im hinteren Bereich des Vans ausmachen. Robert hatte sein Telefon hervorgeholt, so getan, als ob er darauf etwas las, in Wahrheit aber unzählige Fotos machte, während er sich auf dem Bürgersteig dem Van näherte. Anschließend war er einmal um den Block marschiert und hatte sich wieder in seinen BMW verzogen.

Wohinter waren hier alle her, hatte er sich gefragt? Warum führte der erste Weg vom Flughafen in eine Bank? Wer waren die Leute in dem VW-Van? Auch Chinesen? Vielleicht konnte ihm der Wagen mehr erzählen. Ein Name war ihm durch den Kopf geschossen. Lara! Konnte er sie anrufen? Nach so langer Zeit? Es musste bald zehn Jahre her sein. Während er ihre Mobilnummer suchte, ging ihm ihre kurze, heftige Affäre durch den Kopf.

Kennengelernt hatten sie sich bei einer Fortbildung, an der auch Mitarbeiter des BKA teilnahmen. Lara war die Assistentin der Vizepräsidentin. Sie hatte zu allen Daten Zugang, und Robert hoffte, dass sie ihren Posten noch innehatte. Ihre Affäre hatte ein halbes Jahr gedauert. Sie verstanden sich einfach gut, und die sexuelle Chemie zwischen ihnen stimmte auch, beide hatten ähnliche Vorlieben und Neigungen. Zu Beginn verspürte Robert sogar so etwas wie Verliebtheit, aber irgendwann ließ für beide der Reiz nach. Als bei Robert eine Versetzung nach Kabul als Möglichkeit am beruflichen Horizont auftauchte, brach die Dämmerung in ihrer Beziehung an. Kurz darauf trennten sie sich. In beiderseitigem Einvernehmen, wie es so schön heißt, dachte Robert, als das Telefon am anderen Ende der Leitung anfing zu läuten. Er wollte nach dem zehnten Klingeln gerade auflegen, als ihre Stimme erklang: »Hallo?«

»Lara?«

»Wer ist das? Robert? Robert!«

Er war erleichtert, dass sie erfreut seinen Namen rief.

»Ja, ich bin's. Wie geht es dir?«

»Gut, und selbst?«

»Auch gut.«

»Ist etwas passiert?«

Ihre direkte Art, die ihm schon damals gefallen hatte, ließ ihn schmunzeln. Sie hatte sich anscheinend nicht verändert.

»Nein, mach dir keine Sorgen. Du könntest mir eventuell helfen, aber vorher sag mir: Wie ist es dir so ergangen in den letzten Jahren?«

»Den Job habe ich immer noch, wenn du das meinst. Letztes Jahr habe ich geheiratet und vor drei Wochen eine Tochter bekommen.«

»Hey, das ist toll, herzlichen Glückwunsch!« Aufrichtige Freude durchströmte ihn, abgelöst von einem Schrecken. »Oh, dann arbeitest du ja gar nicht!«

»Würde ich ohne Kind auch nicht.«

»Wieso?«

»Robert! Es ist Samstag!«

Robert schloss für einen Moment die Augen, das hatte er schon wieder völlig vergessen.

»Robert? Was ist, hat es dir die Sprache verschlagen?«

»Nein, … ja, … aber …«

»Was wolltest du denn wissen?«

»Ich wollte dich fragen, ob du ein Nummernschild zuordnen kannst. Wir haben da keinen Zugriff.«

»Woran arbeitest du denn?«

Robert überlegte kurz, was er ihr sagen konnte und was nicht. Von den Ereignissen in Kabul wusste sie vermutlich nichts und damit auch nichts von seinem Abschied.

»An dem Fall einer toten Chinesin.«

»Die aus dem Fernsehen?«

»Ja, genau.«

Er hörte, wie sie einen leisen Pfiff ausstieß. »Oh Mann, da haben sie dir aber etwas aufgedrückt. Übrigens, du hast Glück.«

»Warum, steht der Täter neben dir?«, fragte er und musste lachen.

Sie fiel in sein Lachen mit ein. »Dummkopf, nein, aber meine Chefin hat mir während Corona einen kompletten Arbeitsplatz zu Hause einrichten lassen. Der ist danach nie wieder abgebaut worden. Offiziell bin ich zwar momentan im Mutterschutz, aber hin und wieder braucht sie meine Hilfe.«

»Gut, ich schicke dir jetzt ein Foto von einem Nummernschild.«

Nach einer kurzen Stille meinte sie: »Okay, ich habe es. Ich überprüfe es und rufe dich gleich zurück. Auf der Nummer in meinem Display, oder?«

»Ja. Hey, warte, wie heißt eigentlich deine Tochter?«

»Josephine.«

»Schöner Name, dann bis gleich, bye.«

優越性

Samstag, 6. Juni, 09:11, Bank, Berlin

Die Handschrift ihrer Tante. Hastig riss Maria das Kuvert auf, darin ein Brief.

> Liebe Maria,
> wenn du es bis hierhin geschafft hast: Bravo. Ich wusste, du bist eine clevere junge Frau. Aber das heißt auch, dass ich tot, verschollen oder verhaftet bin. Das Geld ist für dich, falls dich das Bargeld, das ich dir in Wuhan zukommen lassen wollte, nicht erreicht hat oder es dir unterwegs abgenommen wurde. Du stehst jetzt hier vor dem Tresor allein, aber ich habe Vorkehrungen getroffen, falls jemand draußen auf dich wartet, dem du nicht hundertprozentig trauen kannst. Im Schließfach liegen zwei USB-Sticks. Auf dem roten Stick befinden sich die Kopien meiner Unterlagen, auf dem gelben sind auch Kopien meiner Unterlagen, aber da fehlt das Wichtigste. Das ist aber bei einer flüchtigen Kontrolle nicht gleich erkennbar. Falls du eine Durchsuchung außerhalb des Raums befürchtest, versteck den roten Stick dort, wo nur wir Frauen ihn verstecken können. Der rote Stick ist verschlüsselt. Das Passwort ist das Geburtsdatum deiner Mutter plus mein Kosename für sie. Solltest du die Adresse von Professor Gohring nicht mehr haben: Max-Planck-Institut für molekulare Genetik, Ihnestraße 6. Seine Privatadresse

lautet: Falkenpfad 25. Er wird wissen, was zu tun ist. Bring ihm die Unterlagen so schnell wie möglich. Viel Erfolg. In Liebe. Tante Ji.

Tränen kullerten Maria die Wange herunter, während sie die letzten Zeilen las. Sie legte den Brief zurück ins Schließfach, wischte sich die Feuchtigkeit aus dem Gesicht und holte Geldumschlag sowie die beiden USB-Sticks hervor. Sie holte ein Tampon aus der Packung und steckte ihn zusammen mit dem gelben Stick in die linke Vordertasche, schob den Geldumschlag in die rechte Gesäßtasche und den roten Stick vorsichtig in den Bund der Jeans.

Es dauerte eine Weile, bis die junge Frau nach dem Klingeln auftauchte. Sie entschuldigte sich, ein Kunde hätte sie in Beschlag genommen. Gemeinsam schlossen sie das Fach und stiegen die Treppe hoch. Als Bhao sie aus dem Tresorraum kommen sah, erhob er sich. Noch auf der Treppe hatte Maria die Bankangestellte nach einer Toilette gefragt. Sie war gleich den Gang herunter. Bevor Bhao Maria erreicht hatte, war sie in der Damentoilette verschwunden. Sie suchte eine der abschließbaren Kabinen auf, höhlte den Tampon aus, verbarg den roten USB-Stick darin und befolgte den Ratschlag ihrer Tante. Bei ihrer Rückkehr wartete ein missgelaunter Bhao direkt vor der Tür zur Damentoilette auf sie.

»Haben Sie die Unterlagen?«, fragte er streng.

Sie holte den gelben Stick hervor und drückte ihn ihm in die Hand. Mit einer Handbewegung ließ er ihr den Vortritt und folgte ihr.

»Durchsuch sie!«, befahl Sun seinem Kollegen, kurz nachdem der mit Maria in den Van eingestiegen war und Bhao ihm den gelben Stick überreicht hatte. »Ich will sichergehen, dass sie uns nicht hereinlegt.«

Schlaue Tante Ji, dachte Maria, während sie die Arme in die Höhe reckte. Bhao fuhr mit seinen Händen an ihrem Körper entlang wie ein Sicherheitsmann am Flughafen. Er tastete sie von oben bis unten ab. Ihren Brüsten schenkte er dabei mehr Aufmerksamkeit als nötig, jedenfalls kam es ihr so vor. Am Ende zog er den Umschlag aus ihrer Gesäßtasche und reichte ihn Sun.

»Hey, das gehört mir«, protestierte Maria.

»Keine Sorge, Sie bekommen es zurück«, rechtfertigte sich Sun und blätterte mit seinen Fingerspitzen die Fünfzigeuroscheine im Umschlag durch. »Wir wollen Sie nicht bestehlen. Wir wollen nur wissen, was Ihre Tante Ihnen alles hinterlassen hat.«

Sun holte aus seinem Koffer ein Laptop und schaltete ihn ein. Nachdem der Computer hochgefahren war, sah Maria, wie er den Stick seitlich am Laptop einsteckte und auf der Tastatur herumklickte. Seine Gesichtshaut glänzte fettig im bläulichen Licht des Bildschirms. Seine Augen flitzten über den Monitor.

»Okay, ich verstehe zwar nichts davon«, meinte er mehr zu sich selbst als zu irgendjemanden im Van. »Aber es sieht nach den Daten der Tante aus. Jetzt muss uns nur noch Professor Gohring verraten, was das alles zu bedeuten hat.«

優越性

Samstag, 6. Juni, 09:24, Geschäftsviertel, Berlin

Die Halbasiatin war mit ihrem Begleiter vor einigen Minuten in den Van eingestiegen, doch der Wagen setzte sich nicht in Bewegung. Er stand rund einhundertfünfzig Meter die Straße herunter direkt vor der Bank. Es hatte aufgehört zu regnen. Die Sonne brach immer wieder durch Wolkenlücken und ließ den nassen Asphalt glitzern. Beim Verlassen des Gebäudes hatte Robert die Frau mit dem Teleobjektiv seiner Kamera eingefangen und bis zum Wagen begleitet. Die abgedunkelten Scheiben verwehrten ihm einen Blick ins Wageninnere. Auf der anderen Straßenseite stand Cinos Audi mit laufendem Motor, dahinter Wangs Mercedes.

Endlich klingelte das Telefon. Laras Nummer leuchtete im Display.

»Und?«, fragte er schnell.

»Wo bist du eigentlich?«, erwiderte sie.

Ihr Tonfall hatte sich verändert, von freudig überrascht zu zögerlich besorgt.

»Lara, was ist los?«, fragte Robert gereizt.

»Der Wagen gehört zur Taipeh-Vertretung. Fang hier bloß keinen Dritten Weltkrieg an«, sagte sie und überspielte ihre Unsicherheit mit einem Lacher.

»Doch, ich bin gerade dabei«, antwortete er, und in seine Stimme war die vormalige Freundlichkeit zurückgekehrt. »Ich sage dir aber noch rechtzeitig Bescheid, bevor er ausbricht. Nein, im Ernst, vielen Dank.«

Nachdem Lara stumm blieb, fügte er hinzu: »Wenn du einmal Lust auf einen gemeinsamen Kaffee hast, melde dich.«

»Ja, mache ich«, entgegnete sie, obwohl beide wussten, dass es nie dazu kommen würde. Ein schwarzer Range Rover rauschte an Roberts Wagen vorbei. Die Bremsleuchten erstrahlten, und der Wagen hielt neben Cino.

»Lara, ich muss Schluss machen. Danke noch mal.«

Bevor sie antworten konnte, hatte er schon aufgelegt. Robert sah, wie die Fensterscheibe in der Fahrertür des Audi herunterfuhr. Hinter dem Range Rover bildete sich sofort eine Fahrzeugschlange. Die Ersten begannen zu hupen, doch dem Fahrer des Range Rover kümmerte das nicht. Erst als Cino die Fensterscheibe wieder schloss, fuhr der schwarze Range Rover weiter und stoppte in der ersten freien Parkmöglichkeit, ein ganzes Stück vor dem VW.

Die Schiebetür des VW öffnete sich, und der Mann, der zusammen mit der Frau in der Bank war, stieg aus und schloss hinter sich die die Tür. Er blickte sich nach allen Seiten um, dann öffnete er die Beifahrertür und verschwand auf dem dortigen Sitz. Wenige Augenblicke später setzte sich der schwarze Van in Bewegung und passierte den Range Rover, der zwei weitere Wagen vorbeifahren ließ, bevor er sich in den Verkehr einreihte. Kurz danach folgte Cino im Audi. Wo war Wangs Mercedes? Robert blickte in den Rückspiegel und sah, wie Wang wendete und in die Gegenrichtung davonfuhr. Für einen Moment war Robert ratlos, dann beschlich ihn eine Ahnung, was das zu bedeuten hatte. Rasch startete er den BMW und heftete sich an Cinos Fersen.

優越性

Samstag, 6. Juni, 09:36, Hauptverkehrsstraße, Berlin

Auf dem Weg zu Professor Gohring glitt der Van zügig durch den mittäglichen Verkehr. Von ihrem Platz hinter dem Fahrer sog Maria die Eindrücke der fremden Stadt in sich auf wie ein Schwamm, selbst wenn es sich bisher fast ausschließlich um vorbeihuschende Häuserfassaden handelte, regelmäßig unterbrochen von Grünflächen oder S-Bahn-Trassen. Schon lange träumte sie davon, Berlin zu besuchen. Diesen mythischen Ort des Feierns. Stadt des Techno. Mekka der Clubs. Welcher DJ auf der Welt tat das nicht? Doch momentan lag ihr nichts ferner als eine durchfeierte Nacht. Die musste sie sich für später aufheben, genau wie die Sehenswürdigkeiten der Stadt: Brandenburger Tor, Reichstag, Fernsehturm, Haus ihres Vaters.

Seine Adresse in Berlin kannte sie bereits seit Jahren. Baidu Maps lieferte die dazugehörigen Bilder. Die baumgesäumte Straße. Der halbhohe schmiedeeiserne Zaun. Das Einfamilienhaus mit dem spitzen Dach. Zweistöckig. Der gelbe Putz, die weiße Haustür. Die angrenzende Doppelgarage hinter einer gepflasterten Einfahrt. Das Blumenbeet daneben als Abgrenzung zum Rasen. Nachdem sie kurz vor Ende ihrer Schulzeit erstmalig Zugang zum Internet hatte, hatte sie die Spur von Heribert Lauenstein aufgenommen. Angetrieben von einer Mischung aus Sehnsucht und Rachedurst, denn sie fühlte sich von ihm auf dem Tisch des Lebens beiseitegeschoben wie ein Teller verdorbenes Essen. Dieser Schimmel auf ihrer Seele hatte allen Männern in ihrem Leben einen unappetitlichen Beigeschmack verliehen. Wenn Liebe die harte Währung in einer Beziehung war, dann hatte Maria bisher immer nur einen Schuldschein angeboten. Sie war einige Male verliebt gewesen, aber das mit echter Liebe gefüllte Konto war erschreckend leer, und daran war für sie ihr Vater schuld.

Bis sie ihn aufgespürt hatte, dauerte es einige Jahre. Er benutzte anscheinend keine sozialen Medien, jedenfalls nicht die, auf die sie von China aus Zugriff hatte. Über seine berufliche Stellung als Leiter der Wuhan-Niederlassung eines deutschen Pharmakonzerns war sie ihm auf die Schliche gekommen. Auf einem Foto anlässlich seiner Verabschiedung in den Ruhestand auf der Firmenwebseite sah er fast noch genauso aus wie in ihrer Erinnerung, nur mit mehr Falten und weniger Haaren. Die freundlichen Augen und das Lächeln waren unverändert.

Während die beiden Agenten in ihren Sitzen der Businessclass auf dem Flug nach Berlin vor sich hin geschnarcht hatten, hatte sie sich ein Wiedersehen mit ihrem Vater ausgemalt. Wie würde er ihr begegnen? Und wie sie ihm? Sie sah ihn vor sich, wie er die Haustür öffnete, einen Moment brauchte, bis er begriff. Dann kreidebleich wurde. Wie seine Frau hinter ihm im Türrahmen auftauchte und sie ahnungslos anblickte.

Ein Schlagloch polterte in den Innenraum und in die Rücksitzbank. Das Radio dudelte leise vor sich hin und spielte den neuen Song von Billie Eilish. Es fing erneut an zu regnen. Der Verkehr wurde dichter und zähflüssiger. Die Fahrspuren wurden durch einen breiten grasbedeckten Mittelstreifen getrennt, darin Schienen von zwei Straßenbahntrassen wie dunkle Pinselstriche auf einer feucht schimmernden grünen Leinwand. Eine Straßenbahn schob sich in Marias Sichtfeld. Die Bahn überholte langsam den VW. Ein Junge mit einer verkehrt herum sitzenden Baseballkappe auf dem Kopf streckte ihr die Zunge heraus. Im Radio begannen die Zehn-Uhr-Nachrichten.

»Die Nachrichten im Überblick: Klima-Konferenz geht in die Verlängerung. Proteste beim Besuch des chinesischen Präsidenten erwartet. Bundestag beschließt Erhöhung des Kindergeldes. Das Wetter. Heute noch wechselhaft, morgen sommerlich heiß. Die Nachrichten im Einzelnen. Bei der Klima-Konferenz in …«

Der Fahrer schaltete das Radio aus und sagte, ohne sich umzudrehen: »Ich glaube, wir werden verfolgt. Seit der Bank ist ein schwarzer Range Rover an uns dran.«

An der nächsten Kreuzung sprang die Ampel auf Gelb, und der Fahrer bremste scharf.

»Der Range Rover kommt«, meinte er, den Blick auf den Rückspiegel geheftet. Der Wagen hielt auf der linken Spur direkt neben dem Van. Abgedunkelte Scheiben verwehrten Maria einen Blick ins Wageninnere. Als die Ampel auf Grün schaltete, schoss das kantige SUV mit quietschenden Reifen davon, während der Van mäßig beschleunigte. Maria schaute dem Wagen nach und hörte hinter sich plötzlich wildes Hupen. Sun und sie wandten ihre Köpfe synchron nach hinten und sahen, wie sich hinter ihnen ein zweites SUV quer über die Fahrbahn stellte und sie blockierte. Der Fahrer sagte mehr zu sich selbst als zu den anderen Wageninsassen: »Scheiße, nein!«

Maria riss den Kopf wieder herum, Sun neben ihr ebenso. Der Range Rover vor ihnen versperrte querstehend die Straße. Jetzt ging alles rasend schnell, und doch hatte Maria das Gefühl, in einer Zeitlupenwelt zu leben. Die Türen der SUVs wurden aufgestoßen, und maskierte Männer mit Maschinenpistolen sprangen heraus.

»Runter«, brüllte Sun.

Der Fahrer trat mit aller Kraft auf die Bremse. Maria wurde nach vorne in den Gurt geschleudert. Sun griff nach ihr, erwischte ihre Haare und riss ihren Kopf zu sich herunter. Marias Schmerzensschrei ging in dem knatternden Geräusch der Maschinenpistolen und dem splitternden Glas der Scheiben des Vans unter.

»Gib Gas«, schrie Bhao vorne auf dem Beifahrersitz.

Der Fahrer trat das Gaspedal durch. Die Räder quietschten. Kühle Luft strömte durch die zerschossenen Fenster herein. Der Fahrer riss das Steuer nach links, um auf den Mittelstreifen auszuweichen. Die Schüsse aus den Maschinenpistolen pfiffen durchs Wageninnere. Etwas Warmes, Klebriges spritzte Maria auf die Wange. Sie presste ihren Kopf auf das Sitzpolster. Unter dem Wagen knallte es; er machte einen Satz nach vorne. Maria schielte zum Fahrer. Seinem Kopf fehlte die rechte Wange. Der Körper sank wie ein Sack nach vorn, aber der Wagen beschleunigte weiter. Das Stakkato der Schüsse hielt unvermindert an. Der innere Rückspiegel zersprang. Sun hielt ihre Haare fest im Griff und damit ihren Kopf unten. Plötzlich wurden ihre Körper aus den Sitzen nach oben katapultiert. Maria sah aus den Augenwinkeln die Gleise der Straßenbahn. Der Van war anscheinend mit der Vorderachse auf das erste der beiden Gleise gekracht. Der Bug des VW schoss in die Höhe. Hinter Maria erklang panisches Klingeln. Begleitet von einem metallischen Kreischen. Mit einem ohrenbetäubenden Knall krachte etwas von schräg hinten in ihren Wagen, wirbelte das ganze Fahrzeug herum. Sun schleuderte gegen sie, rammte seinen Kopf in ihre Schulter und ließ ihre Haare dabei los. Gleichzeitig knallte Maria mit ihrem Schädel gegen die hintere Säule des Autos. Der Schmerz schoss wie Elektroschocks durch ihre Nervenbahnen. Durch die Wucht des Aufpralls rutschte der Fuß des toten Fahrers vom Gas. Erst nach einigen Augenblicken bemerkte Maria, dass die Schüsse aufgehört hatten. Der Wagen stand jetzt. Sie schaute hoch und blickte auf das Fahrgestell einer Straßenbahn direkt neben ihr. Ein Sichtschutz aus Stahl, der den Van von den beiden SUVs ihrer Angreifer abschirmte.

Sun stieß auf seiner Seite die Tür auf. Er griff ihren Arm und schrie: »Raus hier!«

Er zerrte Maria aus dem Wagen und weg vom Fahrzeug, ihren Arm fest im Griff. Sie rannte neben ihm her wie in Trance, quer über die Schienen. Auf der Gegenfahrbahn war der Verkehr zum Erliegen gekommen. Sie rannten zwischen den Autos hindurch; hinter den Windschutzscheiben verdutzte Gesichter. Hinter dem Bürgersteig wartete ein Gebüsch. Sun fand eine Lücke, und sie schlüpften hindurch. Vor ihnen öffnete sich ein Park. Sein fester Griff gab ihr Halt. Ihr Gehirn funktionierte nur noch im Notbetrieb. Sie konnte keinen klaren Gedanken fassen. Der Regen prasselte auf sie herab. Wasser lief ihr in den Nacken und den Rücken herunter.

»Hier lang!«

Sie liefen in den Park hinein. Plötzlich zerrte sie Sun am Arm abrupt nach rechts hinter einen großen Rhododendron. »Runter.«

Sun schmiss sich hinter dem Busch auf den aufgeweichten Boden und zog Maria mit nach unten. Sie spürte, wie die Feuchtigkeit der Erde durch Jeans und T-Shirt drang. Erst jetzt merkte sie, wie sehr sie am ganzen Körper zitterte. Ihr Atem ging stoßweise, der Herzschlag raste, der Puls trommelte in ihren Ohren.

»Ssschhh.« Suns Stimme war dicht an ihrem rechten Ohr. Seine linke Hand drückte ihrem Hinterkopf mit sanftem Druck nach unten. Ihre linke Wange lag im Dreck.

»Atme langsam, beruhige dich. Wir sind gleich in Sicherheit.«

Sein Flüstern wirkte wie Baldrian. Maria konzentrierte sich auf ihre Atmung, verlangsamte sie. Der Rhythmus der Pulsschläge wurde gemächlicher, das Körperzittern schwächer. Der Druck seiner Hand auf ihrem Kopf ließ nach. Maria blickte hoch. Vor ihr nur Blätter. Das Blattwerk des Rhododendrons reichte bis auf den Boden. Suns Gesicht war nur wenige Zentimeter entfernt. Er schaute durch eine Lücke im Blattwerk. Maria spürte, wie er neben ihr erstarrte. Sie folgte seinem Blick. Sofort fing ihr Herz wieder an zu rasen. Ein Mann mit einer Maschinenpistole im Anschlag kam direkt auf sie zu. Sein Gesicht war vermummt; nur Mund und Augen ließ die schwarze Maske frei.

Er war noch rund fünfzig Meter entfernt.

Marias Körper fing erneut an zu zittern. Sun bemerkte es und schaute sie an.

»Nicht bewegen.« Seine Lippen formten die Worte ohne Ton. Maria lag regungslos im Dreck und wagte nicht einmal die Augen zu bewegen. Kühle kroch durch ihre durchnässten Jeans die Beine hoch. Der vermummte Mann blieb stehen und sah sich um. Dann hielt er den Kopf ruhig. Er schien zu lauschen, doch das Prasseln des Regens übertönte alles.

Er setzte sich wieder in Bewegung, lief schnurstracks auf den Rhododendron zu und beschleunigte seine Schritte.

Noch dreißig Meter.

Plötzlich, sie wusste nicht, warum, funktionierte ihr Gehirn wieder. Waren die Gedanken eben noch entkräftet durch ihren Kopf gestolpert, spurteten sie auf einmal wieder. Hektisch suchte sie nach einer Fluchtmöglichkeit.

Sollte sie aufstehen und wegrennen? Laut um Hilfe schreien? Würde man auf sie schießen?

Noch zwanzig Meter.

Sun bemerkte ihre Aufregung nicht, er starrte konzentriert durch die Blätter. Der Vermummte sah sich erneut in alle Richtungen um, aber dieses Mal blieb er nicht stehen, sondern steuerte weiter direkt auf ihr Versteck zu. Maria spannte unbewusst ihre Muskeln an. Sie knirschte mit den Zähnen.

Noch fünfzehn Meter.

Der Matsch spritzte unter den schweren Stiefel des Vermummten zur Seite. Das schwarze Leder schimmerte im Regen.

Zehn Meter.

Maria hielt den Atem an. Nur keinen Mucks, schoss es ihr durch den Kopf. Die Schritte kamen immer näher. Das saugende Geräusch der nassen Wiese unter den Stiefeln wurde mit jedem Schritt lauter.

Noch fünf Meter.

Der Mann richtete plötzlich den Lauf der Maschinenpistole auf den Rhododendron.

»Los, aufstehen. Herauskommen! Mit erhobenen Händen.«

Maria fiel sofort das rollende »R« in der Sprache des Mannes auf. Sun nickte ihr stumm zu und erhob sich. Maria folgte ihm. Sie traten nacheinander mit hochgesteckten Armen ins Freie. Die Blicke des Vermummten ging zwischen ihnen hin und her. Er stand rund drei Meter entfernt, die Maschinenpistole im Anschlag. Gerichtet auf Maria. Mit einer schnellen Bewegung zuckte er die Maschinenpistole nach rechts und drückte ab. Eine Salve durchsiebte Suns Oberkörper. Der Körper sackte leblos auf die nasse Wiese. Maria war zu geschockt, um zu schreien. Sie öffnete den Mund, doch ihrer Kehle entkam kein Laut. Der Vermummte richtete den Lauf der Maschinenpistole wieder auf ihren Oberkörper.

»Wo sind die Kopien?«

»Er hat sie«, entgegnete sie und deutete mit ihrem Kopf auf den Körper am Boden. Nachdem Sun im Van den Stick auf seinem Laptop überprüft hatte, hatte er ihn in die Innentasche seines Jacketts gesteckt.

»Hol sie!«

Maria nahm die Hände herunter und kniete sich neben den toten Sun. Mit zitternden Händen griff sie unter die Jacke. Ihre rechte Hand tauchte beim Suchen in eine warme Flüssigkeit. Sie fand die Innentasche und kramte den Stick heraus. Als ihre Hand mit dem gelben Stick im Freien auftauchte, war sie voller Blut.

»Wirf ihn her!«

Maria warf ihm den blutverschmierten Stick zu. Der Maskierte fing ihn mit der linken Hand auf. Die rechte blieb am Abzug. Er sagte etwas in einer Sprache, die sie nicht kannte, in ein verborgenes Mikrofon. Erst jetzt bemerkte Maria das dünne geringelte Kabel unterhalb seines linken Ohres. Er schien auf eine Antwort zu lauschen. Der Mann nickte kaum vernehmlich und richtete den Lauf auf Marias Kopf.

Ihre Gedanken rasten. Sie wollte rufen, schreien, schimpfen, doch sie tat es nicht.

Sie stand einfach nur wie gelähmt da.

Das war das Ende.

Die Erlebnisse der letzten Tage rauschten im Schnelldurchlauf durch ihre Gehirnwindungen.

Yang, Han, der Tattoo-Mann.

Alles umsonst.

Sie schloss die Augen.

Ein Knall.

Sie wartete auf eine Schmerzexplosion in ihrem Körper.

Nichts.

Bin ich schon tot?

Noch ein Knall.

Gefolgt von einem Poltern.

Sie öffnete die Augen.

Der Vermummte lag mit starrem Blick im nassen Gras.

In seiner linken Schläfe klaffte ein Loch.

Ihr Kopf zuckte nach rechts. Ein Mann rannte mit ausgestrecktem Arm auf sie zu. Das schwarze Metall einer Pistole an seiner Hand schimmerte im Regen. Er ließ den Arm mit der Waffe sinken und streckte seinen anderen Arm in ihre Richtung aus, kurz bevor er sie erreichte.

»Schnell, weg hier!«

優越性

Samstag, 6. Juni, 09:57, Park, Berlin

Robert nahm die Hand der jungen Frau und rannte mit ihr tiefer in den Park hinein. Immer wieder warf er einen Blick über seine Schulter. Keine Verfolger zu sehen. Am Ende des Parks blieb er stehen. Die junge Frau zitterte am ganzen Körper. Ihre Jeans und ihr T-Shirt waren nass und dreckverschmiert; die Form ihrer Brüste für jeden sichtbar, als hätte sie an einem Miss-Wet-T-Shirt-Wettbewerb teilgenommen. Sie bemerkte Roberts Blick, schaute an sich herunter und schlang erschrocken die Arme vor ihren Busen.

Robert zog seine Windjacke aus und hängte sie ihr über die Schultern.

»Danke«, sagte sie leise, nahm die Jacke von den Schultern, zog sie über und den Reißverschluss zu.

»Wer sind Sie?«, fragte sie, ihr Blick verschattet von Schrecken und Misstrauen.

»Später, wir müssen erst mal hier weg.«

Robert hatte schnell reagiert. Als er sah, wie sich fünf Wagen vor ihm der Range Rover quer über die beiden Fahrbahnen stellte und damit den rückwärtigen Verkehr zum Erliegen brachte, wusste er sofort, was Sache war. Ein Angriff. Direkt neben sich entdeckte er eine Bushaltestelle. Er riss das Steuer des BMW nach rechts und hielt dort an. Während drei vermummte Gestalten in Kampfmontur und mit Maschinenpistolen aus dem Range Rover sprangen und sofort das Feuer auf den Van vor ihnen eröffneten, holte er hastig seine Pistole aus dem Handschuhfach und verließ im strömenden Regen den Wagen. In dem Moment sauste die Straßenbahn an ihm vorbei, kurz bevor ihre Klingel Alarm schlug, gefolgt vom metallischen Kreischen der blockierenden Räder und dem lauten Knall des Zusammenstoßes. Robert sah, wie die Straßenbahn den schwarzen Van herumwirbelte, von den Schienen katapultierte, sich als Wand zwischen das Wrack und seine Angreifer schob und zum Halten kam. Im Rücken der Angreifer rannte Robert am hinteren Ende der Straßenbahn auf die andere Seite der Tram und entdeckte, wie aus dem zerstörten Van der bullige Asiate und die junge Frau krochen, sich hastig vom Wagen entfernten, das parallele Gleis und die Gegenfahrbahn überquerten und in einem Gebüsch hinter dem Bürgersteig verschwanden. Ein Vermummter tauchte am vorderen Ende der Straßenbahn auf und nahm im Laufschritt ihre Verfolgung auf. Robert spurtete mit gezückter Waffe zum Park und brach durch das Gebüsch. Die Szene, die sich ihm bot, zwang ihn, blitzschnell zu handeln. Er hatte zwar keine Ahnung, worum es hier ging, aber ein Vermummter mit einer Maschinenpistole gegen eine unbewaffnete Frau ließ ihm keine Wahl.

Mit einer Kopfbewegung deutete er jetzt nach rechts und forderte sie auf, ihm zu folgen. Die Pistole steckte er am Rücken in den Bund seiner Jeans und zog das Hemd darüber. Sie verließen den Park und liefen mit schnellen Schritten auf dem Bürgersteig an den Büschen und Sträuchern entlang, die den Park zur Straße hin abschirmten. Eine Polizeisirene tauchte in der Entfernung auf, dann noch eine, kurz darauf die nächsten. Von überall her strömten sie auf sie zu, schwollen dabei an, wie Meeresbrandung, die von allen Seiten gegen einen Felsen rauschte. Robert griff nach der Hand der Frau, zog sie auf die andere Straßenseite und bog in die erste Nebenstraße ab.

Plötzlich blieb sie stehen und riss sich los. »Warum weichen wir der Polizei aus?«

Er zögerte, dann sah er ihr direkt ins Gesicht: »Vertrauen Sie mir einfach, okay?«

Sie dachte einige Augenblicke nach. »Okay.«

»Dann los. Wir müssen erst einmal von der Straße verschwinden, dann reden wir.«

Der Regen wurde wieder stärker. Die Haare klebten an ihren Köpfen. Die ruhige Wohnstraße mit ihren vierstöckigen Mietskasernen im schmucklosen Wohnwabenstil der Nachkriegszeit war menschenleer. Robert deutete auf eine Kneipe die Straße herunter. Die Leuchtreklame für Berliner Kindl über der Eingangstür war verblichen und schon lange nicht mehr gereinigt worden. Drinnen sah es nicht viel anders aus, wie Robert nach einem ersten Rundumblick feststellte. Die Wände waren von Rauch vergilbt, die Holztheke an der Längsseite des schlauchförmigen Raums mit ihren farbigen Zierelementen ein Relikt aus den Siebzigern. Dunkelgrüne Butzenglasscheiben in den Fenstern ließen nur diffuses Licht hinein, schirmten die Welt nach draußen ab. Durch die Luft waberte ein Geruch nach altem Fett und frischem Kaffee. Der dickbäuchige, kahlköpfige Wirt hinter der Theke würdigte sie beim Hereinkommen nur eines abschätzigen Blickes, während er Gläser polierte. Über der Theke hingen in gleichmäßigen Abständen Leuchten mit bunten Glasschirmen und einer schummerigen Lichtausbeute, an den Wänden Bilder des Wirts in jungen, schlanken Jahren mit Vokuhila, Arm in Arm mit Gästen, von denen einige vermutlich nicht mehr lebten.

Robert steuerte auf einen der dunkelbraunen Holztische am Ende der Theke zu und ließ sich dort nieder. Sie waren zu dieser frühen Zeit beinahe die einzigen Gäste. Nur am letzten Tisch saß ein älterer Mann und schlürfte eine Suppe. Über seinem Kopf hing unter der Decke ein Fernseher; der hellste Punkt in dem düsteren Raum.

Kaum hatte sich die junge Frau ihm gegenübergesetzt, ereilte sie der Schock des Erlebten. Ihr Körper zitterte wie bei einem langanhaltenden Erdbeben. Die auf dem Tisch liegenden Händen vibrierten auf der Platte. Ihre Augen starrten durch Robert hindurch; er legte seine Hand auf ihre, drückte sie.

»Hier sind wir in Sicherheit«, flüsterte er.

Das Beben ließ langsam nach. Ihr Blick kehrte in die Kneipe zurück.

»Wer sind Sie?«, fragte sie leise.

»Mein Name ist Robert Forster«, erwiderte er. »Ich bin vom deutschen Geheimdienst.«

»Sie wissen, wer ich bin?«, fragte sie und beugte sich nach vorn.

»Ja«, log er in der Hoffnung von ihr jene Informationen zu erhalten, von denen sie annahm, dass er sie schon besaß.

Alter Ermittlertrick.

»Sonst hätte ich Ihnen nicht das Leben gerettet. Aber ich weiß nicht, warum man Sie töten will.«

»Es geht um …«

Sie hielt inne. Er konnte sehen, wie es hinter ihrer Stirn arbeitete. Wahrscheinlich legte sie gerade im Geiste eine Liste mit allem Für und Wider an, was seine Person betraf. Ob sie ihm vertrauen konnte oder nicht. Für einige Augenblicke hing ihr Blick in der Luft, dann schaute sie ihm direkt in die Augen, aber ihr Blick verriet nicht, welche Entscheidung sie getroffen hatte.

»Warum man mich töten will, weiß ich auch nicht«, antwortete sie leise. Ihre Augen flackerten dabei unruhig hin und her. »Es muss mit dem Geheimnis unserer Regierung zu tun haben, von dem meine Tante hier im Fernsehen sprach.«

Robert lächelte in sich hinein. Der alte Trick funktionierte. Jetzt brauchte er nur noch ihren Namen.

»Wissen Sie, woran sie gestorben ist?«, setzte sie hinzu, als er stumm blieb.

»Du brauchst mich nicht zu siezen. Ich bin Robert«, meinte er und streckte ihr die Hand hin.

»Mmh, okay«, erwiderte sie, ergriff seine Hand und schüttelte sie. »Ich bin Maria.«

»Ja, ich weiß«, sagte er und schaute ihr mit einem flüchtigen Lächeln in die Augen. »Ich versuche noch die Todesursache herauszufinden, aber das ist schwierig, da die chinesische Botschaft den Leichnam konfisziert hat, bevor er obduziert werden konnte.«

»Wollt ihr was trinken?«, ertönte plötzlich die kräftige Stimme des Wirtes hinter der Theke. »Quatschen ohne Trinken ist nicht.«

»Bleib mal locker«, erwiderte Robert laut, ohne den Mann anzusehen. »Wir bestellen gleich etwas.«

Er fragte Maria nach ihren Wünschen und bestellte eine große Flasche Mineralwasser und zwei Kaffee. Nachdem der Wirt die Bestellung mit einem stummen Kopfnicken angenommen hatte, wandte sich Robert wieder Maria zu. »Weißt du irgendetwas über dieses Geheimnis, von dem deine Tante sprach?«

Maria schüttelte energisch den Kopf.

»Und was hat Taiwan damit zu tun?«, setzte er schnell hinterher.

»Die wollen auch wissen, was das größte Geheimnis der chinesischen Regierung ist.«

»War der Tote im Park ein Taiwanese? Ich meine den, der da schon lag, als ich ankam.«

»Ja.«

»Wie bist du nach Taiwan gekommen?«

»Ich bin dahin geflohen«, entgegnete sie lapidar.

»Du bist was?«, fragte er unüberhörbar verblüfft.

»Ja«, erwiderte sie. »Aber das ist eine lange Geschichte.«

Robert dachte einen Moment nach. »Hat der Mann, der dich erschießen wollte, irgendetwas gesagt?«

»Ja, aber nicht zu mir. Er hat mit jemandem über ein Mikrofon in seiner Jacke gesprochen.«

Kaum hatte Maria geendet, stand der Wirt mit den bestellten Getränken am Tisch. Robert wartete, bis er sich wieder verzogen hatte, bevor er fragte: »Was hat er gesagt?«

»Ich habe ihn nicht verstanden. Ich glaube, das war Russisch.«

»Russisch? Bist du sicher?«

»Nein, aber für mich klang es so.«

Für einige Augenblicke schwiegen sie, blickten aneinander vorbei, in Gedanken vertieft. Plötzlich zuckte die junge Frau zusammen.

»Wie spät ist es?«, fragte sie unvermittelt.

Robert sah auf seine Armbanduhr.

»Viertel nach zehn, wieso?«

»Wenn wir wissen wollen, warum man mich töten will, dann müssen wir jetzt los«, sagte sie aufgeregt. »Ich bin mit einem Professor Gohring verabredet. Vom Max-Planck-Institut. Um elf Uhr. Seinetwegen bin ich hier. Meine Tante meinte, er könnte mir erklären, worum es hier geht. Weißt du, wo Falkenpfad 25 ist?«

»Nein, aber das werden wir jetzt herausfinden«, erwiderte er und holte sein Handy hervor. »Wie hat dir deine Tante die Information übermittelt, jetzt, da sie tot ist?«

Sie wich seinem Blick aus, und Robert sah, wie sie nachdachte. Ohne ihn direkt anzuschauen, sagte sie: »Dieses Mal musst du mir vertrauen, okay?«

Robert überlegte kurz. »Es geht hier nicht um Vertrauen. Könnten diejenigen, die dich angegriffen haben, von dem Treffen wissen?«

Ihre erschrockene Miene verriet, dass sie diese Möglichkeit nicht bedacht hatte. »Keine Ahnung. Eher unwahrscheinlich.«

»Hast du ein Handy dabei?«

»Nein, schon seit meiner Flucht aus China nicht mehr. Wieso?«

»Weil man dich damit hätte aufspüren können.«

»Ah klar, natürlich. Jetzt entschuldige mich mal eben.«

Sie verschwand Richtung Toilette. Robert erhob sich und folgte ihr. Im Gang vor den Toiletten merkte sie es und drehte sich zu ihm um. Eine milchige Wandleuchte spendete gerade genug Licht, um Robert das zornige Funkeln in ihren Augen erkennen zu lassen. »Bist du jetzt mein Wachhund?«

»Ja, ich warte hier draußen und belle, sobald Gefahr droht.«

Sie musste lächeln.

»Hast du Angst, dass ich abhaue?«, fragte sie.

»Man kann nie wissen«, erwiderte er.

»Warum sollte ich vor dem Mann flüchten, der mir das Leben gerettet hat?«, fragte sie schulterzuckend und fügte, ohne auf eine Antwort zu warten, hinzu: »Okay, wie du meinst.«

Sie drehte sich um und verschwand durch die Tür, auf der ein mäßig begabter Graffiti-Künstler das Konterfei von Marilyn Monroe aufgesprüht hatte. Auf der Tür ein Stück den Gang herunter wartete John Wayne.

Roberts Handy vibrierte in der Hosentasche. Die Überwachungs-App meldete sich. Das tat sie immer, sobald das Fahrzeug nach einer Fahrt fünfzehn Minuten auf derselben Stelle stand. Die Zeitspanne war in den Einstellungen beliebig konfigurierbar. Robert hatte eine Viertelstunde gewählt, um nicht von jedem Stau, geschlossenem Bahnübergang oder kurzfristigen Halt vor einem Supermarkt benachrichtigt zu werden. Wangs S-Klasse parkte am Rande des Treptower Park gegenüber von Wangs Wohnung. Dann schaute er sich die letzte Route an. Der Wagen war von der Bank direkt dorthin gefahren.

優越性

Samstag, 6. Juni, 10:23, Wohnung, Berlin

Der Regen klatschte gegen die bodentiefen Fenster zur Dachterasse in Wangs Wohnzimmer. Lee starrte nach draußen in den Treptower Park. Seine Fingerspitzen trommelten unruhig gegen seine Oberschenkel. Wo blieb Chen bloß? Kurz nachdem die junge Frau aus der Bank gekommen war, hatte er bei Wang im Mercedes angerufen. Seine Stimme krächzte in der Freisprechanlage, als er sie aufforderte, in Wangs Wohnung auf ihn zu warten. Es wäre besser, wenn man sie später nicht in der Nähe des Tatorts lokalisieren könnte. Er würde zu ihnen stoßen, wenn alles erledigt sei. Was genau sein Plan war, verriet er nicht.

Scheiße, ihm rannte die Zeit davon, dachte Lee, ohne die Kopien konnte alles noch in die Hose gehen. Hatte Chens Plan funktioniert? Wo blieb er bloß?

»Rufen Sie Ihren Freund an.«

»Das hat er untersagt, und er hat hier das Kommando, richtig?«

Zumindest solange die Aktion lief, ja, dachte Lee. Das gefiel ihm alles nicht. Ganz und gar nicht. Die Türglocke läutete. Endlich. Wang stand auf und verließ das Wohnzimmer. Lee hörte seine Schritte auf dem Steinboden der Eingangsdiele. Aus dem Lautsprecher der Gegensprechanlage ertönte Chens Stimme.

Nach einer gefühlten Ewigkeit tauchte er auf. An seinem Gesichtsausdruck beim Eintreten ins Wohnzimmer sah Lee sofort, dass etwas schiefgelaufen war.

»Der deutsche Geheimdienst mischt auch mit«, meinte er und ließ sich mit einem Schnaufen auf dem harten Ledersofa in Wangs Wohnzimmer nieder. Aus einem mitgebrachten Rucksack zog er ein dünnes Laptop hervor und schaltete es ein. Auf dem Monitor erschienen sechs verschiedene Videobilder. Bodycams der Angreifer. Mit offenen Mündern verfolgten Lee und Wang den misslungenen Überfall.

»Die Straßenbahn hatte keiner auf dem Schirm. Die hätte schon längst durch sein sollen, die war viel zu spät dran«, meinte Chen, als die Bahn in den Van krachte und die Sicht der Angreifer verdeckte. »Der Ort des Angriffs war eigentlich gut gewählt.«

Chen wechselte die Kameraperspektive und sprang in der Zeitleiste nach vorn. Der bullige Taiwanese und Maria Lin krochen hinter einem Rhododendron hervor. Lee und Wang sahen, wie der Mann mit der Kamera den Taiwanesen erschoss, wie die junge Frau sich an die Leiche kniete, aus dem Jackett etwas hervorholte und dem Mann mit der Kamera zuwarf. Der Mann mit der Kamera zielte mit der Waffe auf Maria Lins Kopf. Ein Schuss erklang, dann noch einer. Das Bild kippte nach hinten weg, blickte in einen grauen, wolkenverhangenen Himmel. Regen tropfte auf die Linse. Plötzlich huschten zwei Personen durchs Bild. Die junge Frau. Sowie ein Mann. Chen stoppte das Video.

Lee brauchte einen Moment, bis er seinen Schrecken überwunden hatte. »Wer war das?«

Chen sprang in der Zeitleiste zurück und ließ die beiden noch einmal durchs Bild huschen. Als der Mann erschien, fror er das Bild ein und zoomte auf seinen Kopf.

»Robert Forster, ehemaliger Mitarbeiter des BND.«

Lee sah ihn fragend an. »BND?«

»Deutscher Geheimdienst.«

»Sie kennen ihn?«

»Ja, und ich kann ihn fertigmachen.«

Lee wartete auf einer Erklärung, doch Chen lieferte keine. Stattdessen sagte er: »Ich weiß auch, wo er wohnt.«

»Und dieser Typ hat Maria Lin gerettet?«

»Sieht ganz danach aus.«

»Haben wir die Kopien?«

Chen holte einen gelben USB-Stick hervor.

»Als ich die Bilder seiner Kamera sah«, meinte er und reichte den Stick zu Lee herüber, »bin ich sofort in den Park gerannt. Er hatte den Stick noch in seiner Faust.«

»Und die junge Frau?«

Chen zuckte mit den Schultern. »Ist doch jetzt egal, oder? Ohne den Stick kann sie Ihnen nicht mehr gefährlich werden. Korrekt?«

»Nur wenn es die einzigen Kopien sind«, erwiderte Lee und reichte den Stick an Wang weiter. Wang nahm ihn und verschwand im hinteren Teil der Wohnung.

Bereits nach wenigen Minuten kehrte er zurück. Sein Gesicht war kreidebleich.

»Es sind die Kopien«, meinte er und blickte dabei zu Boden. »Aber das Wichtigste fehlt.«

Für ein Moment verlor Lee die Fassung.

»Und was heißt das?«, schrie er.

Wang zuckte zusammen. Er schaute weiterhin zu Boden, als er antwortete: »Dass dieses wahrscheinlich nicht der richtige Stick ist.«

Lee sprang vom Sofa auf. »Ich weiß, wo die richtigen Kopien sind.«

Chen sah ihn fragend an.

»Professor Gohring. Zu ihm sollten die Kopien gebracht werden.«

»Wo ist das?«

»Seine Firma ist in der Ihnestraße 63, sein Haus im Falkenpfad 25.«

Chen dachte angestrengt nach. »Okay, ich schicke ein Team zur Firma, ich fahre zu ihm nach Hause. Sie bleiben hier.«

»Nein«, entgegnete Lee und wandte sich zur Tür. »Dieses Mal komme ich mit. Einen weiteren Fehlschlag können wir uns nicht erlauben. Ab jetzt habe ich hier wieder das Kommando.«

優越性

Samstag, 6. Juni, 10:43, Taxi, Berlin

Beim Einsteigen ins Taxi war es noch trocken. Kurz nach der Abfahrt brachen die Wolken auf. Von Null auf Platzregen in wenigen Sekunden. Tropfen groß wie Murmeln zerplatzten auf der Frontscheibe des Taxis. Der Regen trommelte aufs Dach wie unzählige Finger. Der Verkehr kam zum Stillstand. Die Regenmengen überforderten die Scheibenwischer. Auf der Rücksitzbank betrachtete Maria Robert von der Seite. Konnte sie ihm wirklich trauen? Oder war er ebenfalls hinter den Kopien her? Gab er nur vor, nicht zu wissen, warum man sie töten wollte? Er spürte ihren Blick und wandte seinen Kopf in ihre Richtung.

»Ist was?«, fragte er laut, um das Prasseln des Regens zu übertönen.

Sie schüttelte den Kopf und wandte sich an den Fahrer: »Wie weit ist es noch?«

»Wenn wir weiterfahren können, noch zwanzig Minuten.«

Maria sah auf die Uhr im Armaturenbrett. Viertel vor elf. Alle Objekte hinter den Scheiben zerflossen. Nichts bewegte sich. Das Taxi verharrte mehrere Minuten an derselben Stelle. Dann hörte der Regen genauso schnell auf, wie er begonnen hatte. Der Wagen setzte sich in Bewegung; ein Schlagloch ließ das Taxi erzittern.

Auf der Toilette, die in ihrem abgerockten Zustand nur wenig Damenhaftes an sich hatte, hatte Maria nicht nur den Stick aus seinem Versteck befreit, sondern sich auch die Matschreste aus dem Gesicht gewaschen, sich ihrer Kleidung nach und nach entledigt und die einzelnen Kleidungsstücke unter dem Handtrockner notdürftig getrocknet. Die Bluse war zwar immer noch verdreckt, klebte aber wenigstens nicht mehr an ihren Brüsten. Außerdem trug sie noch Roberts Jacke. Sie war gespannt, wie der Professor wohl aussah. Bisher kannte sie nur seine Stimme. Zuerst war er misstrauisch und reserviert gewesen, als Maria ihn aus dem Konferenzraum in der taiwanesischen Geheimdienstzentrale angerufen und ihm die Hintergründe für ihre Bitte um ein Treffen erläutert hatte. Zur Sicherheit hatte er sich ihre Nummer geben lassen und in Taipeh zurückgerufen. Maria spürte während des Gesprächs, wie seine Neugierde erst erwachte und dann beständig wuchs. Letztendlich hatte er einem Treffen zugestimmt. Samstag, elf Uhr. Bei ihm zu Hause.

Die Eingangstür aus dunklem Holz von Gohrings Einfamilienhaus wurde von einem Hünen geöffnet. Selbst den groß gewachsenen Robert überragte Professor Gohring noch um einen halben Kopf, dazu hatte er die sehnige Figur eines Marathonläufers. Wache, helle Augen schauten neugierig aus einem hageren Gesicht mit kurzen grauen Haaren über einer hohen Stirn. Maria stand dichtgedrängt neben Robert unter einem kleinen gläsernen Vordach des Bungalows. Hinter ihnen prasselte der Regen auf die Steinplatten der Einfahrt. Professor Gohring schüttelte ihnen die Hand und bat sie herein. Robert stellte sich als Mitarbeiter des BND vor und zeigte seinen Ausweis.

»BND?«, fragte Gohring, während er einen flüchtigen Blick auf den Ausweis warf. »Dann scheint es ja wirklich eine ernste Angelegenheit zu sein.«

Der Professor führte sie in ein ausladendes Wohnzimmer. Bodentiefe Fenster an drei Seiten ließen viel Tageslicht herein, sie gaben den Blick frei in einen Garten mit großer Terrasse, altem Baumbestand, frisch gemähtem Rasen und akkurat angelegten Blumenbeeten. Ein lang gezogener himmelblauer Pool mit

Bruchsteinumrandung grenzte das Grundstück auf der rechten Seite zu den Nachbarn ab. Maria sog die Umgebung in sich auf. Die Einrichtung war modern, bestimmt teuer, drängte sich aber dem Betrachter nicht auf. Bei ihr zu Hause hätte jemand in der Position des Professors mehr geprotzt. Zwei silberne Bilderrahmen mit Fotos von Frau und Kind auf dem Sideboard neben dem Fernseher waren die einzigen Hinweise auf das Familienleben des Professors. Gohring bat Maria und Robert, auf der cognacfarbenen Ledercouch Platz zu nehmen, und setzte sich in einen Sessel ihnen gegenüber.

Maria holte den Stick aus der Vordertasche ihrer Jeans hervor und reichte ihn dem Professor. »Hier sind die Kopien meiner Tante, aber der Stick ist verschlüsselt.«

Gohring zog unter dem Couchtisch ein Laptop hervor, legte es auf seine Oberschenkel und öffnete es.

»Sagen Sie mir das Passwort?«, fragte er und steckte den USB-Stick seitlich in einen Hub. »Oder wollen Sie ihn selbst entsperren?«

Gohring verstand Marias Geste mit dem Zeigefinger und schob ihr den Laptop herüber. Marias Finger flogen über die Tastatur, dann schob sie den Computer zurück.

»Nur um noch einmal sicherzugehen«, sagte Gohring, »Ihre Tante hatte Angst, dass man ihre Forschungsergebnisse missbrauchen könnte. Ist das richtig?«

»Ja, so habe ich es verstanden. Sie hat mich aufgefordert, nach Berlin zu reisen, diesen Stick aus einem Bankschließfach zu holen und Ihnen zu bringen. Sie würden verstehen, welche Gefahr diese Forschungen in sich tragen. Damit wir sie an dic Öffentlichkeit bringen können. Ich kann Ihnen gerne die Videonachricht meiner Tante zeigen. Allerdings ist sie auf Mandarin.«

Der Professor winkte ab und wandte sich an Robert. »Weiß man inzwischen, woran sie gestorben ist?«

»Nein, bevor die Leiche obduziert werden konnte, sind Mitarbeiter der chinesischen Botschaft aufgetaucht, haben einen Diplomatenausweis der Verstorbenen vorgelegt und sind mit der Leiche abgehauen.«

Die nächsten Minuten verbrachten alle schweigend. Maria saß neben Robert bewegungslos auf der Couch, sie beobachtete den Professor, der vollkommen gebannt auf den Monitor starrte. Vereinzelte Klicks und das Ratschen des Rädchens auf der Maus waren die einzigen Geräusche.

»Oh, mein Gott«, entfuhr es dem Professor plötzlich.

Maria sah, wie sich seine Gesichtsfarbe veränderte. Waren seine Wangen zu Beginn vor Aufregung leicht gerötet gewesen, so waren sie plötzlich kalkweiß.

»Was haben Sie entdeckt?«, fragte Robert und lehnte sich nach vorn.

»Wenn die das durchbekommen ...«, murmelte Gohring, während er weiterhin auf den Bildschirm seines Laptops starrte. »Das muss verhindert werden!«

Sein Blick löste sich vom Monitor. Er hob den Kopf und seine Augen flackerten nervös zwischen Maria und Robert hin und her.

»Also, wer auch immer sich das ausgedacht hat«, meinte Gohring, seine innere Erregung ließ seine Stimme hörbar vibrieren, »der will die Welt verändern. Aber so, dass es keiner merkt. Sie wollen ein Produkt auf den Markt bringen, das ...«

An der Haustür klingelte es.

優越性

Samstag, 6. Juni, 11:43, Wohnhaus, Berlin

Alle drei sahen sich erschrocken an.

»Erwarten Sie noch jemanden?«, fragte Robert.

Gohring schüttelte entgeistert den Kopf.

Jemand klopfte mit der Faust gegen die Eingangstür.

»Schnell, versteckt euch im Garten.« Gohring stellte das Laptop auf den Tisch, sprang auf und öffnete eine gläserne Schiebetür zur Terrasse. Robert zog rasch den USB-Stick aus dem Laptop, drückte ihn Maria in die Hand und schlüpfte mit ihr in den Garten. Mit einem leisen Zischen wurde die Tür wieder in die geschlossene Position geschoben.

»Du versteckst dich dahinter«, wies Robert Maria an und deutete mit dem rechten Arm auf eine mächtige Eiche am Ende des Gartens. »Los jetzt.«

Robert blickte Maria hinterher. Ihre Schritte schmatzten im nassen Gras. Sie umrundete die Eiche und presste ihren Körper an den Stamm. Robert lief zu einer zweiten Eiche, rund zehn Meter entfernt. Im Laufen zog er hinter seinem Rücken die Pistole aus dem Hosenbund und versteckte sich mit gezückter Waffe hinter dem Stamm. Ganz langsam schob er seitlich am Baum seinen Kopf hervor, bis er sehen konnte, was im Haus vor sich ging. Der Professor lief rückwärts mit erhobenen Händen in das Wohnzimmer, gefolgt von einem gedrungenen Mann, das Gesicht verborgen unter einer Skimaske. Augen und Mund waren frei. In seiner Hand schimmerte das glänzende schwarze Metall einer Waffe, der aufgeschraubte Schalldämpfer verlängerte ihren Lauf. Der Maskierte wedelte mit der Pistole Richtung Sofa. Gohring setzte sich hin. Der Maskierte blieb auf der anderen Seite des Couchtisches stehen. Er fragte etwas, und Gohring schüttelte den Kopf. Nach dem nächsten Satz des Maskierten nahm Gohring die Hände herunter und zog das Laptop zu sich. Robert fluchte innerlich. Hatte Gohring Kopien gemacht?

Nach einigen Augenblicken drehte Gohring das Laptop in die Richtung des Maskierten. Der betrachtete etwas auf dem Bildschirm, dann bewegten sich erneut seine Lippen. Gohring drehte den Computer wieder zu sich und arbeitete daran. Dann bewegten sich die Lippen des Maskierten ein weiteres Mal. Gohring blickte vom Laptop hoch, schaute den Mann an und nickte. Dann ging alles blitzschnell. Der Maskierte hob die Waffe und zielte auf Gohrings Kopf. Robert sah den Feuerschein der Mündung. Schalldämpfer und Glasscheibe machten den Schuss stumm. Gohrings Kopf wurde nach hinten geschleudert. Blut und Gehirnmasse spritzten gegen die Fensterscheibe. Aus den Augenwinkeln sah Robert, wie Maria vor Schreck die Hand vor den Mund hielt. Der Maskierte schnappte sich das Laptop vom Tisch und lief mit schnellen Schritten aus dem Wohnzimmer. Robert und Marias Blicke kreuzten sich. Er bedeutete ihr mit einer Handbewegung, sich nicht vom Fleck zu rühren. Mit ausgestrecktem Arm und der Waffe im Anschlag verließ er sein Versteck und lief aus ihrem Blickfeld.

»Du kannst rauskommen«, sagte er und sah, wie Maria hinter dem Baum hervorkam. Dann drehte er sich um und verschwand durch die aufgeschobene Terrassentür. Er kniete bereits an der Leiche, als Maria durch den Türspalt ins Wohnzimmer schlüpfte. Gohrings Oberkörper war seitlich aufs Sofa gekippt, der Kopf auf der Armlehne gelandet. In der Stirn prangte ein großes Einschussloch. Robert schloss dem Professor die Augen. Hinter sich hörte er Maria würgen, und als er sich umdrehte, sah er, wie sie sich abwandte. Er stand auf und legte seine Hand auf ihren Arm. Sie zitterte am ganzen Körper.

»Hast du den Stick?«, wollte Robert wissen.

Sie blickte auf ihre zur Faust geballte Hand. Sie öffnete die Faust und hob den Stick mit den Fingern der anderen Hand hoch.

»Ja«, antwortete sie leise.

»Komm jetzt, wir sollten hier verschwinden.«

Sie schaute ihm in die Augen. »Warum hast du nicht auf den Mann geschossen?«

Er zögerte kurz. »Es ging alles so schnell. Außerdem war der Mann hinter dir und dem Stick her. Bei einem Schusswechsel hättest du in Gefahr geraten können.«

»Jetzt werden wir nie erfahren, wovor meine Tante die Welt warnen wollte.«

»Doch, das kriegen wir schon irgendwie heraus.«

»Und was ist dein Plan?«

»Erst einmal zu mir. Da sind wir sicher.«

優越性

Samstag, 6. Juni, 11:19, Wohngebiet, Berlin

Vom Rücksitz aus sah Lee, wie Chen hinter einer mannshohen Hecke auftauchte, als er um die Straßenecke rannte und sich im Laufen die Maske vom Kopf riss. Chen hatte seinen Audi eine Straße weiter vor einem Grundstück geparkt, dessen Haus noch im Rohbau war. Vor dem Aussteigen hatte er Wang angewiesen, sich auf den Fahrersitz zu setzen. Unter dem Arm trug Chen einen Laptop. Er riss die Beifahrertür und sprang auf den Sitz.

»Schnell, fahr los!«, brüllte er außer Atem.

»Haben Sie den Stick?«, fragte Lee und beugte sich nach vorn.

Chen schüttelte den Kopf. Wang startete den Wagen. Chen holte aus seiner Jacke eine Packung Zigaretten. Wang protestierte, doch Chen erwiderte nur, er solle die Klappe halten, er mache hier schließlich die Drecksarbeit. Außerdem sei es sein Wagen. Gierig inhalierte er den ersten Zug. Wang öffnete das Beifahrerfenster einen Spalt.

»Was ist mit dem Laptop?«, fragte Lee von hinten.

»Gehörte dem Professor«, antwortete Chen und klappte es auf.

»Was ist mit ihm?«

Chen antwortete nicht. Seine Finger flogen über die Tastatur. Die Zigarette hing lose in seinem Mundwinkel. Immer wieder saugte er daran, ohne sie in die Hand zu nehmen. Das Wageninnere füllte sich mit Rauch. Wang stellte die Lüftung auf die höchste Stufe.

»Was machen Sie da?«, sagte Lee laut. Er musste fast brüllen, um die Lüftung zu übertönen. Langsam wurde er sauer. Chen schwieg weiterhin. Seine Finger klapperten unermüdlich auf der Tastatur.

»Okay«, meinte er schließlich laut. »Ein USB-Stick war hier vor zehn Minuten eingesteckt. Ob es *der* Strick war, kann ich nicht sagen, aber es wurden keine Kopien gemacht und auch keine Mails verschickt. Gohring meinte, die junge Frau sei noch nicht da gewesen.«

»Was ist mit Gohring?«, fragte Lee erneut.

»Was denken Sie denn?«, bellte Chen zurück.

Oh, mein Gott, dachte Lee, schon wieder war er in unmittelbarer Nähe eines Mordes gewesen. Inzwischen ging er verdammt hohe Risiken ein. Für was? Um ein Unantastbarer zu werden, kam aus tiefster Seele die Antwort. Ohne den Stick konnte er sich das abschminken. Er fragte Chen, ob er sicher sei, von niemandem gesehen worden zu sein. Chen nickte nur.

»Was ist mit Videoaufnahmen?«, hakte Lee nach. Chen saugte ein letztes Mal an der Zigarette und schnippte die Kippe aus dem Fenster. Dann drehte er die Lüftung herunter.

»Es gab eine Kamera über der Haustür. Die Aufnahmen mit mir hat Gohring noch kurz vor seinem Tod gelöscht. Nicht ganz freiwillig«, sagte er und lachte böse.

»Vielleicht hat Gohring Sie ja auch belogen«, meinte Lee.

»Was meinen Sie?«

»Dass die Frau eventuell schon vor uns bei Gohring war. Sind sämtliche Videoaufnahmen auf dem Laptop gespeichert?«

Chens Finger ließen die Tastatur klackern. »Nein, sind sie nicht.«

»Mist.« Lee dachte angestrengt nach. »Also, Maria Lin weiß anscheinend immer noch nicht, worum es geht. Vor Montag wird sie keinen anderen Experten kontaktieren können. Sie kennt sich weder in der Materie noch in diesem Land aus, und kennt mit hoher Wahrscheinlichkeit keine weiteren Namen von Experten für Gentechnologie.«

Er schaute auf seine Armbanduhr und lehnte sich wieder in seinen Sitz zurück. »Das gibt uns jetzt rund sechsunddreißig Stunden Zeit, die Frau und den Stick zu finden.«

»Ich weiß auch schon, wo«, sagte Chen plötzlich.

優越性

Samstag, 6. Juni, 14:18, Wohnung, Berlin

Während Robert für sie beide Mittagessen kochte, fielen Maria am Küchentisch mehrmals die Augen zu. Selbst Bella konnte es nicht verhindern. Sie lag in Marias Schoß und beschwerte sich mit lautstarkem Miauen über das plötzliche Ende von Marias Kraulen. Der Jetlag forderte seinen Tribut: Marias innere Uhr hatte bereits Mitternacht geschlagen.

Mehr als eine schnelle Pasta mit Büffelmozzarella, Tomaten und Basilikum gab Roberts Kühlschrank nicht her. Dem Basilikumstrauch auf der Fensterbank mit seinen verschrumpelten Blättern hatte er mit einer Portion Leitungswasser noch rasch neues Leben einzuhauchen versucht, bevor er das Nudelwasser aufsetzte.

Als er die dampfende Schüssel mit den Nudeln auf den Tisch stellte, war Marias Kopf nach hinten weggesackt.

Sanft rüttelte er an ihrer Schulter. »Komm, iss erst etwas, dann kannst du besser schlafen.«

Sie öffnete die Augen, der Blick stumpf vor Müdigkeit.

Beide aßen eine Weile schweigend vor sich hin, bis sie fragte: »Du lebst schon länger allein, nicht wahr?«

Er schluckte erst seinen Bissen herunter, bevor er antwortete: »Wie kommst du darauf?«

»Frauen sehen so etwas«, entgegnete sie knapp. »Hast du Kinder?«

Das hatte ihn schon lange keiner mehr gefragt. Die Reaktion

seines Körpers erfolgte zu impulsiv, um noch vom Verstand unterdrückt werden zu können. Ihm schossen Tränen in die Augen. Verlegen blickte er zur Seite und schüttelte den Kopf. Eine unangenehme Stille entstand. Robert wollte das Thema wechseln, als Maria ihm zuvorkam: »Ist übrigens wirklich lecker.«

Robert nahm das Lob mit einem knappen Kopfnicken an. Im Innenhof der Wohnanlage bellte ein Hund. Sein aggressives Kläffen drang durch das auf kipp stehende Küchenfenster bis in den sechsten Stock. Bella verzog sich erschrocken unter den Tisch.

»Hast du einen Plan?«, fragte Maria, nachdem sie den letzten Bissen heruntergeschluckt hatte.

»Ja. Ich werde meinen Vorgesetzten kontaktieren und mit ihm die Lage besprechen.«

»Wir müssen schnell jemanden finden, der die Dokumente meiner Tante lesen kann. Sonst war alles umsonst.«

»Ich bin mir sicher, dass Professor Gohring nicht der Einzige am Max-Planck-Institut ist, der das kann. Aber da müssen wir wohl bis Montag warten. Soll ich bis dahin den Stick in meinem Safe aufbewahren?«

Ohne darauf zu antworten, stand sie auf, nahm die beiden leer gegessenen Teller und stellte sie in die Spüle. Robert erhob sich ebenfalls. Maria stand für einige Augenblicke mit dem Rücken zu ihm vor dem Waschbecken, dann drehte sie sich zu ihm um und drückte ihm den Stick in die Hand.

»Pass gut darauf auf, ich habe mein Leben dafür riskiert.«

»Ich vorhin auch. Schon vergessen?«

Ihre Blicke verhakten sich ineinander. Eine peinliche Stille entstand.

»Brauchst du noch irgendetwas?«, fragte Robert schließlich.

»Ja, Schlafklamotten, bitte.«

»Die liegen schon zusammen mit Handtüchern im Bad. Den Rest hast du ja«, sagte er und deutete auf die Tüte mit den Einkäufen auf der Küchentheke. Bevor sie seine Wohnung aufgesucht hatten, hatten sie drei Abstecher gemacht: in einen Handyladen, zu einem günstigen Klamottenladen und in einen Drogeriemarkt um die Ecke.

Sie nahm die Tüte vom Drogeriemarkt und verschwand im Flur. Er hörte, wie sie im Bad den Schlüssel im Schloss herumdrehte und kurz darauf das Plätschern der Dusche.

Als Robert im Gästezimmer die ausgezogene Schlafcouch bezog, spürte er irgendwann ihre Blicke im Rücken. Er hatte sie nicht kommen hören und drehte sich zu ihr um. Sie lehnte im Türrahmen, die nassen Haare unter einem Handtuchturban verborgen, trug seine blau-weiß karierten Boxer-Shorts und sein weißes T-Shirt; es reichte ihr bis zur Mitte der Oberschenkel. Ohne es zu wollen, warf er einen Blick auf ihre schlanken langen Beine. Sie merkte es und schlüpfte schnell unter die Decke. Sie zog sie bis unters Kinn und sah ihn mit halb geschlossenen Lidern an.

»Wundere dich nicht, wenn du aufwachst und ich nicht da bin«, meinte er und stand vom Bett auf. »Ich werde dich gleich allein lassen und meinen Wagen holen. Der steht noch am Ort des Überfalls, wenn er nicht bereits abgeschleppt wurde.«

Sie zeigte keine Reaktion. Ihre Augen blickten ausdruckslos an die Decke. Hatte sie ihm überhaupt zugehört?

»Dein neues Handy lege ich dir hier auf den Nachttisch, okay?« Mit einem Zettel wedelte er vor ihrem Gesicht herum. »Meine Nummer steht auf diesem Post-it. Ich klebe ihn aufs Handy.«

»Danke für alles«, flüsterte sie. Mit jedem Wort schlossen sich ihre Lider ein Stück mehr. Ihre Atmung verfiel in einen stetigen Rhythmus.

Robert schaute auf sie herab und betrachtete ihr Gesicht. Die auffallende Symmetrie ihres Gesichts versetzte ihm einen Stich. Wie bei Soraya. Nur ohne Leberfleck. Er riss seinen Blick von Marias Gesicht los. Dann machte er das Licht aus und schloss hinter sich die Tür.

Bevor er die Wohnung verließ, checkte er die Überwachungs-App. Die S-Klasse hatte sich nicht bewegt, sie parkte immer noch vor Wangs Wohnung. War Lee auch noch dort?, fragte er sich, als er die Fahrstuhltür öffnete. Unschlüssig blieb er vor seiner Wohnungstür stehen. Sollte er nicht besser den Stick holen? Ihn bei sich tragen? Befanden sich Maria und der Stick bei ihm tatsächlich in Sicherheit? Er rekapitulierte die Ereignisse der letzten Stunden. Nein, niemand wusste von seiner Rettungstat im Park. Also konnte auch niemand Maria hier aufspüren.

優越性

Samstag, 6. Juni, 14:53, Wohngebiet, Berlin

Das schwarze SUV parkte unter einer prächtigen Eiche am Rand der schmalen, kopfsteingepflasterten Fahrbahn. Ein Stück die Straße herunter lag der Eingang zu dem sechsstöckigen Apartmenthaus. Vor einer knappen halben Stunde hatte Lee von der Rücksitzbank aus Maria und den ehemaligen BND-Mitarbeiter darin verschwinden sehen. Lee hatte Chen anbrüllen müssen, dass er hier das Kommando habe, als dieser kurz davor war, aus dem Wagen zu springen und einen Frontalangriff zu versuchen, noch bevor die beiden den Hauseingang erreichten.

»Wir warten, bis er oder sie allein das Haus verlässt, bevor wir angreifen«, sagte Lee ruhig, nachdem Chen den Türöffner losgelassen hatte. »Wie wir wissen, ist der Mann bewaffnet. Noch eine Schießerei auf offener Straße können wir uns nicht leisten. Wir müssen diskret vorgehen.«

»Und was ist, wenn die beiden da drinnen den Stick kopieren?«, hatte Wang gefragt.

Das Risiko musste Lee eingehen.

Seitdem hatte niemand mehr ein Wort gesagt. Lee hatte überlegt, Chen zu fragen, woher er Forsters Adresse kannte, sich dann aber dagegen entschieden. Manchmal war es besser, nicht alles zu wissen. Während des Wartens beschlich Lee ein seltsames Gefühl. Irgendetwas stimmte hier nicht, passte nicht zusammen. Warum war Maria Lin hier? Und nicht bei Professor Gohring? Oder war sie dort gewesen, und niemand hatte geöffnet, weil er bereits tot war? Hatte Gohring Chen belogen, und sie war bereits vor Chen in Gohrings Haus gewesen? Kannte sie den Inhalt des Sticks? Was dann? Sie konnte nichts damit anfangen. Zumindest bis sie einen weiteren Experten aufgetrieben hatte. Und welche Rolle spielte der ehemalige Mitarbeiter des Geheimdienstes? Konnte er über seinen alten Arbeitgeber noch übers Wochenende die nötige Expertise besorgen?

Lees Handy brummte beim Eintreffen einer Nachricht und verscheuchte alle Fragen. Sein Kontaktmann im Geheimdienst bat um Rückruf in Peking.

»Herr Lee?«, fragte sein Gesprächspartner überrascht. »Das ging aber schnell.«

Lee ignorierte die Bemerkung. »Sie wollten mich sprechen?«

»Ja, ich habe in alten Unterlagen etwas gefunden. Wer der Vater von Maria Lin ist. Sie waren noch nicht digitalisiert. Deshalb tauchten sie im System auch nicht auf. Jetzt wissen wir auch, wer damals seinen Einfluss geltend gemacht hat, um ihre Mutter zu beschützen.«

»Ja, und?«, fragte Lee hörbar genervt. »Kommen Sie zur Sache.«

»Laut den Aussagen eines Mitglieds des damaligen Nachbarschaftskomitees hatte Maria Lins Mutter ein Verhältnis mit dem Niederlassungsleiters einer deutschen Pharmafirma, bei dem sie als Sprachlehrerin für die Kinder angestellt war. Ein Deutscher. Heribert Lauenstein.«

Lees Gesprächspartner machte eine kurze Pause, bevor er hinzufügte: »Er lebt in Berlin.«

Lee blieb vor Überraschung einen Moment stumm, dann ließ er sich die Adresse des Mannes geben und beendete das Gespräch. Als Lee die Neuigkeiten weitergab, meinte Chen nur: »Gut zu wissen.«

Eine Bewegung am Eingang des Apartmenthauses ließ alle verstummen.

»Forster«, murmelte Chen vorne auf dem Fahrersitz.

Der blickte zu beiden Seiten die Straße herunter, während sich hinter ihm die gläserne Eingangstür schloss.

»Duckt euch!«, befahl Lee, der als Einziger hinter den abgedunkelten Scheiben im Fond von außen nicht zu sehen war. Wang und Chen folgten seinem Befehl. Nur Lee sah, wie der Ex-BND-Mann mit schnellen Schritten die vier Stufen der schwarzen Steintreppe zum Bürgersteig herunterlief und sich in die Gegenrichtung wandte. Lee wartete, bis Forster hinter der nächsten Straßenecke verschwunden war, bevor er sagte: »Ihr könnt wieder hochkommen.«

»Es wäre besser, die Frau verschwinden zu lassen, als sie hier zu töten«, meinte Lee, nachdem die beiden Vorderleute wieder aufrecht in ihren Sitzen saßen. »Der Überfall vorhin könnte auch dem taiwanesischen Geheimdienstleuten gegolten haben. Dass das Ziel die Frau war, weiß die Polizei nicht. Lassen wir sie weiterhin im Unklaren. Das ist keine Bitte, sondern ein Befehl. Verstanden?«

Die Frage war an Chen gerichtet.

»Ja, verstanden, ich weiß schon, wo ich sie hinbringe. Dort wird sie niemand finden.«

»Es ist mir egal, wie Sie es anstellen. Besorgen Sie mir den Stick. Aber vor allem: Veranstalten Sie hier kein Chaos. Sorgen Sie hier nicht für Aufsehen. Gehen Sie diskret vor.« Lee öffnete die Tür zum Bürgersteig. »Kommen Sie, Wang, wir sollten uns hier nicht länger aufhalten. Außerdem habe ich später noch einen wichtigen Termin.«

Sie stiegen aus, die schweren Türen fielen mit dumpfen Schlägen ins Schloss. Lee klopfte an Chens Fenster. Surrend fuhr die Scheibe herunter. »Versauen Sie es dieses Mal nicht.«

優越性

Samstag, 6. Juni, 15:07, Wohngebiet, Berlin

Robert lief erst eine Weile zu Fuß, bevor er sich einige Straßen weiter ein Taxi herbeiwinkte. Als Ziel nannte er dem Fahrer den Park, in dem er Maria gerettet hatte, und bat ihn, den Weg über die Osloer Straße zu nehmen. Während der Fahrt blickte Robert aus dem Fenster. Das Gewusel der Großstadt nahm er kaum wahr, zu sehr war er in Gedanken vertieft. Dort marschierten mit Getöse die ungelösten Fragen auf. Wer war der Maskierte in Gohrings Haus? Ein Chinese? Ein Russe? War der Killer im Park tatsächlich Russe? War er ein eigenständiger Akteur oder der Handlanger von Chinesen? Klar, schlussfolgerte Robert, durch den Ukraine-Krieg gab es russische Söldner wie Sand am Meer. Billig zu haben. Zu allem bereit. Trotzdem. Ein solcher Überfall mitten am Tag, mitten in der Stadt. Obendrein der Mord an einem renommierten Forscher. Was war bloß auf dem Stick, dass es wert war, ein solches Risiko einzugehen?

»Ab hier kommen wir nicht mehr weiter«, meinte der Fahrer und riss Robert aus seinen Gedanken.

Das Taxi stand im Stau.

»Wieso?«

»Haben Sie nicht von dem Überfall heute Vormittag gehört?«

»Doch, habe ich. Hier war das?«, fragte er mit gespieltem Erstaunen.

»Nee, ein Stück weiter vorne, aber ab der Kreuzung scheint alles gesperrt zu sein.«

»Okay«, erwiderte Robert und zückte sein Portemonnaie. »Ich versuche, mich zu Fuß durchzuschlagen. Ich wohne hier in der Gegend.«

Mehrere Polizeifahrzeuge versperrten hinter der Kreuzung die Weiterfahrt. Polizeibeamte standen gelangweilt herum oder unterhielten sich. Hinter einem rot-weißen Absperrband hatten sich zahlreiche Schaulustige versammelt; die Polizisten beachteten sie nicht. Von hier aus konnte Robert die Bushaltestelle nicht sehen. Die andere Seite der Absperrung vermutete er an der nächsten Kreuzung. Von dort müsste er den BMW sehen können. Falls er noch an Ort und Stelle stand. Durch parallele Nebenstraßen gelangte er in gut zehn Minuten zum Ziel. Dort bot sich ihm ein ähnliches Bild. Schaulustige hinter einem Absperrband, ein Stück dahinter querstehende Polizeifahrzeuge samt Personal. Robert mischte sich unter die Neugierigen. Ein Mann neben ihm beobachtete durch einen Feldstecher die Szenerie.

»Irgendetwas Spannendes?«, sprach Robert den Mann von der Seite an.

Der ließ das Fernglas sinken und schaute Robert an. »Jede Menge Leute in weißen Kitteln«, erwiderte er.

»Darf ich?«, fragte Robert freundlich und deutete auf den Feldstecher.

»Klar«, antwortete er und reichte ihn herüber. Die Straßenbahn und der zerstörte Van standen immer noch an derselben Stelle. Personen in weißen Overalls mit blauen Schutzbezügen über den Schuhen untersuchten die Szenerie. Manche standen, einige knieten, einer fotografierte alles im Detail. Robert schwenkte zur Bushaltestelle. Von seinem BMW keine Spur. Er gab das Fernglas zurück, bedankte sich und entfernte sich aus der Gruppe der Schaulustigen. Auf seinem Handy scrollte er nach Mohrmanns neuer Telefonnummer. Nach dem fünften Läuten wurde das Gespräch angenommen.

»Robert, wo bist du?«, fragte Mohrmann sofort.

»Wieso? Was ist los?«, erwiderte er.

»Was los ist?«, echote Mohrmann Roberts Frage. »Du wirst gesucht. Vor einer Viertelstunde hat mich Loderer angerufen. Das BKA hat ihn kontaktiert und wollte Informationen über dich. Die suchen dich. Wegen Mordverdachts. Was hast du bloß für eine Scheiße angestellt?«

Robert war zu erstaunt, um sofort zu antworten. Er verstand nur Bahnhof. »Was meinst du?«

»Willst du mich verarschen? Dein Wagen wurde in unmittelbarer Nähe des Überfalls auf der Seestraße gefunden, und Videoaufnahmen zeigen dich und eine junge Frau beim Betreten eines Hauses, in dem kurz darauf eine Leiche gefunden wird. Professor Gohring. Na, klingelt's?«

»Da müsste noch jemand zu sehen sein. Jemand der nach mir da war. Vermummt mit einer Skimaske. Er hat Gohring erschossen.«

»Davon weiß ich nichts.«

Robert schloss die Augen. Er sah die Szene vor sich. Der Vermummte hatte Gohring gezwungen, auf dem Laptop etwas auszuführen. Natürlich, er hatte Gohring Teile der Videoaufnahmen löschen lassen, bevor er ihn erschoss.

»Robert?«

Robert öffnete die Augen.

»Ich habe den Mord von einem Versteck aus beobachtet«, meinte er und sah sich nach Verfolgern um. »Du kennst mich, warum sollte ich einen Medizinprofessor umbringen?«

Mohrmanns Schweigen gab ihm die Antwort. Weil wir alle wissen, dass du ein Wrack bist. Er ignorierte den stummen Vorwurf, ein Gedanke fand direkt den Weg zu seinem Mund: »Weiß Loderer eigentlich von deinem Auftrag an mich?«

»Nein, und der bringt mich in Teufels Küche, wenn es rauskommt. Er hat mich angerufen, weil er wusste, dass ich dich am besten hier kannte.«

Stille setzte ein, jeder wartete darauf, dass der andere etwas sagte. Schließlich fragte Robert: »Wie viele Leichen wurden eigentlich bei dem Überfall auf den Van gefunden?«

»Drei. Zwei Mitarbeiter der taiwanesischen Vertretung in dem Van und ein weiterer im Park. Warum?«

»Heilige Scheiße, die Angreifer hatten sogar ein Clean-up-Team. Im Park hätte noch eine weitere Leiche sein müssen. Einen der Angreifer habe ich erschossen.«

»Du hast was?«, bellte Mohrmann.

»Ja, es war Notwehr. Markus, glaub mir, ich bin unschuldig. Da scheint etwas Großes im Gang zu sein. Ich bin auf einer Spur, aber noch nicht am Ziel. Was immer es ist, sie schrecken vor nichts zurück.«

Robert konnte Mohrmann förmlich denken hören. »Okay, Robert, ich glaube dir.«

»Gut, wir müssen Schluss machen. Ich muss das Handy ausschalten. Wahrscheinlich weiß die Polizei bereits, wo ich gerade bin.«

»Ja, und bleib besser deinem Zuhause fern. Da dürfte jeden Moment ein SEK aufmarschieren.«

優越性

Samstag, 6. Juni, 15:36, Wohnung, Berlin

Das Geräusch, ein kurzes Brummen, kam aus einem anderen Universum. So weit entfernt klang es. Jedenfalls weckte es Maria nicht gleich auf. Beim zweiten Brummen war es bereits der nächste Planet. Beim dritten Mal war es schon im selben Raum. Maria schlug die Augen auf, doch über ihrem Bewusstsein lag noch ein Schleier und verzog sich nicht gleich beim ersten Wimpernschlag. Da, das Geräusch tauchte erneut auf, nicht weit von ihrem rechten Ohr entfernt.

Jetzt begriff sie.

Ein Handy. Auf den Nachttisch. Benommen streckte sie ihren Arm danach aus. »Hallo?«

»Maria, schnell!«, Robert schrie beinahe in ihr Ohr. »Du musst weg. Die Polizei ist jeden Augenblick bei dir.«

Ihr Körper fühlte sich an wie gelähmt, ihr Hirn wie sediert. »Wie … was?«

»Wach auf, Maria!« Robert brüllte jetzt. »Aufstehen, jetzt!« Erschrocken von der Lautstärke bewegte sie die Hand mit dem Telefon vom Ohr weg. Das Handy rutschte ihr dabei aus der Hand und fiel vom Bett. Sie fluchte leise und tastete auf dem Boden herum. Das erneute Läuten wies ihr den Weg. Sie nahm ab und stellte den Lautsprecher an.

»Sorry, runtergefallen«, meinte sie mit einer Stimme, die noch das Schlafgewand trug.

»Hör mir jetzt gut zu«, sagte Robert. Mit jedem Wort seines

kurzen Monologes wurde Maria wacher. Am Ende sprang sie aus dem Bett und in die neuen Klamotten. Ihre Haare band sie zu einem Dutt und versteckte sie unter der schwarzen Baseballkappe. Zum Schluss schnappte sie sich das Handy und stürmte zur Tür.

Sie riss sie auf.

Und blickte in den Lauf einer Waffe.

Dahinter ein maskiertes Gesicht.

Sie erkannte ihn sofort.

Der Mann aus Gohrings Haus.

Er schubste sie zurück in die Wohnung und schmiss hinter sich die Tür zu. Er hob den Arm und drückte ihr die kalte Mündung mitten auf die Stirn. »Wo ist der Stick?«

Bei seinen Worten hatte sie in einen Mund voller vergilbter, schiefer Zähne geblickt.

»Er ist nicht hier«, sagte sie, um Zeit zu gewinnen. Ihre Stimme zitterte.

»Wo ist er?« Jedes seiner Worte wurde von einer Nikotinwolke begleitet.

»Er hat ihn mitgenommen«, log sie.

»Forster?«

»Ja.«

»Habt ihr Kopien gemacht?«

»Nein«, antwortete sie und hoffte, dass es so ehrlich klang, wie es war.

»Sicher?« Er verstärkte den Druck.

»Jaa«, meinte sie mit flehendem Nachdruck.

Er nahm die Waffe von ihrer Stirn und zielte auf ihren Oberkörper. »Du hörst mir jetzt gut zu.«

優越性

Samstag, 6. Juni, 15:43, Hauptverkehrsstraße, Berlin

Robert streifte durch die Straßen wie ein angeschossenes Tier. Seine Verletzung war digitaler Natur, seine SIM-Karte eine Blutsfahne in einem Meer voller Haie. Die Blutung hatte er vorerst gestoppt. Nach dem Anruf bei Maria hatte er das Handy ausgeschaltet, aber brauchte es dringender denn je. Er musste unbedingt die Nachrichten checken. Welchen Medien berichteten über den Mord an Gohring? Gab es ein Fahndungsfoto von ihm? Von Maria auch? Noch dringender brauchte er eine Verkleidung. An einem normalen Sommertag wäre eine Sonnenbrille ein natürlicher Schutzschild gewesen, aber bei einem Himmel grau wie Asche war sie eher eine Zielscheibe.

Mit gesenktem Kopf lief Robert auf dem Fußweg stadtauswärts, den Blick auf sein ausgeschaltetes Handy gerichtet, als lese er Nachrichten. Aus den Augenwinkeln musterte er die entgegenkommenden Fahrradfahrer und Fußgänger, suchte nach Anzeichen von Gefahr: ein verdutztes Zucken der Augenbrauen oder Öffnen des Mundes als Hinweis, dass man ihn erkannte.

Jeder Passant war ein potenzieller Feind.

Doch Robert begegnete überall nur dumpfe Selbstbezogenheit. Niemand nahm ihn wahr. Die meisten Fußgänger marschierten mit gesenktem Kopf als Sklaven ihrer Smartphones an ihm vorbei. Die Radfahrer auf ihrem rot markierten Streifen bewegten sich sowieso in einem Paralleluniversum.

Sein Ziel, ein Taxistand, lag noch einige Hundert Meter entfernt. Ein Farbklecks in seinen Augenwinkeln ließ die Alarmglocken schrillen. Er schaute vom Handy auf die Straße und erhaschte einen Blick auf ein Einsatzfahrzeug der Polizei auf der Gegenfahrbahn. Schon war es vorbei. Täuschte er sich, oder hatte der Fahrer zu ihm herübergesehen? Er widerstand der Versuchung, dem Wagen nachzublicken, und konzentrierte sich auf sein Gehör, während er seine Schritte beschleunigte. Hinter ihm heulte ein Motor auf. Robert drehte sich um. Der Polizeiwagen jagte auf der Gegenfahrbahn stark beschleunigend stadteinwärts entlang; die Polizeisirene zerriss die Luft. Robert rannte los. Er wusste um seinen Vorsprung. Das Polizeifahrzeug konnte wegen der Gleise zwischen den beiden Fahrbahnen nicht sofort wenden. Erst die nächste Kreuzung bot eine Möglichkeit. Fünfhundert, vielleicht tausend Meter, wenn er Glück hatte. Dann noch mal die gleiche Strecke zurück. Doch er saß in der Falle. Nirgends ein Versteck. Zu seiner Linken die Fahrbahn, zu seiner Rechten ein achtstöckiger Wohnriegel aus den Siebzigern, graue Fassade, auf nahezu jedem Balkon eine Satellitenschüssel. Seine Beine flogen über den Asphalt. Seine Lunge sog gierig die Luft ein. Noch entfernte sich die Sirene von ihm. Vor ihm eine Kreuzung. Die Ampel in seiner Richtung stand auf Rot. Kurz bevor er die vor der Ampel wartenden Passanten erreichte, sprang sie auf Grün. Robert wollte im Vollsprint zwischen den Fußgängern und Radfahrern hindurch, doch ein Mann in einem Anzug trat einen Schritt nach rechts. Genau vor Robert. Mit seiner linken Körperhälfte krachte er von hinten in die rechte des Anzugträgers. Ein heftiger Zusammenprall. Ein entgeisterter Schreckensausruf. Der Mann stürzte zu Boden. Robert taumelte, hörte wüste Beschimpfungen in seinem Rücken. Er fing sich wieder, rannte weiter. Die Sirene hinter ihm schien für einen Moment auf der Stelle zu stehen, dann wurde sie lauter. Mist, der Wagen hatte gewendet. Hinter der Kreuzung hörte die Bebauung zu seiner Rechten auf, stattdessen Gebüsch, dahinter Bäume, dann eine freie Fläche, abgeschirmt durch einen rund zwei Meter hohen Zaun. Ein Park? Robert wollte gerade stoppen, um über den Zaun zu klettern, als er in rund fünfzig Meter eine Lücke im Gebüsch entdeckte. Ein Tor? Eine Einfahrt? Die Sirene kam schnell näher. Die Lücke tauchte auf, es war ein offenes Fußgängertor. Robert rannte hindurch und fand sich nicht in einem Park, sondern auf einem Friedhof wieder. Links und rechts befanden sich Reihen voller Grabsteine, geradeaus eine Trauerhalle. Er umrundete sie, sie lag jetzt zwischen ihm und dem Eingang. Ein Sichtschutz. Vorerst. Die Sirene kam schnell näher. Hinter der Halle wandte Robert sich nach rechts. In rund hundert Metern endete der Friedhof an einer Querstraße. Die Sirene blieb auf der Stelle stehen. Wahrscheinlich war der Polizeiwagen an dem Eingangstor, durch das er geflüchtet war. Robert kannte das übliche Prozedere: Ein Polizist würde die Verfolgung zu Fuß aufnehmen, der andere mit dem Wagen die Umgebung abfahren. Robert rannte durch ein Gebüsch zum Zaun. Mit Anlauf sprang er daran hoch, griff mit den Händen die obere Kante, zog den Körper hinterher und sprang auf der anderen Seite herunter. Rasch sah er sich nach allen Seiten um. Rechts die Kreuzung, die er überquert hatte, links eine Straße mit ihrem breiten Fußweg und den längs geparkten Autos am Straßenrand. Roberts Lunge brannte, die Muskeln ebenso. Doch das nahm er kaum wahr, als er weiterrannte. Das Adrenalin in seinem Körper hatte das Kommando, trieb ihn vorwärts. In etwa fünfzig Meter Entfernung stand am Straßenrand ein weißes Porsche-SUV mit einer geöffneten Tür auf der Beifahrerseite. Aus der Tür ragten die nackten Waden einer Frau in hochhackigen Schuhen hervor, ihr Oberkörper war im Wageninneren verschwunden. Robert näherte sich ihr im Vollsprint. Noch dreißig Meter. Der Oberkörper der Frau kam aus dem Wageninneren hervor. Blonde Löwenmähne, weiße Bluse. Sie schloss die Tür und umrundete den Wagen. Noch zwanzig Meter. Die Frau öffnete die Fahrertür und stieg ein. Noch zehn Meter. Sie startete den Motor. Robert riss im Laufen seine Pistole aus dem Halfter unter der Windjacke. Er rannte zu der Beifahrertür, riss sie auf und sprang in den Wagen. Die Frau war zu überrascht, um zu schreien. Der Mund öffnete sich, aber es kam kein Ton heraus. Als sie die Pistole sah, klappte der Mund wieder zu.

»Losfahren, sofort«, knurrte Robert.

Die Frau reagierte nicht.

Mit dem Lauf stieß er kräftig an ihren Oberarm.

»Losfahren, jetzt!«, brüllte er.

優越性

Samstag, 6. Juni, 15:47, Wohnung, Berlin

Mit knappen Worten hatte der Maskierte Maria Instruktionen erteilt. Vorsichtig öffnete sie die Eingangstür und spähte in den Gang. »Die Luft ist rein.«

Sie betraten den Flur. Beim Laufen spürte Maria die Waffe des Maskierten im Rücken, er folgte ihr dicht auf den Fersen. Hinter sich hörte sie ein Geräusch; er zog sich die Maske ab. Vor dem Verlassen der Wohnung hatte er sie angewiesen, sich unter keinen Umständen umzudrehen. Den Blick immer schön geradeaus. Eventuell auftauchende Nachbarn ignorieren. Sie gehorchte und erreichte den Fahrstuhl. Ein heller Glockenton kündigte das Eintreffen der Kabine an. Maria hielt die Luft an, als sich die Tür öffnete. Die Kabine war leer.

»Mit dem Gesicht vor die Kabinenwand«, hörte sie die Stimme des Chinesen.

Es waren nur sechs Stockwerke, aber die Fahrt kam ihr ewig vor. Zum ersten Mal blieb ihr Zeit zum Nachdenken. Wer war er? Was hatte er mit ihr vor?

Der Glockenton erklang, die Kabine kam zum Stehen, gefolgt vom Geräusch der sich öffnenden Tür.

»Los, rückwärts rausgehen.«

Sie verließ trippelnd die Kabine.

»Jetzt langsam umdrehen und zur Eingangstür laufen. Kopf immer schön geradeaus.«

Während sie ihren Körper um einhundertachtzig Grad drehte,

bewegte er sich mit, hielt sich in ihrem Rücken. Das Foyer mit dem Marmorboden und der hohen Glasfront war leer. Niemand zu sehen. Nach wenigen Schritten erreichte sie den Ausgang und spähte durch die Glasfront nach draußen. Ein Fahrradfahrer sauste auf der gegenüberliegenden Straßenseite auf dem Bürgersteig entlang. Sie entdeckte sonst keine Passanten, nur auf beiden Straßenseiten dicht hintereinander geparkte Autos.

»Los, Tür öffnen.«

Maria hatte die Hand schon auf dem Türgriff, als draußen Motorengeräusch schnell näher kam. Drei Wagen mit rotierenden Blaulichtern rasten heran. Ohne Sirenen. Dazwischen zwei Vans mit abgedunkelten Scheiben. Die Wagen bremsten vor dem Eingang scharf ab. Die Türen der Vans wurden aufgerissen. Männer in Kampfmontur sprangen heraus. Maria spürte, dass der Mann hinter ihr genauso überrascht war wie sie. Erstarrt. Unschlüssig. Das war ihre Chance. Sie riss den rechten Ellbogen nach oben und stieß ihn mit voller Wucht nach hinten. Die Ellbogenspitze traf auf etwas Hartes. Ein Schmerzensschrei. Die Pistole aus ihrem Rücken verschwand, knallte auf den Steinboden. Maria drehte sich um und rannte los. Sie stürmte ins Treppenhaus neben dem Fahrstuhl, nahm zwei Stufen auf einmal, hinunter ins Kellergeschoss, wie von Robert instruiert. Die Treppe endete vor einer grauen Stahltür. Maria riss die Tür auf, dahinter befand sich ein langer Gang. Eine Neonröhre blitzte automatisch ins Leben. Ein muffiger Geruch lag in der Luft. Zu ihrer Linken lagen mit Vorhängeschlössern gesicherte Holzverschläge, darin der übliche Überschuss modernen Lebens: Werkzeuge, Matratzen, Skier, Golfbestecke, ausrangierte Möbel. Rechts war eine Reihe von grauen Stahltüren, jede mit großen hellen Buchstaben beschriftet. Waschraum. Trockenraum. Heizungsraum. Marias Ziel war die letzte Tür: der Fahrradraum. Neben der Tür befand sich ein in die Wand eingelassenes Touchpad. Bei ihrer Berührung erwachte es zum Leben, und ein Zahlenpanel von Null bis

Neun erschien. Im Treppenhaus polterten Schritte. Maria tippte mit zitternden Händen den von Robert telefonisch übermittelten vierstelligen Code ein. Mit einem Klacken gab das Schloss den Weg in einen großen weiß getünchten, von Tageslicht erhellten Raum frei. Maria hörte, wie die Tür am Ende des Treppenhauses aufgerissen wurde. Sie huschte in den Fahrradraum, und die schwere Metalltür schloss sich automatisch, aber dennoch viel zu langsam. Die Schritte kamen schnell näher. Maria lehnte sich mit aller Kraft gegen die Tür. Die Schritte klangen verdammt nah. Endlich fiel die schwere Tür krachend ins Schloss. Von außen wurde am Türgriff gerüttelt. Marias Atem ging stoßweise. Sie lauschte in den Gang vor der Tür. Stille. Dann Schritte, die sich entfernten. Sie sah sich um. Durch das schmale Fensterband unterhalb der Decke an der Längsseite des Raums blickte sie in einen wolkenverhangenen Himmel. Rhythmisch pulsierende blaue Lichtsprenkel verrieten die draußen wartenden Polizeifahrzeuge. Sie zog mehrere Fahrräder aus dem Ständer, um Platz zu schaffen. Ein Lastenfahrrad stellte sie quer an die Wand und kletterte mit dem einen Fuß auf den Sattel und mit dem anderen auf den Lenker. Es reichte so gerade, ihre Nase war auf Höhe der Fensterunterkante. Hinter dem Glas blickte sie auf die sauber gemähte Kante einer Rasenfläche. Darüber in einiger Entfernung die Einsatzfahrzeuge, hinter den Fensterscheiben schemenhaft die Beamten. Soweit sie es erkennen konnte, starrten alle zum Eingang des Apartmenthauses. Die abgedunkelten Scheiben der Vans verhinderten ein Blick ins Wageninnere. Während Maria die Szenerie beobachtete, spürte sie, wie der Adrenalinrausch, der sie in den letzten Minuten vorangetrieben hatte, verebbte. Erst jetzt nahm sie wahr, wie sehr ihr Herz klopfte. Mit tiefen, langsamen Atemzügen versuchte sie sich zu beruhigen. Als ihr Herzschlag wieder in gesünderen Gefilden angelangt war, kam Bewegung in die Szenerie. Ein Mann kam in ihr Blickfeld. Es war der Chinese, jetzt ohne Maske. Er näherte sich auf dem Bürgersteig dem vordersten Polizeifahrzeug. Der Beamte auf der Beifahrerseite stieg aus. Er stoppte den Chinesen. Sie sah nur die Mundbewegungen des Polizisten. Der Chinese stand mit dem Rücken zu Maria. »Los, verhaftet ihn. Er hat Gohring umgebracht«, flüsterte sie. Einen Augenblick passierte nichts. Dann setzte sich der Polizist wieder ins Auto und der Chinese seinen Weg fort. Er überquerte die Straße, stieg in ein großes schwarzes SUV und brauste davon. Am liebsten hätte Maria gegen das Fenster geklopft, geschrien, dass der Mann ein Mörder sei, doch sie ließ es sein. Von Robert wusste sie, dass sie beide von der Polizei gesucht wurden. Den Grund hatte er in der Kürze der Zeit am Telefon nicht erklären können, nur dass es so war.

Nach endlos scheinenden Minuten kam draußen wieder Bewegung in die Szenerie. Ein Trupp schwarz gekleideter, vermummter Gestalten betrat Marias Sichtfeld. Auf dem Rücken ihrer schusssicheren Westen standen jeweils drei Buchstaben: SEK. Die Schiebetüren der Vans öffneten sich, und die Männer verschwanden im Innenraum. Die Einsatzfahrzeuge schalteten die Blaulichter aus. Vier Wagen fuhren davon, der fünfte blieb als Wachhund zurück.

Maria kletterte von ihrem Beobachtungsposten herunter und stellte die Fahrräder zurück an ihren Platz. Sie suchte das von Robert beschriebene Fahrrad und öffnete dessen Zahlenschloss. Mit dem Fahrrad verließ sie den Raum und wandte sich nach rechts. Am Ende des Ganges lag eine Tür nach draußen. War der Chinese tatsächlich weggefahren? Oder war das nur ein Ablenkungsmanöver, um sie herauszulocken? Wusste er von diesem Ausgang auf der Rückseite? Vorsichtig drückte sie die Klinke hinunter und öffnete die Tür einen Spalt. In ihrem schmalen Sichtfeld konnte sie nichts Verdächtiges sehen. Sie stieß die Tür auf und schob das Fahrrad ins Freie. Eine Lorbeerhecke einige Meter vor ihr schirmte diesen Ausgang vor der Außenwelt ab. In der Mitte der Hecke befand sich eine schmale Lücke mit einer

Treppe. Vier Betonstufen mit einer parallelen Rinne für Fahrradreifen führten zu einem asphaltierten Radweg, direkt unten am Kanal entlang. Während Maria das Fahrrad zum Radweg schob, pochte ihr Herz heftig, ihre Nerven waren zum Zerreißen gespannt. Sie erwartete jeden Moment einen Angriff, doch nichts geschah. Sie warf einen Blick über die Schulter. Sie schwang sich auf den Sattel und trat kräftig in die Pedale. Der Fahrtwind rüttelte an ihrer Kappe. Der Weg entlang des Kanals führte sie unter mehreren Brücken hindurch. Hinter der fünften Brücke wechselte sie vom Kanal hoch auf die Straße. Sie holte ihr Handy hervor, aktivierte Google Maps und gab als Ziel den von Robert genannten Treffpunkt ein.

優越性

Samstag, 6. Juni, 15:53, Straße, Berlin

Die Frau am Steuer des Porsche erwachte aus ihrer Schockstarre. Ihre mit funkelnden Ringen bestückte Hand zitterte, als sie den Automatikwählhebel bediente. Robert rutschte mit dem Rücken die Lehne des Beifahrersitzes herab und hockte sich in den Fußraum, die Pistole auf ihren Oberkörper gerichtet.

»Geradeaus über die Kreuzung hinweg in die Seitenstraße fahren«, sagte er ruhig. »Ich tue Ihnen nichts, wenn Sie das tun, was ich Ihnen sage. Verstanden?«

Die Frau nickte, die Augen starr vor Angst, die Gesichtsmuskeln wie gelähmt. Der Wagen setzte sich in Bewegung. Robert hielt die Frau mit der Waffe in Schach und mit einem Auge im Blick. Immer wieder riskierte er einen Blick nach draußen. Seit einem Klinikaufenthalt seiner Mutter kannte er die Gegend gut. Hinter der Kreuzung begann der große Klinikkomplex. Von seiner Position im Fußraum aus sah er schließlich die Klinikgebäude. Die Frau am Steuer klammerte sich am Lenkrad fest, ihre Knöchel weiß vor Anstrengung. Robert wartete noch wenige Sekunden, dann meinte er: »Jetzt unauffällig am Straßenrand stoppen.«

Der Wagen wurde langsamer. Die Frau lenkte den Wagen an den Bürgersteig und hielt an.

»Verhalten Sie sich ruhig. Ich werde Sie von außen beobachten. Wenn Sie um Hilfe rufen, komme ich zurück. Verstanden?«

Die Frau sah ihn mit angstgeweiteten Augen an und nickte. Robert öffnete die Tür und sprang aus dem Porsche. Aus scheinbar allen Richtungen hörte er Polizeisirenen, die rasch näher kamen. Mit einer flinken Bewegung ließ er die Pistole im Halfter unter der Jacke verschwinden. Vor ihm lag eine kleine Grünfläche, die von einer mannshohen Buschreihe begrenzt wurde. Dahinter befand sich ein von der Straße abgeschirmter Taxistand, den Robert von früher kannte und den die Frau in ihrem weißen SUV nicht sehen konnte. Niemand würde seine Flucht bemerken. Robert verschwand hinter dem Gebüsch und eilte zum Taxi an der Spitze des Standes.

»In die Blücherstraße, bitte«, sagte er, als ihn der Fahrer nach dem Einsteigen auf der Rückbank im Rückspiegel musterte. Das Taxi fuhr los, und die Polizeisirenen kamen. Zwei Einsatzfahrzeuge jagten in Gegenrichtung mit Getöse an ihnen vorbei.

Robert wechselte zweimal das Taxi. Das letzte ließ er ein ganzes Stück vor seinem Zielort anhalten. In diesem Teil von Kreuzberg reihten sich gepflegte fünfstöckige Altbauten aneinander, in deren Erdgeschossen es meist Detailhandel für eine zahlungskräftige Kundschaft gab. Designermöbel, Vinylplatten, antiquarische Bücher, dazwischen Restaurants mit Küchen exotischer Länder wie Bali, Libanon oder Peru. Schließlich gelangte Robert an sein eigentliches Ziel. Das Öffnen der Ladentür des Kostümverleihs wurde von einem hübschen Glockenspiel begleitet. Aus einem Hinterzimmer trat eine attraktive blonde Frau. Beim Näherkommen offenbarte ihr Gesicht Spuren eines partyreichen Lebens. Sie begrüßte Robert freundlich und fragte, was sie für ihn tun könne.

»Ich war schon einmal vor Jahren hier, ich bin auf einer Kostümparty eingeladen und möchte mich gerne ein bisschen umsehen.«

»Ist es eine Mottoparty?«

»Nein, Authentizität gewinnt«, antwortete er und wandte sich rasch ab, als sie ihn musterte. Bei jedem Schritt knarrten die alten Holzdielen. Die Kostüme hingen an Ständern auf Rollen, die kreuz und quer in dem von Neonlicht erhellten Raum standen. An der fünften Kleiderstange fand Robert, was er suchte. Die Ladeninhaberin schien seine Wahl nicht zu billigen. Ihre Miene verdüsterte sich, als er mit der sandfarbenen Camouflage-Uniform über dem Arm und der passenden Mütze in der Hand zu ihr zurückkehrte.

»Finden Sie das nicht ein bisschen langweilig?«, fragte sie spitz.

»Nein, wie gesagt, die realistischste Kostümierung siegt. Ich möchte keinen Helden spielen, sondern einen Krüppel.«

Ihre Miene hellte sich ein wenig auf. »Und an was haben Sie da gedacht?«

»Eine Augenklappe zum Beispiel.«

»Warum gehen Sie nicht in die Umkleide und probieren die Uniform einmal an?« Sie deutete auf einen Vorhang in der Ecke. »Und ich schaue nach einer Augenbinde.«

Sie drehte sich um und verschwand im hinteren Bereich des Kostümverleihs. Auf einmal wurde Robert misstrauisch, er überlegte, ob er ihr folgen sollte. Hatte sie ihn erkannt? Wollte sie ihn ablenken, um die Polizei zu rufen? Für einen Moment verharrte er unschlüssig, dann hörte er sie Schranktüren und Schubladen öffnen.

Er betrat die Kabine und schloss den Vorhang. Die Uniform saß beinahe perfekt. Die Hose war im Bund etwas weit, aber mit dem Gürtel aus seiner Jeans ließ sich das Problem beheben. Als er die Jacke zuknöpfte, bemerkte er im Spiegelbild die gestopfte Stelle. Dort, wo sein Herz saß. Behutsam strich er darüber. Ein solches Einschussloch hatte er schon einmal gesehen. Ihn hatten die Kugeln damals knapp verfehlt, nicht aber Georg, seinen Bettnachbarn bei der Truppe. Im Zuge der ISAF-Mission patrouillierten sie zu Fuß in einem staubigen Dorf, irgendwo südlich von Kunduz. Die Kameraden im gepanzerten Spähwagen direkt hinter ihnen; der Motor tuckerte im Schritttempo. Eine Straße aus

Sand, rechts und links Lehmhütten, dazwischen einige Steinhäuser. Das Fehlen der Kinder hätte sie misstrauisch machen sollen. Normalerweise kamen sie lachend angerannt, irgendeinen Lumpen als Ball vor sich hertreibend, zogen an den Ärmeln ihrer Uniform, gestikulierten und plapperten wild durcheinander. An jenem Tag standen nur vereinzelt alte Männer mit langen grauen Bärten und noch längeren Gewändern in den Türrahmen ihrer Behausungen. Robert nickte ihnen zu und erntete missmutige Blicke. Plötzlich brach die Hölle los. Bis heute wusste er nicht, was es war, aber irgendetwas hatte ihn gewarnt, unmittelbar bevor der erste Schuss fiel. Intuitiv hatte er sich zu Boden geworfen und geschrien: »In Deckung!« Doch Georg reagierte nicht schnell genug. Die erste Kugel mitten ins Herz fing noch die Schutzweste ab, die zweite zwischen die Augen war tödlich.

»Und?« Die Stimme der Frau direkt hinter dem Vorhang riss ihn aus den Erinnerungen. Er hatte sie nicht kommen hören, trotz der knarrenden Dielen.

»Passt«, erwiderte er mit kratziger Stimme. Die staubige Erinnerung hatte seinen Mund ausgedörrt. Er schob den Vorhang zur Seite. »Dürfte ich Sie um ein Glas Wasser bitten?«

»Klar, Sie können inzwischen die hier schon einmal anprobieren«, meinte sie und reichte ihm eine Augenklappe. Robert ließ den Vorhang offen und drehte sich zum Spiegel um. Er legte die Augenklappe an und setzte die Uniformmütze auf. Niemand würde ihn erkennen. Dieses Mal vernahm er das Knarren. Sie reichte ihm das Glas und musterte ihn von oben bis unten.

»Steht Ihnen gut. Zu gut, wenn Sie mich fragen. Sie sehen nicht genug nach Krüppel aus.«

»Doch«, wandte er ein. »Über die rechte Hand einen schwarzen Handschuh, und alle mit links begrüßen.«

Er streckte ihr die linke Hand mit der Innenfläche nach außen entgegen. »Rechtes Auge und rechter Arm sollten als Opfer fürs Vaterland reichen, meinen Sie nicht?«

Sie ergriff seine linke Hand mit ihrer rechten und schüttelte sie.

»Ja, so funktioniert es«, sagte sie erfreut. »Wann bringen Sie die Sachen zurück?«

»Spätestens Dienstag.«

Mit einer großen Tüte in der Hand trat Robert kurz danach ins Freie. Eine Windböe ließ ihn frösteln. Dunkle Wolken saugten die Wärme aus dem Tag. Hinter der nächsten Kreuzung entdeckte er die Leuchtschrift eines Hotels. An der Rezeption fragte er nach einer Toilette. Bei seiner Rückkehr war die junge Rezeptionistin mit einem Gast beschäftigt. Beim Verlassen des Hotels achtete niemand auf den Soldaten in Uniform, der eine Augenklappe trug.

優越性

Samstag, 6. Juni, 17:16, Zentrum, Berlin

Die Fahrt ohne elektrische Unterstützung machte Maria mehr zu schaffen, als ihr lieb war. Die Muskeln in den Oberschenkeln beschwerten sich mit einem Brennen. Durch ihr E-Bike zu Hause hatte sie sich an den Extra-Schub gewöhnt. Trotz der recht kühlen Luft schwitzte sie. Der wenige Schlaf der letzten Tage saß ihr in den Knochen. Google Maps hatte sie an der Siegessäule vorbei, durch den Tiergarten und entlang der Neuen Nationalgalerie geführt. Robert hatte ihr gesagt, sie könnte das Ziel nicht verfehlen, und das stimmte auch. Der Turm überragte hier im Berliner Süden alles und war schon von Weitem zu sehen. In den letzten Minuten schien er allerdings nicht näher gekommen zu sein; jedenfalls kam es ihr so vor, obwohl sie eigentlich direkt darauf zusteuerte. Oder bildete sie sich das nur ein? Auf jeden Fall sah das Viertel, das sie gerade durchquerte, anders aus als die bisherigen. Bunter, wuseliger. Zahlreiche Autos parkten in der zweiten Reihe. Die Schriften auf Reklameschildern und Leuchttafeln warben in für sie unverständlichen Sprachen um Kundschaft. Ihr Blick wurde gefesselt von einer Gruppe Frauen auf dem Bürgersteig in langen schwarzen Umhängen. Selbst ihre Gesichter waren bedeckt. Maria schoss auf dem Rad an ihnen vorbei. Für einen Moment hatte sie nur die Frauen im Blick, bis der Ausruf »Vorsicht!« ihre Aufmerksamkeit wieder nach vorne zwang. Auf dem Fahrradweg stand ein Kinderwagen. Sie riss den Lenker nach links und wich auf die Fahrbahn aus. Jetzt quietschten Reifen hinter ihr, eine Hupe brüllte ihr ins Ohr. Ein Transporter sauste haarscharf an ihr vorbei. Aus einem offenen Beifahrerfester schrie jemand: »Pass doch auf, du Fotze.« Fotze? Das Wort kannte sie nicht. Was bedeutete es? Sie würde Robert bei passender Gelegenheit fragen.

Endlich erreichte sie ihr Ziel. Sie stoppte das Fahrrad gegenüber dem Hoteleingang und legte den Kopf in den Nacken. Verglichen mit den Hochhäusern in ihrer Heimat war dieses hier ziemlich klein. Hinter ihr ertönte ein Pfiff. Sie sah sich um. Von der anderen Straßenseite winkte jemand. Ein Mann in einer Militäruniform und mit Augenklappe. Er konnte unmöglich sie meinen. Sie wandte sich ab. Erneut hörte sie einen Pfiff, gefolgt von ihrem Namen. Abermals drehte sie sich um. Der Soldat winkte sie zu sich und lüftete kurz die Augenklappe.

»Ich habe dich zuerst gar nicht erkannt«, meinte sie, als sie vor ihm mit dem Fahrrad stoppte.

»Das ist Sinn der Sache«, erwiderte Robert. »Alles glattgegangen?«

Sie erzählte ihm, was passiert war.

Am Ende ihres Berichts schaute er sie mit nachdenklicher Miene an. »Bist du sicher, dass es derselbe Mann war, der den Professor erschossen hat?«

»Ja, ziemlich.«

»Wie hat er dich nur bei mir finden können?«, murmelte Robert. Keiner wusste darauf eine Antwort. Nach einigen Augenblicken des Schweigens setzte er hinzu: »Auf jeden Fall bin ich heilfroh, dass du es geschafft hast.«

Er lächelte. Sie mochte sein Lächeln. Auch sie freute sich, ihn zu sehen. Sie musterte ihn, hielt seinem Blick stand. In ruhigen Momenten wie diesen lag eine große Traurigkeit in seinen Augen. Das war ihr zum ersten Mal in seiner Wohnung aufgefallen. Als trüge er ein Geheimnis mit sich herum, das seine Seele schwer belastete. Etwas, das immer da war, auch wenn er nicht daran dachte.

»Was machen wir hier?«, fragte sie.

»Auf Tom Lee warten.«

»*Der* Tom Lee?«, fragte sie verblüfft.

In der nächsten Viertelstunde setzte Robert Maria ins Bild. Er erzählte ihr von *GenTech* und von dessen Eigentümer Lee. Vom Grund der dortigen Forschungsarbeiten. Vom Geschäftsführer Martin Zuber und dessen Verschwinden kurz vor dem Fernsehauftritt ihrer Tante. Seiner wahrscheinlichen Ermordung durch den chinesischen Geheimdienst und dem Verschwindenlassen der Leiche. Von seinen Fotos und der Kamera im beschlagnahmten BMW. Vom zweiten *GenTech*-Geschäftsführer, dem Sender an dessen Wagen und der Überwachungs-App auf seinem Handy.

»Und um achtzehn Uhr trifft Lee hier in diesem Hotel euren Präsidenten«, beendete er seinen Monolog. Maria sah ihn nachdenklich an.

»Du denkst, unser Präsident ist in all das involviert?«

»Das weiß ich nicht, aber mein Bauchgefühl sagt mir, dass dieses Treffen der Schlüssel zu allem ist.«

»Wie spät ist es jetzt?«

Robert schaute auf seine Armbanduhr. »Gleich halb sechs.«

»Und wie sollen wir da reinkommen?«, fragte Maria.

Statt einer Antwort deutete Robert mit dem Kopf auf etwas hinter ihr. Sie drehte sich um und entdeckte einen schwarzen großen Mercedes, der von der Sonnenallee abbog und Richtung Hoteleinfahrt fuhr.

»Das ist Wangs Wagen. Vermutlich sitzt Lee im Fond.«

Der Mercedes fuhr an der Einfahrt vorbei, bog am Ende des Turms um die Ecke und verschwand aus ihrem Sichtfeld.

»Warte hier«, sagte Robert, schnappte sich den Lenker aus ihren Händen und schwang sich in den Sattel. Keine zwei Minuten später war er zurück.

»Komm mit.«

Auf der Rückseite des Turms führte eine Rampe ins Untergeschoss zu einer Tiefgarage. Zwei gleich große, rechteckige Ausschnitte im Betonfundament bildeten die Öffnungen für Ein- und Ausfahrt, darüber blickte eine Videokamera Richtung Rampe. Hinter den beiden Schranken verschwand das Parkhaus im Dunkeln. Robert zeigte mit dem Finger auf ein geschlossenes Rolltor rechts daneben. »In dem silbernen Tor ist der schwarze Mercedes verschwunden.«

»Und jetzt?«, fragte Maria.

»Gehen wir da rein«, antwortete Robert, lehnte das Fahrrad an ein Geländer und schloss es ab.

Sie blickte ihn skeptisch an. »Wie willst du das schaffen?«

»Das weiß ich noch nicht, mir wird schon etwas einfallen. Jedes Sicherheitssystem hat seine Schwächen.«

Rasch überquerten sie die Straße. Ein kühler Wind zerrte an ihren Haaren. Mit eiligen Schritten liefen sie die Rampe herunter Richtung Tiefgarage. Auf halbem Weg setzte sich das silberne Rolltor in Bewegung. Maria spürte Roberts Griff nach ihrer Hand. Er beschleunigte seine Schritte. Am Ende der Rampe blieb er abrupt stehen, zog sie an das schmale Stück Mauerwerk zwischen der Tiefgarageneinfahrt und dem sich rechts daneben öffnenden Rolltor.

»Wenn das Fahrzeug herauskommt, schlüpfen wir hinein.«

Kaum hatte Robert den Satz beendet, fuhr der schwarze Mercedes von eben an ihnen vorbei. Maria schlüpfte hinter Robert in die separate Tiefgarage. Sie stellten sich direkt neben das Rolltor an die Wand. Die von zahlreichen Neonröhren an der Decke erleuchtete Tiefgarage war klein, vielleicht zwanzig Parkplätze. Maria erschrak, als sich das Rolltor neben ihr wieder in Bewegung setzte, Motor samt Kette dröhnten durch die Garage. Sie sah, wie Robert die Augenklappe abnahm und mit seinem Blick den Raum scannte, als suchte er etwas Bestimmtes.

»Wonach suchst du?«, flüsterte sie.

»Videokameras, aber ich sehe keine.«

Neben ihr krachte das Gitter scheppernd auf den Boden. Dann war es still. Ein zischendes Geräusch ließ sie zusammenzucken. Sie sah, wie sich am anderen Ende der Tiefgarage die Tür eines Fahrstuhls öffnete. Die Kabine war leer. Maria hatte vor Schreck die Luft angehalten; jetzt ließ sie sie hörbar entweichen. Robert lief zum Fahrstuhl. Sie folgte ihm. Die wenigen Knöpfe im Inneren der Kabine verrieten den Expressfahrstuhl. P, E und 42 leuchteten dezent hinter gläsernen Knöpfen. Neben der Zahl entdeckte Maria ein kleines Quadrat aus schwarzem Glas, darin ein roter Punkt.

»Mist«, sagte sie. »Und jetzt?«

Robert sah sich in der Kabine um.

»Ich wusste es doch«, murmelte er. »Jedes System hat seine Schwachstelle.«

優越性

Samstag, 6. Juni, 17:53, Hochhaus, Berlin

Robert deutete auf eine kleine Luke über seinem Kopf. Ein Notausstieg. Ein Handlauf in Hüfthöhe diente ihm als Fußstütze, mit dem anderen Fuß stieß er sich vom Boden und fand Halt mit den Händen an einem Griff neben der Luke. Nachdem er sie aufgestoßen hatte, sprang er wieder herunter.

»Geh du zuerst, schnell!«

Mit seinen Händen formte er eine Räuberleiter für Maria. Mit dem rechten Fuß stieg sie auf Roberts Hände, mit dem linken auf den Handlauf. Über ihrem Kopf griff sie nach dem Rand der Luke. Robert hievte mit Schwung ihren rechten Fuß in die Höhe und bugsierte Marias Oberkörper durch die Luke. Den Rest besorgte sie selbst. Sie zog ihre Beine durch die Luke und verschwand im Dunkeln. Nach wenigen Augenblicken tauchte ihr Gesicht in der Luke wieder auf. »Soll ich dir helfen?«

»Danke, aber ich denke, ich schaffe es allein.« Robert kletterte durch die Öffnung und schloss die Luke. Ein schwacher Lichtschein drang aus dem Inneren des Fahrstuhls zu ihnen hoch und erleuchtete ihre Gesichter.

»Weißt du, ob uns der Schacht genügend Platz lässt, wenn der Fahrstuhl oben ankommt?«, flüsterte Maria.

Robert legte den Kopf in den Nacken. An einer Wand des Fahrstuhlschachts waren in gleichmäßigen Abständen kleine Lampen angebracht. Sie formierten sich zu einer endlos scheinenden Lichterkette, deren Ende nicht zu erkennen war. Auf der gegenüberliegenden Wand schimmerten silbrig die Sprossen einer Leiter, die in regelmäßigen Abständen unterbrochen war. Robert vermutete dort Ausstiegsluken, war sich aber nicht sicher.

»Fahrstuhlschächte müssen immer genug Platz für Techniker zum Reparieren lassen«, antwortete er leise. »Egal, in welchem Stockwerk sie sich gerade befinden.«

In Wahrheit hatte er keine Ahnung, aber die unterschwellige Angst in ihrer Frage wahrgenommen und versuchte, sie nicht durch eigene Zweifel zu verstärken. Er schaute sich die Umgebung genauer an. Zwischen ihnen verlief in Kniehöhe eine Strebe. In der Mitte des Fahrstuhls war sie fest mit einem massiven würfelartigen Körper verbunden, der als Aufhängung diente. Aus dem oberen Ende des Würfels ragten vier dicke Stahlkabel in die Höhe des Fahrstuhlschachtes.

»Wenn wir uns auf beiden Seiten neben die Strebe legen, sollte der Platz auf jeden Fall ausreichen«, meinte Robert und legte sich hin. Maria tat es ihm nach, ihr Rücken lag auf der geschlossenen Luke. Sie schob ihre Finger unter der Strebe hindurch und griff nach Roberts Hand.

»Ich habe Angst«, flüsterte sie.

»Wird schon schiefgehen«, antwortete er.

In diesem Augenblick setzte sich das Rolltor in Bewegung, und ein Fahrzeug fuhr in die Tiefgarage.

»Ist das Xi?«, flüsterte Maria.

Robert schaute Maria unter der Strebe hindurch ernst an und hielt seinen Zeigefinger vor seine Lippen. Eine Autotür wurde geöffnet, dann zugeschlagen. Auf dem Betonboden hallten Schritte, es klang nach einer einzelnen Person in Männerschuhen. Die Schritte kamen rasch näher, sie stoppten direkt unter ihnen. Wenige Augenblicke später setzte sich der Fahrstuhl mit einem kleinen Ruck in Bewegung. Zunächst langsam, um dann so abrupt, wie rasant zu beschleunigen. Robert drückte seinen Körper flach auf die Fahrstuhldecke. Der Fahrtwind wirbelte in seinen Haaren. Marias Finger umklammerten seine Hand. Die kühle Luft ließ ihn frösteln. Die Fahrt dauerte nur kurz, vielleicht nur zehn Sekunden, doch ihm kam es vor wie eine Ewigkeit. Plötzlich bremste der Fahrstuhl genau so abrupt ab, wie er beschleunigt hatte, und kam mit einer sanften Bewegung zum Halt. Die Betondecke des Fahrstuhlschachts war ganz nah, keinen Meter entfernt. Eine Leuchte an der Decke spendete ein wenig Licht. Ein leiser Glockenton erklang, gefolgt von dem Geräusch der sich öffnenden Fahrstuhltür. Der Mann verließ den Fahrstuhl; seine Schritte waren bald nicht mehr zu hören, nur das Schließen einer Tür. Dann war alles still. Robert stupste Maria an.

»Setz dich hin«, flüsterte er. »Ich muss an die Luke.«

»Was hast du vor?«, erwiderte sie leise.

Er blieb stumm, während sie sich aufsetzte und die Luke freigab. Vorsichtig öffnete Robert sie einen Spalt breit und lugte hindurch. Er entdeckte einen mit Teppichboden ausgelegten Vorraum, der an einer schwarzen Glastür endete. Robert kletterte vorsichtig aus dem Versteck, bemüht, jedes Geräusch zu vermeiden, dann half er Maria. Sie schlichen zur schwarzen Tür. Robert holte sein Handy hervor und tippte darauf herum. Er zeigte ihr das Display: eine Aufnahmefunktion war eingeschaltet. Behutsam drückte er die Klinke herunter und zog die Glastür ein kleines Stück zu sich heran. Jetzt waren die beiden Stimmen im Konferenzraum gut zu hören. Robert hielt das Handy an die Öffnung, und Maria lauschte neben ihm.

優越性

Samstag, 6. Juni, 18:05, Hochhaus, Berlin

Lee hatte Mühe, seine Enttäuschung zu verbergen. Nicht Präsident Xi näherte sich ihm mit flinken Schritten, sondern dessen persönlicher Assistent. Der, der ihm am Telefon gedroht hatte. Lee hatte ihn zwar noch nie gesehen, doch die Stimme war unverkennbar. Den groß gewachsenen Mann im Maßanzug mit der akkurat gescheitelten Frisur und den ersten grauen Haaren an den Schläfen schätzte Lee auf Mitte vierzig. Bei der von freundlichen Worten begleiteten Begrüßung schüttelten sie einander die Hände. Lee hatte schon von der Marotte des Mannes gehört, sich nie vorzustellen, weil er davon ausging, dass alle wussten, wer er war. Ein Lächeln begleitete die Worte seines Besuchers, doch in seinem Blick brodelte etwas Düsteres und Gefährliches.

»Möchten Sie sich setzen?«, fragte Lee und deutete zum Konferenztisch.

Xis Assistent antwortete mit einem knappen Kopfnicken und nahm am Konferenztisch Platz. Mit der Wahl des Stuhls am Kopfende machte er die Hierarchie des Gesprächs klar. Lee machte gute Miene zum bösen Spiel. Er wählte den Platz direkt links daneben.

»Der Präsident war unabkömmlich«, meinte sein Gegenüber. »Aber ich werde ihm berichten, was Sie zu sagen haben.«

Lee zwang sich zu einem Lächeln. »Die Staatsgeschäfte haben Vorrang, das verstehe ich natürlich.«

»Das habe ich auch nicht anders erwartet«, erwiderte Xis Assistent kühl. Er griff in die Innentasche seines Jacketts und holte einen schlanken Gegenstand hervor. Der bleistiftlange, zylindrische Körper aus Edelstahl mit der schwarzen Spitze sah aus wie ein Mikrofon. Lee erkannte ihn sofort.

»Ist das nicht ein Produkt Ihres Unternehmens?«, fragte der Assistent. Er klappte den Fuß auf und stellte das von *SHIZIYAN* XP-300 getaufte Gerät auf den Tisch. Lee ärgerte sich, dass er nicht selbst daran gedacht hatte. Kurz war er geneigt, seinem Gesprächspartner die Gründe zu erläutern, warum der XP-300 in diesem Raum unnötig war, entschied sich dann aber dagegen.

»Danke, dass Sie daran gedacht haben«, sagte Lee unterwürfig. Der Assistent schaltete das Gerät ein und fragte: »Also, worum geht es?«

»Lassen Sie mich damit beginnen, Ihnen zu sagen, dass ich die Vision von Präsident Xi für die Zukunft unseres Landes teile. Sein chinesischer Traum ist auch meiner. Auch ich will, dass wir zum wirtschaftlich stärksten und militärisch mächtigsten Land werden. Auch ich will, dass wir eine Größe und Stärke erreichen, die es uns erlaubt, uns für die erlittenen Demütigungen der Vergangenheit zu rächen.«

Der Assistent nickte leicht, machte aber ein eher gelangweiltes Gesicht.

»Aber unser Land hat ein gravierendes Problem«, fuhr Lee ungerührt fort, die gelangweilte Attitüde würde sein Gesprächspartner schon bald aufgeben. »Laut den neuesten Prognosen der UN schrumpft unsere Bevölkerung bis zum Jahr 2100 um knapp die Hälfte. Die Ein-Kind-Politik der letzten Jahrzehnte rächt sich jetzt. Alle staatlichen Versuche der letzten Jahre, die Geburtenrate anzukurbeln, sind verpufft. Egal, was die Regierung an Förderprogrammen aufgelegt hat, die Wirkung war gleich null. Inzwischen ist das Leben in unserem Land für die meisten Familien so teuer, dass sie sich nur ein Kind leisten können oder wollen. Wenn überhaupt. Die Folgen wiegen schwer. Momentan ist jeder sechste Mensch auf diesem Planeten ein Chinese. 2050 wird es nur noch jeder achte sein und 2100 nur noch jeder fünfzehnte. Schlechte Voraussetzungen, um die Welt zu dominieren. Wir können die Menschen in unserem Land ja nicht zwingen, Kinder zu bekommen.«

Sein Gegenüber nickte mit bekümmerter Miene. »Ja, da haben Sie leider recht. Egal, was wir versuchen, nichts funktioniert.«

»Irrtum, es gibt für das Problem eine Lösung.« Lee legte eine Kunstpause ein. Sein Gesprächspartner richtete seinen Oberkörper auf und lehnte sich nach vorn. Seine Neugierde war geweckt.

»Wenn wir als Nation schrumpfen und wir nichts dagegen tun können, was müssen wir tun, um das Verhältnis von Chinesen zu Nicht-Chinesen zu unseren Gunsten zu beeinflussen?«

Es war eine rhetorische Frage, um sein Gegenüber noch stärker auf die Folter zu spannen.

»Die anderen noch schneller schrumpfen lassen«, sagte Lee bestimmt. »Wie Sie vermutlich wissen, habe ich vor einigen Jahren hier in Berlin eine Firma erworben, die an neuartigen Gentherapien forscht, um eine Heilung für meinen an Muskelschwund erkrankten Sohn zu finden. Jun Ji Bao hat uns dabei wissenschaftlich unterstützt. Im Zuge der Forschungsarbeiten ist sie zufällig auf etwas gestoßen, das uns erlaubt, die Welt nach unseren Vorstellungen zu gestalten. Sie hat eine Methode zur Heilung von genetisch bedingter Unfruchtbarkeit entwickelt.«

Lee ließ die Worte im Raum stehen. Er konnte sehen, wie es hinter der Stirn seines Gegenübers arbeitete und ihm nach einer Weile ein Licht aufging.

»Sie meinen, Sie können auch das Gegenteil bewirken? Statt genetisch bedingte Unfruchtbarkeit zu heilen, sie zu erzeugen?«

»Sie haben es erfasst.«

»Und wie funktioniert es?« Die Augen seines Gegenübers flitzten aufgeregt hin und her.

»Sagt Ihnen die Genschere CRISPR etwas?«

»Ja, natürlich.«

Lee erhob sich und lief zur anderen Seite des Konferenztisches. Den großen Bildschirm hatte er bereits vor dem Eintreffen von Xis Assistenten in Position gebracht. Er nahm die Fernbedienung vom Tisch und schaltete den Monitor ein. Auf seinem Handy starte Lee ein Video, das auf den Bildschirm übertragen wurde. Es zeigte den erfolgreichen Test bei *GenTech* zwei Tage zuvor. Das Video beschränkte sich auf das erfolgreiche Andocken der Nanopartikel an den Zielzellen im Embryo.

»Die Genschere CRISPR wird mittels Nanopartikeln in das Embryo eingeschleust und entfernt in den Zielzellen die für Fruchtbarkeit zuständigen Gene.«

Lees Gesprächspartner stieß einen anerkennenden Pfiff aus. »Und wie wollen Sie es den Menschen im Westen verkaufen? Man kann sie hier nicht wie bei uns zu irgendwelchen Gesundheitsmaßnahmen zwingen.«

Lee stoppte das Video und setzte sich erneut neben seinen Gesprächspartner.

»Im Rahmen eines Schwangerschaftstests«, erklärte Lee und fixierte sein Gegenüber. »Der Test existiert tatsächlich und steht bei den hiesigen Behörden kurz vor der Zulassung. Die Schwangeren überprüfen mit einer von uns entwickelten Methode das Genprofil des Embryos auf genetisch bedingte Krankheiten. Nur von den dabei eingeschleusten Nanopartikeln weiß niemand. Sie sind so winzig, dass sie nur bei einer gezielten Suche auffindbar sind. Außerdem lösen sie sich nach getaner Arbeit auf und sind bereits am nächsten Tag nicht mehr nachweisbar.«

»Und wie wird es verabreicht?«

»Ganz einfach. Per Tablette. Darin sind unsere Nanopartikel enthalten. Sehen Sie, das Erbmaterial des Kindes ist im Blut der

Schwangeren lesbar, ebenso wie das Geschlecht. Dieses Ablesen erfolgt durch die Inhaltsstoffe unserer Tablette, ohne jetzt zu sehr ins Detail gehen zu wollen. Einige Stunden nach der Einnahme uriniert die Schwangere auf einen Teststreifen wie bei einem Schwangerschaftstest und kann je nach Färbung des Streifens sehen, ob in ihrem Blut Anzeichen für genetisch bedingte Krankheiten des Embryos gefunden wurden oder nicht. Währenddessen verrichten unsere Nanopartikel mit der eingeschleusten Genschere bei weiblichen Embryonen still und heimlich ihre Arbeit.«

»Jede Frau will wissen, ob ihr Baby gesund ist«, meinte Lees Besucher und nickte dabei anerkennend. »Aber wenn die Amerikaner merken, dass wir ihre Frauen unfruchtbar gemacht haben, werden sie gegen uns in den Krieg ziehen.«

»Das werden sie nicht tun«, entgegnete Lee selbstsicher.

»Was macht Sie da so sicher? Wie wollen Sie es anstellen, dass es nicht auf uns zurückfällt?«

»Dazu komme ich gleich, aber ein ganz wichtiger Faktor vorab. COVID hat gezeigt, dass der Westen chinesischen Medizinprodukten misstraut. Wir waren mit unserem Impfstoff genauso schnell wie Biontech, aber kein westliches Land wollte ihn haben. Deutsche Produkte hingegen genießen einen hervorragenden Ruf in der ganzen Welt.«

»Ja, das stimmt«, pflichtete ihm sein Gesprächspartner bei.

»Deshalb ist es so wichtig, dass das Produkt aus diesem Land kommt«, fuhr Lee fort. »Von einer deutschen Firma, geleitet von einem deutschen Manager. Der aber nicht im Bilde ist.«

»Okay, verstanden.«

»Ich erwähne das nur, weil wir den bisherigen deutschen Geschäftsführer eliminieren mussten.«

Lee sah die Chance gekommen, alle Probleme auf einmal auszuräumen. »Er war kurz davor, zusammen mit Jun Ji Bao alles aufzudecken. Deshalb mussten wir erst sie ausschalten und dann ihn. Wir hatten keine andere Wahl.«

»Ein Mord an einem deutschen Staatsbürger auf deutschem Boden?«, fragte sein Gegenüber entsetzt. »Kann das zu uns zurückverfolgt werden?«

»Nein.«

»Wer hat es ausgeführt?«

»Ein Mitarbeiter Ihres Geheimdienstes hier vor Ort. Chen Yun.«

»Okay, dann werden wir ihn zeitnah abberufen müssen.«

Lee atmete innerlich auf. Die Tat würde anscheinend keine Konsequenzen nach sich ziehen.

»Wie viele Personen haben Kenntnis von dem Projekt?«

»Nur ich und Juan Wang, momentan der alleinige Geschäftsführer von *GenTech*. Und Sie.«

»Gut, das ist überschaubar.«

»Kommen wir zurück zu *Happy Genes*«, sagte Lee.

»*Happy Genes*?«

»So heißt unser Produkt.«

Lees Gegenüber grinste. »Genialer Name.«

»Danke, das finde ich auch. Lassen Sie mich zurückkommen zu Ihrer Frage, warum es nicht auf uns zurückfallen kann.«

»Ich bin gespannt.«

»Der Vorteil unserer Kultur ist doch, dass wir schon immer in langen Zeiträumen gedacht und geplant haben. Die Amerikaner denken vor allem wirtschaftlich immer nur drei Monate voraus, Hauptsache, die nächsten Quartalszahlen sehen gut aus. Unser Handeln ist eher auf Jahrzehnte ausgerichtet.«

»Kommen Sie zur Sache.«

»*Happy Genes* betrifft die künftige Generation. Die Töchter der Frauen, die ab heute schwanger werden. Niemand wird in rund zwanzig Jahren die gescheiterten Versuche dieser Töchter, schwanger zu werden, auf einen Schwangerschaftstest ihrer Mütter zurückführen.«

»Wenn plötzlich eine ganze Generation unfruchtbar wird«,

unterbrach ihn sein Besucher, »dann wird man nach der Ursache suchen und sie finden. Nein, das wird nicht funktionieren.«

Xis Assistent lehnte sich zurück, verschränkte die Arme. Seine Stirn lag in Falten, sein Mund war ein abweisender Strich.

»Lassen Sie mich bitte ausreden«, fuhr Lee selbstsicher fort. »Es betrifft nicht alle Frauen. Natürlich wollen alle Frauen wissen, dass sie ein gesundes Kind gebären werden.« Er legte eine weitere Kunstpause ein. Das Mienenspiel seines Gegenübers blieb ungerührt. »In der Theorie. Aber was ist, wenn sie es sich in der Praxis nicht leisten können?«

Die Miene seines Gegenübers hellte sich ein wenig auf.

»Wir haben den Antrag auf Zulassung ganz bewusst für ein Produkt im OTC-Markt gestellt. OTC-Produkte sind Gesundheitsprodukte, deren Kosten nicht von den staatlichen Gesundheitssystemen übernommen werden. Wer *Happy Genes* benutzen will, muss es selbst bezahlen. Da es ein OTC-Produkt ist und nicht von einem Arzt verschrieben wird, gibt es auch keine Aufzeichnungen darüber, wer das Produkt gekauft hat. Wir werden es so einrichten, dass nur die Ober- und Mittelschicht der westlichen Länder *Happy Genes* verwenden wird. Die Stellschraube dabei ist der Preis. Er wird so hoch sein, dass sich die ärmeren Schichten *Happy Genes* nicht leisten können. Oder wollen. Wir wissen, dass in den westlichen Ländern vor allem die Gebildeten und Gutsituierten die Eliten der nächsten Generation hervorbringen. Ihre Wissenschaftler, ihre Wirtschaftsführer, ihre Erfinder. Ebenso ihre Ärzte, Juristen und Ingenieure. All die wird *Happy Genes* eliminieren.«

Lee hatte sich von der eigenen Begeisterung mitreißen lassen. Er spürte, wie seine Wangen glühten. Er sah sein Gegenüber erwartungsvoll an.

»Nur die Ungebildeten und Armen bekommen im Westen noch Kinder? Jetzt wird es wirklich interessant. Bitte, fahren Sie fort.«

»Wir alle kennen das Ziel unseres Präsidenten hinsichtlich des Jahres 2049, dem einhundertsten Gründungstag des modernen China. Dann soll der chinesische Traum erfüllt sein. Die Wiedererlangung alter Größe und Stärke. Aber mit *Happy Genes* wird der chinesische Traum dann erst richtig beginnen. Er wird schöner werden, als wir es uns alle je erträumt haben. Zu der Zeit werden etwa 1,3 Milliarden Chinesen knapp einer Milliarde Europäern und Nordamerikanern gegenüberstehen. Selbst wenn wir bis dahin wirtschaftlich und militärisch die Nummer eins sind, wird der Westen immer noch stark sein. Er wird sich nicht einfach geschlagen geben. Doch dann wird *Happy Genes* zu einer enormen Schwächung des Westens führen, die wir ausnutzen werden.«

Der Assistent schaute an Lee vorbei, fixierte anscheinend irgendeinen Punkt in der Ferne. Nach einer Weile schaute er Lee direkt in die Augen: »Das ist brillant. Der Westen wird vor allem mit sich selbst beschäftigt sein. Die Folgen von *Happy Genes* werden intern viele Ressourcen binden. Finanziell und intellektuell. Die westlichen Länder müssen mit hohem Aufwand die Nachkommen der unteren Schichten auf ein höheres Bildungsniveau hieven und zusätzlich durch Migration ihre Geburtenlücke auffüllen. Wenn sie ihren Wohlstand aufrechterhalten wollen, bleibt ihnen gar keine andere Wahl. Diese riesige Migrantenwelle aus fremden Kulturkreisen wird in weiten Bevölkerungsteilen große Ängste schüren und extremen, meist demokratiefeindlichen Kräften Aufschwung verleihen. Das könnte dem Ziel unseres Präsidenten, weltweit die Demokratie abzuschaffen, sehr förderlich sein. Herr Lee, alle Achtung, das ist ein exzellenter Plan.«

Lee senkte den Kopf und tat bescheiden. »Sollte irgendetwas schiefgehen, können Sie es immer noch auf einen verrückt gewordenen Unternehmer schieben, von dessen Plänen die Partei nicht die geringste Ahnung hatte.«

Xis Assistent grinste zufrieden. »Wie bei He Jiankui.«

»Ja, genau«, entgegnete Lee und hob den Kopf. Sie lächelten einander zu.

»Mit *Happy Genes* schlagen wir gleich drei Fliegen mit einer Klappe«, fuhr Lee fort. »Neben der enormen Schwächung des Westens führen wir die Weltbevölkerung auf ein für den Planeten akzeptables Maß zurück. Auf Dauer hält die Erde keine acht, neun oder zehn Milliarden Menschen aus. Nach den Berechnungen meiner Experten könnten wir durch *Happy Genes* relativ zügig erreichen, dass jeder vierte Mensch ein Chinese ist.«

Der Assistent strahlte. »So lässt sich in der Tat weltweite Dominanz leichter erreichen.«

»Ja, und schneller.«

»Und was ist die dritte Fliege?«

»Zum guten Schluss, und da müssen wir auch nicht erst auf eine Zulassung durch deutsche Behörden warten, können wir ab morgen *Happy Genes* jeder schwangeren uigurischen Frau verabreichen.«

»Die Endlösung der Uigurenfrage«, meinte Xis Assistent mit einem anerkennenden Nicken.

»Das wirtschaftliche Potenzial von *Happy Genes* ist gigantisch«, fuhr Lee fort. »Soll ich Ihnen dazu einige Charts zeigen?«

Der Assistent schüttelte den Kopf. »Ich muss erst einmal die grundsätzliche Idee weitergeben, bevor wir ins Detail gehen.«

»Das verstehe ich natürlich. Sagen Sie dem Präsidenten bitte, dass er oder der Ständige Ausschuss natürlich vom Erfolg des Produktes partizipieren werden.«

Lees Besucher schaltete den XP-300 aus, klappte den Fuß ein und steckte das Gerät in sein Jackett. Dann erhob er sich.

»Gut. Vielen Dank für die aufschlussreiche Präsentation«, meinte er, während sie sich die Hände schüttelten. »Sie hören bald von mir.«

Lee blickte dem Mann auf dem Weg zum Fahrstuhl nach. Als der Assistent die schwarze Glastür erreichte, drehte er sich um.

Er nickte Lee kurz zu, bevor er durch die Tür entschwand. Lee stand einfach nur still da, er spürte, wie tausend Botenstoffe sein Inneres überfluteten. Er verspürte Erleichterung, Freude, ja, sogar Glücksgefühle. Lee war sich sicher: Soeben war er zu einem Unantastbaren geworden.

優越性

Samstag, 6. Juni, 18:33, Hochhaus, Berlin

Der Fahrstuhl sauste abwärts durch den Schacht. Gerade noch rechtzeitig hatten Robert und Maria sich in ihr Versteck zurückziehen und die Luke schließen können, bevor Lees Besucher die Kabine betrat. Maria hatte sich während des ganzen Gesprächs im Konferenzraum nicht gerührt, nur aufmerksam gelauscht. Von dem auf Mandarin geführten Gespräch hatte Robert kein Wort verstanden. Maria würde ihm eine grobe Übersetzung liefern müssen, eine Übersetzungs-App eine genaue.

Der Fahrstuhl erreichte sein Ziel. Aus ihrem Versteck hörten sie, wie die Fahrstuhltür sich öffnete und die Schritte von Lees Besucher sich vom Fahrstuhl entfernten. Die Kabinentür schloss sich und verschluckte die Geräusche der Tiefgarage. Robert drehte sich zu Maria um und legte einen Finger auf die Lippen. War es das fahle Licht der Schachtbeleuchtung, oder war sie tatsächlich ganz bleich? Sie sah aus, als hätte sie ein Gespenst gesehen. Er hätte sie gerne gefragt, was besprochen wurde, hielt es aber für besser, noch zu schweigen. So lange, bis er überzeugt war, dass Lees Besucher die Tiefgarage verlassen hatte. Endlich war es so weit.

»Steig du zuerst hinunter«, flüsterte er und öffnete die Luke.

Maria reagierte nicht. Sie starrte durch ihn hindurch.

»Maria?«, fragte er leise und stieß sie am Oberarm an. »Alles okay?«

Sie erwachte wie aus einer Trance.

»Weißt du, was die vorhaben?«, wisperte sie.

»Nein, aber erzähl mir das, wenn wir draußen sind. Los, du zuerst«, flüsterte Robert.

Maria schwang ihre Beine durch die Öffnung, sie stützte sich an den Rändern mit den Armen ab und senkte ihren Oberkörper ab, bis ein Fuß Halt auf dem Handlauf fand. Vorsichtig zog sie den Kopf durch die Luke, dann sprang sie herunter. Die Kabine federte bei ihrem Aufkommen mehrere Male auf und ab. Roberts Gesicht erschien in der Öffnung.

»Alles okay?«

Plötzlich machte der Fahrstuhl einen leichten Ruck und setzte sich in Bewegung.

»Verdammt, Lee hat den Fahrstuhl gerufen«, fluchte Robert. »Schnell klettere wieder hoch.«

Der Fahrtwind rauschte durch die offene Luke in die Kabine, ließ sie vibrieren. Maria stellte einen Fuß auf den Handlauf und versuchte, sich mit dem anderen Bein abzustoßen, um mit den Händen die Ränder der Luke zu erwischen. Der erste Versuch misslang. Der zweite auch.

»Die Kabine wackelt zu sehr«, rief sie nach oben. »Du musst mir helfen.«

»Das schaffen wir nicht mehr rechtzeitig«, rief Robert nach unten. »Wenn sich die Tür öffnet, drück sofort auf den Knopf zur Parkgarage. Vielleicht schließt sich die Tür, bevor Lee hereinkommt.«

Die Kabine bremste ab. Und stand. Der Glockenton kündigte ihr Eintreffen an. Die Tür öffnete sich beinahe geräuschlos. Robert schaute durch die Luke. Die schwarze Glastür stand offen. Lee stand im Konferenzraum am Fenster mit dem Rücken zum Raum. Hinter ihm hing ein grauer Wolkenhimmel wie ein löchriges Tuch über der Stadt. Durch die Lücken brach die Sonne mit breiten Lichtbahnen; die darunterliegenden Teile der Stadt wirkten wie von riesigen Spotlights angestrahlt. Lee schien den

Fahrstuhl nicht wahrzunehmen. Maria drückte hektisch auf den Knopf. Dann drehte Lee sich um. Selbst aus dieser Entfernung konnte Robert die Verblüffung in Lees Gesicht erkennen. Unmittelbar gefolgt von Zorn. Er rannte los. Maria hämmerte auf den Knopf. Endlich begann sich die Tür zu bewegen. Lee kam schnell näher und erreichte die schwarze Glastür. Gleich hatte er den Fahrstuhl erreicht. Die Tür schloss sich. Die Kabine blieb stehen. »Mach schon, fahr los«, entfuhr es Robert. Der Fahrstuhl setzte sich in Bewegung. Von außen hämmerte Lee gegen die Tür.

»Hör mir zu, Maria. Wenn ich ›Jetzt‹ sage, betätigst du den roten Alarmknopf.«

Sie blickte ihn an, Fragezeichen auf der Stirn. Robert zog seinen Kopf zurück und legte sich neben die Luke auf das Kabinendach.

»Tu es einfach. Jetzt«, sagte er laut Richtung Luke.

Einen Augenblick passierte nichts. Dann stoppte die Kabine ruckartig. So abrupt, dass ein Poltern aus der Kabine erklang. Robert beugte sich mit seinem Oberkörper über die Luke. Maria lag auf dem Boden. Der abrupte Halt hatte sie zu Boden geschleudert. Robert kletterte rasch durch die Luke und sprang herunter. Maria stand inzwischen wieder.

»Wie klettern jetzt wieder oben auf den Fahrstuhl und dann die Leiter im Schacht hoch zu einem Notausstieg. Lee hat bestimmt schon die Security angerufen. So haben wir vielleicht eine Chance, unerkannt zu entkommen.«

Robert half Maria durch die Luke und kletterte hinterher. Auf dem Fahrstuhl stehend legte er den Kopf in den Nacken. Der erste Notausstieg befand sich etwa fünf Meter über ihnen.

»Da müssen wir hin«, meinte er und zeigte mit dem ausgestreckten Arm auf die Stelle.

Ohne etwas zu erwidern, stieg Maria auf die erste Sprosse. Mit flinken Bewegungen kletterte sie die Leiter hoch. Robert hatte Mühe, ihr zu folgen. Kurz bevor er das Ziel erreichte, hörte er ein leises Zischen. Er blieb stehen und blickte hoch. Maria hatte einen Hebel neben der Tür gefunden. Die Luke stand offen. Ihr Oberkörper war bereits darin verschwunden. Sie zog die Beine hinterher und entschwand aus Roberts Blickfeld.

»Die Luft ist rein«, hörte Robert ihre Stimme.

Der Ausstieg führte sie in einen Abstellraum. An den Wänden standen Regale voll mit Bettbezügen und Handtüchern. Vorsichtig öffnete Robert die Tür. Die Luft war rein, er schaute in einen leeren Hotelgang mit der unaufdringlichen Eleganz eines Luxushotels. Auf dem cremefarbenen Steinboden lag ein dunkelroter Läufer, die Türen waren jeweils hinter Mauervorsprüngen versteckt. Schmale, vom Boden bis zur Decke reichende Leuchtstreifen hinter Milchglas tauchten den Gang in warmes Licht. Robert holte die Augenklappe hervor und reichte sie Maria.

»Lee wird als Beschreibung eine junge Frau mit schwarzer Kappe durchgegeben haben«, meinte er und reichte Maria die Augenklappe. »Zieh die hier an und lass die Kappe hier.«

Im Gang folgten sie den grünen Notausgangsleuchten und wurden hinter einer Abzweigung in ein Treppenhaus geführt. Drei Stockwerke tiefer verließen sie es wieder und fanden den nächstgelegenen Fahrstuhl. Eine sechsköpfige Gruppe Amerikaner wartete dort bereits. Drei Paare im Rentenalter unterhielten sich lautstark.

»Wo kommen Sie her?«, erkundigte Robert sich auf Englisch bei dem Mann neben ihm, kurz nachdem alle zusammen die Kabine betreten hatten. Der Mann mit grauem Vollbart und hellen, wachen Augen wandte sich ihm zu.

»Tucson, Arizona«, antwortete er. »Wo haben Sie gedient?«

»Afghanistan.«

»Unser Sohn war auch dort. Es ist mir eine Ehre, Sie kennenzulernen.« Er reichte Robert die Hand. »Ich bin John, das ist meine Frau Martha.«

Als der Fahrstuhl das Erdgeschoss erreichte, verließen Robert und Maria zusammen mit den Amerikanern den Fahrstuhl. Gemeinsam strebte die achtköpfige Gruppe zum Ausgang. Neben der gläsernen Drehtür stand ein Mann des hoteleigenen Sicherheitspersonals in einer dunkelblauen Uniform. Mit grimmigem Blick nahm er die Gruppe in Augenschein. Robert stellte eine weitere Frage, und John ging auf sie ein. Aus den Augenwinkeln sah Robert, wie Maria den Kopf gesenkt hielt. Noch rund zehn Meter. Robert war auf alles gefasst. Angriff oder Flucht. Adrenalin wirbelte durch seine Adern. Noch fünf Meter. Robert tat so, als beachtete er den Sicherheitsmann überhaupt nicht, während er die Unterhaltung mit John fortsetzte. Robert steckte die rechte Hand in die Außentasche seiner Uniform und umschloss den Griff seiner Pistole. Nur noch wenige Schritte.

»Entschuldigen Sie«, sagte der Mann vom Sicherheitsdienst. Er machte einen Schritt zur Seite und stellte sich ihnen halb in den Weg. Robert zog seine Hand mit der Waffe an den Rand der Tasche, bereit sie einzusetzen, wenn es sein musste. Der Mann vom Sicherheitsdienst schaute John an. »Entschuldigen Sie, Sir, Ihre Schnürsenkel sind offen.«

»What?«, fragte John.

»Ihre Schnürsenkel sind offen«, wiederholte Robert auf Englisch und ließ den Pistolengriff los. Das Adrenalin ebbte ab wie eine auslaufende Welle am Strand. Auf der anderen Seite der Drehtür wünschte Robert der Gruppe noch einen schönen Aufenthalt in Berlin. Er griff nach Marias Hand, zog sie hinter die nächste Straßenecke und dort in den Schatten eines Hauseingangs.

»Um was ging es da drin eigentlich?«

Maria schaute ihn mit ernster Miene an, zog die Augenklappe ab und reichte sie Robert. »Um einen Plan, weibliche Embryos im Westen unfruchtbar zu machen.«

Robert stutzte. Plötzlich ergab alles einen Sinn. »Wusstest du, dass deine Tante schwanger war?«

»Wie bitte?«, fragte sie erstaunt.

»Ja, sie erwartete ein Kind und wollte der Welt in der Fernsehshow zeigen, was die chinesische Regierung plant.«

»Die chinesische Regierung war aber anscheinend bis heute nicht involviert«, entgegnete Maria trocken.

»Wie kommst du darauf?«

»Weil Lee heute erst den Plan vorgestellt hat. Momentan wissen nur drei Leute davon. Er, der Geschäftsführer von *GenTech* und der Mann eben.«

»Weißt du, wer das war?«

»Nein, er scheint aber zum engeren Umfeld des Präsidenten zu gehören.«

Robert dachte eine Weile nach. »Mit der Aufnahme auf meinem Handy und den Unterlagen auf deinem Stick sind die erledigt. Wir müssen uns jetzt erst einmal verstecken. Zu mir können wir nicht, da wartet sicherlich die Polizei, in ein Hotel können wir auch nicht, da müssen wir uns ausweisen.«

»Ich habe da eine Idee«, sagte Maria.

優越性

Samstag, 6. Juni, 18:57, Konferenzraum, Berlin

Lee brüllte ins Telefon. Gülcan Demir antwortete kleinlaut, jede Information garniert mit Entschuldigungen. Nein, man hätte die Frau mit der schwarzen Kappe noch nicht entdeckt. Und nein, der Fahrstuhl führe noch nicht wieder, er müsse erst wieder von einem Mitarbeiter in Gang gesetzt werden. Als Alternative bot sie Lee an, die Treppe zu nehmen. Das machte ihn nur noch wütender.

»Zweiundvierzig Stockwerke?«, brüllte er. »Sind Sie verrückt?«

Er knallte sein Handy auf den Tisch. Sein Puls war auf hundertachtzig, die beim Abschied von Xis Assistenten empfundene Euphorie längst verflogen. Entlang der Fensterfront tigerte er auf und ab. Bewegung ließ ihn besser denken. Wie war Maria Lin nur in den Fahrstuhl gekommen? Trotz ihrer schwarzen Kappe hatte er sie sofort erkannt. War der Mann, der sie heute Mittag gerettet hatte, noch bei ihr? Was hatte sie gehört? Alles? Oh, mein Gott! Nur der Gedanke, dass Xis Assistent von alldem nichts mitbekommen hatte, tröstete ihn ein wenig. Noch konnte alles gut werden. Doch dafür musste Maria Lin sterben sowie der Stick vernichtet werden. Ob Chen ihn wohl inzwischen an sich gebracht hatte? Er hätte ihn gerne angerufen, vermied aber eine direkte Kommunikation. Er musste den Umweg über Wang gehen. Nach dem dritten Klingeln nahm er ab.

»Rufen Sie Ihren Freund an«, sagte Lee ohne Begrüßung. »Fragen Sie ihn, ob wir glücklich sind.«

»Okay, mache ich. Wussten Sie, dass die beiden von der Polizei gesucht werden?«

»Wer?«

»Maria Lin und Forster.«

»Weswegen?«

»Mord an dem Professor. Die Polizei hat Videoaufnahmen veröffentlicht.«

Also doch! Maria Lin war schon vor Chen im Haus des Professors gewesen. Gohring hatte gelogen. Dann kannte sie den Plan. Wenn die Polizei sie in die Finger bekam, war alles aus. Hoffentlich hatte Chen dieses Mal nicht versagt.

»Ich warte auf Ihren Anruf«, sagte Lee.

Er hasste es zu warten. Still rumsitzen war auch nichts für ihn. Also lief er im Kreis durch den Konferenzsaal, umrundete immer wieder den Tisch, während er die nächsten Schritte überlegte. Xis Assistent würde den Präsidenten ins Bild setzen. Und dann? Würde sich der Präsident das nächste Mal direkt mit ihm treffen? Oder erneut den Assistenten vorschieben? Wie groß war der Unmut wegen Jun Ji Bao? Nein, machte Lee sich Mut, *Happy Genes* war zu gut, zu clever. Das wird auch Xi erkennen. Lees Handy klingelte. Als er die Nummer des Anrufers sah, war seine gute Laune schnell wieder verflogen.

»Was ist?«, bellte er.

»Der Techniker ist in fünf Minuten mit dem Fahrstuhl bei Ihnen«, flötete Demir. »Für Ihre Unannehmlichkeiten würde wir Ihnen gerne unsere Präsidentensuite für ein Wochenende kostenlos zur Verfügung stellen. Wann immer Sie möchten.«

»Schieben Sie sich Ihre Suite in den Arsch«, erwiderte Lee und legte auf.

Nach drei weiteren Tischumrundungen klingelte sein Telefon erneut, Wangs Nummer auf dem Display. Das Gespräch dauerte nur wenige Sekunden und endete damit, dass Lee sein Telefon gegen die Wand feuerte.

優越性

Samstag, 6. Juni, 19:53, Wohngebiet, Berlin

Es sah genauso aus, wie sie es von Fotos kannte. Die Haustür, die Einfahrt, das Blumenbeet.

»Bist du sicher, dass du das tun willst?«, hörte Maria hinter sich Roberts Stimme.

Nein, sie war sich überhaupt nicht sicher. Und aufgeregt, wie nur selten in ihrem Leben. Robert würde im Schatten eines Baumes warten, bis sie ihm ein Zeichen gab. Sie überquerte die Straße, marschierte mit festen Schritten auf die Haustür zu. Ihre rechte Hand bewegte sich zum Klingelknopf. Der Zeigefinger stoppte kurz davor ab. Er zitterte und verharrte unschlüssig in der Luft. Schließlich gab sie sich einen Ruck und drückte den Knopf. Hinter den Mauern ertönten drei absteigende Klingeltöne. Stille. Nach einigen Sekunden hörte sie innen schwere Schritte. Ihr Herz trommelte, ihre Gesichtshaut glühte. Sie stand da mit dem unangenehmen Gefühl eines hochroten Kopfes. Die Schritte näherten sich. Hinter dem Türspion wurde es für einen Augenblick dunkel. Dann öffnete sich die Tür.

»Ja, bitte?«

»Guten Tag …« Sie zögerte kurz, verwirrt, dass es nicht so wie in ihrer Vorstellung war. Hinter Heribert Lauenstein tauchte keine Frau auf. Sie überwand diesen Moment und sprach das Wort aus, welches sie zu Hause vor ihrem Computer beim Anblick der Fotos dieses Hauses schon Hunderte Male geprobt hatte: »… Vater.«

In seinen Augen konnte sie von Verblüffung bis Entsetzen alle Schattierungen menschlichen Unglaubens ablesen. Sie hatte sich tausend Reaktionen von ihm ausgemalt, doch mit dieser hatte sie nicht gerechnet.

»Was wollen Sie? Geld?«

Tränen der Enttäuschung schossen ihr in die Augen. Sie war so entgeistert, dass sie für einen Moment nichts erwidern konnte. Schließlich lächelte sie, um die Ernüchterung zu überspielen. »Nein, Unterkunft für eine Nacht.«

»Warum gehen Sie nicht in ein Hotel?«

»Kann ich Ihnen das drinnen erklären?«

Lauenstein bewegte sich nicht.

»Bitte!«, sagte sie und wischte sich die Tränen aus den Augen.

Er stieß die Tür auf und gab den Weg frei. Sie folgte ihm und sah, dass er ein Bein nachzog. Überhaupt kam er ihr deutlich gealtert vor im Vergleich zu dem Foto von seiner Verabschiedung in der Firma. Die war fünf Jahre her. Das Gesicht war knochig, die Haare weiter ausgedünnt, seine Kleidung, eine beige Cordhose und ein weinroter Pullover, schlabberte an seinem Körper. Er führte sie in ein großes Wohnzimmer. Die Einrichtung war düster, überall nur dunkles Holz und schwere Ledermöbel. An den Wänden hingen große Gemälde mit Jagdszenen in gedeckten Farben. Eine schummrige Beleuchtung tat ihr Übriges. Im angrenzenden Speisezimmer thronte hinter dem Kopfende des Tisches ein Hirschgeweih an der Wand.

Lauenstein bot ihr keinen Platz an. Im Stehen fing sie an zu erzählen, sie redete wie ein Wasserfall. In knappen Worten berichtete sie ihm alles. Angefangen von ihrer Tante Jun Ji Bao bis hin zum Belauschen des Gesprächs vorhin.

»So eine Geschichte kann man sich ja wohl kaum ausdenken«, meinte er mit nachdenklicher Miene, nachdem sie geendet hatte.

»Darf ich den Mann vom Geheimdienst hereinholen?«

Mit einem Kopfnicken gab er seine Zustimmung. Sie lief zur

Haustür und winkte Robert herbei. Zurück im Wohnzimmer stellte sie ihn ihrem Vater vor.

Der musterte ihn in seiner Uniform von oben bis unten. »Sie sind wirklich vom BND?«

»Ja, aber ich musste mich verkleiden.«

Dann sah Robert Maria an. »Was hast du ihm erzählt?«

»Alles.«

»Von dem belauschten Gespräch auch?«

»Ja.«

Robert wandte sich an Lauenstein: »Haben Sie hier einen Computer?« Er griff in die Tasche seiner Uniform und holte sein Handy hervor. »Ich habe das Gespräch vorhin aufgezeichnet. Ich würde es gerne aus dem Telefon überspielen und durch ein Übersetzungsprogramm jagen.«

»Folgen Sie mir.«

Die beiden Männer ließen Maria zurück und verschwanden im hinteren Teil des Hauses. Sie traute sich nicht, sich hinzusetzen, und blieb an Ort und Stelle stehen. Sie blickte sich um. Das Zimmer wurde dominiert von einer mächtigen Schrankwand aus dunklem Holz. Fächer mit Türen und solche ohne verteilten sich unregelmäßig über die Schrankwand; letztere meist gefüllt mit Büchern. Auf den Türen befanden sich geschwungene Verzierungen. In der Mitte der Schrankwand stand ein großer Fernseher. Daneben entdeckte sie einen silbernen Bilderrahmen mit einem Schwarz-Weiß-Foto seiner Frau, dessen obere linke Ecke von einem Trauerflor umrandet war.

Nach wenigen Minuten kam ihr Vater zurück. »Haben Sie Hunger? Oder Durst?«

»Beides«, erwiderte sie mit einem Lächeln. »Danke.«

»Kommen Sie mit in die Küche.«

Noch auf dem Weg hörten sie aus dem hinteren Teil des Hauses einen lauten Fluch. Kurz danach tauchte Robert auf. Die Enttäuschung stand ihm im Gesicht geschrieben.

»Sie haben irgendein Gerät verwendet, das Aufzeichnungen verhindert. Die Begrüßung ist noch drauf, dann nur noch Rauschen, und am Ende kann man wieder die Verabschiedung hören.«

»Was bedeutet das für uns?«, fragte Maria.

»Dass du die einzige Zeugin des Gesprächs bist. Aber ohne den Stick hat deine Aussage keinen Wert.«

»Willst du den Stick heute noch holen?«

Er dachte einen Moment nach.

»Nein, meine Wohnung wird sicherlich noch überwacht«, antwortete Robert. »Heute Abend könnten wir sowieso nicht mehr viel damit anfangen. Außerdem war das ein verdammt anstrengender Tag. Vielleicht sollten wir uns erst einmal hier ein wenig ausruhen, wenn Sie damit einverstanden sind.«

Die letzten Worte hatte er an Marias Vater gerichtet.

»Das geht in Ordnung«, entgegnete Lauenstein. »Sie beide müssen ausgehungert sein. Ich mache uns etwas zu essen.«

Maria bot ihre Hilfe an, doch Lauenstein winkte ab. Sie könnte aber den Tisch decken, Geschirr und Besteck seien in der Kommode im Esszimmer. Ihr Vater brachte eine Brotzeit auf den Tisch: zwei Brotsorten, Butter, Aufschnitt mit Wurst und Käse, dazu Radieschen, Tomaten sowie eingelegte Gurken und Zwiebeln. Sie aßen, ohne zu reden, nur Kaugeräusche waren zu hören. Es war seltsam. So oft hatte sie sich eine erste Begegnung mit ihrem Vater ausgemalt, sie mit Details ausgeschmückt, und dann war sie doch so ganz anders. Hin und wieder spürte sie verstohlene Blicke von ihm. Wenn sie ihn anschaute, wich er ihrem Blick meist aus, doch einmal zuckte ein Lächeln über seine Lippen.

»Lebt Ihre Mutter noch?«, fragte er plötzlich und zerriss die Stille.

»Leider nein«, antwortete Maria. »Sie war 2019 eine der ersten Corona-Toten in Wuhan.«

»Das tut mir leid.«

»Was ist aus Ihren Töchtern geworden«, bemühte sich Maria, die Konversation in Gang zu halten. Sie erinnerte sich sogar noch an die Namen.

»Alexandra und Sofia. Richtig?«

Ihr Vater lächelte. »Alexandra lebt in Boston, sie hat im Studium einen Amerikaner kennengelernt und ihn später geheiratet. Sie haben zwei entzückende Kinder«, schwärmte er. »Leider sehen wir, äh, ich sie nicht sehr oft.«

»Und Sofia?«

»Die wohnt in Köln«, sagte er knapp. Der schwärmerische Tonfall war verschwunden.

Maria hakte nicht nach, das Gespräch erstarb. Am Ende bedankten sich Maria und Robert und räumten ab. In der Küche fragte Maria Lauenstein, wo sie schlafen würde. Sie sei müde und würde sich gerne zurückziehen. Im oberen Stock gab es ein Gästezimmer mit einem Doppelbett, erklärte er ihr. Das Bett sei ziemlich groß, auch schon bezogen, aber sie müssten dort zusammen übernachten. Ob das ein Problem sei? Robert und Maria sahen sich an.

»Für mich nicht«, meinte sie.

»Dann für mich auch nicht«, fügte Robert hinzu.

Ihr Vater ging voraus und zeigte ihnen alles. Sogar frische Zahnbürsten trieb er für sie auf. Zum Schluss übergab er jedem zwei Handtücher und wünschte ihnen eine gute Nacht. Beim Verlassen des Gästezimmers schloss er leise die Tür. Robert und Maria waren allein. Verlegen schauten sie sich an. Keiner wusste, was er sagen sollte.

»Ich gehe zuerst ins Bad, einverstanden?«, unterbrach Maria die Stille, die begonnen hatte, unangenehm zu werden.

»Klar.«

Als Robert aus dem Bad kam, lag Maria schon eingehüllt unter ihrer Decke, mit dem Gesicht zur Bettmitte. Sie hatte die

Nachttischlampe auf seiner Seite eingeschaltet, alle anderen Lichtquellen gelöscht. Robert schlüpfte vorsichtig unter seine Decke, darauf bedacht, sie nicht zu berühren. Er drehte ihr den Rücken zu und schaltete die Lampe aus. An den Rändern der zugezogenen Vorhänge drängte fahles Mondlicht ins Zimmer, gerade genug, um allen Gegenständen Konturen zu verleihen.

»Robert?«, fragte sie in seinen Rücken.

»Ja?«

»Was ist eine Fotze?«

»Was?«, fragte er verblüfft. »Wie kommst du denn darauf?«

»So hat mich heute ein Autofahrer genannt.«

Er drehte sich zu ihr um und sah sie an. »Das ist ein ziemlich vulgäres Wort, für das, was du zwischen den Beinen hast.«

»Oh.« Sie spürte, wie sie rot wurde. Rasch beugte sie sich zu ihm und gab ihm einen flüchtigen Kuss auf die Wange. »Danke für alles.«

Dann legte sie sich zurück auf ihre Seite und wandte ihm den Rücken zu.

»Gute Nacht«, sagte sie in die Dunkelheit hinein.

»Wünsche ich dir auch. Morgen hole ich den Stick«, erwiderte Robert und drehte sich ebenfalls um. »Dann wird alles gut.«

Marias Verstand kuschelte sich in Roberts letzten Satz wie in eine wärmende Decke, während ihr die Augen zufielen. Der Schlaf barg das Versprechen, dass die Welt am nächsten Morgen eine andere war, wie neu war. Nichts brauchte sie jetzt dringender, doch in dem hintersten Winkel ihrer Seele schlummerte die eisige Furcht, dass ihr das Schlimmste erst noch bevorstand.

優越性

Sonntag, 7. Juni, 07:13, Hotel, Berlin

Lee lag in seinem Bett, die Augen offen, der Verstand auf Hochtouren. Er hatte die Nacht über kaum ein Auge zubekommen. Chen hatte den Stick immer noch nicht, obendrein war ihm Maria Lin durch die Lappen gegangen. Was für ein Haufen Scheiße! Das Schlimmste war, dass er nicht die geringste Ahnung hatte, wo sie sich versteckt hielt, wie er sie finden sollte. Und was war mit dem BND-Mann? Hatte er den Stick schon kopiert? Den Inhalt mit Experten besprochen? Eins war klar, selbst wenn die Dinge noch nicht komplett aus dem Ruder gelaufen waren, blieb ihm nur noch der Sonntag, um alles ins Lot zu bringen. Sonst wäre seine Unantastbarkeit endgültig dahin. Auf dem Nachttisch brummte sein Handy. Wang bat um Rückruf nach dem Aufwachen.

»Herr Lee?«, fragte Wang überrascht. »So früh schon wach?«

Lee ignorierte die Bemerkung. »Sie wollten mich sprechen?«

»Ja, nach den gestrigen Fehlschlägen ist unser Freund um Wiedergutmachung bemüht. Er hat die Frau und ihren Begleiter gefunden«, sagte Wang und vermied wie üblich jegliche Namensnennung. »Das heißt, gesehen hat er bisher nur ihn. Aber er ist sich sicher, dass sie auch vor Ort ist.«

»Wo sind sie?«

»Bei ihrem Vater.«

Lee elektrisierte. Endlich ein Hoffnungsschimmer.

»Was ist der Plan?«

»Er sagte nur, er wird es dieses Mal nicht versauen.«

優越性

Sonntag, 7. Juni, 08:05, Wohnhaus, Berlin

Durch einen Schlitz in den Vorhängen bahnte sich die Sonne mit einer Lichtschneise den Weg zu Marias Kopfkissen. Irgendwann traf der helle Schein ihre Augenlider, und sie wachte auf. Der Platz neben ihr im Bett war verwaist. Sie schaute auf die Uhr des kleinen Digitalweckers auf dem Nachttisch und freute sich über zehn Stunden Schlaf.

Sie hüpfte unter die Dusche und zog sich an. Die nassen Haare unter einem Handtuchturban verborgen suchte sie ihren Vater und fand ihn in der Küche, einem schmalen lang gezogenen Raum im hinteren Teil des geräumigen Hauses, direkt neben dem Esszimmer. Das Fenster ging zum Vorgarten heraus. Die Sonne strahlte von einem wolkenlosen Himmel direkt in den Raum hinein. Staubteilchen schwebten im Gegenlicht. Lauenstein hatte sie nicht kommen hören. Maria beobachtete ihn im Türrahmen stehend, wie er mit schwerfälligen Bewegungen die Spülmaschine in der Mitte der Küchenzeile aus dunklem Holz ausräumte. Er trug eine schwarze Anzughose und ein weißes Hemd. Die Haare waren frisch gewaschen. Die Situation kam Maria unwirklich vor. Wie oft hatte sie ihm in ihrer Fantasie schon die Meinung gegeigt, ihm verbal den Schimmel auf ihrer Seele vor die Füße gekotzt. Und jetzt? Tat er ihr leid. Ein gebrechlicher älterer Herr, der gerade die Frau verloren hatte, mit der er seit Ewigkeiten sein Leben teilte.

Ein Leben, in der Zeit verblasst.

»Guten Morgen, kann ich bei irgendetwas helfen?«, fragte sie.

Er drehte sich zu ihr um, drei Teller in den Händen. Ein schwaches Lächeln huschte über sein Gesicht. »Guten Morgen, gut geschlafen?«

»Sehr gut, es ist so schön ruhig hier. Wo ist Robert?«

»Er hat sich meinen Wagen geliehen und wollte den Stick holen.«

»Wie lange er ist er schon weg?«

Ihr Vater zuckte mit den Achseln. »Eine Stunde etwa. Möchten Sie einen Kaffee?«

»Ja, sehr gerne.«

Aus einer Kaffeemaschine neben der Herdplatte zog er eine gläserne Kanne und schenkte ihr eine Tasse ein. Als er sie ihr reichte, berührten sich ihre Finger.

»Was machen Sie eigentlich beruflich?«, fragte er und zog seine Hand zurück.

»Ich bin Künstlerin, ich male und mache Musik.«

»Mmh«, brummte er, ob aus Ablehnung oder Zustimmung war für Maria nicht erkennbar. Er drehte ihr den Rücken zu und räumte weiter die Spülmaschine aus. Geschirr und Besteck wurden klappernd und klimpernd in Schränke und Schubladen geräumt; für eine Weile die einzigen Geräusche.

»Darf ich Sie etwas fragen?«, sagte Maria plötzlich ernst.

Er wandte sich ihr zu, in den Händen zwei Gläser. Bevor er etwas antworten konnte, fragte sie: »Hat Ihre Frau von mir gewusst?«

Sie schaute ihm direkt in seine großen hellen Augen.

Heribert Lauenstein hielt ihrem Blick stand, blieb aber zunächst stumm.

»Das war der Elefant in unserer Ehe«, sagte er schließlich. »Zumindest in den ersten Jahren nach unserer Rückkehr aus Wuhan.«

»Der Elefant?«, fragte Maria. »Was bedeutet das?«

»Das sagt man so, wenn etwas existiert, aber alle so tun, als existiere es nicht.«

»Ah, verstanden.«

»Gesprochen haben wir darüber nie. Aber ich bin mir ziemlich sicher, dass sie es gewusst hat. Sie haben die gleichen Augen wie ich, das wird Lore nicht entgangen sein, wenn Sie bei uns im Haus waren, weil Ihre Mutter keinen Aufpasser für Sie fand.«

Am liebsten hätte sie ihn gefragt, ob er ihrer Mutter damals absichtlich falsche Hoffnungen bezüglich eines gemeinsamen Lebens gemacht hatte, doch sie hielt sich zurück. Stattdessen fragte sie: »Wann ist Ihre Frau gestorben?«

Gerade als er antworten wollte, klingelte es an der Haustür.

»Das wird Robert sein«, meinte Maria. »Ich gehe und mache auf.«

»Nein«, antwortete er und hielt sie am Arm fest. »Ich mache das. Man kann nie wissen. Sie bleiben hier.«

Die Schritte ihres Vaters wurden auf dem Weg zur Haustür immer leiser.

»Kann ich Ihnen helfen?«, hörte sie gedämpft seine Stimme. Direkt im Anschluss ein seltsames Geräusch, wie ein Gummiball, der gegen eine Wand geschmissen wird. Gefolgt von einem lauten Poltern. Nach einer Schrecksekunde rannte sie los, durchquerte das Wohnzimmer. Ihr Vater lag im Flur. Die Haustür stand offen. Als sie näher kam, sah sie auf seinem Hemd in Brusthöhe einen roten Fleck. Er breitete sich aus wie Tinte auf einem Löschpapier.

»Vater!«, schrie sie und beugte sich über ihn.

Er schüttelte den Kopf, riss die Augen auf. Als sie begriff, was er ihr damit sagen wollte, war es bereits zu spät. Von hinten kam eine Hand und drückte ihr etwas vor den Mund. Der kratzige Stoff war das Letzte, was sie wahrnahm.

Dann wurde alles schwarz.

優越性

Sonntag, 7. Juni, 09:16, Park, Berlin

Eine junge Frau auf einem Fahrrad, neben sich einen Labrador im Laufschritt an der Leine, lächelte Lee zu, als sie ihm beim Joggen im Tiergarten begegnete. Er lächelte zurück, obwohl ihm überhaupt nicht zum Lachen zumute war. In seinem Bett hatte er es nicht mehr ausgehalten. Die Gedanken fuhren Achterbahn, jederzeit bereit, aus den Schienen zu springen. Was, wenn Chen den Stick nicht in die Finger bekam? Maria Lin mit ihren Informationen an die Öffentlichkeit ging? Peking erfuhr, dass *Happy Genes* aufgeflogen war? Seine Unantastbarkeit war ihm zwischenzeitlich nur noch wie der Fiebertraum eines Verrückten vorgekommen. Irgendwann war er aus dem Bett gesprungen und hatte mit wütenden, energischen Bewegungen die Vorhänge seiner Suite aufgerissen. Draußen schien endlich mal wieder die Sonne. Frische Luft würde ihm guttun. Er hatte die Joggingsachen aus dem Koffer geholt, sich sein Handy geschnappt und war ohne Ziel losgelaufen.

Die Luft war lau und duftete. In den Bäumen feierten die Vögel die Rückkehr des Sommers. Für die frühe Uhrzeit an einem Sonntag war der Park schon ordentlich bevölkert, jedenfalls kam es ihm so vor. Erste Sonnenanbeter belagerten die Sitzbänke. Viele waren sportlich unterwegs, auf Rädern, Inlinern, Skateboards. An einer Bank an einer Wegekreuzung lümmelte eine Gruppe Jugendlicher herum. Sie lachten rauchten, tranken. Aus einer kleinen Boombox dröhnte Technomusik; wahrscheinlich kamen sie gerade aus irgendeinem Club. Martin Zuber hatte ihn einmal mit ins Berghain genommen, aber da hatte sich Lee deplatziert gefühlt. Wenigstens das Zuber-Problem war gelöst, dachte Lee. Die körperliche Bewegung erfüllte ihn mit neuer Zuversicht. Wenn doch endlich Wang anrufen würde. Mit guten Nachrichten von Chen. Kaum war der Gedanke durch seinen Kopf geflitzt, klingelte sein Telefon. Wang? Er holte das Handy aus der Tasche seiner Jogginghose und schaute aufs Display. Es war nicht Wang. Die Nummer jagte seinen Puls in die Höhe.

»Hallo? Ja?«

»Bitte kommen Sie morgen in die chinesische Botschaft«, sagte Xis Assistent. »Zehn Uhr.«

»Wird der Präsident auch da sein?«

»Wir schicken Ihnen eine Limousine. Sie holt Sie um 9:45 Uhr in Ihrem Hotel ab.«

Dann war die Leitung tot.

Nachdem Lee den roten Knopf auf dem Display gedrückt hatte, ballte er die Faust wie einst Boris Becker nach einem Punktgewinn.

優越性

Sonntag, 7. Juni, 10:05, Industriebrache, Berlin

Zwei kräftige Ohrfeigen holten Maria aus der Bewusstlosigkeit. Erschrocken schlug sie die Augen auf und kniff sie sofort wieder zu. Gleißendes Licht leuchtete ihr entgegen. Sie wollte etwas sagen, doch bekam keinen Laut heraus. Was zum Teufel? Es roch muffig. Nach Dreck und Schutt. Mit einer Prise Exkrementen. Sie konnte kaum einen klaren Gedanken fassen. Zäh wie Teer krochen sie durch ihre Gehirnwindungen. Das letzte Bild, bevor alles schwarz wurde, tauchte auf. Ihr Vater am Boden, das Hemd blutgetränkt. Oh Gott, lebte er noch? Erst jetzt bemerkte sie das Stück Stoff in ihrem Mund. Ein Knebel. Sie wollte ihn herausnehmen, doch ihre Hände hinter ihrem Rücken ließen sich nur minimal bewegen. Ein Klirren verriet ihr die Handschellen. Sie versuchte den Knebel mit der Zunge herauszudrücken, doch nichts geschah. Auf ihren Wangen zog es dabei. Klebeband. Ein kühler Windzug stellte die Härchen auf ihrer Haut auf. Überall am Körper. Wie konnte das sein? Plötzlich war sie hellwach. Oh Gott, sie war nackt. Sie blinzelte ins Gegenlicht und schaute an sich herunter. Entdeckte Slip und BH. Sonst nichts. Was hatte man mit ihr angestellt?

»Ich nehme jetzt den Knebel aus deinem Mund«, sagte eine Stimme. »Du brauchst erst gar nicht zu schreien. Hier hört dich sowieso keiner. Hast du mich verstanden?«

Maria nickte kräftig. Sie spürte eine Hand an ihrer Wange, gefolgt von einem kurzen ziehenden Schmerz. Sie spuckte den

Knebel aus und blinzelte ins Licht. Direkt vor ihr ein Gesicht. Bullig. Asiatisch. Kalte schmale Augen. Sein Atem stank nach Nikotin. Sein Mund verzog sich zu einem bösen Grinsen, entblößte schiefe Zähne.

»Wer sind Sie?«, fragte sie, obwohl sie die Antwort kannte. Unter seinem linken Auge schimmerte auf dem Wangenknochen ein fetter Bluterguss.

»Halt's Maul. Ich stell hier die Fragen. Wo ist der Stick?«

»Ich weiß es nicht.«

Der Schlag kam schnell und ansatzlos. Das Klatschen der Ohrfeige hallte durch den Raum. Ihre linke Wange brannte wie Feuer.

»Die nächste wird härter. Also wo?«

Sie zögerte.

Die nächste Ohrfeige.

Maria schrie auf.

»Er hat ihn«, sagte sie schrill.

»Forster?«

»Ja.«

»Hat er den Stick schon kopiert?«

Maria schüttelte den Kopf.

»Warum bist du dir so sicher?«

»Der Stick ist passwortgeschützt. Er kennt das Passwort nicht.«

»Wer kennt das Passwort?«

»Nur ich.«

Er lachte kurz auf, doch in seinen Augen lag keine Fröhlichkeit. Sein Blick war eisig und musterte sie. »Gut. Wir rufen Forster jetzt an.«

Er hielt ihr das Handy vors Gesicht. Es entsperrte sich. Es war nur eine Nummer gespeichert.

Robert.

»Ach, die Turteltäubchen duzen sich schon. Wie nett«, sagte

er kalt und drückte den grünen Knopf auf dem Display. Er schaltete den Lautsprecher ein; das Läuten begann. Maria zitterte am ganzen Körper. Los, geh ran, betete sie innerlich. Es läutete scheinbar endlos, dann schaltete sich die Mailbox an.

»Er soll dich zurückrufen«, meinte der Asiate schnell, bevor der Piepton nach Roberts Ansage erklang.

»Robert, ruf mich an«, sagte sie mit zittriger Stimme. »Es ist dringend.«

優越性

Sonntag, 7. Juni, 10:21, Zentrum, Berlin

Aus den Augenwinkeln sah Robert beim Fahren eine Gestalt, die sich in dem Eingang eines geschlossenen Kaufhauses unter einem Zelt aus Pappe zusammengekrümmt hatte; sie huschte vorbei und war nur noch eine Erinnerung. Er suchte einen Ort, der geschäftig war, in dem er eine ruhige Ecke fand, an dem aber niemand sich später würde an ihn erinnern können. Weil niemand sich für den anderen interessierte. Seine Wahl fiel auf einen McDonalds. Die dunkelgrüne Mercedes-Limousine älteren Baujahrs von Marias Vater parkte er rund einhundert Meter vom Restaurant entfernt. Um diese frühe Uhrzeit herrschte kaum Betrieb. Eine Großfamilie belegte lärmend einen Tisch am Fenster zur Straße. Zwei Tische weiter aß ein alter Mann in einer abgenutzten Jeansjacke mit zittrigen Händen einen Burger. Robert suchte sich mit seinem Tablett einen Platz in der hintersten Ecke. Von hier aus hatte er alles im Blick. Zwei Tische weiter saß sich ein junges Pärchen gegenüber und schwieg sich an. Er muskelbepackt mit raspelkurzen Haaren und sie mit blondierter Mähne im bonbonfarbenen Minikleid. Beide starrten auf ihre Handys. Das Tippen ihrer künstlichen Fingernägel auf dem Display hallte durch den Raum.

Robert holte den roten USB-Stick aus der Tasche und legte ihn vor sich auf den Tisch. Wenn es stimmte, was Maria sagte, war es kein Wunder, dass der Stick bereits neun Menschen das Leben gekostet hatte.

Den Stick zu besorgen war einfacher gewesen, als er gedacht hatte. Den Vordereingang seines Apartmenthauses hatte ein Polizistenduo bewacht. Ihr Einsatzfahrzeug stand auf dem Bürgersteig direkt vor der Zugangstreppe wie auf einem Silbertablett. Eine Polizistin saß auf dem Beifahrersitz und spielte mit ihrem Handy, während ihr Kollege draußen an der Fahrertür lehnte und sein Gesicht in die Sonne hielt. Als unverdächtiger morgendlicher Spaziergänger war Robert in seiner Uniform mit Augenklappe auf der gegenüberliegenden Straßenseite an ihnen vorbeimarschiert. Erst als er außer Sichtweite war, nutzte er die erste Treppe herunter zum Flussufer. In der Gegenrichtung lief er zurück bis zur Rückseite seines Apartmenthauses und weiter bis zur nächsten Sitzbank. Ein herrlicher Sonnenplatz. Scheinbar das Wetter genießend hatte er die Rückseite des Apartmenthauses beobachtet. Eine halbe Stunde später war er überzeugt, dass sie unbewacht war. Er war durch den Hinterausgang hereinspaziert. Zu dieser frühen Uhrzeit war niemand im Haus unterwegs. Das Schloss seiner Wohnungstür war aufgesprengt worden. Zugehalten wurde die Tür von zwei breiten roten Klebebandstreifen mit dem Logo der Polizei. Die Versiegelung hatte er im Knick zwischen Tür und Rahmen vorsichtig aufgeschnitten, sich in seiner Wohnung aus dem Tresor rasch den roten Stick und einen weiteren Datenträger geschnappt. Beim Verlassen der Wohnung hatte er die Versiegelung wieder sorgfältig angedrückt. Der Aufbruch fiel nur noch bei genauerem Hinsehen auf. Auf demselben Weg, auf dem er gekommen war, hatte er das Apartmenthaus wieder verlassen und mit dem drei Straßen weiter geparkten Mercedes den nächsten McDonalds angesteuert.

Robert holte sein Handy hervor und schaltete es ein. Er musste Mohrmann anrufen, ein Treffen vereinbaren, Maria kontaktieren und ihr den Treffpunkt durchgeben. Zwei kurze Telefonate. Aber genug, um die Kavallerie zu alarmieren. Ihm blieben nur wenige Minuten, bevor sie angestürmt kam. Doch dann würde er mit seinem Wagen schon längst weg sein. Nach einigen Sekunden brummte, summte und piepste es; das Handy fand das Netz. Ein Anruf von Maria. Eine Sprachnachricht von ihr. Sie bat um Rückruf. Dringend. Zitterte ihre Stimme, oder täuschte er sich? Er scrollte nach der Nummer ihres neuen Prepaidhandys. Es klingelte. Nach dem vierten Klingeln wurde abgenommen.

»Maria?«

Die Stimme, die antwortete, ließ sein Blut in den Adern gefrieren.

»Bring mir den Stick«, sagte Cino. »Im Austausch für die Frau.«

優越性

Sonntag, 7. Juni, 10:35, Industriebrache, Berlin

Die verrußten oder mit Holzplatten vernagelten Fenster ließen kaum Licht in die riesige Halle. Maria setzte vorsichtig einen Fuß vor den anderen. Der Boden war mit Schutt und Müll gespickt. Zweimal war sie bereits zusammengezuckt, als sie auf etwas Scharfkantiges getreten war. Durch die Halle wehte ein kühler Luftzug, doch sie bemerkte es kaum. Ihr Herz raste. Die Panik in ihrem Inneren schlug hohe Wellen, und sie drohte, darin unterzugehen.

Was hatte er mit ihr vor?

»Vorwärts, schneller!«, herrschte ihr Entführer sie an und gab ihr einen Stoß in den Rücken. Mit ihren auf dem Rücken gefesselten Armen geriet sie ins Taumeln. Sie machte einen raschen Seitwärtsschritt, um das Gleichgewicht zu halten, und trat mit der rechten Fußsohle in eine Scherbe. Unter dem Klebeband schrie sie auf vor Schmerz.

»Weiter«, knurrte er, nachdem sie vor Schreck gestoppt hatte. Er griff ihren linken Oberarm und zerrte sie neben sich her. Panisch blickte Maria auf den Boden und versuchte weiteren Schmerzobjekten auszuweichen. Die Sohle unter dem rechten Fuß brannte wie Feuer.

Nach endlosen Schritten blieb er endlich stehen. Maria richtete ihren Blick in die Höhe. Sie stand vor einem gigantischen Bottich; die stählerne Außenwand beinahe vollständig von Rost überzogen. Drei, vielleicht vier Meter hoch. Eine eiserne Treppe zog sich im Halbrund an der Außenwand entlang. Aus dem Sockel kam ein leises Brummen, wie von einem Kühlschrank.

»Rein da!«, befahl er und zerrte sie nach rechts zu einem mannshohen Metallkäfig mit einer Bodenplatte aus Blech. Der Mann schubste sie durch eine Tür, die in den seitlichen Gitterstäben eingelassen war, und verschloss hinter ihr die Tür.

»Du Miststück hast doch nicht wirklich geglaubt, dass du unserem Land schaden kannst«, sagte er und entfernte sich einige Schritte von dem Käfig. Von der Decke baumelte an einem dicken Kabel eine klobige Fernbedienung mit drei großen Knöpfen. Der Mann drückte auf den obersten Knopf, und das Geräusch eines Motors erklang. Maria blickte nach oben. Ein Lastenkran setzte sich in Bewegung. Erst jetzt entdeckte sie die Kette oben an den Gitterstäben. Sie rasselte, während der Lastenkran sie einrollte. Die Kette spannte sich, und der Käfig hob leicht schaukelnd vom Boden ab. Maria verlor das Gleichgewicht und kippte gegen die Gitterstäbe. Vor Schreck und Schmerz schrie sie unter dem Klebeband auf. Mit den Füßen stieß sie ihren Körper von den Stäben ab und sah sie sich genauer an. Die Stäbe waren zur Innenseite gespickt mit Nägeln. Das fiese Lachen des Mannes gesellte sich zum Brummen des Motors.

»Ich könnte dir auch direkt eine Kugel in den Kopf jagen, so wie dem Professor«, meinte er und begann die Eisenstufen an der Seite des Bottichs emporzusteigen. »Aber so macht es mehr Spaß.«

Der Käfig erreichte die Oberkante des Bottichs. Maria blickte im Inneren auf eine spiegelnde Oberfläche. Wasser. Schwarz wie die Nacht. Kein Boden zu sehen. Der Mann erreichte das Ende der Treppe: Sein Oberkörper ragte über den Rand des Bottichs hinaus. Mit der Fernbedienung steuerte er den Käfig über die Mitte des Wassers. Dann stoppte er ihn abrupt. Der Käfig begann erneut zu schaukeln. Maria schaffte es, ihren Körper in der Mitte des Käfigs auszubalancieren, um nicht wieder gegen die Nägel zu fallen.

Er lachte schallend. »Gut gemacht. Aber dafür sind die Nägel nicht da.«

Er drückte auf den unteren Knopf der Fernbedienung, und der Käfig senkte sich herab. Was hatte er vor? Marias Herzschlag stürmte voller Panik davon. Sein Echo trommelte wild zwischen ihren Ohren.

優越性

Sonntag, 7. Juni, 10:39, Hotel, Berlin

In legerer Sommerkleidung, einer hellen Stoffhose und einem dunkelblauen Hemd, saß Lee frisch geduscht vor dem Hotel und frühstückte. Der Morgensport hatte ihn hungrig gemacht. Er saß allein an einem der quadratischen Holztische, vor sich einen Teller mit Rührei, eine Schüssel mit Obst und Müsli sowie ein Glas frisch gepresster Orangensaft. Zu seiner Linken strahlte das Brandenburger Tor in der morgendlichen Sonne. Der Sommer schien zurückgekehrt, die Luft war warm und weich. Der Pariser Platz füllte sich zunehmend; um diese Zeit waren vor allem Touristen unterwegs, häufig leicht erkennbar an den Rucksäcken auf ihren Schultern. Seit dem Anruf von Xis Assistenten war Lee bester Laune, verflogen all die Zweifel und Ängste der letzten Nacht. Alles würde gut werden. Jetzt musste nur noch Wang anrufen. Mit guten Nachrichten von Chen. Sein Handy lag mitten auf dem Tisch. Die Servicekraft räumte gerade seine leer gegessenen Teller und Schüsseln ab, als es brummte. Wangs Nummer leuchtete auf dem Display.

»Hallo? Ja?«

»Unser Freund sagt, Stick und Passwort waren bisher getrennt, deshalb gibt es keine Kopien. Er wird beide gleich zusammenbringen. Er möchte sichergehen, dass beide vernichtet werden sollen.«

»Natürlich«, entgegnete Lee.

»Sind Sie sicher?«

»Warum fragen Sie?«

»Das Passwort ist chinesisch, das ist kein Problem, aber der Stick ist deutsch. Und gehörte früher den Behörden.«

Jetzt verstand Lee. Er dachte einen Moment nach. Für *Happy Genes* war es das wert. Das würde auch die Partei so sehen. »Beide vernichten.«

»Alles klar, gebe ich so weiter. Unser Freund sagte, er würde bei der Vernichtung des Passwortes betont langsam vorgehen.«

»Das freut mich zu hören. Sonst noch etwas?«

»Ja, er meinte, nach der Erledigung würde er verschwinden.«

»Das ergibt Sinn«, meinte Lee. »War es das?«

»Ja.«

»Gut.« Mit einem Gefühl tiefer Zufriedenheit legte Lee auf. Endlich stand seiner Unantastbarkeit nichts mehr im Weg.

優越性

Sonntag, 7. Juni, 10:41, Industriebrache, Berlin

Der Käfig kam dem Wasser immer näher, begleitet vom Surren des Motors. Die Bodenplatte berührte die Oberfläche. Und versank darin. Das Wasser umspülte Marias Füße. Die Kälte versetzte ihr einen Schock. Das Wasser hatte nur wenige Grad. Unter dem Klebeband stöhnte sie auf. Ihre Atmung begann sich unkontrolliert zu beschleunigen. Das Klebeband vor ihrem Mund flatterte wie in einem Sturm.

»Eine unserer wirksamsten Methoden in den heimischen Lagern«, meinte der Asiate, während Marias Beine in dem eiskalten Wasser versanken. »Und auch hier hat sie schon mehrmals gut funktioniert. Kaum einer schafft es länger als dreißig Minuten. Retten wird dich auch keiner mehr. Hier kommt niemand rein. Das ganze Gelände gehört uns.«

Das Wasser hatte ihre Hüfte erreicht. Verzweifelt begann Maria unter Wasser auf der Stelle zu laufen. Um sich warm zu halten.

»Das wird dir auch nichts nützen«, sagte er und grinste hämisch. Das Wasser stieg an ihrem Körper immer höher, Bauch, Brüste, Schultern und mit ihm die Panik in ihrem Inneren. Langsam schob es sich ihren Hals hoch. Maria reckte verzweifelt das Kinn in die Höhe. Plötzlich verstummte der Motor, der Käfig stoppte. Ihr Kopf war noch so gerade über der Oberfläche.

»Wenn der Gefangene in der Heimat uns nicht sagt, was wir wissen wollen, bevor er in der Eiseskälte ohnmächtig wird, ertrinkt er.« Der Mann lachte höhnisch. »Man hat die Wahl, und anlehnen, um sich auszuruhen, kann man auch nicht.«

Sein Lachen wurde lauter.

»Aber von dir will ich ja gar nichts mehr wissen«, meinte er mit einem diabolischen Grinsen. »Dein Passwort brauchst du mir nicht zu verraten. Ohne dich ist der Stick sowieso wertlos.«

Plötzlich wurde sein Mund zu einem schmalen Strich.

»Jetzt hole ich mir deinen Freund und den Stick«, brummte er und funkelte sie zornig an. Sein Oberkörper verschwand hinter dem Rand des Bottichs. Seine Schritte klackten auf den Eisenstufen der Treppe.

»Viel Spaß beim Sterben«, rief er laut vom Fuße der Treppe.

Sein anschließendes boshaftes Lachen hallte noch eine Ewigkeit durch die riesige Halle.

優越性

Sonntag, 7. Juni, 10:47, Industriegebiet, Berlin

Den dunkelgrünen Mercedes ließ Robert in einer Seitenstraße stehen. Den Rest des Weges lief er zu Fuß. Die Straßen in diesem von Gewerbe dominierten Teil von Berlin waren wie jeden Sonntag menschenleer. Die Sonne brannte vom Himmel. Der Tag würde heiß werden. Robert begann unter der Augenklappe zu schwitzen. Er nahm sie ab und steckte sie ein. An der von Cino angegebenen Adresse ragten abgewrackte Produktionshallen in einen blauen Himmel; die Backsteinfassaden waren teilweise rußgeschwärzt, die Fenster vernagelt oder blind. Ein mannshoher verrosteter Zaun trennte die lang gestreckten Gebäude von der Straße. Robert lief auf dem Bürgersteig am Zaun entlang. Etwa in der Mitte der Längsseite entdeckte er eine Lücke. Ein kurzer Weg aus Betonplatten hin zu einer Doppeltür aus Stahl. Zwischen den Platten sprießte das Unkraut. Cino hatte ihm zwar einen Eingang auf der Rückseite genannt, aber vielleicht ergab sich hier ein Überraschungsmoment. Robert rüttelte am Türgriff, doch die Tür ließ sich nicht öffnen. Er lief zurück auf den Bürgersteig und weiter zum Ende des Gebäudes. Eine schmale Gasse führte zwischen der verlassenen Fabrik und einem Zaun zum Nachbargelände hindurch. Robert schlich an der Hauswand entlang. Nur das Pochen seines Herzschlages begleitete das Vortasten seiner Füße. Der Weg führte in einen mit Metallschrott zugestellten Innenhof an der Rückseite des Backsteingebäudes. Eine kleine verwitterte Spanplattentür führte ins Innere der Fabrik. Sie war nur angelehnt. Robert zog seine Waffe und entsicherte sie. Vorsichtig öffnete er die Tür und schlüpfte hindurch.

»Hallo?«

Gespenstische Stille. Und vollständige Dunkelheit. Nur durch die halb geöffnete Eingangstür fiel ein wenig Licht auf jede Menge Schutt und Schrott. Es stank nach Exkrementen. Robert wartete im Türrahmen, bis sich seine Augen an die Dunkelheit gewöhnt hatten. Vorsichtig setzte er einen Fuß vor den anderen.

»Hallo, zeig dich, wenn du hier bist«, rief er und lauschte dem Nachhall seiner Worte. Behutsam ging er ein paar Schritte weiter.

»Zeig mir Maria, und du bekommst den Stick.«

Wie damals in Afghanistan war es sein Instinkt, seine Erfahrung, sein Schutzengel oder was auch immer, das ihm das Leben rettete. Irgendetwas in ihm hatte den roten Punkt wahrgenommen, der an seiner Kleidung hochgewandert war. Bewusst gesehen hatte er ihn nicht. Robert warf sich mit aller Kraft nach links, bevor er den Schuss hörte. Er richtete sich auf einen schmerzhaften Aufprall auf dem Hallenboden ein, doch der kam nicht. Sein Fall ging weiter. Tiefer. Eine Grube. Die Panik schoss eruptionsartig von seinem Bauch hoch in den Kopf. Der Fall kam ihm endlos vor, er endete in einem ohrenbetäubenden Geschepper. Beim Aufprall durchzuckte ihn ein stechender Schmerz in der linken Wade. Robert schrie auf. Instinktiv hatte er seine Pistole umklammert; selbst der Schmerz des Aufpralls hatte ihn nicht veranlasst, sie loszulassen. Bis hier unten fiel nicht der geringste Lichtschein. Robert hob die Hand vors Gesicht, doch er konnte sie nicht erkennen. Jetzt musste es schnell gehen. Er wusste, dass ihm für die nächste Aktion nur wenige Sekunden blieben, bevor er zur Zielscheibe wurde. Er holte sein Handy hervor, schaltete die Taschenlampe ein und leuchte rasch die Umgebung ab. Erst langsam begriff er sein Glück. Er war auf einer großen Metallplatte gelandet. Sie lag auf diversem Bauschutt, größtenteils stählerne Baumatten, deren Enden steil in die Luft ragten. Wäre er etwas weiter rechts gelandet, hätten sie seinen Körper zu einem menschlichen Sieb gemacht. Eins dieser Enden hatte sich in den Wadenmuskel seines linken Unterschenkels gebohrt. Rasch knipste Robert das Licht wieder aus. Er versuchte sich zu bewegen, doch sein linkes Bein hing fest. Jede Bewegung jagte Schmerzensstöße über die Nervenbahnen direkt in sein Gehirn.

Robert versuchte, seine Panik zu unterdrücken. Das Blut pochte in seinen Kopf. Es wirbelte alles Denken durcheinander, machte ihn schwindelig. Er richtete den Oberkörper auf. Die rechte Hand tastete sich zu der schmerzenden Stelle an seinem Bein vor, berührte die Metallstange, die in seiner Wade steckte. Er fühlte sich wie ein Tier, gefangen in der Falle eines Jägers.

Mit einem Ruck riss er das linke Bein in die Höhe. Der Schmerz ließ ihn erneut aufschreien. Sterne flackerten vor seinen Augen. Gleichzeitig peitschten Schüsse über seinen Kopf hinweg. Sein Bein war jetzt frei. Nachdem der Schmerz nachgelassen und die flackernden Objekte sich aufgelöst hatten, robbte Robert vorsichtig auf der Metallplatte vorwärts und erreichte das Ende der Grube. Langsam drehte er seinen Körper um und lehnte sich mit dem Rücken an die Grubenwand. Sein Puls raste immer noch. Seine rechte Hand berührte die schmerzende Stelle am Unterschenkel. Eine warme Flüssigkeit quoll über seine Finger. Blut. Viel Blut. Die Wunde sendete einen pochenden Schmerz aus. Er brauchte dringend etwas zum Abbinden, mehr noch, er brauchte Hilfe. Ohne würde er es wahrscheinlich nicht schaffen, selbst wenn die Hilfe die Kavallerie war. Er schaltete das Display seines Handys ein. Die leuchtende Oberfläche machte ihn in der Dunkelheit zu einem einfachen Ziel. Mit raschen Bewegungen deaktivierte er den Flugmodus und schaltete das Display aus. Hoffentlich ortete ihn die Kavallerie zügig. Angespannt lauschte er in die Dunkelheit hinein. Da! Ein Geräusch! Oder doch nicht? Er bewegte das verletzte Bein, um das Pochen abzuschütteln, aber es verstärkte sich nur noch.

Doch, jetzt konnte er es hören.

Leise Schritte.

優越性

Sonntag, 7. Juni, 10:57, Industriebrache, Berlin

Unter dem Klebeband klapperten ihre Zähne aufeinander, ohne dass Maria es stoppen konnte. Die Kälte kroch wie ein lähmendes Gift durch ihren Körper. Betäubte die Glieder. Und immer mehr den Verstand. Verflucht, sie musste wach bleiben! Ihr Zeitgefühl erfror zusammen mit ihrem Körper. Wie lange war sie jetzt schon hier drin. Zehn Minuten? Fünfzehn? Was hatte er gesagt? Keiner schaffte mehr als dreißig. Die Angst in ihrem Inneren war wie ein aufgewühltes Meer. Auf ein Wellental, das halbwegs klare Gedanken zuließ, folgte sogleich der nächste Brecher; überspülte sie, raubte ihr den Verstand. Mal strampelte sie, um sich warm zu halten, dann wieder verhielt sie sich still, um Energie zu sparen. Doch ihr Körper hatte längst auf Automatik umgeschaltet. Muskelzittern sollte für Wärme sorgen. Das Geklapper ihre Zähne hallte in ihren Ohren. Der nächste innere Brecher kam. Überflutete sie mit Panik. Sie versuchte erneut zu strampeln, doch es war, als ob ihr Körper in zähflüssigem Gel steckte. War das das Ende? Ihre Atmung galoppierte erneut davon. Nein, zum Teufel noch mal! Kämpf! Robert, wo bist du? Der Funken Hoffnung war wie eine Wärmflasche. Sie wurde sofort wieder mit Eiswasser gefüllt. Der nächste Brecher überrollte sie. Oh Gott, ich schaffe es nicht. Das Zittern wurde immer stärker. Die Gedanken flossen nur noch zäh. Sie spürte, wie sich ihre Augenlider senkten. Es kam ihr vor wie in Zeitlupe. Sie versuchte, sie offen zu halten, doch es gelang ihr nicht.

Ihre Knie gaben nach. Ihr Kinn sackte auf die Brust, der Körper nach hinten weg.

Der Kopf versank im Wasser, der Körper erschlaffte. Plötzlich verspürte sie den Schmerz unzähliger Nadeln in ihrem Rücken. Es waren die Nägel an den Gitterstäben. Vor Schreck und Schmerz wachte Maria auf und merkte, wo sie war. Mit letzter Kraft stieß sie sich vom Boden ab und beförderten den Kopf über Wasser. Panisch sog sie die Luft in ihre Lungen. Ein Flehen aus tiefster Seele sprudelte an die Oberfläche ihres Bewusstseins.

Ein innerer Schrei.

Robert, wo bist du?

優越性

Sonntag, 7. Juni, 10:59, Industriebrache, Berlin

Die Schritte hatten sich der Grube genähert, waren dann aber verstummt. Erneut herrschte vollkommene Stille, als hätte jemand ein dickes Tuch über die Gegend gelegt. Endlich sendete die Umgebung ein Lebenszeichen. Ein Motorrad fuhr bollernd an dem Gebäude vorbei. Robert tippte auf eine Harley Davidson. Du hast schon ganz andere Situationen überstanden, machte er sich Mut. Doch ein anderer Teil von ihm widersprach: Du siehst nichts, bist verletzt und einem wahrscheinlich besser ausgestatteten Gegner unterlegen. Halt's Maul, schrie Robert stumm, einen Robert Forster musste man erst mal kriegen. Das wirkte, die Selbstbeschwörung funktionierte: Sein Puls wurde ruhiger, das Pochen im Bein schwächer. Das Bollern der Harley verklang. Die Umgebung versank erneut unter dem Tuch der Stille.

Plötzlich erklang Cinos Stimme: »Gib mir den Stick, und ich lasse dich leben, Forster.«

»Wo ist Maria?«

»Sie wartet hinten auf dich.«

»Ich will sie sehen. Hol sie her.«

»Vergiss es. Komm aus der Grube.«

Robert lauschte angestrengt. Er wusste nicht zu sagen, wie lange es so still war, aber plötzlich hörte er wieder etwas. Schritte. Behutsam gesetzt. Sie bewegten sich auf die Grube zu und konnten nicht mehr weit entfernt sein. Robert kalkulierte seine Chancen. Cino wusste nicht, wo genau in der Grube sich Robert befand, Robert aber hörte, aus welcher Richtung Cino kam. Dann konnte er es sogar sehen. Ein roter Punkt wischte auf dem gegenüberliegenden Grubenrand entlang. Der Punkt wurde langsam heller. Cino lief direkt auf die Grube zu, dachte Robert. Er legte den Kopf in den Nacken. Seine Hände umklammerten die Waffe und berührten fast seine Stirn. Er zielte auf den Grubenrand über ihm. Ein einzelner Schweißtropfen lief an seiner linken Schläfe herunter; er spürte ihn in übersteigerter Deutlichkeit, bis der Tropfen sich in seinem Haaransatz verfing. Plötzlich war der rote Punkt verschwunden. Jetzt, schoss es Robert durch den Kopf. Er setzte sich auf, zog das unverletzte Bein heran, stemmte sich hoch, wirbelte in einer schnellen Bewegung um einhundertachtzig Grad herum und schoss binnen weniger Sekunden sein ganzes Magazin leer, bevor er sich wieder auf die Stelle fallen ließ, an der er gesessen hatte. Erst jetzt reagierte sein Körper auf die Aktion. Sein Puls schoss in die Höhe. Der pochende Schmerz kehrte in den Unterschenkel zurück. Robert japste nach Luft. Er war sich nicht sicher, aber zwischen den Schüssen glaubte er, ein Stöhnen gehört zu haben. Sowie ein Poltern. Er horchte weiter in die Halle. Das schnelle Hämmern seines Herzens dröhnte in seinen Ohren. Robert tauschte leise das Magazin seiner Pistole aus. Seine Konzentration galt dabei seinem Hörsinn, doch außer den selbst verursachten Geräuschen nahm er nichts wahr. Auf einmal hörte er geflüsterte Worte voller Zorn. Ein leiser Fluch kroch bis zur Grube, gefolgt von einem Scharren. Vorsichtige Schritte. Griff Cino an? Robert spannte seinen Körper an, hielt die Waffe vor die Brust. Täuschte er sich, oder entfernten sich die Schritte? Er horchte mit aller Konzentration in die Halle. Nein, er irrte sich nicht. Die Schritte entfernten sich. War das eine Falle? Wollte Cino ihn nur aus der Grube locken? Dann verschaffte ihm ein Geräusch Klarheit. Eine Tür schlug zu. Plötzlich ahnte er, was Cino vorhatte.

Nein, er war sich ganz sicher.

Oh Gott! Maria!

優越性

Sonntag, 7. Juni, 11:03, Industriebrache, Berlin

Die letzte Panikwelle war schon eine Weile her. Inzwischen kam Maria ihr inneres Meer glatt wie ein Spiegel vor. Den stillen Hilfeschrei hatte sie wie ein Mantra ständig wiederholt. Zu Beginn spürte sie noch, wie er mit jedem Mal leiser und langsamer wurde. Sie kämpfte dagegen an, versuchte, ihn beim nächsten Mal in Gedanken lauter zu sagen und sich damit Mut zuzuschreien. Doch die Kälte war stärker. Inzwischen wisperte es nur noch in ihren Kopf. Ihr Zähneklappern hatte aufgehört. Zumindest nahm sie es nicht mehr wahr. Mit letzter Kraft versuchte sie, die Finger ihrer gefesselten Hände zu bewegen. Sie wusste nicht, warum sie es versuchte und ob es ihr gelang. Sie spürte sie nicht mehr. Wie auch alles andere. Keine Zehe, keinen Arm, kein Bein. Nichts. Ihr Kinn versank langsam im Wasser. Gefolgt von Mund, Nase, Augen. Zum Schluss die Stirn. Sie schwebte. Gelöst von allem. Ohne Schmerz. Ohne Kälte. Jetzt fachte jemand in ihrem Inneren einen Ofen an. Wohlige Wärme strömte von der Körpermitte bis in die entferntesten Glieder. Sie ließ sie lächeln. Ihre glatten Haare schwammen noch eine Weile auf der Oberfläche, dann wurden auch sie vom Körper in die Tiefe gezogen. Ein heller Punkt erschien. Weit entfernt. Dehnte sich aus, veränderte seine Form. Ein leuchtender Gang. Sie lief ihn entlang. Beseelt. Ein Gefühl tiefen Friedens durchströmte sie. Mit jedem Schritt wurde der Gang heller. Und breiter. Und länger. Gelächter erklang. Stimmen riefen ihren Namen, doch sie konnte niemanden sehen. Das Licht war zu gleißend. Sie lief weiter, aber ihre Schritte berührten keinen Boden. Sie schwebte. Musik ertönte. Wunderschöne Klänge, herzzerreißend schön. Immer mehr Instrumente kamen hinzu und spielten groß auf.

Plötzlich brach die Musik ab.

Das Licht erlosch.

Dann war alles schwarz.

Und still.

優越性

Sonntag, 7. Juni, 11:06, Industriebrache, Berlin

Wenn Cino Maria tötete, war der Stick wertlos. Robert durfte keine Zeit mehr verlieren. Zur Sicherheit schaltete er die Taschenlampe seines Handys ein und schob es am ausgestreckten Arm über den Grubenrand. Bei einer Falle müsste ein Schuss folgen. Nichts geschah. Robert ließ das Handy mit dem Lichtstrahl auf der Grubenkante liegen, bewegte sich fünf Schritte nach links und kletterte mit der Waffe in der Hand aus der Grube. Mit der freien Hand las er das Telefon vom Boden auf und leuchtete durch den Raum. Hinter einem kniehohen Schutthaufen entdeckte er eine Tür. Sein linkes Bein schmerzte bei jedem Schritt. Die Verletzung ließ ihn humpeln. Unter seinen Füßen knirschte Geröll. Er stellte sich neben die Tür, drückte die Klinke herunter und stieß sie auf. Licht fiel in den Raum. Robert schaltete die Taschenlampe aus und lauschte. Er hörte Schritte, die sich in einem asymmetrischen Rhythmus entfernten. Gut, dachte Robert, auch Cino humpelte. Langsam schob er seinen Kopf hinter dem Türrahmen vor und blickte in eine riesige Halle, in deren Mitte ein gigantischer Bottich stand. Cino steuerte geradewegs darauf zu, er zog das rechte Bein nach. Robert nahm hinkend und mit gezückter Waffe die Verfolgung auf. Cino warf einen Blick über seine Schulter. So schnell es die Verletzung zuließ, drehte er sich um und feuerte in Roberts Richtung. Robert humpelte schnell zur Seite und fand Schutz hinter einem ausgeweideten Schaltschrank. Die

Schüsse prallten mit einem hellen Geräusch an der Metallhülle des Schranks ab. Funken sprühten. Cino drehte sich wieder um und setzte seinen Weg fort. Robert beobachtete ihn von seinem Versteck aus. Cino erreichte den Fuß einer Treppe am Bottich; sie lief im Halbrund die Außenhülle hoch. So schnell er konnte, hinkte er die Stufen hoch. Jetzt wusste Robert, wo Maria war. Er verließ sein Versteck und feuerte auf Cino. Seine Schüsse peitschten durch die Luft, die Funken an der Außenwand des Bottichs verrieten die Fehlschüsse. Auf der obersten Stufe drehte Cino sich um und erwiderte das Feuer. Robert warf sich auf den Boden. Cino stand jetzt oben auf der Treppe. Sein Arm mit der Waffe senkte sich hinunter zum Inneren des Bottichs. Robert zielte im Liegen, kniff das linke Auge zu und gab zwei gezielte Schüsse ab. Die erste Kugel verfehlte Cinos Hand mit der Waffe, die zweite traf seinen Hals. Cino schrie auf. Sein Körper kippte nach hinten weg und polterte die Treppenstufen herab. Am Fuß der Treppe kam er zum Liegen. Robert rappelte sich vom Boden auf und humpelte mit ausgestreckter Waffe auf Cino zu. Aus dessen Hals sprudelte Blut im Rhythmus des Herzschlags. Cino presste die Hand darauf, doch es half nichts. Die Waffe hatte er beim Sturz verloren. Sie lag nur einen knappen Meter neben ihm. Robert stellte sich vor ihn hin und zielte auf seinen Kopf.

»Los, erschieß mich«, flüsterte Cino. »Du kommst sowieso zu spät.«

Beim Sprechen zeigte Cino blutverschmierte Zähne. Robert kickte mit dem unverletzten Bein Cinos Waffe weg. Sie schlitterte mehrere Meter über den Boden und verschwand unter einem rostigen Schrank. So schnell es ging, humpelte Robert die Treppe hoch. Jeder Schritt schmerzte, die Wunde pochte, doch Robert spürte es nicht. Er hatte nur einen Gedanken: Maria! Endlich oben angekommen blickte er auf eine glatte Wasseroberfläche. Darin schienen Gitterstäbe zu schwimmen. Dann entdeckte er die Fernbedienung, die vor ihm hing. Er drückte auf den obersten Knopf. Das Surren eines Motors erklang. Die Gitterstäbe setzten sich in Bewegung. Langsam kam ein Käfig zum Vorschein. Robert wusste, was ihn erwartete. Er betete still. Schließlich tauchte Marias zusammengesunkener, nur mit Slip und BH bekleideter Körper aus der dunklen Flüssigkeit auf. Sie lag auf dem Boden des Käfigs und rührte sich nicht. Ihre Haut war grau wie die einer Leiche. Bitte nicht! Mit der Fernbedienung steuerte Robert den Käfig über den Rand des Bottichs. Die Zeit kam ihm vor wie verklebt. Jede Sekunde zog mühsam die nächste hinter sich her. Los, nun mach schon, fluchte Robert. Jeder Augenblick zählte. Während er die Treppe herunterhinkte, senkte er den Käfig an der Außenwand des Bottichs ab. Mit einem dumpfen Schlag setzte der Käfig auf. Robert riss die Tür des Käfigs auf, zog den leblosen Körper hervor. Er legte Maria auf den nackten Betonboden und riss ihr den Klebestreifen vom Mund. Kein Atem. Er umfasste ihr rechtes Handgelenk. Kein Puls. Nein, Maria, nicht sterben!, bat er still. Robert hatte keine Ahnung, wie lange sie schon unter Wasser gewesen war, aber ihr Körper war eiskalt, die Lippen violett und die Pupillen starr. Mit übereinandergelegten Händen auf ihrer Brust begann er mit einer Herzmassage. Rhythmisches Pumpen. Dann öffnete er ihren Mund, drückte seinen auf ihren und hauchte ihr Atem ein. Wieder pumpen. Wieder beatmen. Nichts geschah. Maria, komm schon, wach auf!, flehte er. Er pumpte weiter. Seine Bewegungen wurden immer verzweifelter. Tränen schossen ihm in den Augen. Das Geräusch hinter ihm nahm er nicht wahr. Zu sehr war er mit Maria beschäftigt. Erneut beugte er sich herab, legte seinen Mund auf ihren. Hauchte ihr Atem ein. Plötzlich ein Röcheln aus ihrem Mund. Kombiniert mit einem zweiten Geräusch.

Hinter ihm.

Jetzt registrierte er es.

Als er seinen Fehler bemerkte, war es bereits zu spät. Ein harter Schlag traf ihn im Nacken, der Schmerz explodierte in seinem Kopf.

優越性

Sonntag, 7. Juni, 11:12, Industriebrache, Berlin

Etwas raste in Lichtgeschwindigkeit mit eingeschalteten Scheinwerfern auf sie zu.

Von schwarz zu gleißend in Nanosekunden.

Es brachte Marias Herz zum Schlagen.

Aus ihrem Mund drang ein Röcheln. Ihr Oberkörper krampfte zusammen. Aus ihrem Mund schoss eine Wasserfontäne. Unbewusst nahm sie neben sich das Geräusch eines dumpfen Schlages wahr. Gefolgt von einem Poltern. Etwas Schweres in ihrer Nähe fiel zu Boden.

Maria hustete und prustete.

Sauerstoff schoss mit einem saugenden Geräusch in ihre Lungen.

Wo bin ich?

Schockgefrorene Erinnerungsfetzen blitzten in ihren Gedanken auf.

Die Halle!

Der Käfig!

Irgendjemand hatte sie gerettet!

Robert?!

Sie wollte ihre Arme bewegen, doch die waren wie gelähmt. Erst jetzt spürte sie die Eiseskälte. Sie zitterte am ganzen Körper. Ihr Blick war verschwommen, wie hinter Milchglas. Sie hörte keuchende Atmung, gefolgt von dumpfen Schlägen. Zwei Menschen kämpften. Sie versuchte den Kopf zu heben, doch sie war zu schwach. Ein Schuss knallte durch die Halle, dann noch einer. Maria hörte einen kurzen Schmerzensschrei, dann schlug ein Körper hart auf dem Boden auf. Bitte! Lass es nicht Robert sein! Sie sah immer noch alles unscharf, mit Blinzeln versuchte sie den Schleier zu zerreißen. Es nutzte nichts. Sie nahm nur Schemen wahr. Eine Gestalt kam auf sie zu. Blockierte das Sonnenlicht. Kniete sich neben sie. Ein Gesicht näherte sich, kam ganz nahe.

Dann erkannte sie es.

優越性

Sonntag, 7. Juni, 11:13, Industriebrache, Berlin

»Ich bin es«, flüsterte Robert. »Du bist in Sicherheit.«

Er sah sich um und entdeckte neben einem rostigen Schaltschrank eine große Pappe. Robert stand auf, hinkte zu der Pappe und schleifte sie hinter sich her bis zu Maria. Vorsichtig schob Robert seine Arme unter ihren Körper und hob ihn auf die Pappe. Er musste sie irgendwie aufwärmen, mit irgendetwas zudecken.

»Bleib wach«, sagte er. »Du schaffst das.«

Er warf einen raschen Blick zu Cino. Der lag mit aufgerissenen Augen da. Aus dem Hals sickerte kein Blut mehr. Das Gesicht war grau, der Blick starr. Mit wenigen Schritten war Robert bei ihm. Er fühlte keinen Puls mehr und schloss seine Augen. Dann begann er, ihn zu durchsuchen. In der Vordertasche von Cinos Hose wurde Robert fündig. Schnell lief er zurück zu Maria. Ihre Augen waren geschlossen, ihre Brust hob und senkte sich in einem ruhigen Rhythmus.

»Ich bin gleich zurück«, sagte er leise.

Er humpelte durch die Halle und musste höllisch aufpassen, nicht über Schutt oder Schrott zu stolpern. Vor Schmerz wurde ihm schwindelig, und er musste kurz stehen bleiben. Tief durchatmen. Dann lief er weiter. Endlich entdeckte er eine Tür in der Rückseite der Halle. Sie war nur angelehnt. Mit einem Fuß stieß er sie auf und trat ins Freie. Richtig getippt: Vor ihm stand Cinos Wagen. Dahinter lag eine Freifläche. Überall sprießte Unkraut durch löchrigen Asphalt, der bis zu einem mannshohen

Zaun mit einem Tor am Ende des Fabrikgeländes reichte. Darüber strahlte ein wolkenloser Himmel. Hastig stieg Robert in das Auto, startete den Motor und stellte die Heizung auf die höchste Stufe. Sofort stieg er wieder aus und öffnete den Kofferraum. In der hinteren Ecke lag eine muffig riechende Decke. Der Geruch verursachte ihm erneut Schwindel, und er musste sich kurz am Wagen festhalten. Er blickte zurück zur Hallentür. Eine Blutspur zog sich bis zu seinen Füßen. Er brauchte endlich etwas zum Abbinden. Im Kofferraum fand er ein schmutziges Handtuch voller dunkler Flecken, das er unterhalb seines linken Knies so fest verknotete, wie er konnte. Dann breitete er die Decke auf der Rücksitzbank aus und ließ die hintere Beifahrertür offen, bevor er zu Maria zurückhumpelte. Sie hatte keinen Muskel bewegt, war starr wie eine Mumie. War sie überhaupt bei Bewusstsein?

»Maria?«

Keine Reaktion. Er schob seine Arme unter ihren Rücken und ihre Kniekehlen, dann trug er sie nach draußen. Jeder Schritt schmerzte. Vorsichtig hob er sie auf die Rückbank und wickelte sie in die Decke ein. Der Innenraum begann bereits, warm zu werden. Vorsichtig schloss er die Autotür und stieg vorne ein.

»Bist du wach?«, fragte er, beugte sich nach hinten und streichelte ihr die Wange. Sie schlug die Augen auf, der Blick wie aus einer fremden Welt.

»Wo bin ich?« Ihre Worte waren nicht einmal ein Flüstern, eher ein Hauchen.

»In Sicherheit.«

»Was ist mit dem Mann?« Sprechen bereitete ihr sichtlich Mühe.

»Er ist tot.«

»Er hat Gohring umgebracht.«

»Woher weißt du das?«

»Hat er mir gesagt«, flüsterte sie.

Dreckskerl, dachte Robert. Gut, dass er tot war. Erst jetzt

wurde er sich bewusst, was das bedeutete. Seine Fokussierung auf Maria hatte der guten Nachricht nicht erlaubt, in seinen Verstand einzutreten, doch jetzt fand sie einen Spalt in seinen Gedanken und zischte hinein.

Das Cino-Problem war gelöst.

Roberts Mundwinkel zuckten zu einem Lächeln auseinander, doch sofort wurde er wieder ernst. In der Ferne tauchten Polizeisirenen auf. Sie hielten ihn immer noch für einen Mörder. Er durfte sich jetzt keinen Fehler leisten. Keine Zweideutigkeit. Die Sirenen kamen schnell näher.

»Wenn die Polizei dich befragt«, sagte Robert und drehte sich zu Maria auf der Rücksitzbank um, »dann tu so, als könntest du kein Deutsch. Rede Chinesisch mit ihnen. Bis sie an einem Wochenende einen Dolmetscher aufgetrieben haben, wird es dauern. Wenn überhaupt. Überlass mir das Reden. Einverstanden?«

»Ja«, antwortete sie mit dünner Stimme.

Robert startete den Wagen und fuhr über die Betonplatten zum Eingangstor. Wenige Meter vor der Straße stoppte er. Hinter dem Bürgersteig auf der anderen Straßenseite hob sich eine riesige Halle in den Himmel. Ihre Metallhülle glänzte im Sonnenlicht. Polizeisirenen übertönten bereits alle anderen Geräusche, sie mussten bald da sein. Als auf der Hallenwand gegenüber die ersten blau-weiße Fanfaren auftauchten, stieg Robert aus. Er stellte sich vor den Audi und streckte die Arme in die Höhe. Unzählige Polizeifahrzeuge rasten heran und bremsten scharf ab. Die Beamten sprangen mit gezückten Waffen heraus.

»Los, hinknien, sofort!«, brüllte der vorderste.

Robert blieb stehen.

»Auf der Rücksitzbank liegt eine Frau«, rief er. »Sie war stark unterkühlt. Ich habe sie wiederbelebt. Sie braucht einen Krankenwagen. Schnell.«

Dann kniete er sich hin, die Arme weiterhin nach oben gereckt.

»Sind Sie bewaffnet?«

»Ja.«

»Die Waffe ganz langsam hervorholen und auf den Boden legen.«

Robert senkte den rechten Arm, steckte die Hand langsam in die Tasche seiner Uniform. Unzählige Waffen waren auf ihn gerichtet. Der vorderste Polizist näherte sich ihm vorsichtig, die Miene angespannt, der Blick konzentriert. Seine Pistole zielte auf Roberts Kopf. Robert zog die Hand mit seiner Waffe aus der Tasche. Plötzlich wurde ihm erneut schwindelig. Er ließ den linken Arm sinken.

Und wurde ohnmächtig.

Das Letzte, was er hörte, war ein Schuss.

優越性

Sonntag, 7. Juni, 20:03, Krankenhaus, Berlin

Ein leiser, regelmäßiger Piepton und eine geflüsterte Unterhaltung war alles, was sie hörte. Maria öffnete die Augen einen Spalt, regte sich sonst aber nicht. Ein Bildschirm neben ihrem Bett warf einen schwachen Lichtschein in ihr Krankenzimmer. Am Fußende ihres Bettes standen zwei Männer in dunklen Anzügen.

»Habt ihr einen Dolmetscher angefordert?«, flüsterte der Größere von beiden.

»Ja, aber das kannst du an einem Sonntag vergessen«, antwortete der zweite Mann leise. »Das wird erst morgen etwas.«

Auf alle Fragen im Krankenwagen und später im Krankenhaus hatte Maria mit schwacher Stimme auf Chinesisch geantwortet. Man hatte es auch auf Englisch versucht, doch sie blieb bei Mandarin. Zwischenzeitlich war sie immer wieder eingenickt. Die Personen in ihrem Zimmer hatten geglaubt, ungestört reden zu können; die Patientin verstand eh nichts. In den Wachphasen hatte sie interessante Dinge erfahren. Man hatte sie behutsam aufgewärmt. Wenn man sehr stark unterkühlte Menschen zu schnell aufwärmte, hatte eine Ärztin einem Pfleger in ihrem Zimmer erklärt, bestand die Gefahr, dass der Kreislauf kollabierte und der Patient starb. Die große Kälte sei aber auch ihre Rettung gewesen, führte sie weiter aus. Deshalb hätte sie einen relativ langen Herzstillstand auch ohne Schäden fürs Gehirn überleben können. Jetzt standen keine Ärzte an ihrem Bett, so viel war klar. Wer waren sie? Polizei? Geheimdienst?

»Glatzes Leute wollen, dass das unter der Decke bleibt. Davon darf nichts an die Presse. Vor allem nicht, solange Xi hier ist.«

»Und was ist mit ihr?«

»Keine Ahnung, das wird wohl morgen entschieden.«

Ein Handy brummte.

»Hallo?«

Für eine Weile blieb es still.

»Gut, danke für die Infos. Tschüss.«

»Was ist los?«, fragte der zweite Mann leise.

»Die Ballistik hat ergeben, dass der tote Chinese den Professor umgebracht hat. Die Frau hier hat damit anscheinend nichts zu tun, und der Mann, der mit ihr verhaftet wurde, auch nicht. Der war mal früher einer von uns.«

Früher, fragte sich Maria, was heißt das? Bevor sie weiter darüber nachdenken konnte, fuhr der Mann fort: »Der Täter war mal beim chinesischen Auslandsgeheimdienst. Vielleicht war er es noch.«

»So eine Scheiße! Der chinesische Geheimdienst killt auf deutschem Boden deutsche Staatsbürger?«

»Sieht ganz so aus. Und er hätte beinahe noch einen getötet.«

»Wie bitte?«

»Auf Zimmer 322 liegt ein Patient, Heribert Lauenstein. Der wurde heute angeschossen. Mit derselben Waffe, mit der auch der Professor getötet wurde.«

»Habt ihr ihn schon verhört?«

»Nein, erst morgen. Er war heute noch nicht ansprechbar. Der Typ hat großes Glück gehabt. Die Kugel hat sein Herz knapp verfehlt und auch sonst keinen großen Schaden angerichtet.«

Maria hätte am liebsten einen lauten Freudenschrei ausgestoßen, doch sie blieb stumm. Nur das Ballen einer Faust unter der Decke zeigte ihre Freude, aber diese Geste blieb den beiden Männern verborgen.

»Was hat dieser Lauenstein gemacht?«

»Der ist Rentner, der war früher mal Niederlassungsleiter eines deutschen Pharmaunternehmens in Wuhan. Keine Ahnung, in welchem Zusammenhang er mit dem Professor steht. Wir fischen noch im Trüben.«

»Das wird Glatzes Leuten aber gar nicht gefallen. Eigentlich müssten sie das morgen Vormittag ansprechen. Nicht bei Xi direkt, aber zumindest bei seinen Leuten.«

»Du weißt, wie sehr die Chinesen es hassen, das Gesicht zu verlieren. Was, wenn sie sich dafür rächen?«

»Gut, dann muss das auf einen ganz kleinen Kreis beschränkt bleiben. Das Wichtigste ist, dass nichts davon an die Öffentlichkeit dringt.«

優越性

Montag, 8. Juni, 07:19, Wohnung, Berlin

Die Wunden unter seinen Verbänden gaben verschiedene Signale von sich, die Verletzung im Bein pochte und die am Arm brannte. Der übereifrige Polizist aus der zweiten Reihe hatte Roberts Ohnmachtsanfall falsch interpretiert und auf ihn geschossen. Ein Streifschuss am Oberarm war das Ergebnis. Robert saß mit einer Sonnenbrille im Bademantel auf dem Balkon seiner Wohnung, in den Händen eine Tasse Kaffee. Die Schiebetür zum Wohnzimmer stand sperrangelweit offen. Die Sonne strahlte um diese Uhrzeit beinahe horizontal herein. Ihr Licht brach sich in der gläsernen Balustrade und zauberte Prismen auf den Boden. Das Wasser im Kanal zu seinen Füßen glitzerte silbern.

Nachdem die Ärzte im Krankenhaus mit Bluttransfusionen seinen Kreislauf stabilisiert hatten, war er aufgewacht. In den Befragungen der Polizei, zunächst noch in Handschellen, konnte er sämtliche Verdachtsmomente gegen Maria und sich ausräumen. Die ballistische Untersuchung von Chens Waffe bestätigte Roberts Schilderung von Professor Gohrings Erschießung. Nebenher erfuhr er, dass Maria auf Zimmer 519 lag. Gerade als er den Ermittlern von der Ermordung Martin Zubers berichten wollte, waren zwei Männer in schwarzen Anzügen, ohne an der Tür zu klopfen, in seinem Krankenhauszimmer aufgetaucht und hatten die Vernehmung unterbrochen. Hatten Ausweise gezückt und die Polizisten aus dem Zimmer geschickt. Die beiden Männer, Robert schätzte sie in ihren Fünfzigern, hatten ihm erklärt, dass alles, was mit dem Fall zusammenhing, zur Verschlusssache im Interesse der nationalen Sicherheit erklärt worden sei. Er dürfe mit niemandem darüber reden. Sie waren doch mal einer von uns, meinte der Größere von den beiden, Sie kennen das doch. Quid pro quo, entschied er. Wenn er nichts sagen durfte, würde er ihnen auch nichts sagen. Den roten USB-Stick hatte er ihnen ebenso verschwiegen wie die Ermordung Martin Zubers und den Fundort seiner Leiche. Nachdem sie weg waren, hatte er um seine Entlassung aus dem Krankenhaus gebeten. Er musste ein Formular unterschreiben, dass es auf eigene Verantwortung geschah, und war spätabends in seiner Wohnung eingetroffen.

Gleich nach dem Wachwerden hatte er im Krankenhaus angerufen und sich mit Zimmer 519 verbinden lassen. Ob sie schon zusammen mit einem Dolmetscher vernommen worden sei, lautete seine erste Frage. Maria hatte verneint. Dann werden sie bald kommen, hatte er gemeint, und ihr Ratschläge für die Vernehmung erteilt, die auf eine einfache Formel hinausliefen: Spiel die Ahnungslose.

An seiner Wohnungstür klingelte es. Robert humpelte durch seine Wohnung. Vor der Tür räumte er den schweren Sessel zur Seite, mit dem er die Tür als Ersatz für das fehlende Schloss absperrte.

»Guten Morgen, Herr Forster.«

Es war die neugierige Alte von schräg gegenüber, die in dem Komplex gerne die Blockwärterin gab. Sie war in ihren Siebzigern, vielleicht auch schon darüber, genau wusste es niemand. Ihr verrunzeltes Gesicht ließ eine realistische Schätzung nur schwer zu.

»Was war denn hier vorgestern los?«, fragte sie streng.

Robert hätte sie am liebsten zum Teufel geschickt, doch er hielt sich zurück.

»Das war eine Verwechslung«, entgegnete er freundlich. »Irgendein Trottel bei der Polizei hat einen falschen Robert Forster für eine Verhaftung herausgesucht. Und jetzt entschuldigen Sie mich bitte. Ich habe zu tun.«

Er schmiss ihr die Tür vor der Nase zu und schob den Sessel wieder in Position. Auf dem Weg zurück zum Balkon erregte etwas in seinen Augenwinkeln seine Aufmerksamkeit. Der Fernseher lief, seitdem er wach war, stumm vor sich hin. Ein Reporter redete mit ernstem Gesicht in die Kamera. Hinter ihm kollabierten Wohnhäuser. Riesige Schutthaufen. Darauf kletterten Männer herum, gruben mit nackten Händen in den Trümmern. Dazwischen Männer mit weißen Westen, auf denen ein großer roten Halbmond prangte. Robert schnappte sich die Fernbedienung und schaltete den Ton ein.

»… mit der Stärke 7,1 hat die Menschen im Schlaf überrascht. Hier in der Stadt Peschawar sind nach ersten Einschätzungen rund die Hälfte aller Gebäude kollabiert.«

Hinter dem Reporter lief ein Mann durchs Bild. An der Hand ein Mädchen, acht, neun Jahre alt. Als sie hinter dem Rücken des Reporters wieder auftauchte, schaute sie direkt in die Kamera. In ihrem Blick Schock, Angst, Trauer.

Robert erstarrte.

Aylien?

»Aylien!«, schrie Robert.

Der Vater zerrte das Mädchen weiter.

Es verschwand aus dem Bild.

優越性

Montag, 8. Juni, 09:33, Zentrum, Berlin

Die schwere Limousine mit Lee im Fond glitt die Straße Unter den Linden entlang. Im wolkenlosen Himmel über dem Prachtboulevard flossen alle Schattierungen von Blau sanft ineinander. Lee hatte sich mächtig herausgeputzt; schließlich traf man nicht alle Tage den Präsidenten seines Landes. Heute würde er ein Unantastbarer werden, und nichts konnte ihn aufhalten. Der geächtete Bastard aufgestiegen in die höchsten Zirkel der Macht. Wenn das seine Mutter noch erlebt hätte. Der Gedanke an seine Mutter ließ ihn an seine Frau denken. Seit zwei Tagen hatte er nichts mehr von ihr gehört. Er verspürte plötzlich Sehnsucht nach ihr und bat den Fahrer, die Trennscheibe hinter den Vordersitzen hochzufahren, um ungestört zu sein. Auf seinem Handy suchte er ihre Nummer und rief an. Ihre Mailbox schaltete sich ein. Er hinterließ ihr eine Nachricht. Er liebe sie sehr, morgen sei er wieder zu Hause und könne es kaum erwarten.

Auf der Spandauer Straße geriet der Wagen vor einer Baustelle in einen Stau. An der dunkelsten Stelle von Lees Gedächtnis kratzte etwas, nicht das erste Mal heute. Die Tatsache, dass Wang seit gestern nichts mehr von Chen gehört hatte, schabte immer wieder an seinem Bewusstsein. Wang hatte schon mehrfach versucht, Chen für eine Vollzugsmeldung zu kontaktieren, doch er erreichte stets nur die Mailbox. War er schon kurzfristig abberufen worden, wie Xis Assistent es angekündigt hatte, fragte sich Lee. Ja, das wird es wohl sein, sagte er sich und verscheuchte damit den Gedanken an Chen wie eine lästige Fliege. Stattdessen konzentrierte er sich auf das bevorstehende Treffen. Würde Xi nur für sich einen Anteil verlangen? Oder für den gesamten Ständigen Ausschuss? Es war Lee egal. Er würde ihnen geben, was sie verlangten. Geben müssen, das war ihm klar. Sie erreichten die Straße Märkisches Ufer. Links glitzerte die Spree hinter einer Baumreihe im Sonnenlicht, auf der anderen Seite ragte die chinesische Botschaft mit ihrer hellgrauen Fassade in den Himmel. In den unzähligen Fenstern spiegelte sich die Umgebung. Lee war zum ersten Mal hier. Er fand die Architektur des Gebäudes enttäuschend, als ob man eine Versicherungszentrale aufsuchte. Der Wagen bog in die Einfahrt, und ein schweres Metalltor mit Gitterstäben öffnete sich. Das Auto glitt in einen Innenhof. Ein athletischer Mann mit Militärhaarschnitt, dessen Muskeln seinen Anzug spannten, begrüßte ihn beim Aussteigen aus der Limousine mit einer Verbeugung und geleitete ihn ins Innere des riesigen Gebäudekomplexes. Er stellte sich nicht vor und redete nicht. Auf dem Weg zum Fahrstuhl klackten die Absätze von Lees Lederschuhen laut auf dem glänzenden Steinboden. Die Fahrt endete im fünften Stock. Der muskulöse Mann führte ihn durch verzweigte Gänge bis vor eine braune Tür. Mit einer Handbewegung bedeutete er Lee einzutreten. Der Mann drehte sich um und verschwand den Gang herunter. Lees Herz fing heftig an zu klopfen. Hinter dieser Tür würde endlich sein Traum wahr werden. Tom Lee, der Unantastbare. Er atmete mehrmals tief ein und aus, um sich zu beruhigen. Er wollte entspannt wirken. Souverän. Energisch drückte er die Klinke herunter, öffnete die Tür und trat ein. Der Raum lag im Halbdunklen. In der Mitte ein einfacher Tisch mit einem einzelnen Stuhl. Der Stuhl war leer. Auch sonst war niemand zu sehen. Was soll …? In seinen Augenwinkeln sah er eine Bewegung. Und verspürte einen Stich im Oberarm. Als er sich umdrehen wollte, wurde ihm bereits schwarz vor Augen.

優越性

Montag, 8. Juni, 10:04, Krankenhaus, Berlin

Vorsichtig steckte Maria den Kopf durch die Tür. Der Gang vor ihrem Zimmer war frei. Sie schlüpfte nur mit einem Nachthemd bekleidet aus ihrem Zimmer und lief durchs Treppenhaus zu ihrem Ziel. An der Tür zu Zimmer 322 klopfte sie an, wartete kurz und öffnete die Tür. Ihr Vater lag mit geschlossenen Augen in seinem Bett, den Oberkörper im Krankenbett halb aufgerichtet. Aus seinen Armen kamen verschiedene Schläuche. Ein Infusionsständer stand neben dem Bett. Er war der einzige Patient im Zimmer. Als er die Geräusche hörte, schlug er die Augen auf.

»Hallo, Maria«, begrüßte er sie mit schwacher Stimme.

»Hallo …« Sie verstummte, weil sie nicht wusste, wie sie ihn nennen sollte. Vater kam ihr schrecklich distanziert vor, ein Papa war er nie gewesen.

Er schien ihre Gedanken lesen zu können. »Nenn mich doch einfach Heribert, einverstanden?«

Sie nickte. Er lächelte.

»Möchtest du dich zu mir setzen?«, fragte er und wies mit einer beschwerlichen Geste auf den Rand seines Bettes.

»Es tut mir leid«, meinte sie und legte ihre Hand auf seine, »dass ich dich da mitreingezogen habe. Ohne mich würdest du jetzt hier nicht liegen.«

Er schloss für einen kurzen Moment die Augen.

»Ja, das stimmt«, erwiderte er leise. »Ich habe auch schon darüber nachgedacht. Vielleicht war das die Rache des Schicksals für das, was ich dir und deiner Mutter angetan habe.«

Maria spürte einen Kloß im Hals. Tränen drohten, und sie blickte rasch in eine andere Richtung, drückte aber die Hand ihres Vaters.

»Und wie geht es dir?«, fragte er.

Ja, wie ging es ihr? Wusste er von ihrem Herzstillstand? Wahrscheinlich nicht. Dabei sollte es auch bleiben. Sie fühlte sich noch ein bisschen wacklig auf den Beinen, aber ansonsten eigentlich ganz okay. Angesichts dessen, was gestern geschehen war.

»Du siehst deiner Mutter ziemlich ähnlich«, sagte er unvermittelt und riss sie aus ihren Gedanken. Ihre Blicke kreuzten sich. Die hellen Augen spiegelten einander. »Du bist genauso hübsch wie sie.«

Das Kompliment machte sie verlegen. Das schien er zu spüren, denn er wechselte rasch das Thema. »Was sind deine Pläne? Nach China kannst du wohl kaum zurückkehren.«

»Stimmt, das ist unmöglich.«

»Hast du dort noch Angehörige?«

»Nein, ich bin Einzelkind. Meine Mutter und ihre einzige Schwester sind beide tot, wie du weißt. Und meine Tante hatte keine Kinder.«

»Dann bin ich anscheinend dein engster Verwandter«, meinte er nachdenklich. »Du kannst gerne erst einmal bei mir wohnen, wenn du das möchtest.«

»Das ist sehr nett von dir, äh, Heribert.«

Sie lächelten einander zu.

»Was ist mit dem Mann vom BND?«, fragte er.

»Was soll mit ihm sein?«

»Mir scheint, dass du ihn magst. Das sieht man.«

Sie wich seinem Blick aus.

»Er hat mir zweimal das Leben gerettet«, sagte sie, als beantwortete das alle Fragen.

Für eine Weile blieben sie stumm, jeder hing seinen Gedanken nach. Ihr Vater brach als Erster das Schweigen. »Und wie geht es jetzt in eurem Fall weiter?«

»Das weiß ich nicht«, entgegnete sie. »Robert hatte mich angewiesen, so zu tun, als könnte ich kein Deutsch.«

»Warum das denn?«, fragte ihr Vater erstaunt.

»Keine Ahnung. Er meinte, ich sollte erst einmal ihm das Reden mit der Polizei überlassen.«

»Weißt du, was er ihnen erzählt hat?«

»Ja, er hat mich heute Morgen angerufen. Eben wurde ich von der Polizei zusammen mit einem Übersetzer vernommen. Auf Roberts Ratschlag hin habe ich die Ahnungslose gespielt.«

»Was willst du eigentlich mit deinem Wissen über …?«, er hielt kurz inne. »Wie hieß dieser Schwangerschaftstest doch gleich?«

»Du meinst *Happy Genes?*«

»Ja, genau.«

»Meine Tante wollte, dass dieser Plan öffentlich gemacht wird. Dafür ist sie gestorben.«

Plötzlich hatte sie eine Idee.

»Darf ich mal das Telefon benutzen?«, fragte sie und deutete auf das Festnetztelefon auf dem Beistelltisch neben seinem Bett.

»Natürlich«, antwortete er.

Sie stand auf, griff nach dem Hörer und wählte die auswendig gelernte Nummer. Nach dem fünften Klingeln wurde das Gespräch angenommen.

»Robert, wir müssen uns treffen. Heute noch. Und bring mir Klamotten mit.«

優越性

Montag, 8. Juni, 16:42, Flughafen, Berlin

Ist es schon Nacht? Wo bin ich? Habe ich geschlafen?

Die Dunkelheit verwirrte Lee. In der Nähe erklang ein lautes Geräusch. Schrill. Wie eine Flugzeugturbine. Ein Bild schoss eruptionsartig an die Oberfläche seines Bewusstseins. Gefolgt von dem Gefühl eines Stichs im Oberarm. Mit den Händen wollte er seine Umgebung abtasten. Doch sie folgten dem Befehl seines Gehirns nicht.

Nein, das konnte nicht sein.

Durfte nicht sein.

Lee versuchte seine Beine zu bewegen, doch auch da: nichts. Er wollte schreien, fluchen, brüllen. Aus seinem Mund drang kein Laut.

Im Körper eingekerkert.

Die ultimative Bestrafung.

Der Schock erreichte jede Faser seines Körpers, jede Nervenzelle, jedes noch so winzige Blutgefäß. In seinen Kreisen hatte man es immer für ein Gerücht gehalten. Über das nur flüsternd gesprochen wurde. In sehr privaten Zirkeln. Doch man war sich immer einig gewesen, dass es eine moderne Legende war.

Nein, das würde die Partei nicht tun.

Dass sie unliebsame Personen verschwinden ließ, war kein Geheimnis, aber jemanden bei wachem Verstand zur Bewegungslosigkeit verdammen?

Oh Gott, es war keine Legende.

Was war passiert? Hatte er den Präsidenten in Verlegenheit gebracht? Aber wodurch? Hatte Chen versagt? War *Happy Genes* aufgeflogen? Oder wollten sie es ihm stehlen? Alles für sich einsacken? Die Fragen rotierten wie ein wild gewordener Kreisel in seinem Kopf.

Das Motorengeräusch eines Fahrzeugs tauchte auf. Es erklang gedämpft, als ob er sich hinter einer Wand befand. Er fokussierte sich darauf, der Kreisel kam zum Stillstand. Das Geräusch wurde lauter. Das Fahrzeug näherte sich. Lee hörte den Wagen bremsen. Der Motor erstarb. Türenschlagen.

»Was is'n das hier für 'ne Riesenkiste?«, fragte eine dunkle Männerstimme.

»Diplomatengepäck«, antwortete eine Frauenstimme.

Das kräftige Surren eines starken Elektromotors erklang. Lee spürte, wie die Kiste langsam in die Höhe fuhr.

»Und wo geht's hin?«

»Peking.«

優越性

Montag, 8. Juni, 18:57, Zentrum, Berlin

»Ist etwas passiert?«, fragte Maria.

Robert sah sie hinter seiner Sonnenbrille erstaunt an. »Warum fragst du?«

»Du wirkst so«, sie machte eine kurze nachdenkliche Pause, »anders.«

Sie fuhren in Roberts BMW den Kurfürstendamm entlang. Den Wagen hatte er zusammen mit seinem Rucksack am Nachmittag aus dem Polizeigewahrsam geholt. Die Sonne brannte vom Himmel. Draußen flimmerte die Hitze. Die Klimaanlage lief auf Hochtouren. Sollte er ihr von Aylien erzählen? Nein, dafür war es noch zu früh. Gerade als er etwas entgegnen wollte, klingelte sein Telefon. Mohrmanns Nummer stand auf dem Display.

»Markus?«

»Ja. Hallo. Robert«, erklang Mohrmanns Stimme aus der Freisprechanlage. »Hast du schon von der Reaktion der chinesischen Regierung gehört? Kam gerade über den Ticker.«

»Nein, noch nicht.«

»Sie streiten jede Involvierung ab.«

»War nicht anders zu erwarten, oder?«

»Ja, sie behaupten sogar, dass Chen Yun niemals ein Mitarbeiter einer staatlichen Behörde gewesen sei.«

»Das ist dreist«, entgegnete Robert. »Aber nicht verwunderlich.«

»Kannst du morgen bitte zu mir ins Büro kommen? Ich habe einen neuen Auftrag für dich.«

Robert zögerte einen Moment. »Nein, morgen kann ich nicht. Ich muss für einige Tage verreisen. Ist es dringend?«

»Ja und nein. Mehr kann ich dir am Telefon nicht sagen. Wann bist du zurück?«

»Wir können uns nächsten Montag treffen. Elf Uhr?«

»Ja, das passt.«

»Gut. Bis dahin.«

»Du musst verreisen? Wohin?«, fragte Maria verwundert, nachdem die Verbindung gekappt war.

»Nach Pakistan.«

Er sah in ihrem Blick eine Aufforderung zu einer näheren Erläuterung, doch er ignorierte sie. Eine unangenehme Stille entstand. Die Stimme aus dem Navigationsgerät löste sie auf; sie wies Robert an, den Weg über die Leibnizstraße zu nehmen.

»Du hast meine Frage nicht beantwortet«, meinte Maria und schaute Robert von der Seite an. »Ist irgendetwas passiert?«

Vieles hatte sich verändert, womöglich sogar alles. Dennoch antwortete er: »Nein, alles wie immer.«

Sie sah ihn an, forschte in seinem Gesicht. Der Wagen hielt vor einer roten Ampel. Um das Thema zu wechseln, fragte er: »Bist du sicher, dass du das tun willst?«

Sie schauten einander in die Augen.

»Ja, absolut«, entgegnete sie. »Nur so können wir sicher sein, dass niemand dieses Komplott herunterspielen oder unterdrücken kann.«

Ihr Tonfall ließ nicht den geringsten Zweifel.

»Alles klar, Staatsfeind Nummer eins«, sagte Robert.

Sie wussten auch nicht, warum, aber beide fingen plötzlich an zu lachen. Ihre Körper bebten. Die Anspannung der letzten Tage schüttelte sich aus ihren Körpern.

Als sie sich beruhigt hatten, fragte Maria: »Meldest du dich, wenn du aus Pakistan zurück bist?«

Robert spürte ihre erwartungsvollen Blicke von der Seite. Er nahm die Augen von der Straße, schaute kurz zu ihr herüber und sagte: »Ja, sehr gerne.«

優越性

Montag, 8. Juni, 20:13, TV-Studio, Berlin

Mark Kopp konnte sein Glück kaum fassen. Die Ereignisse vom letzten Montag hatten seiner Show eine Aufmerksamkeit verschafft, von der er zuvor nur hätte träumen können. Und das Beste war: Heute konnte er nachlegen! Die Vorankündigungen liefen seit dem frühen Nachmittag auf allen Kanälen der Sendergruppe, es wurde eine Rekordquote erwartet. Um sein Glück nicht herauszufordern, hatte er den grün gestrichenen Betonboden des Studios wie jeden Montag zuerst mit dem rechten Fuß betreten.

Inzwischen war er nur noch selten in seinem Job aufgeregt, doch heute war er es. Er warf der Frau ihm gegenüber einen verstohlenen Blick zu, während Johanna ihn ein letztes Mal abpuderte. Hinter den Kulissen wartete ein Mann auf sie, den sie als einen Freund vorgestellt hatte. *Ihr* Freund? Kopp fand ihn im Schatten der Eingangstür zum Studio. Mit ernster Miene beobachtete er die junge Frau.

Das Studiolicht wurde hochgefahren. Das Gemurmel der Zuschauer im Studio ebbte nur langsam ab.

»Ruhe, bitte«, sagte Thomas Raabe aus dem Regieraum über sein Mikrofon.

Rebecca schaute Kopp an und zählte mit ihren Fingern die letzten Sekunden herunter. Bei null schaltete Kopp sein Lächeln ein.

»Guten Abend, meine Damen und Herren, willkommen bei einer neuen Folge von *Investigation*, der aufregendsten Talkshow im deutschen Fernsehen. Mein heutiger Gast ist eng mit der

Frau verwandt, die letzte Woche hier war. Würden Sie sich bitte kurz vorstellen?«

Kopp wusste, dass jetzt Kamera zwei Maria Lin in Nahaufnahme zeigte. Solange sie sprach, war er nicht zu sehen. Sein Lächeln erlosch.

»Guten Abend«, sagte Maria. »Mein Name ist Maria Lin. Ich bin die Nichte von Jun Ji Bao, der Frau, die letzte Woche hier im Studio verstorben ist, und ich beantrage hiermit politisches Asyl in Deutschland.«

Dieses Mal war es vorher abgesprochen. Kamera eins zurück auf Kopp, Lächeln erneut angeknipst.

»Warum wollen Sie um politisches Asyl ersuchen?«

»Weil das, was ich Ihnen heute berichten und mit Beweisen untermauern werde, mich zum Staatsfeind Nummer eins in China machen wird.«

»Warum werden Sie zum Feind Ihres Heimatlandes?«

»Weil ich Ihnen heute das enthüllen werde, was meine Tante letzte Woche enthüllen wollte, bevor sie umgebracht wurde.«

Maria holte den roten USB-Stick hervor. »Auf diesem Stick befinden sich hochbrisante Unterlagen. Sie sind der Grund für die Ermordung meiner Tante. Und nicht nur für ihre. Ich werde Ihnen den Fundort einer Leiche mitteilen, von der die Polizei noch nichts weiß. Umgebracht von denselben Leuten, die auch meine Tante auf dem Gewissen haben.«

Zurück auf Kamera eins.

»Hat das alles mit dem chinesischen Traum zu tun, von dem Ihre Tante sprach?«

»Ja, aber er ist ein furchtbarer Albtraum«, antwortete Maria.

»Das klingt alles sehr spannend«, meinte Kopp mit Blick in die Kamera. »Bleiben Sie dran! Nach einer kurzen Unterbrechung enthüllen wir, was der chinesische Traum ist.«

Er machte eine Pause und schaute mit ernster Miene in die Kamera. »Der wahre chinesische Traum.«

Danksagung

Mich erfüllt eine große Dankbarkeit all den Menschen gegenüber, die großzügig ihre Zeit geopfert und ihr Wissen beigesteuert haben, um dieses Buch besser zu machen. Alle zu nennen, die in meinem privaten Umfeld, in der Agentur und im Verlag ihren Teil beigetragen haben, würde den Rahmen sprengen, doch einige möchte ich namentlich hervorheben.

Allen voran meine lieben Testleser. Petra, Jutta und Vincent haben mich in einem frühen Stadium der Fertigstellung begleitet, Heike, Alex, Bettina und Christian während des gesamten Prozesses. Ein halb fertiges Manuskript ohne Ende wieder und wieder zu lesen, um es mit Kommentaren und Anregungen zu versehen, ist eine Leistung, für die ich Euch nicht genug danken kann.

Ich danke meinen Freunden und Autorenkollegen Marc Raabe und Andreas Storm, die mich nicht nur mit Denkanstößen zum Manuskript versorgt haben, sondern mir auch mit ihren Kenntnissen über den Literaturbetrieb zur Seite standen.

Ein besonderer Dank gilt meinem Agenten Markus Michalek bei AVA International, der immer an mich geglaubt hat. Seine klugen Anregungen haben dem Manuskript den letzten Schliff verliehen, bevor es hinaus in die Verlagswelt ging.

Und beim Lübbe-Verlag danke ich vor allem meiner Lektorin Martina Wielenberg, die mit ihrer Intuition und ihrem Wissen für die finale Stufe der Verbesserung gesorgt hat.